CATHERINE GAYLE

In den Händen des Lords

amazon crossing

Das Buch

Es gibt einfach Skandale, die vorprogrammiert sind …

Als Aurora Hyatt ihr Tagebuch im Hyde Park verliert, ist ihr Ruin schon ausgemachte Sache. Schließlich entdeckt der Finder ihrer Aufzeichnungen die skandalösen Fantasien von dem neuesten Wüstling in London und dazu noch freimütige Beschreibungen ihrer typisch langweiligen Verehrer.

Wenn Niles Thornton, Baron Quinton, seinen derzeitigen Lebensstil aufrechterhalten will, wird er gezwungen sein, die Voraussetzungen seines Großvaters, Lord Rotheby, zu erfüllen. Zuallererst muss er heiraten und für Nachwuchs sorgen. Als er dann von einem rasenden Zweispänner beinahe überfahren wird und ihm ein Tagebuch zu Füßen landet, scheinen seine Sorgen vorüber zu sein. Auf den Seiten dieses Tagebuchs entdeckt Quin einen Skandal im Entstehen. Eine junge Dame, die so frech in ihrem Tagebuch schreibt und es dazu noch verliert, dürfte wissen, wie notwendig eine eilige Vermählung ist, wenn auch der Gentleman, der den Antrag macht, etwas weniger als ehrenhaft ist.

Im Vollrausch küsst Quin Aurora vor aller Welt auf einem Ball und macht damit eine sofortige Vermählung notwendig. Quins Schwierigkeiten vermehren sich jedoch, als Auroras Schreibereien bald der Fokus der Klatschblätter und Gespräche in Gesellschaftszimmern wird. Als daraufhin Nachricht von einem noch viel größerem Skandal bezüglich Aurora kommt, muss er beweisen, ob er ein betrunkener Missbrauchstäter wie sein Vater ist oder ob er der liebevolle Ehemann sein kann, den Aurora sich immer vorgestellt hatte.

Die Autorin

Catherine Gayle ist Bestsellerautorin von historischen Liebesromanen der Regency-Zeit und zeitgenössischen Eishockey-Liebesromanen des New-Adult-Genres.

In ihrer Freizeit schaut sie gerne Eishockey und Reality-TV-Sendungen im Fernsehen. Außerdem ist sie selbst eine begeisterte Leserin, die von jeher leidenschaftlich gerne Liebesromane liest.

Die gebürtige Texanerin wohnt mit zwei überaus verwöhnten Katzen in North Carolina.

CATHERINE GAYLE

In den Händen des Lords

LIEBESROMAN

Übersetzt von Christiane Galvani

amazon crossing

Die Originalausgabe erschien 2011 unter dem Titel
»Twice a Rake«
bei Night Shift Publishing, Morrisville.

Deutsche Erstveröffentlichung bei AmazonCrossing,
Luxemburg, August 2014

Umschlaggestaltung: bürosüd⁰ München, www.buerosued.de
Bildrechte: Getty Images, Olivier Lantzendörffer
Lektorat, Korrektorat und Satz: Verlag Lutz Garnies, München
Printed in Germany
by Amazon Distribution GmbH, Leipzig

ISBN 978-1-477-82338-5

www.amazon.com/crossing

Für Tyler.
Danke für all Deine Umarmungen

29. März 1811

Großer Gott. Schon wieder ein Ball! Vater mag ihn zwar als eine Gelegenheit betrachten, mich mit jemandem zu vermählen, doch ich sehe ihn eher als eine Gelegenheit, den neuesten Klatsch zu erfahren. Rebecca hat versprochen, mir etwas sehr Interessantes mitzuteilen. Die Geschichte eines zurückgezogenen, womöglich wüsten neuen Herrn. Ich kann nur hoffen, dass es sich lohnt, über ihn zu schreiben. Meine Themen sind augenblicklich eher dünn. Oder langweilig. Oder beides.

Aus dem Tagebuch von Miss Aurora Hyatt

»Wie ich schon des Öfteren sagte, ist es wirklich ein Jammer, dass Lord Dodworth nicht lange genug gelebt hat, um zu seiner Abmachung zu stehen«, sagte Auroras Tante, die Marquise von Sedgewick, wie üblich in ihrem näselnden Tonfall. »Aurora hätte schon längst verheiratet und verwitwet sein sollen. Diese lächerliche Jagd wäre nicht nötig, würde sie nicht jeden Herrn in der High Society aus irgendeinem Grund als unwürdig betrachten.«

Allerdings konnten weder ihr Vater noch ihre Tante für Lord Dodsworths Ableben Aurora verantwortlich machen. Allein die Art, in der sie ihre Erleichterung gezeigt hatte, vor dem ehelichen Verhängnis bewahrt worden zu sein, gefiel ihnen nicht. Der Graf war schon länger altersschwach gewesen, als sein Gesicht eines Tages direkt im Porridge vor ihm landete. Sein Tod war wenig überraschend gekommen, schließlich war er mehr als doppelt so alt wie Aurora, ja sogar noch älter als ihr Vater. Es war ein grauenhafter und doch auch erfreulicher Tag, als der Lord vom fast kahlen Kopf bis hinunter zum Paletot aus abgetragener königsblauer Seide mit Haferschleim bespritzt wurde. Dies war gerade einmal zwei Wochen vor der Hochzeit gewesen. Wie konnte man erwarten, dass Aurora sich auf die Aussicht freute, ihr Leben an der Seite eines Mannes zu verbringen, der ihrem Vater ähnlicher war als die Liebhaber ihrer Freundinnen? Schließlich war sie damals noch minderjährig gewesen!

Sie hatte eine riesige Erleichterung über den Tod ihres Verlobten empfunden, und nun war sie diese Bürde los.

Nun, ein bisschen Schuld würde schon an ihr hängen bleiben, was auch an gewissen anderen Angelegenheiten lag. Aurora zog es vor, nicht allzu viel darüber nachzudenken. Die gegenwärtigen Zustände waren bestimmt keine günstige Gelegenheit, sich damit zu beschäftigen. Als die wappenverzierte Kutsche ihres Vaters vor Southmont Manor hielt, musste sie sich auf die Zunge beißen, um ihrer Tante nicht zu erzählen, welches Glück sie gehabt hatte, Dodsworth nicht geheiratet zu haben. Sie hätte es gewiss nicht getan, hätte sie die Wahl gehabt. Zum Glück war sie kurz nach seinem Tod volljährig geworden und konnte nun ihre eigene Wahl treffen.

Der Kutscher half zuerst Auroras Tante und dann ihr selbst aus der Kutsche. Nachdem sie es durch die Empfangsreihe geschafft hatten, entfloh Aurora ihrer Tante, um einen interessanteren Gesprächspartner zu finden. Gerade da sprang ihre liebste und teuerste Freundin an ihre Seite, direkt durch die Reihen von Tänzern, Blumengestecken und sorgfältig mit Getränken beladenen Tischen.

»Ich habe gehört, dass Lord Quinton eine prächtige Figur abgibt, obwohl er eher piratenhaft als fein wirkt«, raunte Rebecca ihr zu, während sie einer Gruppe geschwätziger Matronen zunickte. Die goldenen Ringellocken wippten keck auf und ab, weil es um ein ganz frisches Gerücht ging.

Ein Seeräuber also? Aurora wurde von Bildern eines verwegenen Helden überwältigt – ein Mann, dessen langes schwarzes Haar um das unrasierte Kinn wehte, dessen schwarze Augen vielsagend glänzten und dessen wie aus Stein gemeißelte Muskeln an dem durchtrainierten Körper schier die Bekleidung zu sprengen drohten.

Rebecca beugte sich näher zu Aurora hinüber. »Sein Haar ist von der Sonne geküsst und fast so lang wie meines.«

Das Bildnis verschwand so rasch wie die Feuerwerke, die bei Vauxhall am Himmel verglühten. Von der Sonne geküsstes Haar? Dann war er womöglich viel zu hübsch für einen dunklen und gefährlichen Seeräuber, der daherkam und sie hochriss auf sein Schiff, fort von der beklagenswerten Realität des Heiratsmarktes, dem langweiligen Geplauder und der High Society.

»Seltsam ist es dennoch«, fuhr Rebecca fort, während sie über die Schulter zu ihrem Vater sah, dem Duke of Aylesbury. Dieser stand ganz außer Hörweite auf der anderen Seite des Saales. Seine Gnaden wären bestimmt nicht erfreut, dass seine jüngste Tochter detailliert die wenig glorreichen Informationen über einen ziemlich verwegen erscheinenden Zuzügler in der Londoner Szene ausbreitete. »Er wird immer schwarz gekleidet gesehen. Könnte es sein, dass er in Trauer ist? Oder meinst du vielleicht, dass er überhaupt nicht ahnt, wie traumhaft ihm Blau oder Grün stehen würde?«

Aurora runzelte die Stirn. »Du hast den Mann noch nie gesehen. Woher willst du wissen, was ihm steht, geschweige denn welche Farben genau?«

»Na ja, warum sollte er nicht in irgendeiner Farbe fantastisch aussehen?«

Gute Frage. Je mehr sie über diesen schlüpfrigen Lord

Quinton erfuhr, desto größer wurde ihre Neugier. Jeder, der Aurora Hyatt auch nur ein bisschen kannte, wusste, dass sie selbst den kleinsten Hinweis nutzte, wenn sie einer Sache wirklich auf den Grund gehen wollte.

Und wenn auch nur dank ihrer Fantasie, die gerade Funken sprühte. Sehr enervierend!

Sie benötigte Einzelheiten. Reichlich Einzelheiten. »Da man so viel über diesen geheimnisvollen Lord Quinton zu wissen scheint, weiß man doch auch bestimmt etwas über sein plötzliches Erscheinen?« Auf keinem der zahlreichen gesellschaftlichen Events, die sie in der Stadt über sich hatte ergehen lassen, war Aurora ein gewisser Lord Quinton untergekommen – nicht einmal in Zusammenhang mit seiner Tätigkeit im House of Lords. Sie sagte sich, dass er seinen Titel womöglich nur geerbt und somit seinen Platz im Parlament noch nicht eingenommen hatte.

Aurora musste es unbedingt wissen. Ihre angeborene Neugierde war mit jedem Verehrer, der auf jämmerliche Weise um ihre Gunst warb, weiter gewachsen. Eigentlich konnte man Mitleid mit ihr empfinden. Sie war wie eine Katze, die immer wieder an den Teich ging, um einen Fisch zu fangen, obwohl sie schon unzählige Male hineingefallen war.

Zum Glück hatte Rebecca wenigstens ein kleines bisschen Information parat, um die immer vehementere Neugier ihrer Freundin zu befriedigen. »Nun, keiner scheint genau zu wissen, wer er ist, obwohl viele seinen Namen mit irgendetwas in Verbindung bringen können. Lady Fitz-Henry ist ganz sicher, dass er ein Wüstling ist, der seinesgleichen sucht.«

»Tatsächlich?«, sann Aurora laut vor sich hin. Obwohl Lady Fitz-Henry so überzeugt war, hielt Aurora an ihren Zweifeln fest. Die alte Markgräfin war der schlimmste der Drachen der High Society und eine üble Klatschbase. Sie urteilte über so ziemlich alle Herren, die sie traf, äußerst harsch. Sie war jedes Mal sicher, dass sie Wüstlinge oder noch Schlimmeres waren. Alle jungen Frauen, die sie erwähnte, waren übrigens auch liederlich und würden bestimmt im Haymarket landen oder sonst irgendwie unwiederbringlich verfallen.

Nur Lady Rebecca Grantham natürlich nicht. Irgendwie war es ihr gelungen, sich in das Vertrauen fast aller Matronen der Gesellschaft einzuschleichen. Sie wurde wie ein verhätscheltes Schoßkind behandelt. Und das war gerade zu diesem Zeitpunkt äußerst günstig für Aurora.

»Eben.« Rebecca senkte die Stimme, als eine Gruppe von Debütantinnen in Hörweite kam. »Und Lady Midwinter behauptet sogar, sich an keinen dreisteren Flirt in unserer Gesellschaft erinnern zu können als diesen Lord Quinton. Er überschlägt sich fast, um vorgestellt zu werden.«

Darüber wusste Aurora natürlich schon längst besser Bescheid als Rebecca. Der Mensch soll um Vorstellung bei nicht weniger als sechs der Debütantinnen in ihren pastellfarbenen Ballroben gebeten haben. Seine Bitten wurden natürlich sämtlich abgelehnt.

Rebecca fuhr atemlos fort: »Jede Anstandsdame, die auch nur ein bisschen taugt, würde im Traum nicht so ein Gesuch genehmigen. Aber kaum hatte die letzte der Anstandsdamen seine Bitte abgelehnt, machte er sich an Lady Kislingsbury heran und hat in Hörweite von mindestens zwanzig Gästen ganz unverschämt mit ihr geflirtet. Er hatte sogar den Nerv, der Gräfin Komplimente über ihr Dekolleté zu machen.«

»Wirklich?« Das war mal eine Neuigkeit, die selbst Aurora überraschte. Und dazu noch war es ziemlich skandalös. Vielleicht war ja er der Schurke, vor dem all die Klatschtanten der High Society die unverheirateten Unschuldigen warnten?

Die Sache war skandalös genug, um Auroras Gedanken

kreisen zu lassen. O du meine Güte. Die Geschichte begann in ihrem Kopf zu brodeln, nur war sie leider nicht am passenden Ort, um sich ihren Fantasien hinzugeben. Der bedauernswerte Ton von Lord Quintons Haarfarbe verlor an Bedeutung, da viel faszinierendere Aspekte seines Charakters ans Licht gekommen kamen.

Es würde äußerst schwierig werden, ihre Fantasie zu zügeln, bis sie zu Hause zur Feder greifen könnte.

Sie fühlte förmlich, wie sie bei dem Gedanken, Lord Quinton hätte eine ähnliche Bemerkung über ihr Dekolleté gemacht, errötete. Dieses Gefühl musste sie unbedingt aufschreiben! Niemand konnte sie daran hindern.

»Aurora«, sagte Rebecca mit einer Spur von Tadel in ihrer Stimme. »Du tust es schon wieder, nicht wahr? Es steht dir ins Gesicht geschrieben. Du siehst aus, als ob du ins stille Wasser von Vaters Teich schauen würdest.«

»Papperlapapp. Ich weiß nicht, wovon du redest.« Du meine Güte, sie konnte ihre eigene jämmerliche Ausrede nicht glauben. Diese Geschichte hatte sie doch heftiger ergriffen als sonst.

Es war offensichtlich, dass ihre Worte Rebecca nicht sonderlich überzeugt hatten. Die gerunzelte Stirn war jedoch ein Zeichen, dass sie Auroras Frechheit dulden würde.

Weiteres Leugnen hatte ohnehin keinen Zweck, also erklärte Aurora: »Na schön, ich habe da so eine Geschichte im Sinn. Zufrieden?«

»Fast. Noch zufriedener bin ich erst, wenn ich sie lesen kann.« Rebeccas braune Augen glitzerten schelmisch. »Aber sag doch, wird diese Geschichte noch erfrischender sein als die über Lord Ilbury?«

»Ganz bestimmt.« Ein Schauer lief Aurora den Rücken hinunter. Die Geschichte von Lord Ilbury war farblos, langweilig und trist – ganz wie der Mann selbst.

Und genau wie bei ihren bisherigen Verehrern hatte sie keinen Grund gesehen, Lord Ilburys Aufmerksamkeiten weiter Beachtung zu schenken, nachdem sie die Geschichte in ihrem Tagebuch ausgearbeitet hatte.

Sie mochte sich solch eine Ehe kaum ausmalen. Sie wäre der Ehe ihrer eigenen Eltern zu ähnlich gewesen. Unglücklich, ohne Liebe, fade, einfach unglückselig.

Solch ein Schicksal wollte Aurora niemals erleiden.

Auch wenn es hieße, sie würde ein für alle Mal als alte Jungfer leben. Der Gedanke, alleine zu leben, machte ihr viel weniger Angst als der einer Ehe, die vollkommen traurig und falsch war.

Immerhin musste sie nicht um ihren Unterhalt bangen. Nach dem Tod ihres Vaters würde Aurora rechtmäßig die Viscountess Hyatt und damit nicht nur seinen Grundbesitz, sondern auch sein Vermögen erben. Ihr würde es an nichts fehlen. Sie war Königin Elisabeth für diese kleine Exzentrizität sehr dankbar.

Dennoch, obgleich Aurora keinen Ehemann brauchte, ein klein wenig wünschte sie sich schon einen. Nur nicht den falschen.

Eine innere Stimme schrie förmlich, dass Lord Quinton ganz bestimmt und unmissverständlich der Falsche war.

Währenddessen versuchte eine wesentlich lautere Stimme, ihr deutlich zu machen, wie spannend ein gemeinsames Leben mit ihm wäre.

Ach du liebe Zeit. Die Entscheidung, welcher der beiden Stimmen sie gehorchen sollte, würde sie noch um den Verstand bringen.

Als die Gardine aufgezogen wurde, blendete ihn die Sonne. »Du machst dich lächerlich. Und mich dazu. Das gefällt mir nicht.«

Quin stöhnte laut auf und zog sich die Steppdecke bis unters Kinn. Sein Schädel brummte fürchterlich. Es war bestimmt noch nicht Mittag, er musste auf keinen Fall schon aufstehen. Und warum zum Teufel platzte sein Freund um diese Zeit bei ihm herein? Konnte er denn nicht sehen, dass Quin sich noch erholen musste nach einer ziemlich unergiebigen Nacht in der Stadt. Bei seinem Aufenthalt in einer gemütlichen Gaststätte hatte er etwas mehr Geld als geplant für Whisky und Frauen ausgeben, und ja, vielleicht hatte er sich auch ein klein wenig verzockt.

Genau wie immer.

Niles Thornton, Baron Quinton, war absolut berechenbar. Er folgte dem Vorbild seines Vaters und hatte dessen Lebensweise sogar perfektioniert.

Sir Jonas Buchannan wusste all dies nur zu gut. Sein Freund war noch nie zuvor ein teuflischer Typ gewesen. Welche Laus war ihm denn nun über die Leber gelaufen? »Hau ab!«

Als Anwort riss Jonas das Bettzeug runter und zerrte Quin mit sich.

Quin prallte dumpf auf dem Boden auf. »Herrgott!«, brüllte er. Sein ganzes Hinterteil brannte vor Schmerz, was ihn ein bisschen von seinen Kopfschmerzen ablenkte. Immerhin.

»Du stehst jetzt auf.« Jonas spuckte die Worte aus und verließ den Raum, das Bettzeug hinter sich her schleifend.

Verdammt. Das hieß, er musste aufstehen, bevor er sich den Tod holte.

Quin rappelte sich auf und stützte sich auf die Kommode, während er einen flüchtigen Blick in den Spiegel warf. Zweitagebart. Nicht schlecht. Er konnte noch ein oder zwei Tage warten, bevor er sich darum kümmerte. Aber seine Augen waren so rot wie das Kleid der kessen Eva. Wie hieß sie doch noch? Lady Kingston? Lady Kennelly? In seinen Gedanken hieß sie einfach nur noch Lady Küss-mich-da-unten, und sie hatte einen Busen, der jeden Mann überwältigen würde – ihn in Richtung Himmel oder zur Hölle befördern. Quin war es eigentlich egal, in welche Richtung er befördert wurde, solange er eine Weile in der Lady verweilen konnte.

Und genau das hatte er getan.

Es war himmlisch gewesen.

Jedenfalls bis Lord Küss-mich-da-unten die Bythewood-Bibliothek betreten und ihn dabei erwischt hatte, wie er die Lady da unten küsste. In dem Moment war die Sache entschieden höllisch geworden.

Das konnte vielleicht auch die Schwellung über seinem blutunterlaufenen Auge erklären. Hatte der Lord ihn geschlagen? Quin konnte sich nicht so recht erinnern. Alles, was nach seinem Erlebnis im Himmel geschehen war, war etwas verschwommen.

Es nützte nichts, sich den Kopf über die Ereignisse des vergangenen Abends zu zerbrechen. Wenn irgendein Detail dieser Szene wirklich wichtig wäre, würde man es ihm schon sagen. Jonas war womöglich kurz davor, genau das zu tun …

Quin zog eine Reithose an und knöpfte sie gerade so weit zu, dass sie in der Taille hielt. Dann griff er nach seinem Überzieher vom vorigen Abend und zog ihn über, während er seinen Freund im Arbeitszimmer aufsuchte.

Die Türen waren offen, und Quin hielt es für unnötig zu klopfen. Er trat ein. Ein paar Platten mit Aufschnitt und gekochten Eiern waren appetitlich am Fenster aufgetischt, aber der Geruch brachte ihn beinahe zum Würgen. Stattdessen ging er zum Büfett und schenkte sich einen Kognak ein.

»Findest du das nicht ein bisschen früh?«, rief Jonas. Dieser saß an seinem Schreibtisch und las irgendein Schriftstück.

Großer Gott, es war zu früh, um irgendwelche Post zu lesen. Aber es war niemals zu früh für einen Kognak. Als Antwort schüttete er ihn hinunter, bevor er sich einen weiteren einschenkte.

»Wärst du vielleicht so freundlich, mir zu erklären, warum ich zu dieser unchristlichen Stunde hierhergebeten werde?« Quins Stimme klang selbst für ihn unerwartet rau und ließ ihn noch ruppiger klingen, als er es beabsichtigt hatte.

»Und wärst *du* vielleicht so freundlich, mir mitzuteilen, was genau du gestern Abend auf dem Bythewood-Ball zu Lady Kislingbury hinsichtlich ihres Busens gesagt hast? Noch dazu in Hörweite von mindestens einem Dutzend anderer Leute!«

Kislingbury, so hieß sie also. Küss-mich-da-unten klang doch viel besser.

»Ich würde es sehr gern, nur kann ich mich leider nicht erinnern. Jedenfalls nicht an die genauen Worte.«

»Also gibst du es zu?«

»Ich gebe gar nichts zu. Jedenfalls nicht, bis ich weiß, was mir vorgeworfen wird. Ich könnte einiges zugeben und sollte eigentlich noch viel mehr zugeben …«

»Halt die Schnauze, Quin.« Jonas fuhr sich mit den Fingern durchs Haar und seufzte heiser. »Sag mir nur die Wahrheit. Mir, dem einzigen Menschen, dem du angeblich vertrauen kannst.«

Jonas war und blieb ein Spielverderber.

»Du hast also ihren Busen kommentiert?«

»Habe ich.«

Jonas lächelte gequält. »Könntest du vielleicht näher darauf eingehen?«

»Ich erinnere mich, gesagt zu haben, dass ihr üppiges Dekolleté einer der schönsten Anblicke des Abends war und dass sie es sehr vorteilhaft präsentiert. Danach bat ich sie um Erlaubnis, es näher zu betrachten.«

»Zum Teufel!«

»Sie war so nett, es mir zu erlauben. Das und einiges mehr.«

Jonas sah ihn wutentbrannt an. »Deshalb bist du also hier? Um anderen Herren die Hörner aufzusetzen? In dem Fall kannst du dir einen anderen Eintritt in die Gesellschaft suchen, mein Lieber.«

»Du kennst mich doch besser.«

»Wirklich? Warum bist du denn hier? Quin, du bist mir eine Erklärung schuldig. Etwas mehr als nur ›Bitte lass mich eine Weile bei dir wohnen, damit ich auf ein paar Bälle gehen kann‹. Du hast den jungen Damen und ihren Anstandsdamen Angst eingejagt. Kein Mann in meiner Bekanntschaft vertraut dir. Und jetzt steigst auch noch ihren Ehefrauen nach.«

»Lady Küss-mich … ähm, ich meine Lady Kislingbury war nur eine Ablenkung.«

»Wovon, bitte schön?«

Quin schoss aus seinem Sitz und fing an, ruhelos auf und ab zu gehen. »Von diesem verfluchten Unsinn, den Rotheby sich für mich ausgedacht hat.« Verdammt. So hatte Quin nicht vorgehen wollen.

Jonas zog eine Augenbraue hoch, stellte aber keine Fragen.

»Rotheby hat mich vor vierzehn Tagen kommen lassen. Er sagte, es sei dringend, und ich solle unverzüglich kommen. Als ich in Roundstone Park ankam, hat er mir gedroht.«

»Dein Großvater hat dir, also seinem Erben, gedroht.« Seinen skeptischen Gesichtsausdruck hatte der Baronet bis zur Vollkommenheit perfektioniert.

»Ich könnte mir so etwas doch nicht ausdenken!«, sagte Quin. »Der alte Kauz hat doch wahrhaftig gesagt, dass er mir den Geldhahn abdrehen wird, wenn ich mich nicht ändere. Ich soll heiraten und einen Erben zeugen. Und wenn ich das nicht tue, nimmt er mir außerdem Quinton Abbey. Überlässt mich mir selbst, bis er stirbt und mir nichts mehr vorenthalten kann. Ich glaube fast, dass er beschlossen hat, Roundstone jemand anderem zu hinterlassen. Es gehört nicht zum Fideikommiss.«

»Deshalb also? Nur weil dein Großvater die Abstammungslinie sichern will?«

»Er hat dann noch irgendwelchen Mist von sich gegeben, von wegen ich sollte lernen, mein Vermögen zu verwalten, und dass ich aufhören solle, alles zu verprassen. Aber es ging hauptsächlich um den verdammten Erben.«

»Also wenn das so ist, gehst du nicht gerade sehr schlau vor, mein Lieber. Lady Kislingbury wird dir wohl kaum Nachwuchs schenken. Und die Damen, die es tatsächlich könnten, werden das Weite suchen, wenn sie auf ihre Anstandsdamen hören. Du brauchst eine neue Strategie.«

Als wenn er das nicht schon wüsste! »Vorschläge?«, fragte Quin schleppend.

»Ich habe einige.«

Kein Wunder. Obwohl Jonas sein bester Freund war, war er immer schnell bei der Hand, wenn es darum ging, Quin zu sagen, dass er sich ändern müsse.

Jonas durchbohrte ihn mit einem strengen Blick. »Als Erstes musst du dich von verheirateten Damen fernhalten.«

»Verstanden.« Er würde gewiss die eine oder andere Hure finden können, um seine Bedürfnisse zu befriedigen. Es war sogar durchaus möglich, dass er es schon gestern Abend getan hatte. Wenn er sich nur daran erinnern könnte.

Jonas zählte weiter auf: »Du musst vor den unverheirateten Damen und ihren Anstandsdamen, ihren Müttern, Schwestern und Tanten salonfähig erscheinen. Sie müssen dich für einen würdigen Herrn halten und nicht für einen Schurken!«

»Aber ich bin nun einmal ein Schurke.«

»Ich weiß. Und genau das ist unser Problem.«

Wenn Jonas nicht in den nächsten zwei Sekunden mit der Lösung herausrückte, würde Quin ihn womöglich erwürgen. »Also?«

»Du musst dich ändern. Eine gute Figur machen. Die Rolle des Gentleman spielen.« Ein freches Grinsen breitete sich auf Jonas' Gesicht aus.

»Was genau soll das heißen?« Quin bereute die Frage sofort. Er wollte es eigentlich gar nicht wissen.

»Ich meine damit: kein Trinken, kein Spielen und kein Herumhuren. Du musst aussehen, als wärst du ein feiner Herr, auch wenn du keiner bist.« Jonas ließ seinen Blick über Quin schweifen und verweilte besonders lang bei seinem überlangen Haar, dem unrasierten Kinn und der verknitterten, ungepflegten Kleidung. »Ich will sagen, dass du dich nach den gängigen Sitten zu kleiden und pflegen hast.«

»Du machst wohl Witze«, antwortete Quin. Ihm gefiel sein langes Haar. Er verabscheute das Rasieren, und er mochte gar nicht daran denken, sich wie ein verfluchter Dandy herauszuputzen.

»Garantiert nicht. Ich meine das todernst, glaub mir.« Jonas lachte laut auf.

»Verdammter Hundesohn.«

»Ein verdammter Hundesohn, der dir helfen wird, eine Braut zu finden und dein Vermögen zu behalten.«

Zum Teufel mit ihm. »Na gut. Und was muss ich sonst noch tun?«

»Na ja, ich würde vorschlagen, wir ändern die Taktik, um dich in die Nähe von ehefähigen jungen Damen zu bringen. Ich sollte dich eventuell zu einigen Veranstaltungen begleiten und dich vorstellen. Vielleicht verbessert sich dein Ruf, wenn du an meiner Seite gesehen wirst.«

Quin stellte sich vor, wie gefesselt er an Jonas' Seite wäre, wie unfrei. Es wäre ihm nur erlaubt, mit denen zu sprechen, die der Baronet für angemessen hielt. »Du wirst also meine verdammte Begleitperson, oder was?«

»So würde ich es nicht ausdrücken. Aber du brauchst jemanden, der dein Image aufpoliert. Und außerdem brauchst du mich noch für etwas anderes.«

»Und was, bitte schön, soll das sein?«, fragte Quin, ohne seinen sarkastischen Ton verbergen zu können.

»Rotheby will innerhalb eines Jahres einen Erben. Das bedeutet, dass du im Grunde schon seit gestern eine Braut brauchst. Du hättest eigentlich bereits daran arbeiten sollen, einen Erben in die Welt zu setzen. Aber du hast noch nicht einmal begonnen, dich zu diesem Zweck nach einer Dame umzusehen.«

»Und wie passt du in die ganze Sache hinein?«

»Ich habe schon so manche Saison in der Stadt verbracht. Ich weiß, welche Damen verzweifelt nach einem Mann suchen. Und ich fürchte, so eine wirst du brauchen. Eine verzweifelte also. Was für ein anderes Fräulein wäre geneigt, mit einem Kerl wie dir in den Hafen der Ehe einzulaufen?«

Gute Frage.

31. März 1811

Tante Sedgewicks Stimme kann manchmal furchtbar näselnd und schrill klingen. Vielleicht kommt das daher, dass sie ihre Nase immer in die Höhe streckt, wenn sie spricht. Ich könnte mir vorstellen, dass wir in einem Land voll näselnder Menschen leben würden, wenn noch mehr Personen ihrem Beispiel folgten. In einem solchen Land möchte ich niemals leben! Die Vorstellung ist sogar so schlimm, dass sie mich von meinen Gedanken ablenkt, wie wohl Lord Quinton aussehen mag. Vorausgesetzt, ich sollte jemals die Gelegenheit bekommen, ihn kennenzulernen. Allerdings wäre ich ernsthaft erstaunt, wenn der Mann eine Bemerkung über Tante Sedgewicks Dekolleté machte.

Aus dem Tagebuch von Miss Aurora Hyatt

Die Dinnerparty schien kein Ende zu nehmen. Langweilig. Und als Gastgeberin an der Seite ihres Vaters konnte Aurora nicht frühzeitig entkommen.

Sosehr sie sich auch bemühte, sie konnte ihre Aufmerksamkeit nicht der Unterhaltung am Tisch zuwenden, da ihre Gedanken immer wieder zurück zu ihrer Geschichte wanderten. Und diese Geschichte war im Begriff, die entzückendste und zugegebenermaßen auch pikanteste Erzählung zu werden, die sie je geschrieben hatte.

Das wunderte Aurora nicht allzu sehr. Der Stoff für ihre Geschichten drehte sich üblicherweise um die Herren, die ihr den Hof machten. Ganz wie die Herren, die gerade um ihren Speisezimmertisch herum saßen und von den wunderschönen Feuerwerken bei Vauxhall am Vorabend sprachen, sich über die Sopranistin unterhielten, die bei Lady Pendletons Konzert vorige Woche eine Arie vorgetragen hatte, um sich dann in aller Ausführlichkeit dem unabdingbaren Geplauder über das zu erwartende Wetter zu widmen.

Stumpfsinnig. Komplett stumpfsinniges und unnötiges Geschwätz.

Lord Norcutt, ein sehr liebenswürdiger, perfekt gekleideter und absolut langweiliger Marquess, der Aurora gegenüber in letzter Zeit einige Zuneigung gezeigt hatte, wandte sich ihr zu und fragte: »Miss Hyatt, wenn wir morgen Nachmittag das Glück haben sollten, dass die Sonne scheint, dürfte ich Sie im Hyde Park spazieren fahren? Meine Pferde können es kaum abwarten, einen schönen Ausritt zu genießen, und meinem Zweispänner hat in letzter Zeit temperamentvolle Gesellschaft sehr gefehlt.«

Temperamentvolle Gesellschaft? War ihm ihre wenig lebhafte Beteiligung an diesem Abend etwa nicht aufgefallen?

»Sie würde sich sehr freuen«, sagte Auroras Vater.

Aurora wünschte, ihre Augen wären Bogen und ihr Blick Pfeile. Sie war normalerweise treffsicher, und im Moment war ihr Ziel der Kopf ihres Vaters. Er erwiderte ihre stille Kampfansage, indem er eine Augenbraue hochzog. Dann wandte er sich Lord Norcutt zu.

Zur Hölle mit ihm! »Aber ja. Das wäre großartig«, brachte sie matt hervor.

Tante Sedgewick schlürfte einen Löffel Suppe, und einige Tropfen trieften ihr vom Kinn. »Aurora«, sagte sie streng, »sei so lieb und lächele mal zur Abwechslung. Du bist durch den Teint deiner Mutter schon ausreichend benachteiligt. Nun blick nicht auch noch so finster drein, wenn einige wenige Herren dir überhaupt den Hof machen.«

Rebecca konnte nur schwer ein Kichern unterdrücken von ihrer Position auf der anderen Seite des Tisches. Das Thema würde auf jeden Fall bei einem späteren Gespräch aufgenommen.

»Wenn Lady Rebecca nicht anderweitig gebunden ist, macht sie mir vielleicht die Ehre, sie eskortieren zu dürfen«, sagte der Earl of Merrick.

O Gott. Als wenn es nicht schlimm genug wäre, den Nachmittag mit einem von ihnen zu verbringen, jetzt mussten auch noch beide dabei sein! Merrick und Norcutt waren sich vom Temperament her so ähnlich, wie sie sich im Aussehen unterschieden. Lord Merrick war groß, hoch aufgeschossen und hatte schütter werdendes Haar, während Lord Norcutt von kleiner und untersetzter Statur war und buschiges Haar hatte. Beide jedoch trugen die farbenfrohe Abendkleidung, die bei Herren der High Society äußerst beliebt war, und beide sprachen mit monotoner Stimme über geistlose Themen.

Ein ganzer Nachmittag in ihrer Gesellschaft, nachdem ich bereits den gesamten Abend mit ihnen verbracht habe … das ist schlimm genug, um von einer Klippe zu springen, dachte Aurora. Falls sie überhaupt je zu einer gelangen sollte. Zum Glück würde Rebecca denselben Nachmittag ertragen müssen.

Das war wenigstens ein schwacher Trost. Und außerdem eine kleine Rache für Rebeccas Kichern vorhin. Aurora erlaubte sich ein kaum sichtbares siegreiches Lächeln, das sie vertiefte, als sie Rebeccas wachsende Verzweiflung sah.

»O ja, das wäre herrlich«, sagte Aurora. »Bitte sagen Sie doch, dass Sie sich uns anschließen, Lady Rebecca.«

Rebeccas Augen blitzten nur kurz auf, nicht lange genug, als dass es jemand anders bemerkt hätte. »Wenn es Mutter recht ist …« Sie sah die Herzogin tatsächlich an, als ob diese sie vor ihrem schlimmen Schicksal bewahren könnte, obwohl Gott und die Welt wussten, wie sehnlichst Ihre

Gnaden sich eine Partie zwischen ihrer Tochter und Lord Merrick wünschten. Rebecca, du armes Dummerchen.

»Meine geliebte Tochter«, sagte die Herzogin von Aylesbury. »Dein Vater und ich freuen uns wie immer, wenn du mit Lord Merrick einen Ausflug machst.« Sie sah Merrick mit einem vielsagenden Blick an und kurz danach ihren Mann. Seine Gnaden knurrten nur kurz.

»Na, dann ist es abgemacht«, sagte Lord Norcutt. Und er wechselte das Thema, um über ein neues Stück im Drury Lane Theatre zu reden.

Natürlich verlor Aurora sehr schnell Interesse an dem Geschwafel und begann, über das nächste Abenteuer mit Lord Quinton nachzudenken. Als sie am Nachmittag ihr Tagebuch niedergelegt hatte, war ihr Held gerade im Begriff gewesen, sie an sich zu ziehen, um sie zu küssen. Es war ein teuflisch schöner Gedanke. Sie konnte es kaum abwarten, ihn fortzusetzen. Und dennoch bekam sie eine Gänsehaut bei der Vorstellung, wie er seine Lippen auf ihre presste, die Arme um sie schlang und sie mit den Fingern fest in seine blonden Locken griff.

Während der letzten zwei Tage war seine Haarfarbe in ihrer Vorstellung noch anziehender geworden, er war so unwiderstehlich gut aussehend und seine Neigung zu schwarzer Kleidung immer verblüffender geworden.

Nachdem er sie geküsst hatte, war Aurora sich sicher, dass Lord Quinton sie an sich ziehen würde. Sie stellte sich seinen Duft vor – männlich, sauber und teuer –, und sie schauderte förmlich bei dem Gedanken an dieses illusorische und exquisite Glück.

»Miss Hyatt? Woran denken Sie?« Lord Norcutt sah sie erwartungsvoll an.

Verflixt.

Sie war offensichtlich über zehn Minuten lang stumm gewesen und hatte sich nicht an der Konversation beteiligt, weil sie an ihren vermeintlichen Liebhaber dachte. Sie kam auf keine Antwort, da sie nicht wusste, worum sich das Tischgespräch gerade drehte.

Sie hoffte, dass Rebecca ihr einen Hinweis geben würde. Aber ein Blick zu ihr bewies, dass ihre liebste und teuerste Freundin keine Hilfe sein würde.

Rebecca sah sie erwartungsvoll an. »Miss Hyatt, klären Sie uns doch bitte auf.« Ihre Freundin wusste genau, wo Aurora mit ihren Gedanken gewesen war, und genoss ihre Qual. Böse, böse Freundin.

Wenn sie nur diese Gelegenheit wahrnehmen könnte, um sich auf ihr Zimmer zurückzuziehen. Leider wäre ihr Vater über so einen Rückzug überhaupt nicht erfreut. Er machte sich immer noch Hoffnung dass sie eines Tages einen Herrn wie Lord Norcutt oder Lord Merrick akzeptieren würde, so lächerlich diese Vorstellung auch war.

Die Diener kamen, um abzuräumen.

Das war ja ideal! Schließlich sagte Aurora: »Ich denke, es wird höchste Zeit, dass wir Damen uns in den Salon zurückziehen, während die Herren ihren Portwein genießen. Du bist doch einverstanden, Tante Sedgewick, oder nicht?« Sie stand auf und verließ kurzerhand den Raum.

Vielleicht würde sie von der Schelte ihres Vaters verschont bleiben. Wahrscheinlicher war jedoch, dass er sie wegen ihrer schrecklichen Unachtsamkeit ausgiebig zur Rechenschaft ziehen würde. Aber man konnte ja nie wissen.

Endlich, nach weiteren zwei Stunden, die nach Auffassung der meisten Menschen als so etwas wie eine »angenehme Unterhaltung« bezeichnet würden, die Aurora aber nur als widerliche Gespräche empfand, nahmen die Gäste Abschied, und sie konnte sich endlich in ihr Zimmer zurückziehen.

Sie trieb ihre Zofe bei den nächtlichen Ritualen des Ausziehens und der Vorbereitung für das Bett zur Eile an. Zu viele Ideen schossen ihr in den Sinn. Diese wollten eilig zu Papier gebracht werden, bevor sie sich in Luft auflösten.

Als Aurora allein war, zündete sie noch zwei Kerzen an und stellte sie auf ihren Sekretär. Sie holte ihr Tischtintenfass heraus, griff nach der Feder und öffnete ihr Tagebuch.

Sie las ihren letzten Eintrag:

Lord Quinton trat gefährlich nahe an mich heran.

O ja. Das tat er wahrhaftig. Auf ihre Arme trat eine Gänsehaut, die sodann ihren ganzen Körper überzog. Eine Geschichte über Lord Norcutt oder andere potenzielle oder vergangene Verehrer hätten bei so einem Satz vielleicht auch eine Gänsehaut ausgelöst, aber aus einem völlig anderen Grund.

Doch nun hatte sie genug Gedanken an Norcutt verschwendet. Heute Abend hatte sie eine viel angenehmere Aufgabe vor sich …

Aurora tauchte ihre Feder in die Tinte und begann sogleich zu schreiben. Die Geschichte floss nur so aus ihr heraus und schien sich wie von allein fortzusetzen.

Lord Quinton trat gefährlich nahe an mich heran, so nahe, dass ich sein teures Eau de Cologne riechen und die Wärme seiner Haut spüren konnte. Und dann kam er noch näher, bis seine Augen mit einer besonderen Intensität in die meinen blickten und seine sonnengeküssten Locken im blassen Mondlicht glänzten. »Meine liebste Aurora, ich kann nicht ohne dich leben. Ich muss dich für mich allein haben.«

Bevor ich mich's versah, fühlte ich Lord Quintons Lippen auf meinen – weich und geschmeidig und verboten köstlich. Er zog mich näher an sich heran, und unsere Körper berührten sich auf eine mir bislang völlig unbekannte Weise. Langsam und behutsam strich er mit den Händen von meinen Armen zum Rücken. Dann glitten sie tiefer und rutschten gefährlich nahe an meinen Po. Ich konnte sie fast dort fühlen. Entgegen jeglicher Vernunft wollte ich sie dort fühlen. Ich wollte, dass er mich dort berührte. Ich wollte seine Kraft spüren. Ich habe mich noch nie so schamlos, so ungehemmt gefühlt. So begehrt.

»O Gott!«, schrie ich. Obwohl ich nicht wollte, dass er aufhörte, und ich nichts sehnlicher herbeiflehte, als ihm zu gehören, wusste ich, dass es ein Ende haben musste. »Wir können nicht. Mein Vater …«

»Küss mich jetzt, meine süße Aurora. Ich werde am Morgen zu deinem Vater gehen. Er wird uns gewiss unsere Liebe nicht verweigern. Er wird unsere Heirat genehmigen.«

»Unsere Heirat? Ach du lieber!« Er war wirklich im Begriff, mir ein unwiderrufliches und unsterbliches Versprechen zu machen, jetzt, in diesem Moment. Ich konnte es spüren, es sogar schmecken, es war süß wie Eis.

»Ja.« Er sank auf die Knie und hielt meine behandschuhte Hand in seiner. »Mein Liebling, würdest du mir die Ehre erweisen, meine Frau zu werden? Bitte erlaube mir, dich bis ans Ende unserer Tage mit Liebe zu überschütten und mich in dem Glanz deiner Schönheit zu sonnen. Aurora, bitte heirate mich.«

Mein Herz rief: »Ja, o ja, ja!« Vielleicht rief meine Stimme es ebenfalls, denn Lord Quinton stand in dem Moment auf und zog mich an sich, sodass ich seine ganze Stärke und Zärtlichkeit spüren konnte. Und seine Lippen küssten die meinen in liebevollster Weise. Ich war die glücklichste Frau der Welt.

Aurora konnte einfach nicht schlafen. Ihre Faszination für Lord Quinton hielt sie wach, bis das Kerzenlicht erlosch. Doch zuvor hatte sie noch die Hochzeit beschrieben. So detailliert und ausführlich, dass sie sich nur noch der Hochzeitsnacht widmen musste …

Nach ihrem Debüt hatte Aurora sich oft vorzustellen versucht, was genau zwischen Braut und Bräutigam in der Hochzeitsnacht geschah. Ihre Mutter war gestorben, als sie elf Jahre alt war, und sie hatte keine älteren verheirateten Angehörigen, die sie darüber aufklären könnten.

Da war natürlich Tante Sedgewick, aber die alte Schachtel würde solche Dinge nur über ihre Leiche mit Aurora besprechen. Ihre einzige Aufgabe war es, die Nichte in die gehobene Gesellschaft einzuführen und auf Bällen ihre Anstandsdame zu sein. Sie hielt es nicht für nötig, mit Aurora über etwas anderes als ihren guten Ruf zu sprechen. Und welche unverheiratete junge Dame, die etwas über die Einzelheiten des Ehebetts wusste, konnte ihren guten Ruf bewahren? Keine, zumindest in den Augen von Tante Sedgewick. Aurora war nicht entgangen, dass die Tante ihre Freundschaft zu Rebecca missbilligte, da sie das Mädchen für halbseiden hielt. Dennoch unternahm sie nichts, weil ihr das Verhältnis zwischen ihrem Mann und dem Duke of Aylesbury zugutekam. Alte Zicke.

Es war ja nicht so, als wüsste Rebecca viel über das eheliche Verhältnis zwischen Mann und Frau. Aber das war nebensächlich.

Auroras Fantasie ging mal wieder mit ihr durch, und sie bezweifelte, dass sie in dieser Nacht noch ein Auge würde zutun können – obwohl sie kein Licht mehr zum Schreiben hatte.

Sie dachte an ihn, wie er schlank, muskulös und stark in seinem Nachtgewand auf sie wartete.

Sie würde zu ihm eilen.

Sie würde zu ihm eilen, unter das Bettzeug hüpfen und ihm einen Kuss auf die Wange geben. Einen ganz keuschen

Kuss, der ihre Liebe und ihre unsterbliche Ergebenheit ausdrückte. Danach würde er ihr sagen, dass er sie liebe, sie erwiderte das Gleiche, und nebeneinander schliefen sie dann ein. Spürten die Körperwärme des anderen im Bett.

Es klang märchenhaft. Genussvoll. Fast schockierend – die Idee, eine ganze Nacht lang mit einem Mann im selben Bett zu schlafen. Zumal die wenigsten Eheleute Zimmer, geschweige denn Betten teilten, zumindest laut Auskunft von Tante Sedgewick. Vielleicht war ja etwas Wahres dran. Auroras Eltern hatten damals in Fairfax Priory, wo sie wohnten, als Aurora noch klein war, sogar getrennte Appartements in entgegengesetzt liegenden Trakten bewohnt.

Aurora wurde schon bei dem bloßen Gedanken, seinen Körper ganz in ihrer Nähe zu haben, warm.

Ja, dies war eine herrliche Weise einzuschlafen. Sie musste Lord Quinton überzeugen, nach ihrer Hochzeit in einem gemeinsamen Bett zu schlafen. Am Morgen würde sie dieses Detail in ihrem Tagebuch ergänzen.

Kurz bevor sie einschlief, kam ihre Zofe ins Zimmer gestürmt, um sie zu wecken. »Guten Morgen, Miss Hyatt«, sagte Rose, »aufgestanden und zum Frühstück mit Ihnen. Ehe Sie sich's versehen, wird der Marquess von Norcutt hier sein, um Sie zu Ihrem Ausflug im Hyde Park abzuholen.«

Musste die dumme Ganz so putzmunter und vergnügt sein? Konnte sie ihrer müden Herrin gegenüber keinen Respekt zeigen, die während der ganzen Nacht kaum ein Auge zugetan hatte? Der Grund ihrer Schlaflosigkeit war unwichtig, aber die Schlaflosigkeit selbst hatte schlimme Folgen.

Doch dann reichte Rose ihr eine Tasse heiße Schokolade, sicherlich die himmlischste Erfindung aller Zeiten, und alles war vergeben.

»Also dann. Raus aus dem Bett.«

Aurora versuchte, den inneren Morgenmuffel loszuwerden, ehe sie Roses Hilfe bei der Vorbereitung des bevorstehenden Tages annahm.

Als sie nach dem Frühstück angezogen und frisiert im Salon saß, hoffte sie, noch ein paar Zeilen niederschreiben zu können, bevor der scheußliche Kerl auftauchte. Keinen Moment später wurde schon an der Tür geklopft. Punkt ein Uhr. Mein Gott, war der Mann pünktlich! Ganz abgesehen davon, dass er irre war, zu einer so unverschämten Zeit einen Ausflug zu planen.

Eigentlich sollte sie ihr Tagebuch zurück aufs Zimmer bringen. Es durfte auf keinen Fall bleiben, wo es war, denn eines der Hausmädchen könnte zufällig darauf stoßen und es öffnen, um herauszufinden, wohin es gehörte. Das wäre, gelinde gesagt, eine Katastrophe.

In der Hoffnung, schnell noch ihr Buch zu verstecken, bevor Hobbes kam, um sie über Norcutts Ankunft zu informieren, stürzte Aurora aus dem Zimmer … und wäre dabei fast mit selbigem zusammengestoßen. »Oh, Lord Norcutt«, murmelte sie, »ich wusste nicht, dass Sie bereits angekommen sind.«

Er verbeugte sich tief. »Miss Hyatt, guten Morgen. Ich hoffe, Sie sind ausgeschlafen und bereit für unseren Ausflug in den Park.« Sein erwartungsvolles Lächeln irritierte sie. Nun, sie würde einfach eine Geschichte über ihn und sich schreiben. Darin würde sie mit ihm Schluss machen und ihn auf den Weg zu einem anderen, weniger interessanten Fräulein schicken, das seine Aufmerksamkeiten mit etwas mehr Schicklichkeit erduldete.

Aber das bedeutete, dass sie weniger Aufwand und Fantasie auf Lord Quintons Geschichte richten könnte! Nein, daran war nicht zu denke, vorläufig zumindest.

Dennoch war es bestimmt nicht besonders anständig, Lord Norcutt zappeln zu lassen.

Sie hatte nun wahrlich kein Auge auf ihn geworfen, doch fürs Erste wollte sie ihn auch nicht abschrecken und kränken. Noch nicht.

Sie würde es schon noch tun.

Sie würde es tun müssen.

»Aber natürlich, Mylord«, sagte sie schließlich. »Ich habe mich schon so sehr auf unseren Nachmittag gefreut.« Sie hoffte, dass Gott sie nicht für so eine dreiste Lüge bestrafen würde, als er ihre behandschuhte Hand in seine Armbeuge legte und sie zu seinem offenen Zweispänner führte.

Aurora bemerkte plötzlich, dass sie immer noch ihr Tagebuch bei sich hatte, denn nachdem Norcutt ihre Hand genommen hatte, hielt sie in der anderen sowohl ihren Sonnenschirm als auch das Tagebuch. Und so war es unmöglich, den Sonnenschirm aufzuspannen und hochzuhalten. Aurora versuchte es trotzdem.

Und sie scheiterte.

Dabei stolperte sie, plumpste fast die Stufen vor Hyatt House hinunter und wäre um ein Haar vor allen Leuten, die gerade zu Fuß oder zu Pferd in Berkeley Square unterwegs waren, auf die Nase gefallen. Und hätte dabei Lord Norcutt mit sich gezogen. Doch mit seiner stämmigen Statur hatte er Kraft genug, Aurora zurückzuhalten und sie beide vor einer vollkommenen Katastrophe zu bewahren.

Wenigstens war ihr Tagebuch sicher.

In diesem Augenblick nahm Norcutt ihr den Sonnenschirm ab. »Darf ich Ihnen behilflich sein, Miss Hyatt?« Er öffnete den Schirm und hielt ihn ihr über den Kopf, wobei er ihren Teint, der ohnehin schon zu dunkel war, vor weiterer Bräunung schützte.

Es wäre nicht gut, wenn sie noch exotischer aussähe als ohnehin schon, so Tante Sedgewick. Aurora kümmerte sich kein bisschen um die Ansprüche der Gesellschaft. Ihre bronzefarbene Haut, das dunkle, leicht gelockte Haar, die charakteristische Nase, all das erinnerte sie an ihre Mutter. Allein deswegen war Aurora oft in Versuchung, so lange wie möglich in der Sonne zu sitzen und zuzusehen, wie ihre Haut sich bräunte. Während die anderen Fräuleins jedem Sonnenstrahl auswichen aus Angst, sie könnten ihren feinen englischen Teint durch Sommersprossen verunzieren.

Ihr Vater jedoch ermahnte Aurora ständig, die griechische Abstammung ihrer Mutter vor der High Society nicht an die große Glocke zu hängen. Er war der Auffassung, dass sie ohnehin schon aus diesem Grund zu wenig Verehrer hatte. Der Mangel an Verehrern jedoch könnte natürlich auch etwas mit ihrer Gewohnheit zu tun haben, die Herren fortzujagen, bevor sie überhaupt ein Angebot machen konnten.

Jetzt wandte Aurora sich mit ihrem charmantesten Lächeln an Lord Norcutt. »Ich danke Ihnen von Herzen, Mylord. Vermutlich hätte ich mich ohne Ihre gewaltigen Anstrengungen völlig zum Narren gemacht.« Sie versuchte, nicht an ihren Worten zu ersticken. Es gelang ihr, obwohl es nicht leicht war.

Er half ihr auf das dämliche Gefährt, stieg hinter ihr ein, und sie fuhren ab. Männer besitzen so etwas doch nur, um mit ihrer weiblichen Begleitung anzugeben, ging es Aurora durch den Kopf. Sie konnte sich jedenfalls keinen anderen Zweck für die verfluchten Dinger vorstellen.

Aurora hatte noch nie in ihrem Leben ein so langsames Pferd erlebt, geschweige denn zwei zusammen. »Stimmt alles mit Ihren Pferden, Mylord?« Die Klepper mussten steinalt sein, so langsam, wie sie sich fortbewegten. Bei diesem Tempo konnten selbst Kleinkinder die Kutsche überholen, um den Park laufen und wieder zurückkommen, ehe die Pferde das Ende der Straße erreicht hatten. Aurora wäre vermutlich schon alt und grau, bevor Norcutt sie zum Hyatt House zurückgebracht hatte.

»Es geht ihnen gut. Danke der Nachfrage.« Lord Norcutt hielt die Zügel so fest, dass Aurora überzeugt war, die Fingerknöchel des Lords seien unter den Handschuhen weiß. Sie war sich auch nicht ganz sicher, dass er noch atmete.

Er begann, etwas zu sagen, unterbrach sich und spielte mit den Zügeln. Er öffnete den Mund noch einmal, holte tief Luft und machte einen Ton, der wie »hmm« klang.

Seine Nervosität konnte die verschiedensten Gründe haben, und Aurora wünschte sich, dass keiner von ihnen zutraf.

Als sie endlich das Straßenende erreicht hatten und die Pferde im Begriff waren, um die Kurve zu biegen, wandte Norcutt ihr das Gesicht zu. »Miss Hyatt, ich wollte eigentlich mit Ihnen sprechen, bevor Lord Merrick und Lady Rebecca sich uns anschließen. Sehen Sie … ich …« Seine grauen Augen begannen sich mit Tränen zu füllen und drohten überzulaufen.

Aurora musste ihn aufhalten. Sie konnte nicht dulden, dass er das durchzog. Es wäre für sie beide zu peinlich, und Aurora hasste Peinlichkeiten wie kaum etwas anderes.

Aber er fuhr fort, bevor sie ihn bremsen konnte. »Ich bin in Lady Rebecca verliebt«, sagte er mit einer Vehemenz, die sie von einem so biederen und stoischen Mann nie erwartet hätte.

Ganz zu schweigen davon, dass sie eine solche Erklärung nie von ihm erwartet hätte. Hatte er nicht versucht, ihr selbst den Hof zu machen? Alle Anzeichen hatten dafür gesprochen, dass er für sie und nicht für Rebecca Zuneigung empfand.

Sie war schlichtweg fassungslos.

Und erleichtert, hocherfreut und allen Göttern, über die sie je in ihren Geschichtsbüchern gelesen hatte, dankbar dafür, dass er ihr heute keinen Antrag machen würde.

Denn es entsprach nicht ihrer Vorstellung eines angenehmen Nachmittags, die Träume und Hoffnungen eines älteren Herrn mit Füßen zu treten. Zuweilen war es einfach notwendig, aber nicht heute.

»Ich verstehe. Und weiß Lady Rebecca von Ihrer Zuneigung?«

»Nein, sie tut es nicht.« Seine normalerweise monotone Stimme war auf einmal ganz aufgeregt und lebhaft. Aurora hatte tatsächlich Angst, dass er jederzeit zu weinen oder zu singen anfangen würde, und weder das eine noch das andere war eine angenehme Aussicht. Pech für ihn: Rebecca würde sein Angebot nie annehmen.

»Und dennoch haben Sie heute Nachmittag statt Lady Rebecca mich zu einer Fahrt im Hyde Park eingeladen. Nicht nur das, Sie waren dabei und haben zugesehen, wie Lord Merrick meine Freundin einlud. Das kommt mir etwas seltsam vor, Mylord. Wie, meinen Sie denn, wird Lady Rebecca auf einen Fauxpas dieses Formats reagieren?«

»Ich habe mich an Sie gewandt, Miss Hyatt, weil ich dringend Ihre Hilfe benötige. Seine Gnaden, der Herzog von Aylesbury, haben mir Erlaubnis gegeben, eine Bindung zu seiner Tochter einzugehen. Nur weiß ich nicht, wie ich vorgehen soll.« Er übermittelte sein Gesuch mit dem leidenschaftlichsten Blick, den Aurora je gesehen hatte. Fast brach es ihr das Herz.

Fast.

»Das ist eine beklagenswerte Lage, Mylord. Und inwiefern genau glauben Sie, dass ich Ihnen helfen kann?«

»Es ist allgemein bekannt, dass Lady Rebecca Ihre beste Freundin ist. Ich hatte gehofft … ich wollte Sie bitten, mir etwas Hoffnung zu machen. Vielleicht könnten Sie mit ihr über mich sprechen und erfahren, ob sie meine Gefühle erwidert.« In seiner Begeisterung nahm er Auroras behandschuhte Hände in seine und drückte sie fest, bevor er sich besann und schnell wieder von ihr abließ. »Lord Merrick hat sich bereit erklärt, mir bei der Angelegenheit zu helfen. Er hat Rebecca eingeladen, damit ich heute bei unserem Ausflug einen Blick von ihr erhaschen kann, zugleich möchte ich Sie bitten, mir bei meinem Bestreben zu Hilfe zu kommen.«

»Gewiss.« Sie hatte nicht direkt zugestimmt. Sie wusste nur nicht, was sie sonst sagen sollte.

Ihre Absichten spielten jedoch keine Rolle, da Lord Norcutt ihre Reaktion so verstand, wie er sie verstehen wollte. »Oh, danke, Miss Hyatt. Ich bin sicher, dass sie mich gern zum Gemahl nehmen wird, wenn Sie einmal mit ihr gesprochen und sie vielleicht etwas erweicht haben. Mit Ihrer Gunst kann ich doch nichts falsch machen, oder?«

Na was schon? O je! Nun würde sie am Ende doch die Träume und Hoffnungen dieses Mannes zerstören müssen, obwohl diese überhaupt nichts mit ihr zu tun hatten.

Der Nachmittag lief ganz und gar nicht, wie sie sich ihn vorgestellt hatte.

Verflucht!

Der Lord war nun beschwichtigt und hielt es nicht weiter für nötig, seine Pferde im Schneckentempo laufen zu lassen. Er zog die Zügel an, und sie fielen sofort in einen leichten Galopp. Kurz danach kamen Aurora und Norcutt im Hyde Park an und konnten Lord Merricks Zweispänner am Serpentine Lake sehen.

Norcutt winkte, als sein Fuhrwerk näher kam. »Ihnen beiden einen schönen Tag.« Sein Gesicht leuchtete hell wie ein Vollmond an einem wolkenlosen Himmel. Die blanke Freude stand ihm ins Gesicht geschrieben. Es war wirklich ein Jammer, dass er am Boden zerstört sein würde, wenn Rebecca seinen Antrag ablehnte.

Aber das geht mich nichts an, sagte Aurora sich. Wenn er sich unbedingt Hoffnungen machen und annehmen wollte, dass er ihre Gunst gewinnen könnte, dann war das seine Sache. Lord Norcutt war ein erwachsener Mann. Er konnte sich schon selbst um sein Herz kümmern.

Man tauschte Höflichkeiten aus, und die Herren lobten das sonnige Wetter. Aurora verlor rasch das Interesse an der ganzen Sache. Das Einzige, worauf sie sich konzentrieren wollte, war die Geschichte in ihrem Tagebuch, das sich anfühlte, als wolle es ein Loch in den Musselinstoff ihres Kleides brennen, wenn sie sich ihm nicht bald wieder widmete.

Es gab Szenen, wie zum Beispiel die Hochzeitsnacht, die unbedingt geschrieben werden mussten.

»Wir machen ein Wettrennen. Der Erste, der am Ende von Rotten Row ankommt, gewinnt. Der Verlierer kauft den Damen ein Eis bei Gunter's Teashop«, sagte Lord Norcutt.

Verdammt! Ein Rennen? Sie sollte unbedingt protestieren. Die Haarnadeln, die Rose auf ihre Veranlassung hin nicht richtig befestigt hatte, würden sich lösen, und ihr volles gewelltes Haar würde sich hoffnungslos in ein wirres Knäuel verwandeln. Auf die qualvolle Prozedur, es anschließend ausbürsten zu lassen, konnte Aurora dankend verzichten. Nein, ein Wettrennen kam überhaupt nicht infrage. Sie wandte sich ihrem Begleiter zu, um zu protestieren, aber es war schon zu spät.

Der Zweispänner schoss mit einem Ruck nach vorne und warf sie zurück in ihren Sitz.

Die Bänder ihrer Schute lösten sich unter dem Kinn. Sie griff danach, um sie auf dem Kopf zu halten und den schlimmsten Schaden an ihrer Frisur zu vermeiden.

Um ihren Hut festzuhalten, musste sie den Sonnenschirm und ihr Tagebuch loslassen. Der Sonnenschirm wurde von einem Windstoß davongetragen, schwebte zu Boden und landete neben einem Baum am Serpentine Lake. »O Gott.« Sogar ihre Stimme wurde vom Wind davongetragen.

Aurora sah Bäume und Pferde mit Reitern verschwommen vorbeifliegen. Sie blickte über den Rand des Zweispänners auf den Boden – eine ganz, ganz schlechte Idee. Die Hutkrempe noch fester umklammernd, hoffte sie inständig, dass dieses dumme Gefährt nicht umkippen würde.

Lord Merrick überholte sie allmählich. Norcutt trieb die Pferde noch einmal an, und irgendwie kamen sie nun besser voran. Die Bäume am Ende der Rotten Row schienen so schnell vorbeizuflitzen, dass es direkt gefährlich aussah.

Als sie schließlich am Ziel angekommen waren, hatte der Zweispänner von Lord Merrick und Rebecca knapp vor ihrem angehalten.

Aurora atmete auf.

»Vorzügliches Rennen, Mylords«, lachte Rebecca. Der Hut war davongeflogen, ihr Haar zerzaust, und ihre Wangen waren gerötet. Sie sah vergnügt aus.

»Und jetzt gibt es Eis!«, rief Merrick. »Aber als Erstes sollten wir vielleicht die Schuten und Sonnenschirme der Damen einsammeln. Unsere eigenen Hüte wohl auch.«

»Ja klar, und zwar möglichst schnell.« Norcutt hatte sein Gespann bereits gewendet, um zu der Baumgruppe zurückzukehren, bei der Auroras Hut lag. »Ich möchte schließlich nichts verlieren.«

Ich auch nicht, dachte Aurora, während sie den Hut auf ihrem Kopf zurechtrückte und die Hand über ihr Kleid und den Mantel gleiten ließ.

Ihr Herz kam fast zum Stillstand.

Das Tagebuch, es war verschwunden! Sie stand im Zweispänner auf, um unter den Sitzen nach ihm zu suchen. Es war unauffindbar.

Norcutt sah sie an, als wäre sie irre. »Miss Hyatt? Wir holen Ihre Sachen sofort. Bitte machen Sie sich keine Sorgen.«

»Mein Tagebuch. Haben Sie mein Tagebuch gesehen?« Sie zog Norcutts Wintermantel vom Sitz neben sich hoch. »Ich muss mein Tagebuch unbedingt finden. Es ist höchst wichtig für mich, Sir.« Leben und Tod hingen davon ab. Großer Gott, was sie nur alles hineingeschrieben hatte! Wenn es jemand finden sollte!

»Es ist wahrscheinlich mit Ihrem Sonnenschirm abhandengekommen. Wir werden es bestimmt auf dem Weg finden.« Er trieb die Pferde an, weil er Auroras Besorgnis spürte.

»Es muss einfach hier sein.« Wenn herauskommen sollte, was sie schrieb, wenn ihr Vater davon erführe … Es war nicht auszudenken.

Das Tagebuch war verschwunden.

Aurora ging auf die Knie, um hinter den Büschen nachzusehen. Lord Norcutt folgte ihr, ebenso Lord Merrick mit Rebecca, diese nach wie vor vergnügt und mit aufgelöstem Haar.

»Fehlt jemandem noch etwas?« Merricks leichtfertiger Ton brachte Auroras Blut in Wallung.

»Miss Hyatt scheint ihr Tagebuch verloren zu haben.«

Rebecca hielt die Luft an und unterstrich damit den Ernst der Situation. Sie ging auf die Knie, um mitzuhelfen. Bald waren sie allesamt auf den Knien und ruinierten nicht nur ihre Kleidung, sondern auch ihren Ruf in der High Society, die dem Schauspiel schockiert, neugierig und entsetzt zusah.

Nach fast einer halben Stunde hatten alle außer Aurora die Suche aufgegeben.

»Ich fürchte, Miss Hyatt, wir müssen die Suche aufgeben«, sagte Rebecca. »Es sieht so aus, als sei Ihr Tagebuch im Serpentine Lake gelandet und davongeschwommen.«

Ja, ja, davongeschwommen… Aber vielleicht war es ja wirklich so. Vielleicht würde ihre Welt doch nicht zusammenbrechen.

Aurora stand langsam auf, streifte das Gras und die Erde von ihrem Kleid ab. Die Suche hatte sie total erschöpft. Sie fühlte sich schwach und wie betäubt.

Vielleicht würde niemand ihr Geheimnis entdecken.

1. April 1811

Mein bisheriges Leben ist nun zu Ende. Es war schön, euch gekannt zu haben. Bitte gedenkt meiner wohlgesonnen.

Aus dem neuen Tagebuch von Miss Aurora Hyatt

Heute ist der erste Tag deiner Zukunft als wahrer Gentleman, mein Freund.« Jonas stand vor Quin, der nun wie der Inbegriff eines Londoner Gentlemans aussah. Alles war genau am richtigen Platz. Der Zylinder, korrekt aufgesetzt. Pantalons, Weste, Paletot, Halstuch. Stimmt, stimmt, stimmt. Pure Eleganz und Vollkommenheit.

Zum Teufel mit ihm.

Neben Jonas kam Quin sich wie ein Witzbold vor. Seine Stiefelhose war ein wenig enger, als ihm lieb war, sein Paletot ließ ihm keine Freiheit, sich zu bewegen, das verfluchte Halstuch erwürgte ihn fast, und noch nie hatte er gern einen verdammten Kastorhut getragen.

Jonas hatte versucht, ihn zu überreden, sich das Haar schneiden zu lassen, als er sich rasieren ließ. Aber es gab eben Dinge, die man einfach nicht zulassen konnte.

Quin versuchte, Arme und Beine zu strecken, um sich in der noblen Aufmachung besser bewegen zu können. »Gehen wir jetzt los? Ich weiß nicht, wie lange ich den Dandy spielen kann.« Zumindest nicht ohne in Ohnmacht zu fallen wie eine Frau.

Sein Freund schmunzelte. »Bestimmt nicht lange.« Er prüfte Quins Aussehen ein letztes Mal. »Du hättest einen von meinen Mänteln tragen sollen. Etwas mit mehr Farbe.

Etwas, was nicht so trübselig, nicht so… na ja, nach Tod aussieht.«

Farbe. Das fehlte noch! »Ich fühle mich eben wie der Tod. Der Tod steht mir. Außerdem sind wir auf der Jagd nach einer Braut. Ist das nicht so ähnlich, wie auf seine eigene Beerdigung zu gehen?«

»Wie willst du eine Braut fangen, wenn du all die jungen Damen verscheuchst? Du siehst so mürrisch aus wie ein Totengräber, der seinen eigenen Vater beerdigt.«

»Großartig. Denn genau das ist der Look, den ich heute Morgen beim Anziehen erreichen wollte.« Quin verstand nicht, warum sein Aussehen von so großer Bedeutung war.

Jonas seufzte. »Na ja, es lässt sich wohl nichts machen. Wollen wir?« Er ging auf seine Pferdeställe zu, ohne auf Quins Antwort zu warten.

Es wurde auch Zeit. Obwohl Quin nichts weniger wollte, als eine Braut zu finden, führte kein Weg daran vorbei, dass er es tun musste. Und seine eigene Taktik war offensichtlich jämmerlich gescheitert. Warum also sollte er nicht Jonas' Vorschlägen Folge leisten, auch wenn er sie für lächerlich hielt?

Aber wirklich. Durch den Hyde Park reiten in der Hoffnung, dort junge Damen zu finden? Ihnen mit seiner Statur und der sicheren Haltung auf dem Pferd imponieren? Mit ihnen plaudern? Gar freundlich sein gegenüber ihren Anstandsdamen und Begleitpersonen? Das alles klang nicht nach einer guten Vorgehensweise, eine junge Dame zu überzeugen, dass sie unsterblich in ihn verliebt sei und ihn umgehend heiraten müsse. Wenn überhaupt, dann klang es nach einem sicheren Weg, im Irrenhaus zu landen.

Aber was hatte er schon zu verlieren? Nur einen Nachmittag. Und seinen Verstand, von dem der eine oder andere vielleicht behaupten würde, dass er ihm schon längst abhandengekommen war.

Es folgte Jonas, bestieg sein Pferd, und schon waren sie unterwegs. Sie erreichten den Park lange vor der »fashionable hour«, der Flanierzeit zwischen siebzehn und neunzehn Uhr, während der man sah und gesehen wurde. Dennoch gingen mehrere Gruppen spazieren, und Rotten Row begann sich mit Reitern und etlichen Kutschen zu füllen. Wenn die Gruppen sich begegneten, verbeugte man sich, knickste und plauderte.

Verdammter Mist. Noch nie hatte Quin sich im Freien so beengt und eingeschlossen gefühlt. Am Ende würde er sich noch in die Themse werfen, bevor der ganze Mist hier vorbei war. Oder er würde Jonas hineinwerfen.

Ja, wenn er es sich recht überlegte, fiele das Los definitiv auf Jonas.

»Wunderbar«, sagte Jonas, »Lord und Lady Tyndall kommen mit ihrer Tochter, Miss Tyndall, zu Fuß in unsere Richtung. Vielleicht sollten wir mit ihnen beginnen.«

»Wir könnten uns auch die Augen mit stumpfen, rostigen Dolchen ausstechen«, erwiderte Quin. »Das wäre bestimmt genauso angenehm.«

»Feigling.«

»Flegel.«

Aber Jonas bot ihm keine Gelegenheit zu zögern. Er hob eine Hand und rief: »Lord und Lady Tyndall! Ist es nicht ein wunderschöner Tag heute? Wie schön, auch Ihnen zu begegnen, Miss Tyndall.«

Ehe Quin es sich's versah, war der Baronet zu der Familie hinübergeritten, und ihm blieb nichts anderes übrig, als sich ihnen anzuschließen oder wirklich wie ein Flegel dazustehen. Selbstverständlich war er einer, aber er wollte sich ja eigentlich bessern.

In diesem Moment hatte er nicht übel Lust, lieber seinen Großvater als jemand anderen in die Themse zu werfen. Dann könnte er einfach sein Erbe antreten, und alles wäre erledigt. Fieser alter Kauz.

Also ritt er hinüber zu der entzückenden Familie Tyndall und gesellte sich zu seinem Freund.

»Hatten Sie schon das Vergnügen, meinen guten Freund, Lord Quinton, kennenzulernen? Er hat sich endlich entschlossen, das Land zu verlassen und es mit dem Leben in der Stadt zu versuchen.«

Tyndall erschien interessiert und versuchte zu sprechen, doch seine Frau schüttelte energisch den Kopf und sah ihn mahnend an. »Ich fürchte, wir müssen uns auf den Weg machen, Sir Jonas«, sagte sie. Sie zerrte am Ärmel ihres Mannes und zog ihre Tochter fort, während sie ihrem Mann vernehmlich zuflüsterte: »Das ist der bewusste Lord Quinton. Mit dem wollen wir nichts zu tun haben.« Die drei beschleunigten ihre Schritte und waren bald außer Hörweite.

»Habe ich dir nicht gesagt, dass das hier eine bescheuerte Idee ist?« Quin sah zu, wie das Trio am Serpentine Lake entlangging und anhielt, um sich mit einer anderen Gruppe Spaziergängern zu unterhalten. Sie sprachen kurz und deuteten in seine Richtung. Danach wandte ihm die zweite Gruppe den Rücken zu und ging mit den Tyndalls davon. »Bist du nun bereit, diesen Unsinn aufzugeben? Wir brauchen einen anderen Plan. So wird es nie etwas.«

Jonas spornte sein Pferd an. »Noch nicht. Wir haben bis jetzt ja nur mit einer Familie gesprochen! Hier sind mindestens ein Dutzend andere Gruppen, bei denen wir es versuchen können. Wenn wir lange genug bleiben, ist der Park voller schicker, mondäner Gelegenheiten.«

»Aber die lassen mich nicht einmal zu Worte kommen …«

»Darum kümmern wir uns, wenn es so weit ist.« Jonas hatte eine andere Gruppe erspäht. Diese bestand aus zwei Herren und zwei Damen und kam direkt auf sie zu.

»Es ist schon so weit!« Er sollte eigentlich kehrtmachen. Er sollte eigentlich zu Jonas' Junggesellenwohnung zurückkehren, sich für den Abend kleiden und seinen ursprünglichen Plan verfolgen. Das würde funktionieren. Irgendwann würde ihm schon eine junge Dame über den Weg laufen, die verzweifelt genug war, ihn zu heiraten. Solch eine Frau musste doch existieren! Er musste sie nur finden. Wäre es nicht am wahrscheinlichsten, dass man eine solche junge Dame auf einem Ball kennenlernt?

Quin hörte, wie galoppierende Pferde und außer Kontrolle geratene Kutschen von hinten heranrasten. Er konnte gerade noch zwei Zweispännern ausweichen, beide mit je einer Dame und einem Herrn besetzt, die in Richtung Rotten Row vorbeibrausten. Er musste sich zusammenreißen, um ihnen nicht für diese Unverfrorenheit derbe Beschimpfungen hinterherzurufen.

Eine der Damen schrie auf und hielt ihre Schute fest. Ein Buch flog aus dem Zweispänner und landete ein paar Fuß von ihm entfernt auf dem Rasen. Weiter vorne flogen Sonnenschirme, Schuten und Zylinder aus den Gefährten und landeten ziemlich willkürlich irgendwo.

Quin stieg ab, um das Buch aufzuheben und es seiner Besitzerin zurückzugeben, auch wenn diese eine Gefahr für die Allgemeinheit darstellte, wie sie mit Höchstgeschwindigkeit durch einen Park raste ohne Rücksicht auf die Menschen, die sich gerade dort aufhielten.

Aus Neugierde blätterte er durch das Buch, um zu sehen, was die Dame gerade gelesen hatte. Aber es war kein gedrucktes Buch – es war ihr Tagebuch.

Bevor ich in irgendeiner Weise reagieren konnte, sanken Lord Quintons Lippen, weich, geschmeidig und schamlos ergötzlich, auf meine.

Verdammt noch mal!

Eines dieser jungen Dinger hatte doch wahrhaftig über ihn geschrieben. Und zwar nicht, was für ein Unhold oder Hundesohn er war oder was auch immer eine junge Dame der High Society von ihm denken mochte. Nein, sie schrieb, dass sie ihn geküsst und dass es ihr gefallen habe. Obgleich ihn das nicht verwunderte, schien es sie selbst doch ein wenig in Staunen zu versetzen.

Quin war sich ziemlich sicher, diese Frau nicht geküsst zu haben. Jedenfalls bislang noch nicht.

Aber das würde er schnell ändern.

»Was hast du denn da, Quin?«, fragte Jonas, als er zurückkam. »Ein Buch? Ich wusste ja gar nicht, dass du so eine Leseratte bist.«

»Bin ich auch nicht. Jedenfalls war ich es bis jetzt nicht.« Er stand vor einer folgenschweren Veränderung, das spürte er. Zugegeben, diese Veränderung bedeutete unter anderem eine Heirat, aber das ließ sich nun einmal nicht ändern.

Wenigstens würde er jemanden heiraten, der ihn vielleicht etwas länger interessierte. Wie konnte eine Frau, die so etwas schrieb, uninteressant sein?

Er fühlte sich gekräftigt. Belebt.

Quin hatte gerade eben seine Braut gefunden. Jetzt musste er nur noch herausfinden, wer sie war, und sie dazu überreden, ihn zu heiraten.

Und das sollte nicht allzu schwierig sein.

»Aurora. Es kann nicht sehr viele Auroras geben.« Quin saß mit Jonas an einem Tisch bei White's und las in dem Tagebuch, das er im Hyde Park gefunden hatte.

»Ich weiß in der höheren Gesellschaft nur von einer. Aber red nicht so laut! Wenn dich jemand hört, hast du sie schon verloren, bevor du sie überhaupt kennengelernt hast.«

Nur eine also. Ausgezeichnet. »Sie ist es.«

»Was, zum Teufel, willst du? Woher willst du wissen, dass sie es ist? Du kennst sie doch gar nicht. Du weißt nichts über sie.« Jonas schlug die Hände über dem Kopf zusammen. »Du hast nichts weiter als dieses … dieses … Buch, das sie geschrieben hat.«

»Genau. Ich habe dieses Buch, in dem sie einen Überfluss an schamlosen und lasziven Ideen niedergeschrieben hat. Über mich. Über sie. Über uns. Das bedeutet, dass sie bereits jetzt an ein ›uns‹ glaubt.« Er hätte sich beim besten Willen keine bessere Idee einfallen lassen können. »Hör mal zu: ›*Lord Quinton zog mich in seine Arme, und ich spürte, wie mein Körper lebendig wurde. Die Luft zwischen uns knisterte förmlich, nie hätte ich so etwas für möglich gehalten. Ich sah lockend, flehend in seine Augen. Bevor ich meinen Wunsch in Worte kleiden konnte, drückte er seine Lippen schon wieder auf meine, noch viel eindringlicher.*‹ Sie bittet mich förmlich, mich an ihr zu vergehen. Wie könnte ich dem Mädchen die Freuden meiner grenzenlosen Geschicklichkeit auf diesem Gebiet verweigern?« Er blätterte weiter. »Und hier! Sie schreibt, dass wir heiraten!«

Jonas starrte ihn wütend an und legte einen Finger an den Mund. »Sei still. Du kannst überhaupt nicht wissen, dass es wirklich um dich geht. Sei doch mal realistisch. Es kann ja sein, dass sie einfach eine blühende Fantasie hat.«

Blasphemie. »Um welchen anderen Lord Quinton könnte es denn gehen? Welcher andere Lord Quinton hat langes, von der Sonne geküsstes Haar, ist ganz in Schwarz gekleidet und ist verwegen und dreist genug, um eine junge Dame so frech zu küssen?« Quin wartete gerade mal eine halbe Sekunde auf Jonas' Antwort. »Keiner! Im Übrigen, schau dir mal diese anderen Geschichten an. Zugegeben, keine von ihnen ist so aufregend wie die, die sie über mich geschrieben hat, aber es gibt sie.« Er durchblätterte das Buch, bis er gefunden hatte, was er suchte. »Diese hier zum Beispiel, über Lord Vickery. Trifft ihre Beschreibung von ihm zu oder nicht? ›*Eher rund als hochgewachsen, mehr auf dem Kopf als darin, freudloser als der Londoner Nebel im November.*‹«

»Nun ja, aber …«

»Nichts aber!« Quin blätterte einige Seiten weiter. »Wie ist es denn mit diesem Eintrag, über Lord Padbury. ›*So korpulent, dass er sich sicher die Taschen mit Kuchen und Torten gefüllt hat, denn sonst könnte ein Mann unmöglich so viel Platz einnehmen.*‹ Wie zutreffend ist diese Einschätzung?« Je größer seine Gewissheit über Aurora wurde, desto fester wurde seine Stimme.

Seine Niederlage eingestehend, schüttelte Jonas den Kopf. »Vollkommen zutreffend.«

»Und wenn die anderen Herren so naturgetreu geschildert werden, wie soll es dann bitte möglich sein, dass dieser Lord Quinton ein anderer ist als ich?« Er sah seinen Freund mit einer hochgezogenen Augenbraue an. »Eben. Es kann kein anderer sein. So, und jetzt Klartext: Wer ist diese Aurora? Erzähl mir, was du über sie weißt.«

»Meine Kenntnisse sind eher dürftig. Ihr Name ist Aurora Hyatt. Ihr Vater ist der Viscount Hyatt. Sie ist seit einigen Saisons auf dem Heiratsmarkt. Ich meine, mich an eine Vermählungsanzeige vor einigen Jahren zu erinnern, aber ich glaube, dass ihr Verlobter verstarb, noch bevor das Ereignis stattfinden konnte.«

Damit konnte er leben. Und wenn sie seit Jahren auf der Suche nach einem Nachfolger für ihren verstorbenen Verlobten war, war sie höchstwahrscheinlich der Verzweiflung nahe. Genau, was er wollte.

»Also keine Skandale? Nichts, was Rotheby benutzen könnte, um sie als potenzielle Partie für untauglich zu erklären?«

»Ich glaube, da soll es eine Kontroverse gegeben haben wegen ihrer Mutter. Wenn ich mich recht erinnere, soll sie nicht aus der High Society, sondern etwas exotischer gewesen sein.«

Exotisch? Das klang vielversprechend.

»Ihr Vater hat jedoch einen makellosen Ruf. Dennoch könnte Rotheby dir genau das Tagebuch, welches du da in den Händen hältst, zur Last legen. Das Bändchen enthält genügend Klatschmaterial für das ganze nächste Jahr.«

Quin winkte ab. »Er kann mir nichts zur Last legen, von dem er nichts weiß. Es weiß doch bestimmt niemand von diesem Tagebuch außer uns zweien und Miss Hyatt, oder? Ich kann mir nicht vorstellen, dass eine junge Dame, die eine seriöse Partie finden möchte, ihren Ruf freiwillig ruiniert. Und genau das würde sie tun, wenn sie ihre erotischen Fantasien jemand anderem anvertraut. Sie kann nicht einmal Anzeige bei der Polizei erstatten, weil sie befürchtet, dass das Tagebuch gefunden wird.«

»Es wird aber bestimmt jemand davon erfahren, wenn du nicht leiser sprichst.«

Verdammt. Quin konnte seine Begeisterung kaum in Schach halten. Je mehr er über die Sache nachdachte, desto sicherer wurde er sich. Diese Aurora Hyatt war genau diejenige, die er heiraten wollte. Das alberne Mädchen war ja ohnehin schon überzeugt, dass sie in ihn verliebt war, da konnte es nicht so schwer sein, sie zu überzeugen. Und das Ganze war obendrein ein riesiger Skandal – potenziell. Denn nun galt es, diese Aurora vor ihrer eigenen Torheit zu schützen, sodass gar nicht erst ein Skandal daraus wurde.

Und dafür würde Quin sorgen.

Solange er das tat, konnte Rotheby nichts an Aurora auszusetzen haben – eine junge Dame der High Society, Tochter eines Viscounts, nach der Art ihres Schreibens gut erzogen, wenn auch ein wenig eigensinnig. Quin würde etwas an dieser Eigensinnigkeit arbeiten müssen. Sie sollte jedoch genügend Zeit haben, sich an ihre neue Position zu gewöhnen.

Er musste sie nur treffen. »Jonas, finde doch mal heraus, bei welchem Ball sie heute Abend anwesend sein wird. Ich glaube, es wird Zeit, dass ich meine Braut kennenlerne.«

1. April 1811

Ich bin gar nicht ganz sicher, dass ich noch lebe. Ich spüre meinen Körper zwar noch, aber mein Herz ist komplett taub. Wie konnte ich bloß mein Tagebuch verlieren? Ich kann nur hoffen, dass Rebecca recht hat und es gerade irgendwo im Serpentine Lake treibt. Dann wäre jedenfalls die Tinte verschwommen, falls jemand es finden sollte. So würde niemand je erfahren, dass ich Lord Endicott eine aufgeblasene alte Kröte genannt habe. Nur Lord Endicott selbst natürlich, er war ja dabei. Und er ist viel zu ritterlich, als dass er eine so delikate Angelegenheit je verraten würde. Könnte ich es auch nur unterlassen, so etwas zu äußern!

Aus dem Tagebuch von Miss Aurora Hyatt

Es wäre untertrieben zu behaupten, dass Lord Griffin Seabrook an diesem Nachmittag vor Wut schäumend White's verließ. Blindwütig wäre treffender. Oder mordlustig, ja, der Ausdruck bot sich besonders an.

Griffin hatte bereits Wind von Lord Quintons Ankunft in der Stadt bekommen. Diese Berichte waren fast immer Hand in Hand gegangen mit Beschreibungen seiner unfeinen Kleidung, seiner indiskreten Flirts, seines unzüchtigen Benehmens. Er hatte sein Bestes getan, Phoebe vor den Neuigkeiten zu schützen, damit sie nicht abermals Schande und Erniedrigung erleiden musste.

Da konnte einem Gentleman entweder übel werden oder der Kragen platzen.

Ja, es war wirklich höchste Zeit, dass Quinton »seine Braut« traf!

Besonders wenn der betroffene Gentleman der ältere Bruder von Quintons wirklicher Braut war …

Der Mistkerl hatte wirklich Nerven.

Er war sogar unverfroren genug, seine Pläne in aller Öffentlichkeit auszubreiten, bei White's am Tisch. Und die Krönung war, dass er sich noch nicht einmal bemüht hatte, leise zu sprechen! Obwohl sein Begleiter ihn mehrfach ermahnt hatte. Es würde Griffin nicht wundern, wenn der Mistkerl sogar eine Wette in White's Wettbuch eingetragen hätte, wie schnell er Miss Hyatt zur Kapitulation und somit einer Ehe mit ihm überreden konnte.

Vor allem aber fragte Griffin sich: Warum das alles? Die Frage war nicht unbedingt, warum sich die bedauernswerte Miss Hyatt überhaupt mit diesem Scheusal beschäftigte – schließlich war seine eigene Schwester ihm ja auch ins Netz gegangen. Vielmehr erschloss sich ihm nicht, warum Quinton so unbedingt heiraten musste – und vor allem nicht, warum dies so schnell vor sich gehen sollte.

Aber eines war sicher: Er würde Quintons Machenschaften nicht tatenlos zusehen. Er würde nicht untätig danebenstehen und erleben, wie der Wüstling eine weitere junge Dame ruinierte. Er musste die Pläne dieses Schurken um jeden Preis vereiteln.

Griffin bog von der St. James Street in die Piccadilly ab, dankbar für die Gelegenheit, sich die Beine zu vertreten und über seine Möglichkeiten nachzudenken.

Er könnte die Angelegenheit direkt vor seinen Vater, dem Marquess von Laughton, bringen und ihn walten lassen. Aber Vater hatte im Moment schon genügend eigene Probleme, mit denen er fertig werden musste. Nach dem Weggang seiner langjährigen Mätresse wäre das erneute Auftauchen eines Bastards nicht unbedingt das, was er jetzt brauchen konnte.

Er könnte Quinton auch direkt auf seine Heimtücke ansprechen. Ihn herausfordern. Mit ihm ein für alle Mal abrechnen. Das hatte er sich schon lange gewünscht, doch die Genugtuung war ihm verwehrt geblieben, da der feige Schuft sich auf dem Kontinent aufgehalten hatte. Leider gab es da jedoch ein kleines Problem, nämlich zum einen die Tatsache, dass Duelle gesetzeswidrig waren, und zum anderen – das wesentlich größere Problem – Quintons weithin bekannte Treffsicherheit.

Griffin könnte auch eine unredliche Strategie wählen und die Klatschweiber über Miss Hyatts Tagebuch und dessen Inhalt in Kenntnis setzen. Doch wenn er das täte, würde er sich auf Quintons Niveau begeben – und eine junge Dame endgültig und unwiederbringlich ruinieren. Die Idee könnte zudem unbeabsichtigte Folgen haben, zum Beispiel die, dass die beiden überstürzt heirateten. Nein, das kam definitiv nicht infrage. Keine der durchgespielten Herangehensweisen schien Griffins Zweck zu erfüllen.

Er brauchte etwas anderes. Etwas, was dem vorliegenden Problem gerecht wurde.

Quinton konnte mit dieser Geschichte unmöglich ungestraft davonkommen.

Bevor er eine Lösung gefunden hatte, war Griffin bei seiner Junggesellenwohnung angekommen. Verdammt, ihm war immer noch nichts eingefallen!

Vielleicht könnte er … Griffin war nicht mit Miss Hyatt bekannt. Er würde sich nie erlauben, ihr einen Besuch abzustatten, um die Situation zu erklären. Aber wäre es nicht eine ungeheuerliche Sünde, Quinton seinen hinterhältigen Plan durchziehen zu lassen?

Griffin änderte die Richtung. Er musste ein neues Ziel finden.

Cavendish Square.

»Strecken und vierteilen wird Vater mich lassen.« Aurora warf sich auf ihr Bett.

»Vielleicht ist es gar nicht so schlimm. Vielleicht spannt er dich nur eine Weile auf die Folter.«

Aurora sah ihre Freundin böse an. Was für ein kläglicher Versuch, sie aufzuheitern! Rebecca könnte sich wirklich etwas mehr Mühe geben. Schließlich handelte es sich um eine Katastrophe von ungeheuren Ausmaßen.

»Immerhin ist es deine Schuld. Warum, um alles in der Welt, musstest du auch dein Tagebuch mitbringen?« Rebecca ließ sich neben ihrer Freundin auf das Bett plumpsen. »Du konntest wohl kaum darin schreiben, während wir unterwegs waren. Ich denke nicht, dass du Lord Norcutt daraus vorlesen wolltest.«

»Großer Gott, natürlich nicht.« Allein der Gedanke, einem Gentleman so etwas vorzulesen, brachte sie zum Schaudern. »Ich wollte gerade etwas schreiben, als Norcutt eintraf und … na ja, irgendwie konnte ich es nicht mehr in meinem Zimmer verstecken und habe es mitgenommen. Und da ich es nun schon einmal bei mir hatte, dachte ich, dass du und ich vielleicht einige Momente für uns haben würden und ich etwas daraus vorlesen könnte.«

Nach allem, was geschehen war, kam ihre Entschuldigung selbst Aurora geringstenfalls lächerlich, wenn nicht vollkommen naiv vor. Aber das entschuldigte nicht Rebeccas mangelnde Hilfeleistung. Besonders jetzt, wo Aurora sie am allermeisten benötigte.

»Ich habe noch nie in meinem Leben einen solchen Unsinn gehört. Ich kenne dich, Aurora, und ich weiß genau, wie du denkst.« Rebeccas Augen funkelten schelmisch. »Ich kann mir gut vorstellen, was für entzückende und hinterlistige Dinge du geschrieben hast. Und du weißt, dass ich es nie riskieren würde, so etwas außerhalb der Privatsphäre dieses Gemachs zu lesen. Apropos, könntest du mir etwas davon erzählen? Aus dem Gedächtnis, versteht sich, da deine frevelhaften Worte derzeitig zum Boden des Serpentine See sinken.«

Aurora machte ein finsteres Gesicht. Sie wollte zu einer vernichtenden Erwiderung ausholen – ungefähr so etwas wie *Da du es für klug hältst, mich in meiner Not zu verspotten, werde ich es für klug halten, dir in Zukunft solche Leckerbissen vorzuenthalten.* (O je, das klang eher gekränkt und pathetisch als vernichtend, selbst für Auroras Gefühl.) Sie war im Begriff, ihre Meinung zu ändern, als an der Tür geklopft wurde. »Herein!«

Eines der Dienstmädchen aus dem unteren Stockwerk trat in den Raum, ein silbernes Tablett mit einer Visitenkarte in der Hand. »Sie haben Besuch, Miss.«

Aber natürlich. Wer immer es war, der hatte ein rücksichtsloses Zeitgefühl, auch wenn es mitten am Nachmittag war. Aurora nahm die Karte und runzelte die Stirn. Lord Griffin Seabrook. Der Name kam ihr vage bekannt vor. Sie war sich jedoch sicher, seine Bekanntschaft noch nicht gemacht zu haben.

»Bitte teilen Sie Lord Griffin mit, dass ich auswärts bin, Eugenia.«

Das Mädchen knickste kurz und verschwand. Nachdem die Tür hinter ihr geschlossen war, wandte sich Aurora wieder an Rebecca: »Also gut, an eine Einzelheit könnte ich mich vielleicht erinnern. Gerade gestern Nacht habe ich über unsere Hochzeit geschrieben. Du kannst mich von nun an gern mit Lady Quinton ansprechen. Ich denke, das wäre angemessen.«

Bei dem Gedanken an die reizenden Leckerbissen, die in ihrem Tagebuch standen, fühlte sie sich entschieden besser als bei dem Gedanken an die Folter und den Tod, die ihr bevorstanden, wenn ihr Vater erst einmal von ihrem Fehler erfuhr.

Rebeccas Augen wurden weiter. »Und die Hochzeitsnacht?« Sie stützte sich auf und nahm Auroras Hände in ihre.

Schon wieder klopfte es an der Tür.

»Verdammt. Herein!«

Eugenia trat wieder ins Zimmer. »Lord Griffin ist sehr hartnäckig, Miss. Hobbes ist leider entschlüpft, dass Sie doch zu Hause sind.«

»Na schön.« Verflixt. Aurora sah ihre Freundin Hilfe suchend an. Man konnte sich immer auf Rebecca verlassen, wenn man für irgendetwas eine Entschuldigung brauchte. Irgendetwas. Lady Rebecca Grantham war praktisch ein Lexikon für Entschuldigungen.

»Eugenia. Bitte richten Sie Lord Griffin aus, dass Miss Hyatt momentan unpässlich ist und man es ihr nicht zumuten kann, Besuch zu empfangen.«

Prächtig. Sie hatte keinesfalls die Absicht, krank zu werden, um die Unterbrechung ihres gemeinsamen Nachmittags zu vermeiden, aber sie würde tun, was notwendig war, damit dieser unverschämte Mensch sie in Ruhe ließ.

Das Dienstmädchen nickte und verließ das Zimmer. Aurora zögerte, ihr Gespräch wieder aufzunehmen, da sie eine weitere Störung befürchtete.

Und die ließ auch nicht lange auf sich warten.

Als Eugenia dieses Mal hereinkam, entschuldigte sie sich als Erstes. »Es tut mir schrecklich leid, Miss, aber es scheint, als sei Lord Griffin abgeneigt zu gehen, ohne mit Ihnen gesprochen zu haben. Seine Lordschaft besteht darauf, Sie heute Nachmittag zu sprechen, unabhängig von Ihrem derzeitigen gesundheitlichen Zustand. Er weigert sich zu gehen, Miss.« Das Mädchen war vor Verlegenheit errötet.

»Was untersteht er sich! Ich bin dem Mann nie vorgestellt

worden. Kommt einfach zu mir nach Hause und verlangt, mich zu sehen …« So etwas hatte Aurora noch nie gehört, geschweige denn erlebt.

Rebecca stand auf und glättete ihr Nachmittagskleid um die Beine herum. »Ich kümmere mich darum. Ich muss sowieso nach Hause, um mich auf den Ball heute Abend vorzubereiten. Ich werde auf dem Weg nach draußen mit Lord Griffin sprechen.« Ihre dunkelbraunen Augen funkelten und wirkten fast schwarz. »Ich verspreche dir, Aurora, Lord Griffin wird den Tag verfluchen, an dem er Forderungen an dich gestellt hat.«

Aurora liebte es, wenn Rebecca sich leidenschaftlich für etwas begeisterte. Fast wünschte sie, in den Salon schleichen zu können und Zeugin der Szene zu sein, die sich gleich abspielen würde.

Stattdessen schwor sie sich, darüber zu schreiben.

Gott sei Dank war Rose schon losgegangen, um ein neues Tagebuch zu erstehen.

Tante Sedgewicks näselnde Stimme traf Auroras Gehör wie eine ganze Gänseschar, die im Serpentinesee ertranken. »Meine Liebe, du musst unbedingt mit Lord Hingham tanzen, sollte er dich bitten. Am besten zum Walzer natürlich. Er wäre eine wunderbare Partie für dich. Er scheint sich nicht um die bedauernswerte Abstammung deiner Mutter zu kümmern.«

Aurora biss sich auf die Lippen. Es ziemte sich nicht, mitten auf einem Londoner Ball mit der eigenen Tante zu streiten. Am wenigsten jetzt, da noch nicht alle Gäste eingetroffen waren und der Tanz noch nicht begonnen hatte. Vielleicht würde sie ungestraft davonkommen, wenn mehr Leute da waren und das Orchester spielte. Wenn es voll und laut war. Aber in diesem Moment glich der Lärm eher dem Miauen eines Kätzchens.

Sie würde nie verstehen, warum ihre Tante immer darauf bestand, so früh am Abend anzukommen – lange bevor all die interessanten Gäste eingetroffen waren und sich bemerkbar machten. Zumal es sich einfach nicht gehörte. »Ja, Tante«, antwortete sie, so gehorsam sie konnte.

Als Nächstes erdreistete der alte Drachen sich, Auroras Kleid mit ihrem Einglas zu inspizieren. Und es war ein Einglas und kein Lorgnon, wie Tante Sedgewick ihr Monokel zu nennen vorzog. »Ich muss so bald wie möglich ein Wörtchen mit deinem Vater reden! Es ist schockierend, dass er dich in diesem Kleid aus dem Haus gelassen hat. Skandalös! In so einer Farbe würde man selbst eine verheiratete Dame für halbseiden halten.«

Ach du großer Gott. Aurora schloss die Augen und zählte bis zehn. Sie war immer noch wütend. Vielleicht sollte sie bis hundert zählen.

Es stimmte schon, dass sie ein blaues Gewand zu tragen wagte, keine langweiligen Pastelltöne. Die Seide war sogar beinahe türkis. Sie hatte noch nie so einen schönen Stoff gesehen und hatte ihn natürlich sofort kaufen müssen, um ein Abendkleid daraus schneidern zu lassen. Der Farbton betonte ihre klaren blaugrünen Augen, wie noch kein anderes Kleid es getan hatte. Sie konnte sich vorstellen, wie ihre Augen im Kerzenlicht des Festsaals aussehen mussten.

Mit ihrem fast schwarzen Haar und der bronzefarbenen Haut sah sie in einer Pastellfarbe beinahe kränklich aus. Besonders in Rosa. Gelbe und pfirsichfarbene Töne waren jedoch kaum besser. Allein Hellblau und Hellgrün schmeichelten ihrem Teint, aber sie konnte sich ja kaum bis zu ihrer Heirat auf diese beiden Farben beschränken.

Außerdem würde Aurora demnächst ihren vierundzwanzigsten Geburtstag feiern. Sie war sicherlich keine Debütantin mehr. Und wenn jemand auf sie herabschaute, weil sie ein etwas farbenfroheres Gewand trug, dann konnte er oder sie sich zum Teufel scheren, Tante Sedgewick inklusive. Ebenso ihr Vater, wenn er sich auf die Seite ihrer Tante stellen sollte.

Aurora fiel keine angemessene Antwort auf die Anklagen ihrer Tante ein. Es hatte ohnehin keinen Sinn. Würde sie offen ihre Ansichten vertreten und Tante Sedgewick womöglich gar widersprechen, sähe man sie doch nur als undankbares Kind an. Aber beipflichten konnte sie der Frau einfach nicht.

Zum Glück trafen Rebecca und ihre Familie ein und kamen durch die Empfangsreihe. Eine unbekannte junge Dame in einem silberfarbenen Gewand aus Gaze begleitete sie.

»Entschuldige bitte, Tante. Lady Rebecca ist hier, und ich muss dringend mit ihr sprechen.« Und das war die Wahrheit. Bei den vielen Unterbrechungen am Nachmittag hatte Aurora es versäumt, Lord Norcutts Problem zu erwähnen. Sie entfernte sich von ihrer Tante, ehe diese sie aufhalten konnte, und hüpfte förmlich quer durch den Festsaal.

Rebecca gab ihr ein Zeichen, zu ihr zu kommen. »Lady Phoebe, kennen Sie Miss Hyatt? Aurora, Lady Seabrook ist die Tochter des Marquess of Laughton, mit dem Vater seit heute bekannt ist.«

Seabrook. Irgendwie kam ihr der Name bekannt vor. Allerdings hatte Aurora keine Ahnung, denn sie hatte die Frau noch nie ihrem Leben gesehen. Sie würde sich an sie erinnern – wenn nicht wegen ihrer Augenfarbe, dann wegen ihrer Gesichtsform. Das Gesicht war etwas zu länglich, um attraktiv zu wirken. Sie hatte offensichtlich versucht, von ihrem langen Gesicht abzulenken, indem sie ihr unscheinbares braunes Haar an den Seiten toupiert hatte, aber leider erreichte sie damit das Gegenteil: Lady Phoebes Gesicht erinnerte Aurora an ein Pferd. Dennoch lächelte sie das Mädchen an und nickte ihr zu.

»Lord Laughton hat uns gebeten, Lady Phoebe heute Abend mitzubringen«, fuhr Rebecca fort, »da er andere Verpflichtungen hatte und sie sonst gezwungen wäre, den Abend allein in ihrem Stadthaus zu verbringen.«

»Wie schön, Sie kennenzulernen«, sagte Aurora. »Sind Sie schon lange in der Stadt?«

Eigentlich hätten Lady Phoebes graue Augen im Kerzenlicht wie ihr Kleid funkeln müssen, aber sie schienen eher matt. Abwesend. »Und ich freue mich, Sie kennenzulernen. Nur ein paar Tage, Miss Hyatt. Wir bleiben während der Saison für gewöhnlich in Harrowgate Place. Vater kommt allein zum House of Lords und kehrt danach zurück nach Hause. Aber in dieser Saison, so befand er, sei es angemessen, dass ich mich auf dem Heiratsmarkt zeige. In Yorkshire gibt es kaum noch geeignete Partien.«

»Allerdings«, erwiderte Aurora, während sie einer Gruppe Herren auf der gegenüberliegenden Seite des Festsaals mit den Augen folgte. »Eigentlich könnte man das von ganz England behaupten.« Jedenfalls wenn man etwas wählerischer war. Wie sie.

»Man könnte auch sagen«, setzte Rebecca ihr mit einem Zwinkern entgegen, »dass diejenigen, die so etwas behaupten, vielleicht ihren Horizont erweitern sollten.«

»Das sagt gerade die Richtige!«, konterte Aurora. »Du bist fast so lange auf dem Heiratsmarkt wie ich und kannst keinen Beau vorweisen. Und zwar nicht, weil sich keiner beworben hätte.«

»Phoebe!«, rief Miss Iris Leggett auf dem Weg durch die Menschenmenge, den Fächer in ihrer behandschuhten Hand. »Ich wusste ja gar nicht, dass du diese Saison in der Stadt verbringst. Du hättest dich bei mir melden sollen.«

Ach Herrgott. Iris Leggett hatte Aurora schon immer genervt. Wenn das keine angehende Wichtigtuerin und

Klatschtante war, dann wusste sie nicht, wer sonst. Und so eine hatte Lady Phoebe zur Freundin? Sie blickte mit einem Augenrollen zur Decke, als das neue Mitglied sich zu ihrer kleinen Gruppe gesellte. Sie hoffte, dass niemand außer Rebecca es bemerkt hatte.

»Miss Leggett, Sie und Lady Phoebe sind also gut befreundet?«, fragte Rebecca, während sie gekonnt den Hohn in ihrer Stimme so versteckte, dass nur Aurora ihn heraushören konnte. »Ich hatte ja keine Ahnung. Sie sind bestimmt am liebsten unter sich, um sich über alte Zeiten zu unterhalten.«

»Oh, wir wollen nicht unhöflich sein«, sagte Lady Phoebe, obwohl sie mit den Augen den Raum schon nach einem Platz abgesucht hatte, an dem sie ungestört sein konnten.

»Unsinn«, sagte Rebecca. »Miss Hyatt und ich sind sehr glücklich, wenn wir guten alten Freundinnen etwas Zeit für sich lassen können.«

Ganz abgesehen davon würde es ihnen beiden Zeit allein gewähren. »Aber natürlich«, stimmte Aurora ihr zu, etwas zu unvermittelt und mit einem eifrigen Kopfnicken, das für ein schlichtes Einverständnis zu heftig war. Sie musste sich wirklich besser in den Griff kriegen! Vermutlich lag das alles an ihren Sorgen wegen des verschwundenen Tagebuchs.

Miss Leggett lächelte schüchtern. »Also gut, wenn Sie meinen …«

Aurora nahm Rebecca am Arm und führte sie davon, bevor irgendjemand etwas sagen konnte. »Wir würden uns gern später mit Ihnen treffen!«, rief sie den beiden über die Schulter zu. Sie sollte wirklich nicht so viel lügen. Aber war es so schlimm, da doch niemand außer Rebecca wusste, dass es eine Lüge war?

Sie schüttelte den Kopf, als wolle sie ihre Gedanken sammeln, während sie und Rebecca in einen Erker mit Blick auf die Veranda flüchteten.

»Ein Glück«, sagte Rebecca. »Ich weiß nicht, ob ich die beiden zusammen lange hätte aushalten können.«

»Ich ganz bestimmt nicht«, sagte Aurora schaudernd. »Außerdem gibt es etwas, worüber ich mit dir heute Nachmittag sprechen wollte, bevor wir unterbrochen wurden.«

»Willst du mir etwa *hier* deine Geschichte erzählen?« Rebecca sah um sich und zog Aurora tiefer in den Erker hinein. Sie runzelte die Stirn und flüsterte aufgeregt: »Ich halte das nicht für sehr weise, Aurora, auch wenn wir hier ziemlich abgeschieden stehen.«

»Nein, nein. Nicht meine Geschichte.« Aurora wedelte mit der Hand und dachte dabei, dass sie endlich mal lernen sollte, ohne so viele Handbewegungen zu sprechen. »Lord Norcutt«, zischelte sie.

»Hast du etwa schon eine Geschichte über Lord Norcutt? O je.«

Aurora seufzte. Rebecca konnte manchmal wirklich etwas begriffsstutzig sein. »Nun sei einmal still und hör zu. Ich habe keine Geschichte, jedenfalls keine, die ich geschrieben habe.« Die Dinge verliefen überhaupt nicht nach Plan. Sie nahm Rebeccas Hand und führte sie an einen Tisch am Fenster, der mit verschiedenfarbigen Tausendschöns geschmückt war.

Rebecca blickte finster in den Festsaal. »Bald beginnt das Tanzen. Wir haben nicht viel Zeit. Wenn wir nicht in ein paar Minuten da draußen sind, haben wir für den ersten Teil keine Partner. Vater wird sehr verärgert sein.«

»Sei still. Es dauert auch nur einen Moment. Hoffe ich zumindest.« Aurora biss sich auf die Lippe und überlegte, ob es einen besseren Weg gäbe, die Angelegenheit zur Sprache zu bringen. Ihr wollte nichts einfallen. »Lord Norcutt hat mich auf dem Weg zum Hyde Park um Hilfe gebeten. Es ist so … also er … er scheint gewisse Empfindungen für dich entwickelt zu haben. Er wollte, dass ich für ihn herausfinde, ob du für sein Liebeswerben offen bist. Er hat schon mit deinem Vater gesprochen ...«

Aurora erschauderte und wartete mit geschlossenen Augen auf den entsetzten Atemzug, der in wildes Gelächter ausbrechen konnte.

Doch weder das eine noch das andere geschah.

O je. Der Schock war für Rebecca wohl noch schlimmer, als Aurora befürchtet hatte. Zugegeben, Lord Norcutt war kein Mann, den Aurora in Betracht ziehen würde, aber er war auch keine warzige Kröte. Der Gedanke, von ihm umworben zu werden, war sicherlich nicht so abstoßend, dass er eine solche Reaktion auslösen würde.

Auf das Schlimmste vorbereitet, blinzelte Aurora durch ihre Wimpern. Würde ihre Freundin heulen, würgen, zum Fenster stürzen, um vom Sims zu springen?

Stattdessen sah Rebecca sie nur mit einem gelassenen Blick an. Ihre Augen waren nicht einmal glasig.

Oh.

»Dürfte ich ihn dann ermuntern, in seinen Bemühungen fortzufahren?« Sicherlich nicht. Sicher scherzte Rebecca. Das musste doch ein Witz sein!

Rebecca lächelte. »Ja, das wäre akzeptabel.«

Akzeptabel? Was war nur mit ihrer Freundin los? Rebecca war es gewesen, die sie immer ermuntert hatte, auf den richtigen Gentleman zu warten. Die alle Geschichten über Auroras Verehrer mit Verachtung und Entsetzen gelesen hatte. Die verlangt hatte, dass Aurora nie ein Angebot von einem dieser Männer annähme. Die eine solche Verbindung für so unwürdig hielt, dass sie sogar ihre Freundschaft infrage stellte, sollte Aurora sich dazu entschließen. Rebecca war es, die während einer einzigen Saison mehr Brautwerbungen abgelehnt hatte, als die durchschnittliche junge Dame in der High Society in ihrem ganzen Leben erhielt.

Aurora staunte mit offenem Mund. Sie zwang sich, den Mund wieder zu schließen. »Also gut. Ich werde es ihm heute Abend ausrichten. Es sei denn, du willst lieber, dass ich warte.« Sie musste warten, ja. Vielleicht brauchte Rebecca einfach etwas mehr Zeit, um zu wissen, was sie da tat.

»Nein, das ist nicht nötig. Es passt heute Abend.« Rebecca stand auf und strich ihr schillerndes roséfarbenes Seidenkleid glatt. »Wir sollten zum Festsaal zurückgehen, bevor wir vermisst werden.«

Aurora folgte ihr und fragte sich, warum es so aussah, als würde Lady Rebecca Grantham förmlich auf dem Boden dahinschweben.

Das war alles sehr eigenartig.

1. April 1811

Der Moment der Wahrheit ist gekommen. Wenn jemand zufällig doch auf mein Tagebuch gestoßen sein sollte, wird der Skandal sicher heute Abend aufgedeckt. Schließlich wird wohl niemand so einen Leckerbissen lange für sich behalten. Ich kenne genügend Klatsch, und ich kenne auch genügend Klatschtanten. Ich bin nur selbst noch nie der Gegenstand übler Nachrede gewesen. Sollte man sich anders fühlen, wenn man selbst Gegenstand all der Gerüchte und Anspielungen ist? Na ja, ich gebe es zu, Gerüchte und Anspielungen treffen auf mich unter diesen Umständen eigentlich nicht zu. Es entspricht der Wahrheit, dass ich diese Worte geschrieben habe. Gott steh mir bei.

Aus dem Tagebuch von Miss Aurora Hyatt

Kurz bevor sie den Ball in Eversley Hall betraten, hielt Jonas Quin zurück, indem er ihm den Weg zu dem großen Fest sperrte. »Vergiss nicht, was du mir versprochen hast.«

Quin konnte es sich nicht verkneifen, die Augen zu rollen. »Ich bin die Diskretion in Person.« Finster betrachtete er Jonas' zweifelnden Blick. »Können wir jetzt bitte? Ich habe eine Braut, die ich kennenlernen muss.« Als sein Freund keinerlei Anstalten machte, aus dem Weg zu gehen, fügte er hinzu: »Und der ich den Hof machen muss.« Er kostete ihn große Anstrengung, bei dem Gedanken nicht zu erschauern.

Jonas trat zur Seite und hob seinen Arm zur offenen Tür. Als er am Baronet vorbei das Haus betrat, brummte Quin: »Ich behaupte ja nach wie vor, dass dies keine gute Idee ist. Ganz und gar keine gute.«

Die Versuchung, Jonas einen Hieb mit der Schulter zu versetzen, war zu groß, und Quin konnte sich gerade noch bändigen, bevor er diesen Mistkerl ganz umstieß. Als Jonas schnaubte, gratulierte Quin sich im Stillen zu diesem kleinen Sieg. Und wenn er seine Braut kennengelernt hatte, würde er erst so richtig feiern.

Als er darauf wartete, von Lord und Lady Eversley begrüßt zu werden, konnte Quin sich nur schlecht konzentrieren. Seine verdammte Krawatte war zu eng, wenn er sie aber lockerte, könnte Jonas womöglich einen Rückzieher machen. Und ohne dessen Einladung zum Ball … na ja, er hatte nicht die Absicht, auf das Geländer zu klettern oder durch den Dienstboteneingang hineinzuschleichen. Schon gar nicht in diesem stutzerhaften Aufzug.

»Ich komme mir wie ein verfluchter Pfau vor.«

»Stell dir mal vor«, sagte Jonas bewusst affektiert, »ich habe noch nie im Leben einen schwarzen Pfau gesehen.«

»Du hast gesagt, ich bräuchte heute Abend heute nichts Farbiges zu tragen. Abends ist schwarze Kleidung angesagt.«

Jonas blickte ihn düster an. »Ich dachte, dein Diener hätte dich heute rasiert. Du siehst aus, als hätte deine Haut seit Tagen keine Rasierklinge mehr gesehen. Hast du die etwa auch vergrault?«

Quin fuhr sich mit der Hand über das stoppelige Kinn. »Ich habe mich heute Morgen vor dem Park rasiert. Du kannst mich mal.«

»Pass auf, was du sagst. Es sind Damen anwesend.« Jonas betrachtete Quin noch einmal. »Morgen lässt du dich gefälligst nachmittags rasieren.«

Quin starrte ihn wütend an. »Ich könnte mich viel leichter auf eine angemessene Sprache konzentrieren, wenn ich Luft bekäme. Und als wenn das alles nicht schon schlimm genug wäre, mussten wir ja unbedingt ein so enges Jackett auswählen, dass es zweier Diener bedurfte, um mich hier hineinzuzwängen.«

»Jammern nützt jetzt auch nichts. Nun halt die Klappe, wir sind fast an der Reihe.« Jonas hatte einen triumphierenden Gesichtsausdruck.

Quin konnte sich jegliche Erwiderung sparen, bis er Miss Aurora Hyatt gefunden hatte. Da es an frischer Luft mangelte, lohnte es sich nicht, weitere Worte an Jonas zu vergeuden.

Als sie endlich im Festsaal angelangt waren, konnte er wirklich nicht atmen. Der ganze Raum war überflutet von Gardenien, Rosen und Tausendschöns. Der Duft blendete zwar die üblichen Londoner Gerüche aus, aber hier wusste jemand anscheinend nicht, wann genug war. Quin hatte das Gefühl, an dem scheußlichen Blumenduft ersticken zu müssen.

Er versuchte, an etwas anderes zu denken. Er hatte an diesem Abend schließlich Wichtigeres zu erledigen. »Siehst du sie?« Er suchte die Menschenmenge ab, obwohl er das kleine Biest noch nie gesehen und folglich überhaupt keine Ahnung hatte, nach wem er suchte.

»Noch nicht. Du musst geduldig sein.«

»Geduldig. Das wäre ja noch schöner«, murmelte Quin vor sich hin.

Wo auch immer er hinschaute, lächelte ihn eine dumme Debütantin an, wippte mit ihren Locken und schenkte ihm, hinter einem Fächer verborgen, einen Augenaufschlag. Vermaledeite Jungfrauen allesamt, mit ihren pastellfarbenen Kleidern und den geröteten Wangen. Wussten sie denn nicht, dass ein Mann wie er gefährlich war? Zum Glück hatte er zumindest etwas Ehre. Jungfrauen hatten ihn noch nie gereizt. Und keinesfalls wollte er sie ins Verderben stürzen. Quin zog willige und erfahrene Frauen vor.

Ihrer Geschichte nach zu schätzen, fehlte es Aurora Hyatt an Erfahrung. Doch sie war definitiv willig.

Eine seiner Bedingungen würde genügen müssen.

»Nun sei ein Kumpel und versuch, nicht wie ein Unhold auszusehen.«

Quin zog fragend eine Augenbraue hoch.

»Du verängstigst die Anstandsdamen.«

»Die sollten auch Angst haben.« Was kümmerte es ihn? Nur eine der anwesenden Damen war von Bedeutung. Sofern sie zu finden war jedenfalls.

Jonas runzelte nur die Stirn und seufzte.

»Hast du sie inzwischen gefunden?«, fragte Quin.

»Gerade eben.« Jonas deutete mit einer leichten Bewegung nach rechts. »Auf der anderen Seite, von der Veranda kommend.«

Nein, das konnte nicht stimmen. Eine kleine blonde Frau in einem weichen, schimmernden Abendkleid, das um ihre zarte Figur schwebte, kam auf sie zu. »Ich dachte, ihre Mutter kam aus irgendeinem exotischen Land. Die hier sieht wie jedes andere englische Mädchen aus. Hübsch, ja, aber …«

»Nicht die. Die dahinter.«

Großer Gott! Der Anblick verschlug Quin fast den Atem.

Offensichtlich war die Göttin Athene mitten in London gelandet. Lang und schlank mit weiblichen Rundungen, die förmlich darum flehten, berührt zu werden. Der Busen der Lady Küss-mich-da-unten verblasste im Vergleich zu diesem üppigen Dekolleté. Dieses war keine schüchterne englische Rose, die den ganzen Abend lang Mauerblümchen sein würde. Aurora Hyatt hatte volles, dunkles Haar und Augen so klar wie Meerwasser. Ihr dunklerer Teint und die intensive Farbe des Kleides betonten diese faszinierenden Augen noch. Quin musste sich unwillkürlich vorstellen, wie diese bronzefarbene Haut sich anfühlte, wie sie schmeckte, wie es wäre, mit den Händen in diese wunderschönen vollen Haare zu greifen. Sein Hals wurde trocken, und er räusperte sich.

Er hätte es durchaus schlechter treffen können. An diese Verführerin gefesselt zu sein wäre vielleicht gar nicht so schlimm. »Ich werde sie zum Tanz auffordern.« Quin hatte kaum begonnen, sich in ihre Richtung zu bewegen, als sein Freund ihn zurückzog.

»Das kannst du nicht. Jedenfalls jetzt noch nicht. Wir müssen ihre Anstandsdame finden, vorgestellt werden, und erst dann kannst du den direkten Kontakt wagen.«

Wenn sie nicht von halb England umgeben gewesen wären, hätte er Jonas eine reingehauen. »Zum Teufel noch mal.« Bei diesen ganzen bescheuerten Regeln würde er noch entweder im Irrenhaus oder im Gefängnis landen, aber gewiss nicht am Altar.

»Sei geduldig. Such dir eine Dame, eine reputierliche, die du kennst.« Jonas zog eine warnende Augenbraue hoch. »Tanz ein- oder zweimal mit ihr, während ich Miss Hyatts Anstandsdame ausfindig mache.«

Quin deutete mit einer Kopfbewegung sein Einverständnis an, meinte innerlich aber »du kannst mich mal«, und Jonas ließ ihn allein. Geduld hatte noch nie zu seinen Tugenden gehört. Und das würde sich im Moment auch nicht ändern.

Er verschränkte die Arme und starrte vor sich hin. Tanzen stand kaum auf seiner Agenda. Herrgott, er kannte ja nicht einmal eine reputierliche Dame! Jedenfalls nicht in der Stadt. Nein, er würde einfach stehen bleiben, wo er war, und warten, bis Jonas die Anstandsdame gefunden hatte und er vorgestellt werden konnte. Und dann … was dann?

Dann würde das Leben, das er bisher geführt hatte, enden. Der Gedanke ließ ihn frösteln.

Ein Herr, den er bei dem ersten Ball der Saison kennengelernt hatte, kam in seiner steifen Kleidung auf ihn zu und öffnete den Mund, um zu sprechen.

Quins eisiger Blick hatte die erwünschte Wirkung. Der Stutzer klappte seinen Mund zu, machte auf dem Absatz kehrt und trippelte in die entgegengesetzte Richtung.

Hoffentlich beeilte Jonas sich. Je länger Quin warten musste, desto unbehaglicher war ihm zumute. Und wenn ihm unbehaglich zumute war, war ihm alles zuzutrauen, das wusste Jonas besser als jeder andere.

Er beobachtete Miss Hyatt. Oder besser gesagt, er fixierte sie. Er verschlang sie mit Blicken.

Ihre Augen leuchteten im Kerzenschein. Sie lehnte sich nach vorne und flüsterte der kleinen blonden Dame etwas ins Ohr. Sie kicherten und blickten in seine Richtung. Zwei weitere junge Damen kamen an ihre Seite und weihten sie in ein offensichtlich köstliches Geheimnis ein, dann gingen sie weiter.

Miss Hyatt und ihre Gefährtin sahen kühn in seine Richtung. Quin neigte den Kopf in ihre Richtung. Er meinte zu sehen – nein, er war sich sicher –, dass Miss Hyatt einen kleinen Knicks zurück in seine Richtung machte.

Sehr vielversprechend.

Konnte es sein, dass die Klatschtante sie gewarnt hatte, sich von dem Schuft gegenüber fernzuhalten? Dies alles könnte sogar einfacher sein, als er es sich vorgestellt hatte.

Eine Gruppe Männer, die er noch nie gesehen hatte, bewegte sich in seine Richtung. Einer von ihnen, groß und schlaksig, mit Augen, die hübscher waren als die der meisten Frauen, verbeugte sich vor ihm. Quin reagierte nicht. Er wollte sich nicht von Miss Hyatt ablenken lassen. Schließlich verstanden sie den Hinweis und gingen fort.

Ein gedrungener Mann mit wildem Haar trat vor Miss

Hyatt und ihre Freundin. Er verbeugte sich tief und unterhielt sich einige Minuten mit ihnen. Wahrscheinlich ein Verehrer, die sie um einen Tanz bat. Vielleicht sogar einer von denen, über die Quin in Miss Hyatts schockierendem Tagebuch gelesen hatte.

Das Orchester begann einen Reel zu spielen, und die Paare begaben sich auf die Tanzfläche. Der Herr mit dem buschigen Haar führte Miss Hyatt hinaus, und ein anderer Prolet kam daher, um ihre Begleiterin zu holen.

Wer auch immer der kurze Mann sein mochte, er würde keine Gefahr für ihn darstellen. Er hätte bei Aurora Hyatt, ihrem Tagebuch nach zu urteilen, keine Chance gehabt. Im Übrigen war sie ja in ihn, Quin, verliebt. Dessen war er sich jetzt sicherer als je zuvor.

Zugegeben, er wusste erst seit einigen Stunden von ihrer Existenz. Aber das war irrelevant.

Da Jonas immer noch nicht zurückgekommen war, machte Quin sich zum Kartenspielzimmer auf. Dort wollte er wenigstens verweilen, bis der Tanz vorüber war. Vielleicht könnte er eine Karaffe Kognak auftreiben. Eversley bewahrte doch sicherlich irgendwo Spirituosen auf. Quin hatte Glück. Eine gut bestückte Bar stand direkt hinter dem Siebzehn-und-Vier-Tisch. Er schenkte sich ein Glas ein, gab dem Croupier ein Zeichen, Karten an ihn auszugeben, und spielte eine Stunde lang oder länger.

Bis Jonas ihn fand. »Was, bitte schön, machst du hier? Solltest du nicht im Festsaal sein und tanzen?«

Quin nahm noch einen Schluck Kognak, bevor er antwortete. »Ich habe mich amüsiert. Das solltest du auch tun. Wenn jemand einen Kognak braucht, um sich zu entspannen, dann bist du es. Trinkst du ein Glas mit mir?« Er wollte aufstehen, um Jonas ein Glas einzuschenken.

Sein Freund war jedoch alles andere als belustigt. Er

wandte sich zum Croupier und sagte mit einem Nicken in Quins Richtung: »Er steigt aus.«

Als alles am Spieltisch geregelt war, packte Jonas Quin am Arm und zog ihn mit Gewalt aus dem Raum. Im Flur, und von potenziellen Zuhörern entfernt, baute er sich vor Quin auf und rümpfte die Nase. »Zum Teufel noch mal, du bist betrunken! Und dabei habe ich gerade eben mit Miss Hyatts Tante, Lady Sedgewick, gesprochen, die einer Vorstellung nach dem Souper zugestimmt hat. Aber nun …«

»Was nun?« Quin dachte nicht daran, sich von irgendetwas oder irgendjemandem seine Pläne für diesen Abend ruinieren zu lassen. Erst recht nicht von so einer verdrießlichen alten Schachtel.

»Sie wird unter diesen Umständen niemals zustimmen. Du bist sturzbetrunken. Sie riecht dich ja durch den halben Festsaal.« Jonas schüttelte den Kopf. »Jetzt bist du wirklich zu weit gegangen.«

Quin gefiel dieser Ton gar nicht. Er klang, als hätte sein Freund ihn aufgegeben. Genau wie alle anderen. »Wie, zu weit gegangen?« Er sprach langsam und gleichmäßig.

Als Jonas schließlich zu ihm aufsah, hatte er einen gequälten Gesichtsausdruck. »Ich kann nicht alles für dich geradebiegen, Quin. Nicht, wenn du immer wieder alles verdirbst, was ich für dich eingefädelt habe.«

»Niemand hat dich gebeten, etwas einzufädeln. Du hast es aus freien Stücken getan.« Quin stieß ihn von sich, riss sich die Krawatte vom Hals und warf sie auf den Boden. »Du hast darauf bestanden, mich salonfähig, ehrenhaft zu machen. Du hast mich in diese verdammten Klamotten gesteckt und mich durch die ganze Stadt geschleppt. Das war nicht meine Idee!«

Wie konnte das möglich sein? Sein einziger Freund. Der

Einzige, der immer auf seiner Seite war, benahm sich wie ein Verräter. Es war kaum zu glauben.

Quin wollte davonlaufen. Er wollte Jonas sein verdammtes Jackett ins Gesicht werfen und fortgehen. So, wie er es schon immer getan hatte. So, wie er es immer tun würde.

Er musste weg von dieser elenden Veranstaltung. Bevor …

»Lauf nicht weg. Sei einmal in deinem Leben ein Mann.«

Nein. Quin würde nicht der Fiesling sein, der er normalerweise war. Nicht heute Abend. Er hatte eine Aufgabe, eine Mission. Unter keinen Umständen würde er sich daran hindern lassen, zu Ende zu führen, womit er begonnen hatte. Schon gar nicht von sich selbst.

Er schubste Jonas so heftig zur Seite, dass er ihn beinahe umgestoßen hätte.

»Quin, halt!« Jonas zerrte an seinem Arm, doch Quin schüttelte seine Hand ab.

»Geh zum Teufel.«

Aber statt durch die Fronttüren hinauszugehen und die Veranstaltung zu verlassen, bog Quin in den Festsaal ab. Er wühlte sich durch die Menschenmenge und zeigte deutlich, dass er nicht zu bremsen war. Alle sprangen hastig beiseite und machten den Weg für ihn frei. Bis er schließlich sein Ziel erreicht hatte.

Aurora Hyatt.

»Ach, du großer Gott.«

Lord Quinton schritt auf sie zu. Er sah furchteinflößend aus. Blutrünstig. Und er blickte ihr direkt in die Augen.

Der Mann sah verteufelt gut aus! Auroras Fantasie hatte untertrieben, sie war ihm in gar keiner Weise gerecht geworden. Das Jackett saß sündhaft eng über seiner Brust und den Armen und zeigte Muskeln, die so fest waren wie Leder. Und sein Haar! Es leuchtete in herrlichstem Blond, als hätte eine Schar von Engeln es mit Gold überpudert. Es war so lang, dass es locker um das struppige, kantige Kinn und sogar auf den geöffneten Kragen seines Hemds fiel.

Aurora hatte ihr Lebtag noch nie einen solchen Mann gesehen. Während er zielstrebigen Schrittes auf sie zukam, bemerkte Aurora ein paar dunkle Haare, die aus seinem offenen Hemdkragen schauten. Ach du meine Güte, wo war denn nur seine Krawatte? Die Klatschblätter würden morgen früh kein gutes Haar an ihm lassen. Und dann – dann ließ sie den Blick über seine Beine schweifen, die in Hessenstiefeln steckten. Meine Güte, hatte der Mann Muskeln! Lord Quintons Oberschenkel mussten vom Umfang her ungefähr ihrer Taille entsprechen.

Alles an ihm war so beeindruckend. So gefährlich. So besitzergreifend. Mit seinen mitternachtsblauen Augen blickte er in ihre. Hungrig. Durchdringend.

»Das ist nicht gut. Überhaupt nicht«, zischelte Rebecca ihr ins Ohr, während sie an Auroras Arm zerrte.

Doch Aurora konnte sich nicht bewegen. Ihre Füße waren wie angewurzelt, sie konnte sich keinen Zentimeter vom Fleck rühren. »Er will mich umbringen. Warum will er mich umbringen?«

»Mach dir keine Gedanken darüber. Komm jetzt lieber sofort mit mir, sonst wird dein Vater dich gewiss von hier fortholen.«

Aber es war zu spät.

Auroras Hals war wie zugeschnürt, ihr wurde flau im Magen, alles in ihr krampfte sich zusammen. Für einen Moment hatte sie das Gefühl, sich übergeben zu müssen. O Gott, sie war völlig paralysiert.

»Miss Hyatt?« Lord Quinton verbeugte sich tief vor ihr und nahm die Spitzen ihrer behandschuhten Hände an die Lippen. Auf die züchtigste Weise hauchte er einen Kuss darauf. »Dürfte ich Sie um den nächsten Tanz bitten?«

Einen Tanz?

Er wollte tanzen?

Also wollte er sie nicht an den Zehen aufknüpfen und meilenweit hinter seinem Pferd herschleifen, um sie anschließend von einem Felsen zu werfen? Oder sie von einer rasenden Rinderherde zertrampeln lassen? Oder auf dem Scheiterhaufen verbrennen?

Gott sei Dank.

Sie atmete auf, zum ersten Mal seit bestimmt einer Minute.

Andererseits wollte er sie auch nicht beim Schopf packen und in seine Höhle zerren …

Schade.

»Aurora«, sagte ihr Rebecca energisch ins Ohr, »das ist Wahnsinn. Mein Gott, es ist völlig unangemessen.«

»Ja, ich würde gerne mit Ihnen tanzen.«

Seine Augen, von denen sie keine Sekunde den Blick wenden konnte, blitzten zufrieden auf. Er nahm ihre Hand komplett in seine, griff nicht nur nach den Fingerspitzen. Die Hitze, die sie bei der Berührung seiner Handfläche verspürte, brannte sich geradezu in ihr Inneres. Schließlich begannen ihre Füße sich wie von selbst zu bewegen. Sie löste ihren anderen Arm aus Rebeccas Umklammerung, und dann schwebte sie neben Lord Quinton davon.

»Ich glaube«, sagte er leise zu ihr, »dieser Tanz wird ein Walzer.«

Ein Walzer.

Sie würde vermutlich in Flammen aufgehen, wenn er sie beim Tanzen umschlungen hielt. Schon jetzt glühte sie förmlich. Und doch – als hätte ihr Körper einen eigenen Willen, zog es sie immer weiter zu ihm hin.

Quin drehte Auroras Gesicht zu sich, legte ihre Hand an seine Schulter und ergriff die andere. Und dann war seine freie Hand an ihrer Taille, und er zog sie in die Glut seiner Arme.

Aurora hörte keine Musik. Sie sah nur ihn, Lord Quinton, wie er mit einer Intensität, die sie noch nie erlebt hatte, den Blick auf sie heftete. Er roch nach Kognak und Hitze. Seine Nähe allein berauschte sie.

Nach einer gefühlten Ewigkeit fand sie die Sprache wieder. »Mylord, woher wussten Sie, wer ich bin?« Was für eine alberne Frage. Sie war echt ein Dummkopf. Aber was machte das schon? Gar nichts.

»Ich denke, aus dem gleichen Grund, aus dem Sie wussten, wer ich bin.« Er sah sie mit einem bohrenden Blick an. »Sie wissen schon, wer ich bin, oder?«

Sie hätte das Atmen gern aufgegeben, wenn er nur nie aufhören würde, sie so anzusehen. Aurora spürte ein Kribbeln, wo immer er sie berührte. Es war eine köstliche Gänsehaut, die sich über ihre Arme und Beine bis hoch zum Kopf und wieder hinunter zu den Zehen ausbreitete.

»Ja. Sie sind der geheimnisvolle Lord Quinton.« Er würde sie für komplett bescheuert halten, wenn sie jetzt nicht aufhörte, ihn so dämlich anzugrinsen. Zu allem Überfluss errötete sie auch noch von den Wangen bis zum Dekolleté. Die Hitze flatterte in ihr wie ein leichter Stoff im Wind. Sie senkte den Kopf, um zu sehen, wie schlimm es war, und bemerkte zu spät, dass sie damit auch seine Blicke auf ihren Busen gelenkt hatte.

»Der bin ich.« Er heftete den Blick auf ihren Schnürleib oder besser gesagt auf das, was darüber war. Schließlich wanderten seine Augen langsam an ihrer Brust entlang zu ihrem Hals, von da aus zu ihrem Kinn und den Lippen, wo er wieder aufhörte.

Aurora hatte eine ausgetrocknete Kehle. Sie brauchte etwas, irgendetwas, um ihre Nerven zu beruhigen und sich abzukühlen. Dennoch wollte sie sich nur enger an ihn schmiegen.

Sie befeuchtete ihre Lippen.

Lord Quintons Hand an ihrer Taille zuckte zusammen und spannte sich an. Dann zog er sie wie auf Kommando näher an sich.

»Miss Hyatt, ich bin außerdem kein Mann, mit dem eine anständige junge Dame gesehen werden sollte. Nicht wenn sie ihren guten Ruf behalten möchte.«

»Ich bin mir dessen bewusst.« Nur zu bewusst. Ihr guter Ruf war jedoch das Letzte, woran sie gerade denken wollte. Sie wollte lieber darüber nachdenken, wie es sich anfühlen würde, mit der Hand über die Stoppeln an seinem Kinn zu streichen.

Seine Mundwinkel verzogen sich zu dem Grinsen eines Wüstlings. Es sah lüstern aus. Teuflisch. Und ganz und gar verlockend.

»Dann sind Sie sich wohl auch darüber im Klaren, Miss Hyatt, dass in diesem Moment jedes Auge in diesem Raum an uns klebt. Inklusive das Ihrer Anstandsdame. Und vielleicht auch das Ihres Vaters.«

»Ja«, sagte sie mit leicht zitternder Stimme. Zur Hölle mit ihm, dass er sie daran erinnert hatte, dass sie eigentlich schreiend vor ihm davonlaufen sollte. Und zur Hölle mit ihr selbst, dass sie nicht tat, was von ihr erwartet wurde.

Da lächelte Lord Quinton sie mit diesem gaunerhaften Lächeln an. »Und dennoch bleiben Sie bei mir. Und tanzen mit mir.« Er wirbelte sie so schnell herum, dass sie fast den Halt verloren hätte, hätte er sie nicht mit seinem starken Arm an der Taille näher an sich herangezogen. »Und noch dazu den Walzer.«

Bei dieser neuen Entfernung konnte sie den Duft seines Kölnischwassers riechen, genau wie sie es sich in ihrer Geschichte vorgestellt hatte. Sie flüsterte »Ja« und traute ihrer eigenen Stimme nicht.

Lord Quinton stand still und hielt kurz inne. »Na dann«, knurrte er, kurz bevor er die Lippen auf ihre senkte. Es war ein Kuss, wie sie ihn sich nicht in den kühnsten Träumen ausgemalt hatte.

Er war weder liebevoll noch keusch. Er war einfach nur heiß. Besitzergreifend.

Lord Quinton zog sie näher an sich heran, bis ihre Körper förmlich verschmolzen. Seine Lippen waren hart und verlangend. Die Stoppeln an seinem Kinn griffen ihre zarte Haut in einer Weise an, die sie nach mehr lechzen ließ. Er biss auf ihre Unterlippe, und sie schrie auf. Ihr Schrei war jedoch durch seine Zunge gedämpft.

Aurora konnte den geschmeidigen dunklen Kognak schmecken.

Mit der Zunge umspielte Lord Quinton ihre Lippen, leckte sie, sog an ihnen. Sie spürte es bis in die Fingerspitzen. Sie zitterte, und gleichzeitig spürte sie ein unerhörtes Sehnen zwischen den Schenkeln.

Sie wollte mehr.

Sie wollte mit ihm machen, was er mit ihr machte, damit er die gleichen schamlosen Gefühle verspürte.

Lord Quinton trat zurück. Er ließ sie los und neigte kurz den Kopf. »Guten Abend, Miss Hyatt.«

Und damit ging er.

2. April 1811

Großer Gott. Gestern dachte ich nur, mein Leben sei zu Ende. Heute weiß ich es. Aber was für eine Art und Weise zu sterben. Ob man sich im Himmel auch küssen kann? Und wäre ein Kuss im Himmel so teuflisch sündhaft wie dieser Kuss? Wenn nicht, dann ziehe ich es vor, nicht in den Himmel zu kommen, sofern ich heute sterbe. Vielleicht wäre es woanders besser.

Aus dem Tagebuch von Miss Aurora Hyatt

»Komm, Aurora. Du musst jetzt aufstehen.«

Aus Auroras Position, tief unter dem Bettzeug verborgen, klang Roses Stimme Rebeccas zum Verwechseln ähnlich. Und seit wann nahm das Mädchen es sich heraus, sie beim Vornamen zu nennen?

»Warum sollte ich aufstehen und zu meiner eigenen Beerdigung marschieren? Bitte teilen Sie meinem Vater mit, dass er solche Angelegenheiten hier erledigen kann. Ich werde ihm dabei nicht helfen.« Sie hatte wahrhaftig schon genug getan.

Was war gestern Abend nur in sie gefahren? Sie hatte in ungehörigster Weise mit Lord Quinton quer durch den Festsaal geflirtet, mit ihm getanzt, und noch dazu einen Walzer, ohne ordnungsgemäß vorgestellt worden zu sein. Sie hatte ihre liebste Freundin nicht beachtet und sich völlig und rettungslos in den Schurken – was sonst war er? – verliebt. Also gut, das mit dem Verliebtsein war schon passiert, als sie überhaupt von seiner Existenz erfahren hatte, und hatte sich verstärkt, als sie von seinem piratenhaften Benehmen hörte. Aber die rettungslose Verliebtheit hatte sie erst gestern Abend überkommen.

Und um dem Ganzen die Krone aufzusetzen, hatte sie dem Gauner auch noch erlaubt, sie zu küssen.

Im Festsaal.

Vor der halben High Society.

Und wie der Zufall es wollte, war ihr Vater gerade im richtigen Moment in den Festsaal zurückgekommen, um den Kuss mitzuerleben. Er war zu fassungslos gewesen, um Lord Quinton zur Rede zu stellen, bevor dieser entkam.

Stattdessen sah es so aus, als wolle er seinen Zorn an Aurora auslassen.

Und die hatte vor, bis zu ihrem bevorstehenden Tod genau da zu bleiben, wo sie war. Noch nie hatte sie eine derartige Demütigung empfunden wie in dem Moment gestern Abend, als Lord Quinton sie auf der Tanzfläche hatte stehen lassen und die ganze Welt sich an ihrem gesellschaftlichen Untergang weiden konnte.

Na ja, die ganze Welt war vielleicht etwas übertrieben. Dennoch bemerkte Aurora es: die offenen Münder, die dreisten Blicke und wie man ihr bewusst den Rücken kehrte. Wie die älteren Damen ihre Töchter aus Auroras Gegenwart scheuchten. Sie merkte die plötzliche Abwesenheit von Herren, die ihre Namen auf ihre Tanzkarte schreiben wollten, die bedrückende Stille, die allmählich von einem katastrophalen Flüstern überwältigt wurde. Und natürlich war sie Gegenstand dieses Geflüsters.

Der Ausdruck von bestürzter Niedergeschlagenheit auf Vaters Gesicht.

Der Hohn und die Empörung in Tante Sedgewicks Stimme, als sie Aurora aus Eversley Hall geleitete.

Aber noch schmerzhafter als alles andere zusammen war

das Mitleid, mit dem Rebecca ihre Hand kurz und sanft ergriff, als sie auseinandergingen.

Jemand riss ihre Bettdecke energisch zurück, und Aurora wurde von der Sonne geblendet, die gerade vor ihrem Fenster aufging. Tatsächlich war es Rebecca und nicht Rose, die Auroras verknittertes Bettzeug in den Armen hielt!

Sie sah Aurora böse an. Wie ein Todesengel stand sie da, während die Sonnenstrahlen ihre Silhouette konturierten. »Ich bezweifle ernsthaft, dass es heute eine Beerdigung geben wird, und wenn, dann vermutlich für Lord Quinton und nicht für dich, also hör gefälligst auf, Trübsal zu blasen.«

Aurora wälzte sich auf die andere Seite und vergrub ihre Augen im Kopfkissen. »Geh weg. Es ist ja eine unchristliche Zeit. Warum bist du überhaupt hier? Ich will kein Mitleid von dir.«

»Und das zeigst du auf eine ganz jämmerliche Art.« Rebecca nahm auf der Bettkante Platz. »Aber man wird dich bemitleiden, ob du es willst oder nicht.«

»Hm.« Aurora wälzte sich auf den Rücken, um ihren mürrischen Gesichtsausdruck voll zur Geltung zu bringen. »Du entpuppst dich ja als eine tolle ›liebste und beste‹ Freundin! Du lässt mich in meiner schwersten Stunde im Stich?«

»Ich lasse dich wohl kaum im Stich. Falls du es nicht bemerkt haben solltest, ich bin hier. Bei Sonnenaufgang. O Gott, ist es früh. Und das nennst du im Stich lassen?« Rebecca zog an Auroras Händen, bis diese aufrecht saß. »Wir haben viel zu besprechen.«

»Was zum Beispiel?«, fragte Aurora schleppend. Es war ihr fast egal. War noch irgendetwas wichtig, jetzt, da sie zum Tode verurteilt war? Zumindest zu einem Leben allein. Unabhängig davon, dass sie den Gedanken einer lieblosen Ehe verabscheute, graute ihr noch viel mehr vor der Einsamkeit. Sie würde es nicht ertragen, zu enden wie ihre Mutter.

Trotz Auroras Beschwerden erwies Rebecca sich als echte Freundin und ignorierte den kläglichen Ton in ihrer Frage. »Zum Beispiel, dass Lord Quinton dir heute einen Besuch abstattet.«

»Ich will ihn nicht sehen.« Ihre Lüge klang in Auroras eigenen Ohren hohl. Ich lasse nach, dachte sie.

Das musste seine Schuld sein.

»Also, wenn er auch das kleinste bisschen Anstand hat, dann kommt er heute Nachmittag, um um deine Hand anzuhalten.«

»Vater wird ihn fordern. Quinton ist tot, bevor er seine Absicht aussprechen kann.« Sie glaubte wenigstens, dass ihr Vater es tun würde. Verdammt! Was, wenn nicht?

Rebecca zog eine Augenbraue hoch. »Dein Vater wird Quinton schon nicht töten. Der Mann ist deine einzige Möglichkeit, nicht den letzten Rest deines Ansehens zu verlieren.«

Aurora hasste es, wenn Rebecca recht hatte.

»Er kommt nicht. Du hast ihn doch gestern Abend gesehen. Er hat mich einfach geküsst und ist dann gegangen. Außerdem war er voll wie eine Haubitze. Wahrscheinlich kann er sich an nichts mehr erinnern.« Wenn er sich auch nur halb so deutlich erinnerte, wie Aurora es tat, wunderte sie sich, dass er von der Intensität dieses Kusses nicht in Flammen aufgegangen war. Sie schloss die Augen und versuchte die Erinnerung zu unterdrücken. Sie durfte nicht über solche Sachen nachdenken. Nicht jetzt. Nicht wenn alles in die Binsen ging. »Nein, er bleibt weit weg. Ich rechne nicht damit, ihn jemals wiederzusehen. Diesen Schurken.«

Ein absolut köstlicher Schurke, der ihr Herz gestohlen hatte. Und ihren Verstand noch dazu.

Ein schiefes Lächeln erhellte Rebeccas Züge. »Ich denke, er wird kurz nach dem Mittagessen hier sein. Und ich denke auch, dass wir eine Hochzeit planen müssen – in äußerst kurzer Zeit.« Sie ging hinüber zu einem Korb am Fenster und zog Bahnen von cremefarbener Seide und elfenbeinfarbener Spitze hervor. Ihre normalerweise tiefbraunen Augen glänzten fast honigfarben vor Aufregung. »Lass uns anfangen.«

Quin zuckte bei der Strafrede seines Großvaters zusammen. Rotheby wusste genau, wie betrunken er noch vor wenigen Stunden gewesen war (der Griesgram hatte es ja schließlich in den Klatschblättern gelesen), dennoch hatte er sich geweigert, seine Stimme auf einen ertragbaren Pegel zu senken.

Das war natürlich sein gutes Recht. Mansfield House war sein Haus in London, und somit konnte er dort tun und lassen, was er wollte. Und dies schien der Graf nie zu vergessen.

»So etwa?«, brüllte der Alte, seine sonst oft knarrende Stimme kam richtig in Schwung.

»So, meinst du, benimmt man sich, um ein Gentleman zu werden? So führt man sich auf, wenn man meine Gunst zurückgewinnen will?« Rothebys Augen loderten so hell wie das Kaminfeuer, welches trotz der erdrückenden Hitze im Raum noch brannte.

Verdammter Mist. Der Mann hat ihn nicht zu Wort kommen lassen, seit Quin sich mit ihm an den Frühstückstisch gesetzt hatte. Und unentwegt wedelte er mit der Morgenzeitung herum.

»Ich hätte es nicht tun sollen.«

»Du hättest eine ganze Menge Dinge nicht tun sollen. Und ich hätte dir nie die Gelegenheit geben sollen, dich zu ändern, denn jetzt ist es dir gelungen, alles zu vermasseln.« Rotheby schob sich eine Gabel mit Rührei in den Mund und fuhr fort, bevor er es zerkaut und heruntergeschluckt hatte. »Das Unverzeihliche an der Geschichte ist, was du dem

Mädchen angetan hast. Du hast sie ruiniert. Jetzt hat sie keine Chance mehr auf eine anständige Partie.«

Als wenn er das nicht wüsste. Nichts am Vorabend war gelaufen wie geplant. Quin hatte um eine Vorstellung bitten, mit ihr tanzen, sie vielleicht mit einem kleinen Flirt betören wollen … und sie dann überreden, ihn zu heiraten, da er ihr verbotenes kleines Büchlein besaß.

Leider Gottes war alles schiefgelaufen, nachdem er sich den verdammten Kognak eingeschenkt hatte.

Wenn er sich nur an seinen Plan gehalten hätte, hätten sie eine kleine, feine Hochzeit feiern können, nachdem das Aufgebot bestellt worden war. Es hätte keine Eile gegeben. Keine Dringlichkeit. Kein Drama. Jedenfalls nicht mehr Drama, als Rothebys Bedingungen ohnehin verursachten.

Aber da er es versäumt hatte, sich zu beherrschen, musste Quin nun die Konsequenzen ziehen. »Sie ist nicht ruiniert. Sie wird mich heiraten.«

Selbst unter seiner hauchdünnen Haut war Rothebys Gesicht stark erhitzt. »Du kannst nur hoffen, dass sie es tut. Du wirst dein blaues Wunder erleben, wenn …«

»Sie wird es tun«, unterbrach Quin ihn. Er hasste es, in so einem giftigen Ton zu sprechen. Er musste seinen Frust mit sich und der Situation in Überzeugungskraft umwandeln. »Wenn wir verheiratet sind, wird sie eine absolut akzeptable Baroness abgeben. Und eines Tages übernimmt sie die Rolle der Gräfin.«

»Woher willst du dir so sicher sein, dass sie standesgemäß ist?«, fragte sein Großvater. »Du hast noch nicht genügend Zeit mit ihr verbracht, um irgendetwas Näheres über sie zu erfahren. Ehrlich gesagt bin ich nicht sehr überzeugt. Gestern Abend hat sie bewiesen, dass sie eher schamlos als unbescholten ist.«

Das alte Rabenaas wollte einfach nicht aufgeben. Nach all

dem, was Quin durchgemacht hatte, um sich diese potenzielle Braut zu angeln – eine Frau ohne Tadel –, hatte er es fertiggebracht und ihren Ruf selbst beschmutzt. Rotheby *musste* sie einfach anerkennen. »Sie täten gut daran, Mylord, vorsichtig zu sein mit dem, was Sie über meine erwählte Braut in meiner Gegenwart sagen.«

»So wie du gut daran getan hättest, nicht ein so schamloses Flittchen als Braut zu wählen.«

Quin machte große Augen, aber er hielt inne, als sein Großvater abwinkte.

»Man kann ja nicht alles haben.« Der Graf seufzte und sank in einen Chintzsessel vor dem Kamin. »Was weißt du über ihre Familie?«

Er bezweifelte, dass sein Großvater die ehrliche Antwort – gar nichts – auf seine Frage bekommen wollte. »Ihr Vater ist Viscount Hyatt.«

Rotheby nickte und legte die Fingerspitzen aneinander. »Ihre Mutter … ich meine, mich erinnern zu können, dass die Viscountess aus Griechenland kam, stimmt das?«

Verdammt. Woher in aller Welt sollte er so etwas über die Kleine wissen, geschweige denn über ihre Mutter, die er nie kennengelernt hatte? Er hatte nur ein paar Minuten mit Miss Hyatt getanzt, als er total betrunken war, und hatte sie dann geküsst. Die Einzelheiten ihrer Abstammung waren ihm unbekannt. »Ja.« Hoffte er. Quin wollte den Alten nicht anlügen, jedenfalls nicht so unverhohlen. Aurora sah in der Tat wie Athene in Person aus. Halb Griechin zu sein stand ihr gut. Genau wie sie ihm gut stand.

»Der Aspekt ihrer Herkunft wird deinem Fall bei mir nicht helfen«, sagte Rotheby. Er blickte zu Quin auf, als ob er dessen Reaktion einschätzen wolle. »Ich erwarte einen geeigneten Erben für diesen Titel.«

Um sich zu beruhigen, biss Quin sich auf die Unterlippe.

Es schmerzte nur wie ein Bienenstich und machte ihn noch zorniger.

»Du wirst einen geeigneten Erben bekommen, verdammt noch mal«, sagte er barsch. »Das Mädchen kommt aus guter Familie. Ihr Vater ist ein Viscount. Was willst du noch?«

Rotheby starrte einige Minuten lang ins Feuer. »Versag nicht, Quinton«, sagte er schließlich, ohne den Blick emporzurichten. »Du kannst es dir nicht leisten.«

Mit einer Handbewegung entließ sein Großvater ihn.

Kaum dreißig Sekunden, nachdem Quin angekommen war und der Butler den Raum verlassen hatte, fiel die Tür des vorderen Salons ins Schloss. Das Geräusch riss ihn aus seinen Gedanken über die mögliche Farbe des Zimmers. Es war hell, freundlich, besonders da die Vormittagssonne durch die durchlässigen Gardinen strahlte.

Man konnte annehmen, dass der Mann, der mit seiner schief hängenden Krawatte und den lodernden dunklen Augen vor ihm stand, Viscount Hyatt war. Ein Arm hatte es nicht in das Jackett geschafft. Die grauen Strähnen im Haar deuteten auf sein fortgeschrittenes Alter hin.

»Lord Quinton«, höhnte der ältere Mann. »Ich habe mich schon gefragt, wie lange es dauern würde, bis Sie in Erscheinung treten. Und ob Sie es überhaupt wagen würden, sich hier blicken zu lassen, Sie Lump.«

Quin sah es ein: Es war an der Zeit, sich einsichtig zu zeigen. Gott, in solch einer Situation hatte er nie sein wollen. »Lord Hyatt.« Quin verbeugte sich betont höflich. »Ich hatte gehofft …«

»Was Sie gehofft hatten, ist unbedeutend«, unterbrach Hyatt ihn in eiskaltem Ton. Er schritt über den Parkettboden, und die Absätze seiner polierten Stiefel klickten mit einer fast militärischen Präzision, bis er Nase an Nase vor Quin stand. Oder besser gesagt, Nase an Brust, denn Quin war mehr als einen Kopf größer als Hyatt. »Werden es Pistolen sein?«

Um Gottes willen, ein Duell? Quins Treffgenauigkeit mit der Pistole war miserabel, auch wenn gemeinhin das Gegenteil angenommen wurde. Ausnahmsweise einmal wünschte er sich, dass sein Vater ihm nützlichere Beschäftigungen beigebracht hätte als Kognak und Schlägereien. Wenn Hyatt ihn nicht umbrachte, dann wurde Rotheby es sicherlich tun. Als Strafe dafür, dass er an so etwas Törichtem wie einem Duell teilgenommen hatte. Abgesehen davon, dass es illegal war. Aber wer konnte schon Überblick über diese Dinge behalten?

Ein Duell kam einfach nicht infrage.

»Lord Hyatt«, sagte er in der krampfhaften Hoffnung, dass der Mann zuhören würde. »Ich verstehe nicht, wie solch drastische Maßnahmen irgendjemandem dienen können. Am allerwenigsten Ihrer Tochter.«

Die Augen des älteren Mannes blitzten. »Schuft! Wie könnte es meiner Tochter schaden, wenn ihre Ehre verteidigt wird?«

Quin machte einen Schritt näher ans Fenster, einerseits um etwas mehr Entfernung zwischen sich und Hyatt zu bringen, andererseits um die Oberhand in den Verhandlungen zu gewinnen. »Seien wir doch ehrlich, Mylord. Wenn wir uns duellieren, kommt für sie nichts Gutes dabei heraus.« Er zog eine Augenbraue hoch, als wolle den Earl herausfordern, seine Behauptung zu widerlegen.

Hyatt schnaubte, hielt aber den Mund.

»Sollte ich gewinnen, wäre ihre Ehre verteidigt, sie hätte aber niemanden, der sie in Zukunft verteidigt.« Seine Chancen, ein Duell zu gewinnen, waren so aussichtsreich wie die einer lahmen Ratte, die einer Horde hungriger Katzen entkommen will. Aber Hyatt musste ja nicht alles wissen. »Und sollten Sie gewinnen, wäre ihre Ehre wiederhergestellt, doch sie würde niemals eine angemessene Partie machen, denn ihre einzig realistische Möglichkeit dafür läge unter der Erde.«

Der Viscount biss die Zähne zusammen, und sein Gesicht wurde dunkelrot. »Und was, bitte schön, sollte stattdessen passieren? Ich glaube kaum, dass Sie ihrer würdig sind.«

Natürlich war er Auroras nicht würdig. Quin war nichts würdig, was gut und anständig war. Dafür hatte sein Vater schon vor Jahren gesorgt. Aber davon durfte er sich jetzt nicht seine Pläne durchkreuzen lassen. »Ob ich ihrer würdig bin oder nicht, spielt kaum eine Rolle. Es geht darum, dass ich Miss Hyatts Ruf geschadet habe und niemand außer mir ihr Ansehen wiederherstellen kann. Das werden Sie wohl kaum bestreiten.«

Hyatt öffnete zweimal den Mund, um zu kontern, schloss ihn jedoch gleich wieder. Es war offensichtlich, dass er kein Argument zur Hand hatte, das gegen Quins ins Gewicht fallen würde.

Und das war auch richtig. Der Mann konnte doch nicht ernsthaft erwartet haben, dass ein Duell irgendetwas lösen würde. Außer vielleicht seinen väterlichen Stolz zu schonen.

»Sie braucht den Schutz meines Namens«, fuhr Quin fort. »Ich bin gekommen, um um die Hand Ihrer Tochter anzuhalten. Es ist meine Absicht, all das, was ich restlos und unwiderruflich falsch gemacht habe, wiedergutzumachen.«

Die beiden Männer schwiegen eine lange Weile, während Hyatt still zitterte und kochte und Quin die verlöschende Glut seiner Freiheit am Herd sterben sah.

Schließlich setzte Lord Hyatt sich in einen Sessel am Kamin. »Ich habe zwar immer gewusst«, sagte er, »dass Aurora eines Tages heiraten würde. Dass meine Tochter mich für einen anderen Mann verlassen würde.« Tränen stiegen ihm in die Augen. »Womit ich aber nie gerechnet hatte ist, dass dieser Mann kein Gentleman sein würde, dass er keine Ehre haben würde.«

Kein Gentleman? Das stimmte schon. Keine Ehre? Quin konnte kaum auf irgendeinen Aspekt seines Charakters hinweisen, um auch diese Behauptung zu widerlegen.

Eigentlich sollte er gehen. Er verdiente Aurora nicht. Nicht nach seinem Verhalten am Vorabend. Nicht nach seinem Verhalten während der letzten Jahre. Nicht nach seinem Verhalten während seines ganzen verdammten Lebens.

Seine Augen huschten zur Tür. Drei Schritte bis zur Freiheit. Höchstens vier.

Der Puls rauschte in seinen Ohren.

Er könnte frei sein.

Noch einmal blickte er Hyatt an.

Der Viscount starrte Quin mit einem gequälten Gesichtsausdruck an. »Ich habe sie im Stich gelassen«, sagte er.

Zum Teufel.

Bahnen von cremefarbenen Musselinstoffen, elfenbeinfarbenen Seidenstoffen und weißer Atlasseide waren über jeden Quadratzentimeter in Auroras Schlafzimmer drapiert. In einige davon hatten sich Aurora und Rebecca sogar verwickelt, während sie sich schwertaten, den richtigen Stoff für Auroras Hochzeit zu auszusuchen.

Als es an der Tür klopfte, versuchten sie vergeblich, sich von dem Stoff zu befreien. Im Gegenteil, ihre Anstrengungen hatten zur Folge, dass sie zusammen vom Bett stürzten und in einem Meer von Weiß landeten.

Rose eilte ins Zimmer. »Miss Hyatt? Lady Rebecca? Ist alles in Ordnung?« Sie hob eine Schicht nach der anderen an und wühlte in ihrem gemeinsamen Textilgrab.

»Wir haben es ohne Schaden überstanden«, sagte Aurora, nahm die Hand ihrer Zofe und stand auf.

Rebecca knurrte lediglich unter der Spitze hervor, zu der sie Aurora hatte überreden wollen.

»Lord Hyatt bittet um Ihre Anwesenheit in der Bibliothek, Miss«, sagte die Zofe aufgeregt. Sie zog zerknitterte Stoffbahnen von ihrer Herrin herunter und machte sich ans Werk, Auroras Kleid und Frisur zu glätten. »Er sagte, es sei sehr eilig.«

»Siehst du?«, sagte Rebecca mit einem spitzbübischen Blick. »Ich habe doch gesagt, dass Lord Quinton kommen würde.«

»Unsinn.« Aurora rollte die Augen. Lord Quinton. Vater will mir wahrscheinlich nur mitteilen, dass er mich in ein Kloster oder zu irgendeinem entfernten Verwandten auf dem Kontinent verfrachtet.

»Wollen wir wetten?«, fragte Rebecca. »Warum ist deine Zofe dann so um dein Aussehen bemüht?«

Eine Wette? Wie schockierend! Und genau das, was sie an diesem Tag brauchte.

Eine Haarnadel stach in Auroras Kopfhaut, als Rose eine besonders widerspenstige Locke zu bändigen versuchte. »Autsch!« Sie rieb die wunde Stelle und sah zurück zu Rebecca. »Abgemacht. Um was wollen wir wetten?«

»Es tut mir wirklich leid, Miss«, sagte ihre Zofe, während sie weiterarbeitete. »Aber wir haben keine Zeit zu vergeuden.« Als sie Auroras Haar zu ihrer Zufriedenheit frisiert hatte, nahm Rose Aurora am Arm und führte sie aus dem Zimmer, die Treppe hinunter und in die Bibliothek.

»Wenn Lord Quinton tatsächlich hier ist, um um deine Hand anzuhalten«, sagte Rebecca, die versuchte, mit ihnen Schritt zu halten, »musst du versprechen, nie wieder schlecht über Lord Norcutt zu sprechen.«

Aurora hatte keine Sorge, dass dies je passieren könnte, und so stimmte sie leichten Herzens zu. »Gut. Und wenn ich recht habe und er nicht hier ist, um einen Antrag zu machen, was dann?«

Rebecca zog Aurora plötzlich so heftig am Arm, dass sie beinahe hingefallen wäre und Rose mit ihr. Sie waren gerade an den Doppeltüren von Vaters Bibliothek angekommen. Rebecca sah sie mit einem Blick an, aus dem tiefe Aufrichtigkeit sprach. »Dann werde ich die Schweinerei aufräumen, nachdem dein Vater dich in Stücke gerissen hat, damit er keinen Ärger mit dem Prinzregenten hat.«

2. April 1811

Ich bin auf dem Weg zu meinem Henker. Wünscht mir das Glück, dass ich an einem Ort ende, wo man geküsst wird. Ich möchte wirklich nicht die Ewigkeit irgendwo verbringen, wo keine Fleischessünden erlaubt sind, schon gar nicht, nachdem ich einen einzigen Kuss in meinem irdischen Körper erlebt habe, aber keine echten Fleischessünden. Oh, und noch etwas: Glaubt ihr, dass es im Himmel Schokolade gibt? Oder in der Hölle, denn ich bin wahrscheinlich auf dem Weg dorthin.

Aus dem Tagebuch von Miss Aurora Hyatt

Die Frösche waren wieder da. Sie hüpften in ihrem Bauch herum und drohten jederzeit durch ihre Kehle aus ihrem Mund zu schießen. Aurora konnte, offen gestanden, nicht erkennen, ob sie aus nervöser Erwartung oder aus Furcht da waren. Beides wäre in dieser Situation normal.

Jeden Augenblick konnte Lord Quinton durch die Tür der Bibliothek ihres Vaters kommen und ihr einen Heiratsantrag machen.

Sie wollte ihn annehmen. Unbedingt sogar. Und sie wusste, dass ihr Vater es wollte.

Andererseits hatte sie aber auch ganz große Angst.

Weil sie sich an die Ehe ihrer Eltern erinnerte. Weil sie sich erinnerte, dass ihre Mutter unglücklich war, solange Aurora sie gekannt hatte. Weil sie nach Lord Dodworths Tod – in dem Moment, in dem sie befreit war – beschlossen hatte, nie einen Mann zu heiraten, der nicht so unsterblich in sie verliebt war wie sie in ihn.

Als ihr Vater sie kurz zuvor in seine Bibliothek geholt und ihr Lord Quintons Absichten mitgeteilt hatte, hatte sie ihm gesagt, dass sie den Antrag annehmen würde. Sie wollte die Schande tilgen, die ihm ins Gesicht geschrieben stand, wenn er sie ansah. Sie wollte sicher sein, dass er nicht ihretwegen leiden musste. Jedenfalls nicht mehr, als er es schon getan hatte.

Doch nun …

Nun war sie sich doch nicht so sicher.

Wie konnte sie ihr Leben an der Seite eines Ehemanns verbringen, den sie nicht kannte? Klar, sie hatte sich eingebildet, in ihn verliebt zu sein. Aurora war in die Vorstellung von Lord Quinton verliebt. Und er hatte sie auf eine völlig unerwartete Weise erregt, als er sie umarmt und geküsst hatte, bis sie glaubte, ein Vulkan breche in ihrem Kopf aus.

Aber war das wirklich Liebe? Sie bezweifelte es.

Noch mehr bezweifelte sie, dass er sie lieben könnte. Er kannte sie überhaupt nicht. Das Einzige, was er getan hatte, war, sie auf die Tanzfläche zu ziehen, mit ihr einen Walzer zu tanzen, sie herumzuwirbeln, zu küssen, ihr Leben in einen Trümmerhaufen zu verwandeln und sie schließlich zu verlassen.

Das war keine Liebe.

Wenn sie die Sache also durchziehen würde – wenn sie seinen Antrag annahm –, würde sie ihren Vater glücklich, sich selbst aber elend machen.

Sie wollte auf keinen Fall wie ihre Mutter enden.

Die Tür öffnete sich, und Hobbes meldete: »Baron Quinton, Miss Hyatt.«

Der betreffende Herr kam durch die Tür. Er sah übernächtigt aus, war unrasiert, und sein Haar fiel ihm wild um die Schultern. Sein Anblick verschlug Aurora den Atem.

Selbst wenn er elend aussah, brachte er ihr Herz zum Flattern und ließ Schmetterlinge in ihrem Bauch aufsteigen. Dem würde sie ein Ende machen müssen, wenn sie nicht in der gleichen schlimmen Lage enden wollte, in der ihre Mutter sich jahrelang befunden hatte.

Er verbeugte sich tief und erhob sich langsam. »Guten Morgen, Miss Hyatt. Ich hoffe, Sie haben gut geruht?«

»Ich habe kaum ein Auge zubekommen. Ihretwegen.« Sie sollte wirklich erst denken und dann sprechen. Und schon gar nicht handeln. Das würde ihr viel Ärger ersparen.

In weniger als einer Sekunde änderte sich sein Gesichtsausdruck. Doch statt zerknirscht oder beschämt auszusehen, schossen Lord Quintons Augen wie Brandpfeile durch sie und fraßen ihre Zielscheibe in heißer Wollust auf. Oh, großer Gott – sie war die Zielscheibe!

Seine Lippen verzogen sich in ein sinnliches Grinsen, das sicherlich bestimmt war, ihre Knie weich werden zu lassen. Sie sagte ein stilles Dankgebet dafür, dass sie schon saß.

»Dann haben wir wenigstens das gemeinsam.«

Ihre Lippen formten ein lautloses O. Wenn sie sich nicht in Acht nahm, könnte er sie betören, alles zu tun.

Er saß viel zu nahe bei ihr. Die Seite seines Oberschenkels berührte ihren und kitzelte ihre Sinne. Sie konnte ihn wieder riechen – kein Kognak dieses Mal, aber Männlichkeit und ein Hauch Orange, vermischt mit seinem moschusartigen Kölnischwasser.

Sie brauchte mehr Entfernung zwischen ihnen, um klar denken zu können. Als sie jedoch ihren Stuhl etwas zurückschob, kehrte er seinen Körper so, dass er ihr direkter gegenübersaß und sein Knie fast auf ihrem war.

»Ich muss mich für mein Benehmen gestern Abend entschuldigen«, sagte er. Seine Stimme war satt und rau. »Was ich Ihnen angetan habe, ist unverzeihlich.«

»In der Tat«, sagte sie, um die Stille nach seiner Äußerung zu füllen.

Und dennoch betonte das Sekundenticken der Bornholmer Standuhr ihres Vaters die Spannung im Raum, während ihr Puls zweimal so schnell oder vielleicht sogar dreimal so schnell schlug. Sie wusste es nicht.

Quinton räusperte sich. »Ich bin gekommen, um Entschädigung zu leisten, so gut ich kann. Ihr Vater hat mir erlaubt, mit Ihnen zu sprechen, damit ich meine Absicht ankündigen kann.«

Mit jedem Wort erschienen und verschwanden die kleinen Grübchen in seinen Wangen. Sie hatte sie bis jetzt noch nicht bemerkt. Vielleicht wurden sie durch den starken Bartwuchs hervorgehoben. Aurora kämpfte, um das Verlangen zu unterdrücken, ihre Hand auszustrecken und eines seiner Grübchen zu berühren. Sie befürchtete, dass sie diesen Kampf verlieren würde …

Lord Quinton sank auf ein Knie und nahm ihre Hand in seine beiden. »Miss Hyatt, würden Sie mir die große Ehre erweisen und meine Frau werden? Ich kann das, was ich getan habe, nicht ungeschehen machen, aber ich kann Ihnen den Schutz meines Namens bieten. Bitte nehmen Sie meinen Antrag an.«

Sie hatte gehofft, dass er sie nicht so plötzlich fragen würde. Sie hatte gehofft, dass sie noch einige Minuten haben würde, um ihre Gedanken zu ordnen und zu überlegen, wie sie antworten würde.

Aber es sollte eben nicht so sein. Stattdessen kniete er vor ihr, sah sie stirnrunzelnd an und wartete auf eine Antwort.

Sie könnte ihn heiraten. Sie könnte seine Braut werden, und sie könnten ihre Begierde befriedigen (denn was könnte ihre Faszination sonst bedeuten?), und danach würde er ihr gegenüber gleichgültig, und sie würde unglücklich mit ihm.

Sie würden so unglücklich wie ihre Eltern und in entgegengesetzten Enden ihres Hauses wohnen.

Oder sie könnte ablehnen. Sie könnte ihn davonschicken und allein zurechtkommen. Immerhin würde Rebecca noch mit ihr sprechen. Aurora wäre sich nicht völlig selbst überlassen.

Sie musste aber auch auf ihren Vater Rücksicht nehmen. Er wäre geächtet, sollte sie ablehnen. Wie konnte sie das zulassen? Nachdem er dafür gesorgt hatte, dass sie nur das Beste hatte, schuldete sie ihm wenigstens diesen kleinen Gefallen. Diesen Riesengefallen, wenn man ehrlich war. Dennoch, er hatte sie darum gebeten. Und ihr Vater bat sie fast nie um einen Gefallen.

Je länger Aurora mit ihrer Entscheidung zögerte, desto mehr zuckten Lord Quintons Grübchen. Es dauerte nicht lange, und das Zucken griff auf seine rechte Augenbraue über.

»Miss Hyatt?«, fragte er schließlich. »Wollen Sie mich heiraten?«

Eigentlich sollte sie ihm antworten. Ihn aufzureizen machte jedoch zu viel Spaß. »Mylord, es ist wirklich sehr ritterlich von Ihnen, so einen Antrag zu machen. Wir kennen einander aber kaum. Erzählen Sie doch etwas über sich, sodass ich eine weise Entscheidung treffen kann.«

»Was, zum Beispiel?« Lord Quintons Lippen waren zusammengepresst und nur noch eine gerade weiße Linie.

»Zum Beispiel wo ich wohnen werde.«

Er stieß einen rauen Seufzer aus. »Wir werden in Quinton Abbey in Yorkshire wohnen. Wetherby, um genau zu sein. Es ist ein großes Gut, und ich bin mir sicher, dass Sie alle Hände voll zu tun haben werden, es zu führen. Bis Sie die Gräfin of Rotheby werden. Von da an werden wir eine Auswahl an großen Gutshöfen haben.«

Rotheby. Das klang bekannt. »Ich wusste nicht, Mylord, dass Sie eine Grafschaft erben würden.«

»Wie noch viele andere Dinge, die wir nicht über einander wissen.» Er richtete sich auf, da sie ihn die ganze Zeit hatte knien lassen. Nachdem er seine Beine gestreckt hatte, fuhr er fort: »Wir werden uns mit der Zeit besser kennenlernen. Aber die Zeit steht gerade nicht auf unserer Seite, Miss Hyatt. Ich bitte Sie dringend, nein, ich flehe Sie an: Nehmen Sie meinen Antrag an. Ich möchte sagen, Ihr Ruf ist im Moment ruiniert. Wir haben keine Zeit zu verlieren. Wir sollten so bald wie möglich heiraten.«

Lord Quinton nahm ihre beiden Hände und zwang sie, zu ihm aufzusehen. O je, es war ein langer Weg zu seinen Augen. Sie stand auf, um ihn besser sehen zu können, und dennoch reichten ihre Augen nur bis zu seinem Kinn.

»Sie müssen meinen Antrag annehmen, Miss Hyatt. Es gibt keinen anderen Weg.«

Die zuckenden Grübchen brachten sie fast um den Verstand. Sie befreite eine Hand und streichelte seine Wange mit dem Handrücken, bis ihre Finger einem Grübchen folgten. Sofort war es still.

»Faszinierend«, flüsterte sie, ohne richtig zu wissen, dass sie die Worte wirklich ausgesprochen hatte.

Bevor sie sich zurückhalten konnte – bevor sie überhaupt wusste, was sie tat –, stellte sie sich auf die Zehenspitzen und streckte sich nach oben, um ihn keusch an der Stelle, an der sie ihn zuvor mit den Fingern berührt hatte, zu küssen. Die Stoppeln kitzelten ihre weichen Lippen. Sie wich zurück und lachte ein kleines, nervöses Lachen und küsste ihn noch einmal an derselben Stelle. Dieses Mal eindringlicher.

Aber es gab kein Kitzeln oder Lachen. Es fühlte sich kratzig und rau an. Aurora schwelgte in dem Gefühl, genoss besonders das weiche Ziehen in ihrem Bauch, das die Berührung auslöste.

Lord Quinton drückte ihre andere Hand noch fester und brachte ein tiefes Knurren hervor. Seine blauen Augen wirkten stürmisch und aufgewühlt, sie sahen jetzt fast schiefergrau aus.

Und schon waren seine Lippen auf ihren. Mit seiner warmen Zunge strich er ihre Lippen entlang. In diesem Moment wurden Auroras Knie weich, sie legte ihre freie Hand an Quintons Nacken, um seinen Haarschopf zu ergreifen und zu hoffen, dass dieser Moment nie enden würde.

Wie von allein folgte ihre andere Hand. Quintons Lippen wanderten von ihrem Mund über ihr Kinn und ihren Hals, während sein raues Kinn über ihre zarte Haut kratzte. Mit den Händen drückte er ihren Po an sich, und sie spürte etwas Hartes, Heißes, das sich gehen ihren Bauch drückte. So verlockend für ihre zügellose Fantasie.

Ihre Brüste hoben sich, die Brustspitzen richteten sich auf. Fest drückte sie ihren Busen an seine Brust. Sie wollte mehr. Sie wollte näher an ihn heran. Seine Wärme zog sie magisch an. Sie konnte nicht mehr klar denken. Sie konnte nur noch das suchen, was nur er allein ihr geben konnte.

Auroras Beine versagten. Sie fiel in Lord Quintons Arme und stieß ihn rückwärts. Sie landeten beide der Länge nach auf dem Sofa. Seine Lippen waren an ihrem Hals.

»Großer Gott, Ihre Haut ist himmlisch«, sagte er in ihren Mund hinein, nachdem er die Lippen von ihrem Hals gelöst hatte. Mit den Händen strich er über ihre Beine und tiefer, bis er den Saum ihres Kleides erfasst hatte und die Finger darunterschlüpfen ließ. Nun lagen sie auf ihren bloßen Oberschenkeln. Noch nie hatte Aurora so etwas Ungeheuerliches erlebt. Und das wollte etwas sagen angesichts der jüngsten Ereignisse.

Selbst mit der kühlen Luft der Bibliothek auf ihrer nackten Haut hatte sie das Gefühl, jederzeit in Flammen aufgehen zu können. Wo immer seine Finger oder Lippen sie berührt hatten, spürte sie eine glühende Hitze.

Plötzlich setzte Lord Quinton sich auf und schob sie von sich. Irgendwie waren ihr Kleid und ihr Unterhemd auf die Taille gerutscht, und ihre bloßen Beine lagen zwischen seinen, während er sich aufrichtete. »Heiraten Sie mich, Miss Hyatt. Sie müssen es tun.« Er hakte einen Arm unter ihr Knie, zog das Bein hoch in die Luft und leckte die empfindliche Haut in ihrer Kniekehle. Eine Gänsehaut breitete sich über ihren ganzen Körper von den Fingern bis zu den Zehenspitzen aus.

O großer Gott. Sie musste ihm irgendwie antworten. Egal, wie ihre Antwort lautete, etwas musste sie sagen. »Oh« war jedoch alles, was sie fertigbrachte, und auch das nur nach einem lang gedehnten und rauen Seufzer.

Lord Quinton ließ ihr Bein los und beugte sich tief über sie. Er schob einen Finger unter ihr Leibchen und ließ ihn am Ansatz ihrer Brust entlanggleiten. »Wunderschön«, sagte er, bevor er mit der Zunge denselben Weg nachfuhr.

Aurora wäre fast vom Sofa gefallen, so durcheinander war sie von all den Gefühlen, die sie durchströmten.

»Heiraten Sie mich«, befahl er und blies seinen Atem auf ihre angefeuchtete und überhitzte Haut, die er gerade mit der Zunge benetzt hatte. Bevor sie antworten konnte, zog er an ihrem Kleid und Hemd, bis eine Brust herausrutschte. Er nahm sie in den Mund und rollte seine Zunge um die empfindliche harte Brustspitze. Sie spürte erneut etwas Hartes, ganz dicht an ihrer weiblichsten Stelle, an der es nun ebenfalls vor unbewusstem Verlangen pochte. Instinktiv bewegte sie ihre Hüften gegen seine und schrie fast vor Lust auf.

Und dann, so plötzlich, wie es begonnen hatte, beendete

Lord Quinton das kleine Abenteuer und erhob sich. Er drückte Aurora zurück auf das Sofa. Hatte sie etwas falsch gemacht? »Bedecken Sie sich«, sagte er schroff und kurz angebunden. Er trat von ihr weg an den Kamin und starrte auf die verglimmende Kohle.

Nachdem sie ihr Kleid nach unten über die Beine und ihr Leibchen nach oben über die bloße Brust gestrichen hatte, fühlte sie sich kälter und irgendwie nackter als zuvor.

Er drehte sich nicht zu ihr um. Mit einem der Hessenstiefel trat er gegen den Kaminrost. »Sie heiraten mich. Und zwar morgen.«

Wenn sie es nicht besser gewusst hätte, hätte sie meinen können, Angst in seiner Stimme zu hören.

Aber Lord Quinton konnte doch unmöglich Angst haben! Das würde ja bedeuten, dass er etwas für sie empfand.

Skurril. Lachhaft.

Er hätte sie so behandeln können, wenn er etwas für sie empfand. Sie war nichts weiter als eine seiner Eroberungen.

Sie hingegen hatte Angst. Es gab nur eine Antwort, die sie ihm geben konnte.

»Ja«, flüsterte sie dem breiten Rücken zu.

Griffin sah auf zu dem großen Herrenhaus, vor dem er stand, und prüfte die Wegbeschreibung nochmals. Nummer 12, Berkeley Square, hatte sein Vater gesagt. Mit den riesigen Kolonnaden und facettierten Fensterscheiben musste es Mansfield House sein.

Zum Glück hatte sein Vater nicht wissen wollen, warum er Lord Rotheby besuchen musste. Griffin sah keinen Grund, mehr Leute als nötig zu involvieren, obgleich Quintons Verhalten voraussichtlich auf Phoebe zurückfallen würde.

Er kannte seine Schwester gut. Sie hatte zwar versucht, alle auf dem Ball davon zu überzeugen, dass sie sich unpässlich fühlte, um eine Entschuldigung zu haben, früh nach Hause zu gehen. Doch Griffin hat den Schmerz, den sie hinter einem Unwohlsein zu kaschieren versuchte, in ihren Augen gesehen.

Es war klar, dass Lord Quinton auf demselben Ball gewesen war wie seine Schwester.

Das würde heißen, dass Aurora Hyatt auch auf diesem Ball war.

Vielleicht kam er schon zu spät. Vielleicht hatte Quinton seinen hinterhältigen Plan schon in Bewegung gesetzt. Eine weitere junge Dame war womöglich schon ruiniert.

Griffin hätte gleich zu Rotheby kommen sollen, nachdem Miss Hyatt sich geweigert hatte, ihn zu empfangen. Selbst wenn er sie nicht vor sich selbst hätte retten können, hätte er immerhin vielleicht Quinton aufhalten können.

Aber er hatte es nicht getan.

Er würde es sich nie verzeihen können, wenn eine weitere unschuldige junge Frau Quinton zum Opfer fiele, weil er nicht eingegriffen hatte. Und deshalb war er nun hier. Wenn jemand Quinton aufhalten konnte, dann war es sein Großvater.

Griffin fasste Mut und klopfte an der Tür. Ein Diener geleitete ihn hinein und bat ihn, in einem Wohnzimmer Platz zu nehmen. Ein hübsches junges Dienstmädchen brachte ein Tablett mit Tee und Keksen. Er hatte bereits eine Tasse Tee getrunken und die zweite an den Lippen, als Rotheby erschien.

»Lord Griffin. Einer von Laughtons Söhnen, nicht wahr? Was wollen Sie?« Der Gang des älteren Mannes war schwungvoll, sein Verhalten nicht.

Griffin sprang auf und begann, sich zu verbeugen. Rotheby jedoch winkte ungeduldig ab.

»Mylord, ich hatte gehofft, eine wichtige Angelegenheit

mit Ihnen besprechen zu können. Es geht um Ihren Enkel und eine gewisse Miss Hyatt. Ich versichere Ihnen, es ist dringend.«

Der Earl kniff die Augen zusammen und setzte sich auf den nächstgelegenen Sessel. »Miss Hyatt, sagen Sie? Erzählen Sie weiter.«

»Gestern habe ich in meinem Klub gehört, wie Lord Quinton sich mit einem Bekannten unterhielt.«

»Lauschen gehört sich nicht«, warf Rotheby ein. »Weiß Ihr Vater von Ihrer Vorliebe für solches Benehmen?«

Er würde es ihm also nicht leichtmachen. Quinton hatte die Dinge wahrscheinlich schon in Bewegung gesetzt. Griffin musste etwas unternehmen. »Mylord, Ihr Enkel ist auf Miss Hyatts Tagebuch gestoßen. Ein Tagebuch voll von unflätigen Geschichten.«

Die Augen des Earls wurden weiter, doch er schüttelte den Kopf. »Warum sollte mich das interessieren?«

Griffin schlug die Hände über dem Kopf zusammen. »Weil er ihr daraus einen Strick drehen wird! Er wird versuchen, ihr eine Falle zu stellen und sie zum Handeln zu zwingen. Er wird sie genauso schnell ruinieren, wie er meine Schwester vernichtet hat – Sie erinnern sich noch?«

Rotheby nickte kurz.

»Dann erinnern Sie sich auch sicherlich, dass Phoebe unschuldig war. Genau wie es Miss Hyatt vermutlich ist. Sir, Sie müssen etwas unternehmen, um Quinton aufzuhalten. Sie müssen Ihren missratenen Enkelsohn zügeln und die junge Dame retten, bevor es zu spät ist.«

Der Earl griff nach einer der Morgenzeitungen, die auf einem nahe gelegenen Tisch lagen. »Hier. Sehen Sie sich das an.« Er warf Griffin die Zeitung zu. »Wie Sie sehen, sind Sie derjenige, der zu spät ist. Ich nehme an, dass sie innerhalb einer Woche heiraten werden.«

Griffin überflog den Artikel und las, wie der Schuft das arme Mädchen in die Enge getrieben und vor der gesamten High Society geküsst hatte. Phoebe war zu dem Zeitpunkt bereits gegangen und hatte das nicht miterlebt. Wer weiß, was für eine Wirkung die Szene auf sie gehabt hätte.

Er verließ Mansfield House, erzürnt darüber, dass er nicht früher gehandelt hatte.

Seine Passivität würde Miss Hyatt viel Leid bringen.

»Ich hätte nicht übel Lust aufzuhören, dir zu helfen«, sagte Jonas, als er hinter Quin in seinen Phaeton stieg. »Vielleicht hatte Rotheby nicht ganz unrecht mit seinem Ultimatum.«

»Wie schön, dass ich deine Unterstützung habe«, grollte Quin. Sie saßen so eng nebeneinander, dass sie kaum Luft holen, geschweige denn ihre Beine bequem ausstrecken konnten. »Ich bin vollkommen fähig, alleine zu Doctors' Commons zu fahren. Du brauchst mich nicht am Gängelband zu führen.«

»Wenn ich dich schon nicht fallen lasse«, sagte Jonas, »dann werde ich meinen Blick auf dich heften, bis sich diese ganze Angelegenheit zu meiner Zufriedenheit erledigt hat.«

Es reichte Quin. Sein Schädel brummte nach dem Kognak am Abend zuvor, und die Auseinandersetzung mit Jonas bis spät in die Nacht hinein hatte nicht eben zu einer Besserung beigetragen. Dann hatte er am Morgen diese Begegnung mit Rotheby gehabt, die mehr als anstrengend gewesen war. Und anschließend hatte er die Angelegenheit mit Hyatt und Aurora bewältigen müssen.

Es gab Tage, an denen ihm die Vorstellung eines ruhigen, vorhersehbaren und ehrenwerten Lebens gar nicht so unangenehm erschien. Vielleicht würde er es eines Tages versuchen. Wahrscheinlich nicht. Obwohl er manchmal in den Fluss springen wollte, wenn er die Schwierigkeiten in Ordnung bringen musste, die er selbst verursacht hatte. Aber es machte ihm einfach verdammt viel Spaß, sie zu verursachen.

»Ich habe dir mein verfluchtes Wort gegeben. Zudem habe ich Miss Hyatt und ihrem Vater mein Wort gegeben. Wir heiraten morgen.«

»Dein Wort ist zurzeit nicht viel wert.« Jonas runzelte die Stirn. »Es tut mir leid, es zugeben zu müssen, aber dieses Mal solltest du ausnahmsweise auf deinen Großvater hören. Werde erwachsen. Sei ein Mann.«

Wenn sie nicht gerade durch belebte Straßen gefahren wären, hätte er Jonas für diese Bemerkung eine reingehauen. »Ich bin genauso ein Mann, wie mein Vater es war.«

»Genau das ist das Problem. Und wolltest du nicht einmal besser werden als er?« Jonas steuerte den Phaeton um eine scharfe Kurve, nickte und grüßte eine entgegenkommende Kutsche. »Warum gibst du dich mit dem gleichen Leben zufrieden, was er gelebt hat – vielleicht sogar noch in einem größeren Ausmaß? Ich frage mich, was deine Mutter jetzt von dir halten muss.«

Verdammt. Quin hasste es wie die Pest, wenn Jonas recht hatte. »Mutter geht dich nichts an. Sie ist vollkommen glücklich in ihrer neuen Ehe und nimmt meine Beschäftigungen überhaupt nicht wahr.« Gott sei Dank. Er würde sich selbst noch mehr hassen, wenn sie sehen könnte, was für ein Tunichtgut er geworden war. »Es ist besser so.«

»Besser? Wie? Besser, dass du sie nie siehst? Sie liebt dich. Sie will, dass du endlich glücklich wirst. Genau wie ich. Und was ist mit deiner Schwester? Nia würde dich nicht wiedererkennen.« Jonas schüttelte den Kopf und blickte weg.

Quin knirschte mit den Zähnen. Nia war ohne ihn weit besser dran. Jonas sollte sie lieber aus dem Spiel lassen.

Der Phaeton rollte über eine tiefe Wagenspur in der Straße, und sie stießen noch heftiger aneinander. »Verstehst du denn nicht, wie sehr es deine Familie verletzen würde, dich so zu sehen?«, fragte Jonas nach einem lang gezogenen Schweigen.

»Wie zu sehen? Als einen Gentleman, der das Richtige tut? Als einen verdammter Stutzer, der sich unwiderruflich an irgendein albernes Mädchen bindet, das er nicht einmal einen Tag kennt?«

»Wie ein verwundeter Bär, der sich an allen um ihn herum abreagiert, Quin«, murmelte Jonas. »Du reagierst dich an mir und an Rotheby ab, und jetzt hast du auch noch Miss Hyatt in dein Chaos hineingezogen. Wann findest du dich endlich mit der Tatsache ab, dass du die Vergangenheit nicht ändern kannst? Dass dein Vater eben der war, der er war. Vor allem aber: Wann verstehst du, verdammt noch mal, dass du selbst dich ändern kannst?«

»Das kann ich nicht. Ich bin das, was mein Vater aus mir gemacht hat.«

Und das würde er verdammt noch einmal sein Leben lang bleiben.

schlechten Geschmack bei der Wahl ihrer Freundinnen bewies! »Und was, bitte schön, war das? Wie sie ihre Mähne bändigt?«

»Nein.« Rebecca hatte den Nerv, mit der Zunge zu schnalzen. »Wie es scheint, war Lady Phoebe einmal mit deinem Lord Quinton verlobt.«

»Tatsächlich«, sagte Aurora und lehnte sich nach vorn. ›etzt hörte sie der Freundin aufmerksam zu. Lord Quin-›on hatte nie eine frühere Verlobung erwähnt. Zugegeben, ›e hatten kaum die Gelegenheit gehabt, überhaupt etwas ›ı erwähnen. Aber mit *der* war er verlobt gewesen? Was ›onnte er nur an dem Mädchen gefunden haben? Die Frau ›ar töricht, wenn sie glaubte, etwas Besseres als Lord Quin-›n finden zu können, schon allein mit ihrem bedauernswer-› Gesicht. »Was hat sie gesagt, als sie plötzlich abgesagt ›t?«

»Es war nicht Lady Phoebe, die die Verlobung gelöst hat«, te Rebecca und beugte sich nach vorn. »Sie kam in vol- Hochzeitsstaat in der Pfarrkirche an, nur um zu erfah- dass Lord Quinton verschwunden war.«

›Nein!« Dieser Schurke. Es galt als schlechtes Benehmen, ›n eine Dame eine Verlobung rückgängig machte, aber Gentleman? Und die Vorstellung, dass er sie nicht einmal ›er in Kenntnis gesetzt hatte und ihr vor der gesamten hzeitsgesellschaft diese Schmach bereitet hatte … grau-

›och«, bestand Rebecca.

›andalös.

›ie hat mir erzählt, dass ihn seit diesem Tag vor über drei ›n niemand auf seinem Gut gesehen hat. Niemand hatte ›m gehört, bis er in dieser Saison plötzlich in der Stadt ›en.«

› Taubheit, die Aurora vorher befallen hatte, machte

2. April 1811

Ich habe mir nie erlaubt, über eine Ehe, eine richtige, wahre Ehe nachzudenken. Nachdem ich jahrelang zugesehen habe, wie es Mutter und Vater erging, war es das Letzte, was ich wollte. Und dennoch werde ich heiraten, ob ich will oder nicht. Schon morgen sogar. Oh, du lieber Gott. Wie bin ich nur in dieses Durcheinander geraten? Lord Quinton sieht tatsächlich wie ein Pirat aus. Vielleicht wird eine Ehe mit ihm wenigstens ein Abenteuer. Will ich überhaupt ein Abenteuer? Ich bin mir nicht sicher. Jedenfalls will ich keine Langeweile. Also hoffe ich, dass mein Pirat mich nicht zu Tode langweilt. Und vielleicht können wir eines Tages lernen, uns zu lieben. Ich kann es nur hoffen. An Begierde mangelt es jedenfalls nicht.

Aus dem Tagebuch von Miss Aurora Hyatt

Alles fühlte sich taub an.

Aurora konnte es sich nicht erlauben, etwas zu empfinden, denn dann würde sie unter dem Gewicht der Ungeheuerlichkeit zusammenbrechen.

Seitdem Lord Quinton am Morgen gegangen war, war ihr Vater allein in seinem Arbeitszimmer geblieben. Wenn sie ihn sah, war sein Gesichtsausdruck so jämmerlich, dass sie sich am liebsten strampelnd und schreiend auf ihr Bett geworfen hätte. Sie war der Grund für seine Verzweiflung. Sie hatte ihn seit der Zeit, in der ihre Mutter noch lebte, nicht so niedergeschlagen gesehen.

Rose sah immer wieder nach Aurora und erkundigte sich, ob sie etwas brauchte. Aurora wollte jedes Mal heulen, wenn ihre Zofe diese Frage stellte, denn das erinnerte sie daran, wie schnell alles passieren würde. Wie sie nun entgegen ihrer Überzeugung doch heiraten würde. Und zwar nicht standesgemäß in der St.-George-Kirche vor Gott und der Welt, sondern in irgendeiner winzigen Pfarrkirche in Anwesenheit nur der allernotwendigsten Personen. Wie sie in sehr kurzer Zeit einen Fehler begangen hatte, der sie ihrem Vater entzweite – dem einzigen Menschen auf der Welt, den sie lieb hatte. Doch wenn sie dies nicht zu Ende führte – wenn sie sich dazu entschließen sollte, dass sie es nicht konnte –, dann würde sie ihren Vater auch noch ungeheuer beschämen. Das würde er ihr nie verzeihen können.

Ich fürchte, dass er es schon jetzt nicht kann.

Aurora hoffte, dass die Zofe sie einfach ihrem Elend überlassen würde. Sie hatte das Mädchen schon mit der elfenbeinfarbenen Atlasseide für ihr Hochzeitskleid losgeschickt, damit der Modist es anfertigen konnte, und als Nächstes hatte sie Rose zum Blumenhändler geschickt, um Blumen für die Kirche zu bestellen.

Die Damen der High Society hielten sich an ihren Teil der Abmachung. Obwohl es Auroras Empfangstag war, hatte keine Menschenseele an der Tür von Hyatt House geklopft.

Erst lange nach der gewöhnlichen Besuchszeit kam schließlich Rebecca. In einem wunderschönen bestickten Musselinkleid fegte sie ins vordere Gesellschaftszimmer, in dem sich Aurora seit Lord Quintons Weggang aufgehalten hatte. Grundgütiger! Hatte sie etwa die Sonne mitgebracht? Wie entsetzlich ungehobelt von ihr, so fröhlich hereinzugleiten, wo Aurora doch in ihrem tiefen Unglück verharren wollte.

»Rat mal, wen Mama und ich heute Nachmittag besucht haben«, sagte Rebecca, während sie ihre Handschuhe auszog, um einen Scone von dem Teetablett zu nehmen.

Meinte sie wahrhaftig, dass Aurora nach Geschwä
mute war? Sie hatte wichtigere Dinge im Kopf. Aber
becca nun einmal ihre liebste und teuerste Freundi
zwang sie sich und fragte: »Oh? Wer mag das geweser

»Die Marchioness of Laughton und ihre Tochte
Phoebe Seabrook. Du weißt doch noch, Lady Pho
gestern Abend.«

Wie sollte sie sich an irgendetwas von gestern A
innern, wenn es nicht mit Lord Quinton zu tun h
dem hinreißenden, sündhaften Kuss, der ihr L
immer verändert hatte?

Als Aurora nicht antwortete, fuhr Rebecca for
innerst dich an sie. Sie ist mit Iris Leggett befre
weißt schon – langes Gesicht, graue Augen ...«

»O ja«, sagte Aurora. »Das Mädchen mit d
gesicht.«

»Aurora! Wie kannst du nur so etwas denken
denn sagen?«, fragte Rebecca bestürzt.

»Aber es ist doch wahr«, antwortete Aur
zelnd. »Außerdem hört es niemand außer dir.
doch auf dem Ball gestern Abend beherrscht,

»Egal, ob es wahr ist oder nicht, man hat ni
solche Dinge zu sagen.« Rebecca schüttelte
brachte die Kaskade von goldenen Ring
durcheinander. »Du solltest wirklich lernen,
zu sein. Und etwas bescheidener.«

»Und das soll ich von dir lernen?«, fragte

Mit einer Handbewegung fuhr Rebecca f
Mal, meine Liebe. Der Grund, weshalb ich
was ich von Lady Phoebe beim Tee erfahre

Die Plauderei nervte Aurora allmählic
die bevorstehende Hochzeit sprechen, nic
alberne Debütantin mit Pferdegesicht,

einer eigenartigen Mischung aus Faszination und Hochgefühl Platz. »Und morgen werde ich ihn heiraten. O du großer Gott.»

Rebecca nahm ihre Hand und streichelte sie. »Wenn sich das erst einmal herumgesprochen hat, wird es dir niemand übelnehmen, wenn du die Verlobung löst. Sie ist ja schließlich noch nicht einmal offiziell bekanntgemacht worden. Vielleicht muss ja gar niemand erfahren, dass du seinen Antrag angenommen hast.«

»Ach papperlapapp! Was kümmert es mich, was die High Society von mir denkt. Inzwischen ist es viel zu spät für solche Bedenken.«

»Aber denk an deinen Vater und welche Schmach ihm das bereiten würde!«, sagte Rebecca. »Du musst an ihn denken. Er wird tief bestürzt sein, wenn du diese Verlobung durchziehst.«

»Ich habe Vaters Herz schon gebrochen«, sagte Aurora leise. »Er ist zutiefst enttäuscht, dass ich mich so ungehörig aufgeführt habe. Inwiefern wäre es also besser, die Verlobung zu lösen und in den Augen der High Society ruiniert zu sein? Man würde mich als halbseidenes Mädchen sehen. Nein, das scheint mir keine gute Lösung.«

»Du spielst doch nicht ernsthaft mit dem Gedanken, diese Sache durchzuziehen? Aurora! Er ist der schlimmste Schuft, den man sich vorstellen kann. Was, wenn er das Gleiche mit dir macht?«

»Warum sollte er das tun? Ich bin doch nicht eine halb so verzweifelte Braut wie Lady Phoebe.«

Außerdem musste der Mann doch etwas Ehre haben.

An Schlaf war dennoch nicht zu denken.

Aurora fragte sich, ob sie jemals wieder würde schlafen können. Hatte der erste Kuss von Lord Quinton nicht schon gereicht, sorgte der Kuss am Nachmittag in der Bibliothek endgültig dafür, dass sie nie wieder ihre Augen schließen würde, ohne an ihn zu denken.

Wie er seinen Mund über ihre Brust bewegt hatte …

Das Gefühl seiner Hände, als sie ihre Schenkel zugleich grob und zärtlich berührt hatten.

Der tiefe Laut aus seiner Kehle – fast wie ein Urschrei.

Der berauschende Geruch überhitzter Luft zwischen ihnen.

Aurora wälzte sich stundenlang im Bett und versuchte einzuschlafen. Sie brauchte für den folgenden Tag weiß Gott ein wenig Ruhe. Doch der kostbare, wohlige Zustand des Schlafens schien unerreichbar.

Aurora schloss die Augen und stellte sich vor, wie sie sich ins Jenseits treiben ließ und die Wolken am Himmel betrachtete – aber sofort verwandelten sich die Wolken in den Stoff ihres Kleides, das sich in der Taille bauschte. Im nächsten Moment bauschte sich ihr Nachthemd wie das Kleid, und sie brach bei der Erinnerung an Lord Quintons Körper, der fest gegen ihren gepresst war, in Schweiß aus.

Sie hatten zusammengepasst, als wären sie füreinander geformt. War das nicht schon Grund genug, ihn zu heiraten? Und dann war da das herrlich klirrende Gefühl tief in ihrem Innersten. Etwas, was sie noch nie empfunden hatte. Etwas, was sicherlich kein anderer Mann in ihr auslösen konnte.

Wie konnte sie ihre gegenseitige Anziehung leugnen?

Und dennoch, war diese Anziehung genug? Es war keine Liebe – jedenfalls nicht seinerseits. Bestimmt auch nicht ihrerseits, obwohl sie an nichts anderes denken konnte, als dass er da wäre und sie küsste oder noch mehr. Schließlich hatte sie Lord Quinton erst am Abend zuvor kennengelernt. Liebe braucht Zeit.

Oder?

Oder war es möglich, dass sich Männer und Frauen einfach lieben oder nicht lieben? Vielleicht waren ihre Eltern nie füreinander bestimmt gewesen. Vielleicht waren sie und Lord Quinton dazu bestimmt, sich ineinander zu verlieben.

Eines wusste sie genau: Sie würde nie wieder ein Auge zumachen, solange sie ihn nicht aus ihrem Kopf bekam. Aurora kannte sich gut. Es würde ihr niemals gelingen, wenn sie ihre Gedanken nicht niederschrieb.

Sie warf die Bettdecke zurück und schlüpfte so leise wie möglich aus dem Bett, um Rose nicht zu wecken. Die Zofe meinte es gut, aber sie würde ihr bestimmt irgendein Tonikum bringen, wenn sie erfuhr, dass ihre Herrin in der Nacht vor einem so wichtigen Ereignis nicht schlief. Aurora tappte barfuß zu ihrem Sekretär, holte eine Kerze und ging auf den Zehenspitzen in den Flur, um sie an einem Wandleuchter anzuzünden.

Sie tunkte ihre Feder in das Tintenfass, setzte die Spitze auf das Papier und ließ die Worte fließen.

Endlich begingen wir unsere Hochzeitsnacht. Obwohl es nur Stunden nach der Trauung war, kam es mir vor, als wären Jahre vergangen. Ich wusste bereits, dass Lord Quintons Küsse unfassbare Gefühle in mir erweckten, mein Herz zum Flattern brachten, meinen Körper überhitzten und mich daran hinderten, zwei vernünftige Worte hintereinander hervorzubringen. Doch als er von hinten an mich herantrat und ich seine kräftigen Hände auf meinen nackten Armen und seine Bartstoppeln an meinem Nacken spürte, überkam mich ein Schauer.

Das war bestimmt Sünde. Bestimmt sehen Ehemänner ihre Frauen nicht im Nachthemd und berühren sie nicht auf so intime Weise, wie mein Ehemann - mein Ehemann! – es tat. Aber letzten Endes war es mir egal.

Er nahm die Hände von meinen Armen und legte sie mir um die Taille, um mich so nahe an sich zu ziehen, dass uns nichts außer dem dünnen Stoff meines Nachthemds und dem robusteren Stoff seines Hemdes und seiner Pluderhose trennte. Seine herrliche und wunderbar harte, heiße Männlichkeit drückte gegen mein Gesäß und …

Und was? Verflixt. Manchmal war es wirklich ein Fluch, eine Jungfrau zu sein.

Aurora schob das Papier beiseite. Sie konnte wohl kaum weiterschreiben, bevor sie es wusste. Aber wenn es ihr niemand erklärte oder Lord Quinton es ihr nicht zeigte, würde sie die Geheimnisse des Ehebetts nie enträtseln.

Es war wirklich zu lästig, dass er sie am Morgen in der Bibliothek nicht mehr hatte lehren können. Sie würde mit ihm über seinen mangelnden Unterricht sprechen müssen. Er hätte sie in ihre ehelichen Pflichten einweisen sollen. Zugegeben, sie war noch nicht seine Frau, aber das würde sich bald ändern. Also, was sollte das Warten?

Es sei denn, er hielt sie für unfähig.

Hatte er Lady Phoebe deshalb sitzen lassen? Hatte er sie geküsst und auf diese Weise berührt und sie auf die eine oder andere Weise für mangelhaft befunden?

Ehrlich gesagt hatte Lord Quinton die Küsse ziemlich abrupt und ohne Erklärung beendet. Wenn er sie genossen hätte – wenn er auch nur die Hälfte von dem gespürt hätte, was Aurora in dem Moment spürte: Elektrizität in jeder Pore und ein unerklärliches Sehnen –, hätte er niemals aufgehört. Oder?

Verdammt. Er würde sie sitzen lassen. Sie war sich ganz sicher.

Es sei denn, sie ließe ihn zuerst sitzen.

»Sie sehen atemberaubend aus, Miss«, sagte Rose, während sie eine Strähne von Auroras dunklem Haar nahm, um ihr daraus eine zarte Locke zu drehen.

Sie sah wirklich fantastisch aus. Aber was für einen Anblick sie wohl in einigen Minuten abgäbe? Aurora hoffte, dass ihr Vater nicht allzu enttäuscht sein würde. Doch es war nun ohnehin zu spät, etwas daran zu ändern.

»Danke, Rose.« Aurora sah ihre Zofe mit einem Lächeln an, das nervöse Vorfreude ausdrückte. »Sie sollten jetzt in die Kirche gehen. Ich möchte noch ein paar Minuten vor der Trauung für mich sein, bitte.«

Rose steckte schnell noch eine Blume in Auroras Haar und lächelte. »Ja, natürlich.«

Aurora atmete auf, als die Tür sich schloss. Es wäre gut, wenn sie das Hochzeitskleid ausziehen könnte, aber das war ohne Hilfe so gut wie unmöglich. Es hatte zu viele Knöpfe am Rücken. Sie musste allein zurechtkommen.

Das Jäckchen, das sie auf dem Weg zur Kirche getragen hatte, lag auf einem Stuhl. Sie zog es an, setzte den dazugehörigen Hut auf und blickte noch einmal in den Spiegel. Der rote Samt kaschierte ihr Kleid nicht eben. In ihrem bunten Aufzug konnte man sie für eine Hure halten.

Doch daran sollte sie jetzt keine Gedanken verschwenden. Rasch ging sie zum Fenster, öffnete es und kletterte hindurch. Zum Glück war die kleine Kirche nicht zu hoch, und so fiel sie nicht sehr tief. Aurora überschlug sich ein paarmal, dann stand sie wieder auf den Füßen.

Sie sah sich um. Niemand hatte sie beobachtet. Hurtig, aber leise ging sie zu den Stallungen, nachdem sie den Staub und Schmutz von ihrem Kleid gewischt hatte.

Wenn sie nur wüsste, wie man eines von Vaters Pferden von der Kutsche losbekam. Sie hatte nie geplant, Pferdediebin zu werden, doch nachdem sie die Ausrüstung betrachtet hatte, wusste sie, dass sie durch diesen Versuch zu viel Zeit verlieren würde.

In einem Stall am Eingang standen einige Pferde. Zwei

von ihnen waren sogar schon gesattelt – mit traditionellen Sätteln, keinen Damensätteln, aber eine Pferdediebin konnte wohl kaum wählerisch sein.

Aurora sah sich um. Das Letzte, was sie brauchte, war, einem Stallburschen in die Arme zu laufen.

Alles klar.

Sie trat neben das kleinere der beiden Pferde und ergriff die Zügel. Gott sei Dank hatte ihr Vater sie reiten gelehrt. Ein Fuß in den Steigbügel, dann lüpfte sie ihr Kleid bis zu den Knien, schwang das andere Bein hoch und saß im Sattel. Ach du großer Gott. Selbst auf diesem kleinen Pferd reichten ihre Beine nicht bis zu den Steigbügeln.

Die Stute tänzelte, gewiss durch die unbekannte Reiterin verunsichert. Aurora beugte sich nach vorn und flüsterte dem Pferd ins Ohr: »Ganz ruhig, meine Kleine. Alles wird gut.«

Die Tür am anderen Ende der Stallung knarrte. Verdammt. Sie musste fort.

Aurora ließ die Zügel schnalzen, und schon waren sie unterwegs.

Zehn Minuten. Zehn Minuten hatte er nun schon am Altar gestanden und auf seine verflixte Braut gewartet. Quin platzte fast vor Wut. Er biss die Zähne zusammen und hoffte, dass er den Nächsten, der den Mund öffnete, nicht schlagen würde.

Der Pastor sah ihn mit besorgten Blicken an und trat von einem Fuß auf den anderen. Einige Gäste auf den Bänken starrten ihn an.

Er war weiß Gott auf die Minute pünktlich gewesen. Ihm konnten sie die Schuld nicht in die Schuhe schieben. Sie sollten es bloß wagen, besonders Hyatt. Der Mann hätte seiner Tochter beibringen sollen, pünktlich zu sein.

Wenn das ein Vorbote der Zukunft ihrer Beziehung war, würde Quin lernen müssen, geduldig zu sein. Oder er müsste Aurora bitten, stets eine Stunde zu früh fertig zu sein.

Das schien ihm die bessere Lösung zu sein. Er zweifelte an seiner Fähigkeit, Geduld zu lernen.

Der Pastor sah ihn schon erneut herausfordernd an.

»Wo, in Gottes Namen, ist sie?«, brüllte Quin und ließ damit alle Anwesenden in der Kirche zusammenfahren, unter anderem Lord Hyatt, der vor Schreck sein rastloses Hin- und Herlaufen am anderen Ende der Kirche vergaß. »Was dauert denn so unergründlich lange?«

Die Zofe und die Freundin seiner Braut sahen ihn mit großen Augen an. Jonas stampfte ihm auf den Fuß und starrte ihn zornig an.

Herrgott, er hätte die Beherrschung nicht verlieren dürfen. Aber im Ernst, wie lange kann eine Frau einen Mann warten lassen? »Bitte verzeihen Sie«, sagte er mit zusammengebissenen Zähnen zu der kleinen Versammlung. »Hyatt, würden Sie bitte nachsehen, wo Ihre Tochter bleibt? Bitte treiben Sie sie zur Eile an.«

Der ältere Mann sah ihn mit Verachtung an. »Quinton, vielleicht sollten Sie nach Ihrer Braut schauen. Schließlich ist es Ihre Schuld, dass das hier alles stattfindet.«

»Entschuldigen Sie bitte«, sagte die junge Zofe. »Ich werde nach Miss Hyatt schauen.« Sie schlüpfte aus der Bank, lief den Gang entlang und verschwand.

Gut. Damit schwand auch die Möglichkeit, dass Quin und Hyatt sich darüber stritten, wer im Moment die Verantwortung für Aurora trug.

Quin ging vor dem Altar auf und ab. Am liebsten hätte er sich die alberne Krawatte vom Hals gerissen und seinen Paletot zur Seite geworfen, aber Jonas hätte ihm die Hölle heiß gemacht. Bei jedem Geräusch, ob es ein knarrender Sitz oder ein leises Räuspern war, drehte er abrupt den Kopf, in der Erwartung, Aurora auf ihn zukommen zu sehen.

Doch sie kam nicht.

Nach gut weiteren zehn Minuten kam schließlich die Zofe zurück.

Allein.

Quin versuchte, nicht auszurasten, als er sich wieder in Positur brachte. »Wo ist Miss Hyatt?«, fragte er mit zusammengebissenen Zähnen.

Das arme Mädchen hatte Angst vor ihm und zitterte. »Die Tür ist verriegelt«, sagte sie, fast flüsternd. »Sie antwortet nicht.«

»Verflucht.«

Man hörte, wie die kleine Gästeschar schockiert den Atem anhielt. Verflixt, Quin hatte nicht damit gerechnet, dass er es laut sagen würde.

Es konnte nicht wahr sein, dass sie ihm das antat. Sie konnte ihn nicht am Altar stehen lassen. Damit würde er sie nicht davonkommen lassen. Nie im Leben.

Quin marschierte den Gang hinunter, in den Saal und zu dem Umkleideraum, in dem seine Braut angeblich beim Anziehen war und wo sie sich noch einen Moment vor ihrer Hochzeit beruhigen wollte. Er versuchte, den Türgriff zu drücken. Er bewegte sich nicht.

»Aurora! Mach auf.« Er klopfte ungeduldig an die Tür. »Das ist jetzt weder die Zeit noch der Platz für so etwas.«

Nichts. Er hörte keinen einzigen Ton, nicht einen Piep.

Eine Gruppe Menschen war hinter ihm versammelt, Jonas ganz vorn. »Glaubst du, dass ihr etwas zugestoßen ist? Vielleicht ist ihr unwohl.«

»Es wird ihr ganz bestimmt unwohl sein, wenn sie nicht in den nächsten dreißig Sekunden diese Tür aufschließt.« Dafür würde er persönlich sorgen.

Alle begannen auf einmal, hinter ihm zu reden.

»Sollten wir nicht den Pastor um den Schlüssel bitten?«

»Vielleicht sollte man die Tür aufbrechen.«

»Die hat vielleicht einen Nerv. Undankbares Mädchen.«

»Sir Jonas! Sir Jonas.« Diese Stimme klang eindringlich zwischen dem Lärm der anderen hindurch. Quin drehte sich herum und sah den Stallburschen, der sich einen Weg durch die kleine Ansammlung bahnte. »Ihr Pferd, Sir.«

»Wir sind hier beschäftigt, Mann«, antwortete Jonas. »Das Pferd kann warten.«

»Aber Sir! Ihr Pferd ist gestohlen worden. Sie ist darauf davongeritten, bevor ich sie aufhalten konnte.«

Sie.

»Verdammt«, murmelte Quin. Immer wieder rammte er die Tür mit seiner Schulter. Beim dritten Mal schloss Jonas sich ihm an. Nach einigen gemeinsamen Versuchen gaben die Türangeln nach, und die Tür fiel auf.

»Na toll«, sagte Quin. Auroras Sachen flatterten herum, als eine kleine Brise durch das offene Fenster kam.

Aurora Hyatt jedoch war nirgends zu finden.

3. April 1811

Pferdediebstahl ist eine Kunst. Jedenfalls gibt es eine kluge und eine unkluge Weise, ihn zu begehen. Die kluge ist – zumindest wenn man weiblichen Geschlechts ist –, entweder ein Pferd mit einem Damensattel zu stehlen oder Reithosen zu tragen. Ein Hochzeitskleid ist besonders lästig. Es ist ungebührlich, um nicht zu sagen, wunderlich (und auffällig), wenn man in elfenbeinfarbene Seide gehüllt im Herrensitz durch Mayfair reitet. Ich würde niemandem dazu raten, so zu handeln.

Aus dem Tagebuch von Miss Aurora Hyatt

Seine Braut war ein Schwachkopf, dachte Quin. Was für eine andere Erklärung konnte es geben?

Er hatte sie ganz und gar ruiniert. Er hatte ihr die Gelegenheit gegeben, ihren Ruf zu retten – und sie war davongelaufen. Aber er würde sie fangen, das stand fest. Ob er sie zurück zur Kirche oder direkt in die Bedlam-Nervenanstalt bringen würde, stand aber noch zur Debatte.

Das Pferd, das er sich von Jonas geliehen hatte, schäumte fast, so sehr trieb er es an. Doch er hatte keine andere Wahl. Er musste Aurora finden.

Und zwar sofort.

Der Stallbursche hatte gesagt, dass sie ihr Kleid bis zu dem Knien gerafft habe, um Himmels willen. Idiotisch. Unüberlegt. Tölpelhaft. Wie war er nur auf die Idee gekommen, so eine Frau zu heiraten?

Aber nach allem, was er getan hatte, hatte nicht nur sie keine andere Wahl – auch er hatte keine. Nach seinem Betragen auf dem Ball würde er nie eine respektable Braut finden. Keine andere Frau würde ihn heiraten, und er wäre nicht in der Lage, Rothebys Bedingung zu erfüllen.

Aurora war seine einzige Chance.

Und sie würde ihn heiraten.

In Hyatt House war Aurora nicht. Und in Grantham Manor am Grosvenor Square war sie auch nicht. Der Duke von Aylesbury war nicht sonderlich begeistert, als Quin an die Tür schlug und darauf bestand, dass das Haus zu dieser frühen Stunde durchsucht wurde. Er musste aber nachsehen, da Lady Rebecca angedeutet hatte, dass Aurora vielleicht bei ihr Trost suchen würde.

Quin bog in die Piccadilly in Richtung Hyde Park ab. Es wäre unlogisch, an so einen öffentlichen Ort zu gehen – schon gar nicht, wenn sie sich verstecken wollte –, aber nichts, was das kleine Frauenzimmer in letzter Zeit getan hatte, war vernünftig gewesen.

Der Park war zu dieser Stunde so gut wie leer. Auf den ersten Blick ging nur eine kleine Gruppe älterer Damen am Serpentinesee entlang. Verdammt. Wo konnte sie nur stecken?

Zum Teufel noch einmal. Hatte sie keine anderen Freunde? Bestimmt. Aber in diesem Moment wäre ein bisschen mehr Information über seine Auserkorene sehr hilfreich. Quin machte mit seiner Stute kehrt und ritt zurück nach Mayfair. Er würde alle Straßen abklappern, wenn er sie so finden und zur Kirche zurückzerren konnte.

Er hatte schon Cavendish Square und Grosvenor Square abgesucht. Genauso gut konnte er es auch in anderen vornehmen Gegenden versuchen. Auroras beste Freundin war die Tochter eines Herzogs, also kam der Rest ihrer Bekanntschaft ebenso aus den höheren Gesellschaftsschichten.

Berkeley Square. Da es noch früh am Tag war, würde

Quinton zuerst dorthin reiten. Vielleicht war Rotheby noch nicht aufgestanden und fragte sich, ob Quin seinen Plan durchgesetzt und sich die Fesseln der Ehe angelegt hatte. Das Letzte, was er jetzt brauchte, war, dem Alten in die Arme zu laufen und die Bredouille, in der er befand, erklären zu müssen.

Wenn es überhaupt eine Erklärung dafür gab.

Als Quin um die Ecke bog, fiel er fast vom Pferd. Noch nie hatte er etwas so vollkommen Absurdes (um nicht zu sagen Skurriles, Entwürdigendes und Unvernünftiges) gesehen.

Aurora Hyatt saß rittlings auf einem Pferd vor Gunter's, perfekt gekleidet in einem weißen Hochzeitskleid aus Atlasseide, einem albernen Jäckchen und einer Schute. Ihre Strümpfe waren bis zu den Knien zu sehen, ihr Kleid war ungeschickt über das Sattelhorn drapiert. Ein Fuß baumelte über dem Steigbügel und suchte nach etwas zum Festhalten, während sie versuchte, den anderen über den Pferderücken zu schwingen. Jedoch verhedderte sich ihr Schuh immer wieder in dem Satinkleid, und wenn sie weiter so gefährlich hin und her schwankte, würde sie fallen und sich den Schädel auf dem Pflaster aufschlagen.

»Was zum Teufel machen Sie hier?«, brüllte Quin, ohne auf die fassungslosen Blicke der Passanten zu achten. Sollten sie doch denken, was sie wollten. Er ritt zu ihr und nahm ihre Zügel in die Hand.

Sie erdreistete sich, ihn pikiert anzublicken. »Ich habe gerade überlegt, ein Eis essen zu gehen.« Aurora versuchte, die Zügel wieder an sich zu reißen, aber er hatte nicht die Absicht, das zuzulassen. Sie schnaubte und schlug ihm auf die Hände. »Was zum Teufel machen Sie hier, Mylord?«

Nicht hier. Er hatte schon genug private Angelegenheiten in der Öffentlichkeit preisgegeben und den Klatschmäulern der High Society Gelegenheit gegeben, jedes Wort und jede Berührung zu registrieren. Lieber würde er im Gefängnis von Newgate schmoren, als dass er ihnen erneut Wasser auf die Mühlen gab – Stoff, den sie in ihren Klatschblättern abdrucken konnten.

Quin drehte seine Stute herum und ritt in Richtung Curzon Street, Auroras Pferd hinter sich her ziehend. Sie verlor das Gleichgewicht durch die plötzliche Richtungsänderung und schrie panisch auf.

Er wandte sich um, um zu sehen, was jetzt schon wieder los war. Sie war über das Sattelhorn gefallen und hielt sich krampfhaft fest, während ihr niedliches kleines Hinterteil gefährlich von der Seite des Pferdes hing.

Verdammt. So wie sie da hing, würden sie es nicht mal bis zum Ende der Straße schaffen, geschweige denn bis zu Jonas' Junggesellenwohnung. Quin hielt die Pferde an, hob seine Braut von ihrem Pferd und setzte sie seitwärts auf seinen Schoß.

»Oh!«, stieß sie aus. »Wie ruppig.« Sie drehte und wand sich.

»Still«, befahl Quin. Am Ende würde sie sich noch von seinem Schoß winden und mit dem Gesicht auf dem Boden landen. »Ihr schlechtes Benehmen besprechen wir unter vier Augen.«

»Nein, so was.« Das Frauenzimmer wehrte sich weiter und wäre um Haaresbreite vornübergestürzt und gefallen, hätte er sie nicht mit dem Arm um die Taille festgehalten.

Geduld. Er brauchte Geduld. Quin holte tief Luft und zog sie näher an seine Brust. »Still«, brummte er.

Zum Glück hatten sie keinen langen Weg. Innerhalb weniger Minuten waren sie bei Hausnummer 5 angekommen. Quin stieg ab und zog seine Braut mit sich. Sie zappelte, um sich zu befreien, doch das dumme Mädchen würde bestimmt nur wieder fortlaufen oder auf ein Pferd steigen. Oder sich vielleicht auf die Wohnungsstufen setzen und um Hilfe schreien. Er war nicht in der Stimmung für so ein Spektakel.

Also warf er sich Aurora über die Schulter – nicht über die, mit der er die Tür gerammt hatte, denn die schmerzte, als hätte ihn ein Pferd getreten – und hielt ihre Beine an den Knien fest.

»Also wirklich. Das ist doch absurd!«

»Auch Absurdität werden wir unter vier Augen besprechen, Miss Hyatt. Halten Sie den Mund!«

Er öffnete Jonas' Wohnungstür, warf Aurora auf den Diwan und wollte gerade die Tür schließen, als Jonas' Hausdiener ihm entgegentrat.

»Lord Quinton«, sagte der Hausdiener, indem er versuchte, sich in das kleine Wohnzimmer zu drängeln, »ich darf dies nicht erlauben. Es ist absolut regelwidrig. Sie dürfen keine junge Dame hierherbringen.«

Verdammt, Quin hatte genug von Unterbrechungen. »Lassen Sie uns in Ruhe«, sagte er. Seine Stimme klang so bedrohlich, dass sie die meisten Männer in Schrecken versetzt hätte.

Dieser Mann hier war zum Glück berechenbar. »Ja, Mylord.« Er erschrak angesichts Quins Gesichtsausdrucks und wich zurück.

Quin schloss die Tür und versuchte, seinen rasenden Puls zu beruhigen, bevor er das Gespräch mit seiner Braut begann. Als er schließlich das Gefühl hatte, sich beherrschen zu können, begann er.

Ihre klaren Augen waren so groß, dass er meinte, sie würden aus den Höhlen treten. Eine sichtlich zitternde Hand hielt sie über ihrem Busen.

Großer Gott. Sie hatte Angst.

Quin verspürte den Wunsch, etwas an die Wand zu schleudern. Was hatte er getan, dass er ihr eine derartige Angst einflößte? Er war kein Heiliger, aber ein Unmensch war er auch nicht.

Bewegung. Er brauchte Bewegung, oder er würde etwas herumschleudern oder mit der Faust ein Loch in die Wand schlagen oder sich den Arm aus der schmerzenden Schulter reißen. Stattdessen ging er auf und ab.

Seine Braut verfolgte jede seiner Bewegungen mit einem Blick aus ihren großen Augen.

Sein Auf-und-ab-Gehen schien sie noch nervöser zu machen, als sie es ohnehin schon war. Wenn er sie beruhigen wollte, musste er sich setzen, egal, ob ihm das half, sein Herzklopfen zu beruhigen.

Er machte einen Schritt zu dem leeren Sitz neben Aurora.

Als sie zusammenzuckte und ihr Gesicht mit den zarten Händen schützte, verlor er beinahe den Verstand. »Nein!«, schrie sie mit geschlossenen Augen und fiel auf dem Diwan zurück.

Zum Teufel auch, sie dachte wirklich, dass er sie schlagen würde.

Quin wusste nicht mehr, wann er zuletzt so zornig gewesen war. Vielleicht als sein Vater noch lebte, seine Mutter und ihn regelmäßig verprügelte und sich regelmäßig bis zur Besinnungslosigkeit betrank.

Er nahm all seine Geduld zusammen und zwang sich, die Arme hängen zu lassen. Er musste sich beherrschen, damit er das Frauenzimmer nicht packte und schüttelte, bis sie wieder bei Verstand war.

Endlich öffnete sie ihre Augen und sah ihn unter langen, dunklen Wimpern an. Langsam und mit einem gequälten Gesichtsausdruck senkte sie schließlich ihre Arme und legte sie in den Schoß.

Quin zählte bis zehn. Bestimmt wäre zwanzig besser. »Ich schlage kein Frau, Aurora. Es würde sich geziemen, das in Zukunft nicht zu vergessen.«

»Aber Sie waren so zornig, dass ich dachte …«

»Zwingen Sie mich nicht, mich zu wiederholen.« Seine Stimme war härter, als er es wollte, obwohl er kaum lauter als im Flüsterton sprach. Er verschränkte die Arme und starrte auf Aurora hinab.

»Und jetzt möchte ich, dass Sie mir erzählen, weshalb Sie so unbesonnen waren, von unserer Hochzeit fortzulaufen, wo Sie doch in den Augen der Gesellschaft als ruiniert gelten, solange Sie unverheiratet sind? Warum Sie mich am Altar haben stehen lassen und durch ganz Mayfair für ein Eis bei Gunter's geritten sind? Noch dazu mit bis zu den Knien entblößten Beinen! Warum Sie es für vernünftig gehalten haben, sich die einzige Gelegenheit zu verscherzen, Ihren Ruf zu retten.«

Im Laufe seiner Forderungen verwandelte sich ihr Ausdruck von ängstlich zu überheblich. Sie hatte ihn mit offenem Mund angesehen, nun aber schloss sie ihn und presste die Lippen zusammen.

»Ich warte«, sagte Quin schroff und ging einen weiteren drohenden Schritt auf sie zu.

Aurora sah ihn finster an. »Also, vielleicht würden Sie die Güte haben, mir zu erzählen, warum Sie gestern so plötzlich aufgehört haben, mich zu küssen.«

»Das gehört wohl kaum zur Sache«, sagte er.

»Ganz im Gegenteil, Mylord«, sagte sie feurig, und ihre hellen, klaren Augen funkelten ihn an, »es gehört absolut zur Sache, denn die Antwort kommt bei meinen Antworten auf Ihre Fragen ins Spiel.«

»Können Sie nicht eine einfache Frage beantworten?«, bellte er sie an.

»Ich beantworte eine einfache Frage, wenn Sie eine einfache Frage stellen.«

Er warf die Hände in die Luft. »Warum, verdammt noch mal, ist es so schwierig, mir zu erklären, warum Sie mich auf einmal nicht mehr heiraten wollen?«

»Was an mir gefällt Ihnen nicht, dass Sie mich nicht küssen möchten?«, gab Aurora zurück.

Sie nicht küssen möchten? Wäre er nicht mit Plänen für diese blöde Hochzeit beschäftigt gewesen, hätte er die Zeit höchstwahrscheinlich mit genau dieser Beschäftigung verbracht – wenn nicht sogar einen Weg gefunden, sie vor der Hochzeit ins Bett zu locken. Er war von dem kleinen Frauenzimmer ganz besessen.

Großer Gott, war sie verlockend, wenn sie zornig war. Quin würde sie häufiger erzürnen müssen, da sie nun wie eine Wassernixe aussah, die aus dem Meer emportaucht. Er würde ihr zeigen, wie sehr er sie küssen wollte.

Quin zog sie blitzschnell an sich heran, indem er ihre Oberarme ergriff und sie hochzog. Seinen Mund senkte er auf ihren, hart, heiß und hungrig.

Er küsste sie so ausgiebig, als wolle er sie brandmarken, sie als die Seine kennzeichnen. Jeder Gedanke an Zärtlichkeit oder Sanftheit ihr gegenüber verschwand wie die Flut im Meer.

Ein tiefer Ton, halb Seufzer, halb Stöhnen entrang sich ihrer Kehle.

Quin erforschte ihren Mund, mit der Zunge liebkoste er, tauchte ein und versengte sie, bis Aurora unter ihm zitterte und ihre Hände an seiner Mitte Halt suchten. Quin bremste sich nicht, bis er von ihrer Lieblichkeit trunken war.

Als er endlich aufsah, waren ihre Lider schwer und die roten Lippen angeschwollen. Der Anblick ließ ihn noch härter werden. Seine Hände glitten an Auroras Rücken, und er zog sie nahe an sich heran – so nahe, dass sie spüren konnte, wie groß sein Verlangen war.

Bei der Berührung sprang sie auf.

»Dies sollte eigentlich Beweis genug sein, wie sehr ich Sie küssen möchte … und noch mehr«, sagte er gedehnt.

Ihre Augen wurden groß, und sie presste ihren Körper noch enger an seinen. »Was ist das? Ich will, dass Sie mir alles beibringen.«

Quin legte ihr die Hand auf den Mund, damit sie innehielt. Verdammt, war sie unschuldig. Er hatte Jungfrauen bisher immer vermieden. Wie sollte er irgendetwas erreichen, wenn ihre Neugierde ihn fast um den Verstand brachte? Wie gern hätte er sie sich wieder über die Schulter geworfen, sie nach oben getragen und ihr an Ort und Stelle alles gezeigt, was sie wissen wollte. Und noch viel, viel mehr …

Das Verlangen, was er in diesem Moment in ihren Augen sah, ließ ihn bezweifeln, dass sie gegen so ein Vorhaben Einspruch erheben würde.

»Es wird später noch genug Zeit für Unterricht geben», sagte er. »Nachdem wir geheiratet haben.« Wenn er es bis dahin aushielt.

Ein betroffener Blick breitete sich auf ihrem Gesicht aus. Verstand sie denn nicht, dass er sie schützen wollte? Alles recht machen wollte? Ihre Unschuld würde ihn noch ins Grab bringen.

»Das wird nicht passieren«, sagte sie. »Ich werde Sie nicht heiraten. Das hätte eigentlich schon klar sein müssen, als ich nicht zu Ihnen an den Altar gekommen bin. Sie verfluchter, unausstehlicher Rohling. Wie kommen Sie darauf, dass Sie mich einfach von meinem Pferd reißen und mich herumkommandieren können?«

»Von *Ihrem* Pferd? Das Sie aus der Stallung gestohlen haben? Ist das das Pferd, was Sie meinen? Aurora, Sie werden mich heiraten und froh darüber sein, und wenn ich Sie über meine Schulter werfen und bis in die Kirche tragen muss.«

»Warum sollte ich Sie heiraten?«, verlangte sie. »Warum sollte es mir leidtun, dass ich es mir anders überlegt und Sie habe sitzen lassen, wo Sie doch das Gleiche mit Lady Phoebe getan haben?«

Welcher Mistkerl hatte ihr von Phoebe erzählt? Wenn es Griffin war, wäre es Quin nur recht, die Sache ein für alle Mal mit ihm zu regeln. Aber das musste vorerst warten. Alles musste vorerst warten.

»Angelegenheiten zwischen Lady Phoebe und mir sind kaum relevant für dieses Gespräch«, sagte er.

Auroras feurige Augen hatten einen dunklen und stürmischen Ausdruck. »Kaum, sagen Sie? Diese Angelegenheiten sind sogar die eigentliche Ursache unseres ›Gesprächs‹, wie Sie es so vornehm nennen. Warum haben Sie mir nichts von Ihrer Verlobung erzählt?«, fragte sie stolz.

»Wann in Gottes Namen hätte ich das denn tun sollen? Seit ich Sie kennengelernt habe, musste ich wie ein Irrer durch die Stadt rennen. Eine Sonderheiratserlaubnis besorgen. Geschäftliche Angelegenheiten mit Ihrem Vater regeln. Eine Stadtwohnung für uns finden, in der wir wohnen können, bis wir zurück nach Quinton Abbey fahren. Hinter Ihnen herjagen, wenn Sie sich aufführen wie ein wildes Kind, das sich aus den Armen seiner Amme befreit hat.«

»Vielleicht«, sagte sie, indem sie aufstand und ihm feindselig gegenübertrat, »ist Ihnen klar geworden, dass ich Sie nicht heiraten würde, wenn ich die Wahrheit wüsste – wenn ich wüsste, was für ein unehrenhafter Schurke Sie sind. Deshalb haben Sie es mir verschwiegen. Oder Sie haben es jedenfalls versucht. Aber Sie, Lord Quinton, sind kein Gentleman, und ich verbringe mein Leben lieber als alte Jungfer, als dass ich ein verabscheuungswürdiges Subjekt wie Sie heirate.«

Sie stieß ihn, doch Quin rührte sich nicht. Er spreizte die Füße und verschränkte die Arme. Aurora sah finster zu ihm auf. Dann stieg sie über sein Bein und floh zur Tür.

Verdammt. Er wollte wirklich nicht handgreiflich werden, aber das Frauenzimmer ließ ihm keine andere Wahl. Quin ergriff ihren Arm und zog sie ins Zimmer zurück.

Bei der Kühle in ihren Augen erstarrte er. »Lass mich los.«

»Sie werden mich heiraten, Aurora. Denn wenn Sie es nicht tun, können Sie Ihr Tagebuch morgen früh in den Klatschblättern lesen.«

Aurora spürte, wie ihr alles Blut aus dem Gesicht wich. »Mein Tagebuch? Woher wissen Sie von meinem Tagebuch?«

Lord Quinton fuhr sich laut seufzend mit der Hand über das Gesicht und durch das Haar. »Ich habe es im Hyde Park gefunden. Und der Inhalt verriet mir, dass Sie einem riesigen Skandal entgegensehen, sollte jemand davon erfahren. Wenn ich Sie nicht heiraten würde und Ihnen den Schutz meines Namens gäbe, so wusste ich, wären Sie ruiniert. Also habe ich Sie gesucht.«

O du großer Gott. Er hatte es gelesen. Er wusste von all den Dingen, die sie über ihn, über sie beide, geschrieben hatte. »Also haben Sie dafür gesorgt, dass ich ruiniert werde, falls mein Tagebuch allein es nicht geschafft hätte? Wie ungemein großmütig von Ihnen, Mylord.«

»Mit Sarkasmus tun Sie sich keinen Gefallen, Aurora.«

»Und Sie sich nicht mit Größenwahn.«

»Stimmt«, räumte er ein. »Aber Tatsache bleibt: Ich werde persönlich dafür sorgen, dass Ihr Ruf ruiniert ist, wenn Sie nicht heute zurück in die Kirche kommen und mich heiraten.«

Was konnte er an der Situation zu gewinnen haben? Es musste einen Grund geben – einen plausibleren, als dass er eine Dame, die er nie zuvor gesehen hatte, vor dem Ruin retten wollte. Warum sollte er solche Anstrengungen unternehmen?

Es ergab einfach keinen Sinn.

Was auch immer sein Beweggrund für diese Partie gewesen sein mag, Aurora hatte keine Wahl. Ihr Vater durfte nie von ihrem Tagebuch und dessen Inhalt erfahren.

Sie konnte nicht fassen, was sie gerade tat. Nachdem sie sich über die Jahre hinweg in der Überzeugung bestärkt hatte, nie einen Mann zu heiraten, den sie nicht liebte und der sie nicht liebte …

Quin war ein Hundesohn. Ein verfluchter Despot. Ein Lüstling und ein absolut unverbesserlicher Schurke.

Das war alles nichts Neues. Warum fühlte er sich dann so schäbig?

Als er neben Aurora vor dem Pastor stand, konnte er sich nicht auf die Zeremonie konzentrieren. Innerhalb weniger Minuten würde er ein verheirateter Mann sein, genau wie Rotheby es befohlen hatte und genau wie er es jahrelang vermieden hatte.

Im Alter von zweiunddreißig war Quin im Begriff, ein Mann zu werden.

Es sollte sich gut anfühlen, Verantwortung für mehr als nur sich selbst zu übernehmen. Stattdessen fühlte er sich verachtenswerter als jemals zuvor in seinem Leben. Und das sollte etwas heißen.

Für jeden Schritt vorwärts machte er zwei zurück. Ja, er heiratete Aurora Hyatt. Aber er hatte sie dazu gezwungen, indem er sie auf dem verdammten Ball küsste, und, als hätte das nicht genügt, ein zweites Mal, indem er sie erpresste.

Es fühlte sich billig an.

Als der Pastor ihn dazu aufforderte, sagte er: »Ja, ich will«, hatte aber keine Freude daran.

Im Verlauf der Zeit war ihm klar geworden, dass er jeden

Tag dem Mistkerl, der sein Vater gewesen war, ähnlicher wurde.

Das spärlich möblierte Reihenhaus, das Lord Quinton gemietet hatte, hatte die Hausnummer 14 in der Oxford Street. Die spärliche Möblierung störte Aurora nicht. Ehrlich gesagt war ihr so ziemlich alles egal, solange der Tag nur endlich zu Ende ging. Schreckliche Kopfschmerzen hatten sie heimgesucht, als ihr Verlobter, ihr jetziger Ehemann, das Tagebuch erwähnt hatte. Und seither hatten sich die Schmerzen weiter verschlimmert.

Sie war zur Kirche zurückgekehrt. Sie hatte ihr Ehegelübde gesprochen. Sie hatte mit gespielt fröhlicher Miene an der anschließender Feier teilgenommen und die Glückwünsche so liebenswürdig wie möglich entgegengenommen. Sie hatte genau das getan, was von ihr erwartet wurde.

Jetzt wollte sie nur noch ins Bett. Und da ihr das Bett im Haus ihres Vaters nicht mehr zur Verfügung stand, war ihr jedes Bett lieb.

Aurora dankte dem Schöpfer, als sie in ihrem neuen Londoner Zuhause angekommen waren und von einer kleinen Gruppe Hausangestellter begrüßt wurden, die darauf warteten, ihrer neuen Dienstherrin vorgestellt zu werden. Ihre Zofe Rose stand neben einem Butler, einer Haushälterin, zwei Dienern, einer Köchin und einem Küchenmädchen.

»Ich werde versuchen, in der kommenden Woche mehr Dienstboten einzustellen«, sagte Lord Quinton, als Mrs Gaffee, die Haushälterin, sie durch die Räume führte. »In spätestens zwei Wochen haben wir eine komplette Dienerschaft.«

»Gut« war alles, was Aurora sagen konnte.

Als sie anhielten, um einen Raum im Erdgeschoss anzusehen, der als Bildergalerie oder Musikzimmer infrage kam, legte er seine Hand auf den Rücken seiner Frau, und bei der Berührung zuckte Aurora beinahe zusammen. »Sie können die Gesellschaftszimmer und Ähnliches einrichten, wie Sie wollen.«

Sie nickte und bereute es schon im selben Moment. Die kleine Bewegung verschlimmerte das Dröhnen in ihrem Kopf. Der Parkettboden schien unter ihren Füßen zu schwanken. Aurora streckte einen Arm aus, um sich ins Gleichgewicht zu bringen. Das Ergebnis war ein Zusammenstoß mit Lord Quintons breiter Brust. Er nahm die Hand von ihrem Rücken, legte sie um ihre Taille und zog sie an seine Seite. »Es geht Ihnen nicht gut.« Mit der anderen Hand befühlte er ihre Stirn und Wangen. »Kein Fieber. Aurora, Sie müssen sich hinlegen. Mrs Gaffee, der Rest der Besichtigung wird warten müssen. Bitte begleiten Sie uns zu Lady Quintons Zimmer.«

Aurora machte einen Schritt, um der etwas üppigen fröhlichen Frau zu folgen, bevor sie hochgehoben wurde. Es war wahrscheinlich besser so. Ihr Kopf fühlte sich an, als würde er jede Minute platzen, und sie bezweifelte, dass sie in diesem Moment die Treppe würde hinaufgehen können.

Kurz bevor sie an der Treppe ankamen, trug Lord Quinton sie an einem großen Panoramafenster vorbei. Die Gardinen waren aufgezogen, und die Sonne schien ungehindert hinein. Die Schmerzen in ihrem Kopf machten Aurora fast wahnsinnig.

Vielleicht hatte sie gewimmert, sie war sich nicht sicher. Jedenfalls änderte Lord Quinton seinen Griff und drehte ihr Gesicht seiner Schulter zu, um sie vor der gleißenden Sonne zu schützen.

Eine herrliche Dunkelheit umhüllte die Diele im ersten Stock. Er ging um die Ecke und durch eine Tür. Wieder pochte der Schmerz hinter Auroras zusammengekniffenen Augenlidern von dem Licht, obwohl es dieses Mal nicht ganz so grell war.

»Schließen Sie die Gardinen«, befahl Lord Quinton leise. Er setzte sich auf die Bettkante, Aurora immer noch fest in seinen Armen. Wieder verschwand das pulsierende Licht, und ihr blieb nur noch das heftige Pochen an den Schläfen.

Sie fühlte sich schwach, zu schwach, um ihren Kopf zu heben, ihre Augen zu öffnen, zu sprechen. Starke Finger machten sich daran, ihr die Schute abzunehmen, und bald kam eine feinere Hand hinzu.

»Mylord, bitte erlauben Sie mir, mich um Ihre Ladyschaft zu kümmern.« Roses Stimme. »Mrs Gaffee und ich können es ihr bequem machen, wenn Sie erlauben.«

»Lassen Sie uns allein«, befahl er. Seine Stimme war leise, aber bestimmt. Sie erlaubte keinen Widerspruch.

In ihrem gegenwärtigen Zustand empfand Aurora das sanfte Rauschen ihres Kleides auf dem Weg durchs Zimmer zur Tür wie einen langen, ohrenzerreißenden Donnerschlag.

Lord Quinton legte sie aufs Bett. Sofort fühlte sie sich bloß, des warmen Kokons seiner Arme beraubt. Dieses Mal wimmerte sie wirklich, obwohl es in ihren Ohren mehr wie ein Schrei klang.

»Ganz still, Liebling«, sagte er, während er ihr die Schuhe auszog. Selbst mit seinen großen, ungeschickten Händen verrichtete er die Aufgabe mit einer Behändigkeit, die Aurora noch selten erlebt hatte. Als Nächstes zog er ihr ebenso sanft und behutsam die Strümpfe aus.

Oh, großer Gott. Es konnte doch wohl nicht wahr sein, dass er es jetzt tat. Nicht jetzt! Nicht jetzt, wo sie sich elender fühlte und größere Schmerzen hatte als je zuvor in ihrem Leben. Er konnte doch nicht erwarten, jetzt seine ehelichen Rechte einzufordern.

Sie würde sterben. Sie würde ihn umbringen.

In jedem Fall würde jemand sterben.

Jedenfalls würde jemand sterben, sobald sie ihren Körper überreden konnte zu funktionieren.

Als Quin sie auf die Seite rollte und begann, die Knöpfe an ihrem Rücken zu öffnen, wimmerte Aurora in das Kissen. Er tat es wahrhaftig. Und sie war machtlos, ihn daran zu hindern, selbst wenn sie es könnte. Es war sein Recht. Sie hatte den Mistkerl schließlich geheiratet und ihm ihr Jawort gegeben.

Wie um alles in der Welt hatte sie sich in diese Bredouille gebracht?

Doch nachdem er ihr das Kleid ausgezogen hatte und sie nichts weiter außer Hemd und Unterhose trug, hob Lord Quinton sie vom Bett und zog die Bettdecke zurück. Er legte sie wieder hin und deckte sie sorgfältig zu.

»Schlaf jetzt«, sagte er und küsste sie keusch auf die Stirn. Er erhob sich vom Bett, ging aus dem Zimmer und schloss die Tür leise hinter sich.

Die dunkle Stille und der Schlaf übermannten Aurora nach kürzester Zeit.

3. April 1811

Für die zwei Hauptbeteiligten sind Hochzeiten ziemlich trostlose Angelegenheiten. Es ist nur gut, dass die meisten Leute sie nur einmal im Leben durchmachen müssen. Während der Pastor von Gehorsam und Krankheit sprach und ich niemanden anzusehen hatte außer dem Pastor und Lord Quinton, wanderten meine Gedanken ganz woanders hin. Empörend, da meine Gedanken bislang nie für Wanderlust anfällig waren.

Aus dem Tagebuch von Miss Aurora Hyatt Lady Quinton

Wo war sie? Aurora setzte sich im Bett auf – nicht in ihrem gewohnten Bett – und sah sich im Dunkeln um. Einige Sonnenstrahlen drangen an den Seiten der schweren Gardinen ins Zimmer. Beim Aufsitzen wurde ihr einen Moment lang schwindelig. Ein dumpfer Schmerz erinnerte an die heftigen Kopfschmerzen, mit denen sie im Bett gelandet war. Sie stand auf und öffnete die Gardine, um genügend Sonne in den Raum zu lassen.

Mitten im Zimmer stand ein großes Himmelbett mit einer Bettdecke in Laubgrün, passend zur Gardine. Sehr schlicht und elegant. Am Kamin stand ein Sessel, neben einer der drei Türen stand eine Frisierkommode.

Wenn sie nur aufgepasst hätte, als Lord Quinton sie hineingetragen hat. Dann wüsste sie, welche der Türen zu ihrem Ankleidezimmer führte. Sie konnte ja kaum im Hemd auf den Flur gehen – erst recht nicht, da sie allen möglichen fremden Dienern begegnen konnte. Oder ihrem Ehemann.

Aber sie konnte keinen Klingelzug erspähen und war also gezwungen, das Risiko einzugehen. Ein logischer Platz für die Frisierkommode wäre neben dem Ankleidezimmer. Aurora versuchte es zuerst mit dieser Tür. Sie hatte falsch geraten. Verdammt.

Lord Quinton saß an einem der großen Panoramafenster in einem Palisanderholzsessel mit gestreiften Seidenkissen, den Blick in Richtung Tür, und las eine Zeitung. Auf dem Tisch neben ihm standen ein leeres Glas und ein Kognakdekanter. Als die Tür aufging, erhob er sich.

Wie konnte ein Mann, der sie mit einer Falle in die Ehe gezwungen hatte, so verführerisch aussehen? Sie sollte ihn verabscheuen oder zumindest von ihm angewidert sein.

Aber er hatte seinen Paletot, die Weste und Krawatte abgelegt. Sein Hemd hing aus der Hose und war am Hals weit geöffnet, ganz wie an dem Abend, an dem sie sich kennengelernt hatten. Und geküsst hatten. Aurora wurde bei der Erinnerung rot. Seine hessischen Stiefel glänzten im hellen Sonnenlicht.

»Hast du dich gut erholt?«, fragte er.

Die Worte zogen Aurora an seine Lippen, sein kantiges Kinn. Die Stoppeln kitzelten wieder, obwohl sie meinte, sich vage erinnern zu können, dass er morgens bei ihrer Hochzeit glatt rasiert gewesen war. Sie zog dies vor – die Rauheit, die Wildheit.

Sie konnte den Blick nicht von seinem Kinn abwenden.

»Ja, danke, Mylord. Danke der Nachfrage«, gelang es ihr schließlich zu antworten.

Seine Augen verfinsterten sich bei ihrer Antwort. Ach du großer Gott, was hatte sie nun schon wieder getan?

»Du bist jetzt meine Frau«, sagte er. »Wir brauchen nicht mehr so formell zu sein.«

Das zeigte ihr schon wieder, wie wenig sie diesen Mann

kannte. »Wie soll ich dich denn anreden?« Der Pastor hatte sicherlich seinen Namen während der Trauung ausgesprochen, doch sie erinnerte sich nicht im Entferntesten daran. Noch wusste sie, welchen Namen er in das Urkundenbuch eingetragen hatte.

Eigentlich wusste sie auch gar nicht, was ihr neuer Name war. Aurora … was genau? Lady Quinton, das wusste sie schon. Aber was noch? Alles war verschwommen. Überreizt, bitter und verschwommen.

Er antwortete mit einem halben Lächeln, einer halben Grimasse, als könne das Lächeln nicht seine Augen erreichen. »Meine Freunde nennen mich Quin.«

»Dann nenne ich dich auch so, wenn es dir recht ist.«

»Du kannst mich nennen, wie du willst, Aurora.« Die Art, wie er das sagte, ließ sie vor Erwartung zittern. »Ist dir kalt?«, erkundigte er sich. »Bestimmt, du hast ja nur ein Hemd an.«

O je! Wie hatte sie das nur vergessen können? Sie wurde rot vor Scham und versuchte, sich mit ihren Armen zu bedecken. Doch es brachte nicht viel. Verdammt, er konnte durch den dünnen Stoff fast alles sehen. Jedenfalls war ihr ganz gewiss nicht kalt. Im Gegenteil. Die heißeste Mittagssonne hätte sie nicht mehr aufheizen können.

Quin nahm eine Decke, die über einem anderen Sessel gelegen hatte. Als er damit vor ihr stand, zitterte sie. Nicht vor Kälte. Nicht vor Verlegenheit. Nein, sie zitterte vor seinem tiefen Blick, als er die Decke um sie legte. Als seine Fingerspitzen sie streiften, kitzelte und brannte es zugleich.

Aurora musste sich und die Decke in den Griff bekommen. Leichter gesagt als getan angesichts dieses Mannes, der so dicht vor ihr stand, dass sie glaubte, in seiner Hitze schmelzen zu müssen. Ihr Ehemann.

Er fuhr sich mit den Fingern durch sein langes Haar. Sie war in Versuchung, das Gleiche zu tun. Was in aller Welt kam nur über sie?

Sie musste sich in den Griff bekommen. Sprechen. Sie musste sprechen. Also platzte sie heraus: »Was ist dein wirklicher Name?« Jetzt klang sie echt wie ein Dummkopf. Hatte er sie nicht gerade gebeten, ihn Quin zu nennen?

Daraufhin lächelte er, aber nicht, als mache er sich über sie lustig. »Mein Taufname? Niles. Niles Thornton.«

»Niles.« Aurora lächelte. Ihr gefiel der Klang des Namens, er ging ihr leicht von den Lippen.

Aber noch mehr gefiel ihr, als er mit dem Daumen über ihre Lippen strich, erst an der Unterlippe, dann an der Oberlippe. Er seufzte auf und ließ den Daumen in ihren Mund gleiten.

Oh, ihr Körper machte komische Dinge in seiner Gegenwart. Nach dieser kleinen Berührung wurde Aurora schon so kurzatmig, als wäre sie die ganze Themse entlanggeschwommen. Ihr Herz schlug so laut, dass er es bestimmt hören musste.

Ihr Mund war ausgetrocknet. Sie leckte sich die Lippen und schmeckte Quins Geruch – er schmeckte salzig und berauschend und männlich.

Kaum hatte sie ihre Zunge zurückgezogen, als er mit seiner folgte. Er schmeckte nach Kognak und Sünde.

Er ließ von ihrem Mund ab und knabberte an ihrem Kinn, den Ohren, dem Hals. Jeder kleine Biss rief bei ihr einen Seufzer oder ein Stöhnen hervor. Sein raues männliches Kinn kratzte über ihre zarte Haut, bis sie glaubte, zusammenzubrechen.

Sie ließ die Decke fallen, schlang die Arme um seinen Hals und ließ die Finger durch sein Haar wandern. Sobald die Decke am Boden lag, strichen seine Hände über ihren

Körper, kneteten ihren Po und zogen sie an ihn. Nahe, zu nahe an ihn.

Sie spürte fasziniert seine Härte, zunächst am Bauch, dann tiefer. Und als er ihre Oberschenkel anhob und die Beine spreizte, spürte sie ihn ganz dicht an ihrem Zentrum. Ihr Hemd und ihre Unterhose waren so dünn, es war, als ob nichts außer seiner Hose sie voneinander trennte.

Meine Güte, dieses Körperteil faszinierte sie. Hart stieß es gegen seine Hose, als warte es darauf, freigelassen zu werden. Sie bewegte ihre Hüften etwas und hätte schwören können, dass sie es wachsen spürte.

Sie wollte es berühren. Es sehen. Schon unter normalen Umständen war sie unfassbar neugierig, konnte nicht genug bekommen, aber nun war sie unersättlich. »Wirst du mich jetzt unterrichten?«, hörte sie sich sagen, obwohl sie nicht wusste, woher ihre Stimme kam. Wenn er nicht zustimmte, würde sie eben sterben.

Quin antwortete nicht.

Und doch bezweifelte Aurora, dass er eine Antwort formulieren konnte. Denn in diesem Moment hatte er sie über die Schulter geschwungen und flog förmlich vom Wohnzimmer in einen anderen Raum.

Sein Zimmer.

Quin warf sie auf das Bett, zog sein Hemd über den Kopf und warf es achtlos zur Seite. Die Haare auf seiner Brust, die unter dem geöffneten Hemd hervorgeschaut hatten, liefen in der Mitte seiner nackten Brust zusammen. Sie waren dunkler als sein Kopfhaar und endeten in einem dünnen Streifen unter seinem Hosenbund.

Sie wollte ihn berühren. Sie wollte die Kraft seiner Arme unter ihren Fingerspitzen spüren, dieselben Arme, die sie eben völlig mühelos getragen hatten. Sie wollte dem Haarwuchs mit ihren Fingern folgen bis dahin, wo ihre Augen nicht sehen konnten. Sie wollte die Hände um seine breiten Schultern legen und darüber staunen, dass er ihren ganzen Körper auf nur einer dieser Schultern getragen hatte.

Sein Anblick verschlug ihr den Atem. Sie fühlte ein seltsames Ziehen in den Brustspitzen, das sie näher an Quin heranzuziehen schien. Ihre Scham – derselbe Teil, mit dem sie ihn einige Momente zuvor berührt hatte – schien vor Hitze dem Schmelzen nahe zu sein. Wie sonst konnte sie sich die peinliche Feuchtigkeit zwischen ihren Oberschenkeln erklären?

Er setzte sie auf die Bettkante, riss sich seine hessischen Stiefel von den Füßen und warf sie blindlings über die Schulter. Bevor Aurora es sich's versah, hatte er sich auf sie geworfen und drückte sie mit seinem Gewicht in die Matratze.

Sie fühlte sich herrlich, wie eine Göttin, trotz ihrer Wehrlosigkeit.

Seine kräftigen Hände wanderten über ihren Körper, erhoben Anspruch auf sie, versahen sie mit seinem Zeichen. Quin berührte jeden Zentimeter ihres Körpers. Die Geste war besitzergreifend.

Er zog ihr die Hemdärmel herunter und entblößte ihre Brüste. Sie hatten sich fest zusammengezogen, die Spitzen waren hart. Aurora wusste nicht, warum, bis er den Mund auf eine von ihnen senkte. Und dann wusste sie es genau.

Quin streichelte ihre Brüste, sog daran und blies über die feuchten Brustspitzen, bis Aurora vor Verlangen fast wahnsinnig wurde. Dann wiederholte er alles bei der anderen Brust. Seine festen Berührungen auf ihrer empfindlichen Haut brachten sie beinahe um den Verstand.

Und dennoch wollte sie mehr. Verlangte nach mehr. Sie bog sich zurück und drückte damit ihre Brüste gegen ihn, sie stieß mit ihren Hüften gegen ihn, suchte, stöhnte und seufzte. Aber statt ihr Verlangen zu befriedigen, erhob Quin sich.

Herrgott noch einmal, er würde sie noch ins Grab bringen.

Ohne sein beachtliches Gewicht auf sich fühlte Aurora sich entblößt. Leer. Kalt.

Sie streckte eine Hand nach ihm aus, aber er schob sie ungeduldig zur Seite. »Es ist noch lange nicht vorbei, Liebling«, sagte Quin. Er stand neben dem Bett und fummelte ungeduldig an den Knöpfen seiner Hose herum. Noch bevor er sie alle geöffnet hatte, zog er die Hose herunter und stieg heraus.

Da die Nachmittagssonne durch das Fenster schien, wollte Aurora ihn ansehen, sich an der Schönheit seiner Beine weiden, an der puren Kraft seiner Muskeln, die sich deutlich abzeichneten. In seiner körperlichen Vollkommenheit und der herausfordernden Haltung sah er wie ein Adonis aus.

Aurora konnte es nicht, sie konnte nicht wegsehen, zu sehr faszinierte sie ein bestimmtes Körperteil oberhalb seiner Schenkel. Wie magisch zog es ihren Blick auf sich, groß, steif und aufrecht. »O du großer Gott«, hauchte sie.

Sie hatte nicht die geringste Ahnung, was er damit tun würde. Aurora hatte eine lebhafte, sogar wilde Fantasie, aber der liebe Gott musste wahrhaftig einen Sinn für Humor haben, sich so etwas ausgedacht zu haben. Einen schwarzen Humor. Einen sehr schwarzen und gestörten und teuflischen Humor.

In ihrem Kopf schrie eine Stimme, sie solle fliehen und sich in ihrem Zimmer einschließen. Stattdessen lag sie aber da und beäugte ihren nackten Ehemann.

Quin setzte sich neben sie auf das Bett, und schon hatte er seine Hände wieder überall – dieses Mal zog er ihr damit Hemd und Hose aus und warf sie achtlos zur Seite, bevor Aurora protestieren konnte. Dann zog er mit einer Hand qualvoll langsam einen gewundenen Weg von ihren Brüsten über den Bauch zu ihren Schenkeln und zurück.

Noch immer konnte Aurora ihn nicht aus den Augen lassen. Oder, besser gesagt, einen gewissen Teil von ihm.

Er hörte nicht auf, sie überall zu streicheln. In ihr breitete sich eine Hitze aus, die sie zu verbrennen drohte, würde er nicht sofort damit aufhören. Seine strahlenden Augen schienen sie von oben anzulächeln. »Du siehst ja ganz verängstigt aus. Der Schmerz dauert nur einen Moment.«

Schmerz? Schmerz gehörte auch dazu? Warum hatte ihr niemand davon erzählt? Aurora verfluchte Aunt Sedgewick im Stillen für ihre Prüderie. Doch das genügte ihr nicht. Als Nächstes verfluchte sie ihre Mutter dafür, dass sie die Unverschämtheit gehabt hatte zu sterben und die Tochter ihrem Schicksal zu überlassen. Sie mit diesen Dingen allein zu lassen, bevor Aurora die Gelegenheit gehabt hatte, Fragen beantwortet zu bekommen.

»Was hast du damit vor?«, fragte sie mit einer Stimme, die stärker zitterte, als ihr lieb war.

Quin antwortete nicht. Jedenfalls nicht mit Worten. Er gab die Antwort mit seinen Händen. Oder genauer gesagt mit seinen Fingern.

Diese bewegten sich über ihre Scham, umschlossen sie und streichelten sie. Aurora riss die Augen so weit auf, dass sie meinte, sie fielen aus ihren Höhlen. War überhaupt erlaubt, was sie hier taten? Sie war sich nicht sicher. Doch obwohl sie schockiert war, mochte sie gar nicht daran denken, ihren Mann aufzuhalten.

Seine Finger glitten in sie hinein, und er bewegte sie hin und her. »Meine Güte, bist du feucht«, sagte er atemlos und bewegte die Finger schneller.

»Ist das schlimm?«, fragte Aurora. Sie hoffte, dass nein. Sie wusste nicht, was die Feuchtigkeit ausgelöst hatte, geschweige denn, wie sie sie zurückhalten konnte. Je länger Quin sie streichelte, desto mehr Flüssigkeit strömte heraus.

Da lächelte er sie verschmitzt an. »Nein. Hör einfach auf nachzudenken.«

Aufhören nachzudenken? Der Mann hatte keine Ahnung, was er da verlangte. Wenn ihre Gedanken erst einmal in eine bestimmte Richtung gingen, gab es kein Halten mehr.

Dann strich er, zwei Finger immer noch in ihr, mit dem Daumen über ihre Perle, zuerst mit leichtem Druck, dann fester. Plötzlich wurde Aurora jegliches Denken unmöglich. Ihre Hüften hoben sich ihm entgegen, während sie die Hände in das Bettlaken krallte. »Ich brauche … ich brauche …« Sie wusste nicht, was sie brauchte. Wenn sie es aber nicht in den nächsten fünf Sekunden bekäme, würde sich jemand vor ihr verantworten müssen. Wahrscheinlich Quin.

Bevor das geschah, stieß er schroff hervor: »Ich weiß.« Den Mund hatte er schon wieder um ihre eine Brustspitze gelegt.

Aurora fiel fast vom Bett. Sie hätte sicherlich die Laken mit sich gerissen. Jeder Nerv in ihrem Körper schien zu singen, von den Fingern bis zu den Fußsohlen. Fast opernhaft. Ihr Stöhnen jedoch war alles andere als opernhaft. Es klang eher wie ein gefoltertes Tier, das sich endlich dem Tod ergibt. Oh, aber dieser Tod hatte sich gelohnt.

Sie würde diesen Tod jederzeit wieder sterben.

Bevor sie überhaupt klar denken konnte, war Quin schon wieder über ihr und presste sie in die Matratze. Sie stöhnte unter dem himmlischen Druck seines Körpers auf. Er küsste sie, drückte ihre Beine auseinander und blieb zwischen ihren Schenkeln liegen.

Da fühlte sie es wieder. Das gewisse Körperteil. Genau da, wo seine Finger so teuflische Sachen mit ihr angestellt hatten.

Er konnte doch nicht wohl …? Wollte doch nicht etwa …?

Es konnte nicht sein, dass das passen würde. Nicht da. Jedenfalls nicht, wenn sie es überleben wollte.

Doch er legte seine Hand zwischen ihren und seinen Körper und drang langsam in sie ein. Dann war es geschehen.

»O nein«, sagte sie in seinen Mund, während sie mit ganzer Kraft, aber ohne Erfolg gegen seine Schultern drückte, »du bringst mich um.«

Statt aufzuhören, stieß Quin tiefer in sie. »Ganz ruhig«, mahnte er. »Wehr dich nicht. Es wird alles gut.«

Mit jedem Zentimeter, den er weiter in sie eindrang, fühlte sie, wie ihr Innerstes geweitet wurde. Auch ihre Augen weiteten sich. Es war immer noch kein unangenehmes Gefühl. Eigentlich überhaupt nicht. Wenn sie ehrlich war, sogar das Gegenteil. Es kam ihr nur schmerzhaft vor.

Aurora versuchte, sich zu entspannen, ihn machen zu lassen, was er wollte. Hatte sie sich nicht gerade vorgenommen, denselben Tod gerne täglich durchzumachen? Vielleicht würde ihr dies dasselbe Gefühl geben.

Dann hielt er inne, nahm ihr Kinn in die Hand, sodass sie ihm direkt in die Augen blickte – Augen, die fast schwarz vor Leidenschaft waren. »Ich verspreche dir, es wird nicht lange wehtun.«

Er war so zärtlich zu ihr, dass Aurora ihn beruhigen wollte. »Das tut es auch nicht – o Gott! O je.«

Es tat sehr wohl weh. Es tat sogar verdammt weh. Als würde sie in zwei Teile gespalten und nie wieder geheilt. Als wenn ein Taubenschwarm sie von innen pickte. Als wenn eine Katze sich an ihrem Inneren die Klauen schärfte. Sie konnte nur hoffen, dass sie sich den Schrei, den sie ausgestoßen hatte, nur einbildete.

Aber der Schmerz klang fast so schnell ab, wie er gekommen war. Aurora begann wieder zu atmen und merkte erst dann, dass sie ihren Atem angehalten hatte.

»Besser?«, fragte Quin mit einem gequälten, ernsten Blick und gerunzelter Stirn. Er hatte die Zähne fest zusammengebissen, wodurch sein Grübchen ins Zucken kam. Ach du lieber Himmel, wenn es ihm wehtat und ihr wehtat, warum machten sie es dann?

Sie nickte. Das Sprechen erforderte im Moment zu große Anstrengung für ihr Gehirn. Ihr Kopf war damit beschäftigt, das seltsame Gefühl auszuwerten, das sie empfand, als Quin sich leidenschaftlich in ihr bewegte. Zuerst glaubte sie, an ihren Grenzen angelangt zu sein, dann spürte sie eine Reibung, die sie unglaublich heiß machte. Danach könnte man süchtig werden!

Quin stützte sich auf die Ellenbogen und starrte sie an. »Du bist so eng«, sagte er mühsam und beschleunigte seine Stöße.

Auroras Körper schien dem Rhythmus von alleine zu folgen, ihre Hüften hoben sich seinen entgegen und senkten sich wieder. »Ist das schlimm?« Sie hoffte, dass es das nicht war. Wie in der Welt sollte sie es ändern? Selbst wenn sie wüsste, was es bedeutete.

»Um Himmels willen, nein. Hör auf zu denken.«

Zu denken aufhören? Der Mann kannte sie wirklich schlecht. Oder besser gesagt überhaupt nicht. Er hatte ihr das schon einmal befohlen, und es war ihr eindeutig nicht gelungen. Jedenfalls nicht lange.

Doch dann legte er die Hände schon wieder auf ihre Brüste, drückte und massierte sie. Aurora schnappte nach Luft und reckte sich zu ihm hoch, um dieses wundervolle und schreckliche Bedürfnis zu erfüllen. Sie dachte, sie müsse sterben.

Aber auf der anderen Seite wäre das vielleicht schön. Sehr schön sogar.

Quin stieß noch einmal fest zu, und sie glaubte, tausend Engel singen zu hören. Die Welt versank um sie herum. Fürwahr, halleluja! Endlich verstand sie, wovon Händel sich hatte inspirieren lassen. Quin stöhnte plötzlich laut auf, keuchte und verströmte sich in ihr. Ein warmes, feuchtes Gefühl breitete sich überall in ihrem Unterleib aus.

Dann sank er auf ihr zusammen und drückte sie mit dem Gewicht seines Körpers auf die Matratze.

Innerhalb weniger Momente war er eingeschlafen, und sie fühlte seinen Atem auf dem Haar in ihrem Nacken. Es kitzelte ihre weiche Haut, und sie spürte auch die wunden Stellen, die sein unrasiertes Kinn hinterlassen hatte.

Aurora fühlte sich nach alledem auch schläfrig. Vielleicht würde sie ebenfalls einnicken.

Sie hatte nur einen Gedanken, als sie einschlummerte: Wie können Männer und ihre Ehefrauen es vorziehen, in getrennten Betten zu schlafen, wenn so etwas im Ehebett geschieht?

Unsinnig.

Quin schreckte aus dem Schlaf hoch. Oder genauer gesagt, er erwachte, als seine reizende Braut ihre Hand auf sein Glied legte. Und es noch obendrein sanft drückte. Sie kniete auf dem Bett. Irgendwie war er auf dem Rücken gelandet, und diese Verführerin, von nun an seine Ehefrau, lehnte sich über ihn.

»Was, in Gottes Namen, denkst du dir dabei?«, fragte er, bemüht, seinen Ton ruhig und gelassen zu halten, was ihm aber erbärmlich misslang.

Aurora sprang zurück, wahrscheinlich weil seine Worte wie ein brüllender Schrei klangen, und zog ihre Hand zurück, als hätte sie in eine Flamme gefasst. Bald wäre es wirklich so, wenn sie nicht aufhörte. Feuer. Verlangen. Feuer und Flamme. Quin betete, dass sie nicht aufhören würde.

Er hatte vorhin alle Geduld aufbringen müssen, um sie bei ihrem ersten Mal nicht zu Tode zu erschrecken und ihr mehr Schmerzen zuzufügen als nötig. Es war ihm zum

Glück einigermaßen gelungen, er hatte sich nicht wie ein brünstiges Tier auf sie gestürzt. Unvorstellbar jedoch, dass er in Zukunft noch einmal so zurückhaltend sein könnte. Nicht, wenn sie ihn so berührte.

Das war genau der Grund, warum er Jungfrauen stets gemieden hatte. Sie waren einfach anstrengend mit dieser Mischung aus Neugier und Unerfahrenheit. Es war viel einfacher, eine Hure aufzusuchen und sich über solche Dinge keine Gedanken machen zu müssen.

Sie starrte ihn mit weit aufgerissenen, klaren Augen an. »Es tut mir leid«, sagte sie, »ich werde es nicht wieder berühren.«

»Zum Teufel«, widersprach Quin und nahm Auroras zarte Hand und führte sie zurück. Er stöhnte laut auf vor süßer Qual.

Auroras Lippen formten ein perfektes O, während sie zusah, was sie da tat. Langsam, ganz langsam wickelte sie ihre Finger um ihn und übte genau den richtigen Druck aus, damit er daran erinnert wurde, wie eng und heiß sie war, wie süß ihre kleinen Schreie gewesen waren und wie ihr Körper auf jede seiner Berührungen reagiert hatte.

Die Spätnachmittagssonne begann unterzugehen, und durch den rosa- und orangefarbenen Schein zeichnete sich Auroras Silhouette über ihm ab. Himmel, sie sah immer mehr wie eine Göttin aus, wie sie sich über ihn beugte und ihr Haar wallend den nackten Körper herabfiel, um ihre herrlichen prallen Brüste herum.

In diesem Moment war Quin bereit, sie mit ihm machen zu lassen, was sie wollte.

Einen Moment später fragte er sich, ob er seinen Gedanken laut ausgesprochen hatte, denn sie begann ihre Hand auf und ab zu bewegen, wodurch eine erregende Reibung entstand. Er wurde heißer, härter, größer.

Auroras Augen wurden auch größer. Als er gerade dachte, er würde die Kontrolle über sich verlieren, ließ sie ihn los und beugte sich hinunter, um ihm direkt in die Augen zu sehen. »Darf ich … darf ich so berühren, wie du mich berührt hast?«

Gott, die Verführerin trachtete ihm nach dem Leben. Nach dieser himmlischen Folter traute er seiner Stimme nicht und nickte deshalb nur.

Federleichte Finger glitten sanft über seine Brust, seine Schultern, seine Arme und folgten dem Umriss seiner Muskeln. Dann spreizte Aurora ihre Finger, die ein Feuer hinterließen. Quin biss die Zähne zusammen, um die Kontrolle zu behalten. Länger konnte er so nicht ausharren, sonst würde er sie sofort nehmen.

Als sie seine Brustwarzen berührte und diese sofort hart wurden, stockte ihr der Atem. »Ich brauche …«, sagte sie, während sie konzentriert die Stirn runzelte, »ich muss näher …«

Großer Gott. Sie schwang ein Bein über ihn, wie sie es morgens getan hatte, um auf Jonas' Pferd zu steigen. Ihre Knie waren auf beiden Seiten seines Rumpfes, und ihr süßer kleiner Hintern saß gefährlich nahe an seinem Glied.

Ein listiges, triumphierendes Lächeln leuchtete auf ihrem Gesicht auf. »Das ist schon besser«, sagte sie.

Bevor er es verhindern konnte – bevor er überhaupt denken konnte –, lehnte sie sich über und küsste ihn. Sie küsste ihn überall mit tausend kleinen Küssen, leckte ihn hier und biss ihn dort, wobei sie sich ständig weiter nach unten bewegte, immer wieder ihre Stellung wechselnd.

Sie küsste ihn auf den Unterleib, der bei ihrer Berührung zusammenzuckte.

Bis zu seinem Bauchnabel, der brannte, wann immer ihre Zunge darüberfuhr.

Bis zu seinem Glied – verdammt! –, das sofort hart wurde,

als sie es zärtlich und keusch auf die Spitze küsste. Viel zu erotisch für eine Jungfrau, wie seine Frau eine war.

Sie grinste ihn triumphierend an wie eine Katze, die sich gerade an Sahne gütlich getan hat, und leckte sich die Lippen.

Er verlor völlig den Verstand.

Mit einer schnellen Bewegung hatte er sie auf den Rücken gedreht. Er ergriff ihre Arme, zog sie über ihrem Kopf zusammen und hielt sie mit einer Hand am Bettpfosten fest.

Dann drang er wie besinnungslos in sie ein.

Auroras Augen – verdammt – waren mit Angst erfüllt. Er war wirklich ein Rohling, fuhr in sie hinein wie ein brünstiges Tier. Und dennoch konnte er sich nicht bremsen.

Also küsste Quin seine Frau langsam, intensiv und tief, während er sie mit seiner freien Hand streichelte, bis sie fast auf dem Höhepunkt war, um so das gleiche Verlangen in ihr zu erwecken, was sie ihm erzeugt hatte. Sie stöhnte gegen seinen Mund, und er stützte sich auf die Ellenbogen. Ihre Augen waren verhangen vor Leidenschaft und glühten mit der gleichen unersättlichen und verzehrenden Leidenschaft, die auch ihn antrieb.

Viel länger würde er es nicht aushalten. Er fühlte sich dem Bersten nahe. Aber er wollte sie noch einmal kommen sehen.

»Halt das fest«, befahl er und wickelte ihre Hände um einen Bettpfosten. »Lass nicht los.«

Da er jetzt beide Hände frei hatte, massierte er ihre Brüste, leckte über die Brustwarzen und streichelte ihre Perle, bis sie schließlich die Augen weit aufriss, den Kopf zurückwarf und sich völlig enthemmt ihrer Lust hingab. »Niles!«, schrie sie, lauter, als er je eine Frau auf dem Höhepunkt hatte aufschreien hören.

Schließlich brach er stöhnend über ihr zusammen und ergoss sich in ihr.

Niles. Sie hatte ihn bei seinem Namen genannt.

Niemand hatte ihn seit über zwanzig Jahren bei seinem Vornamen genannt.

Quins Atem verlangsamte sich wie Auroras. Er wollte von ihr herunterrollen, bevor er einschlief und sie erdrückte, doch sie umklammerte seine Schultern und legte die Beine um seine Taille wie in einem Schraubstock. »Nein. Bleib so«, sagte sie. »Bitte.«

In diesem Moment hätte er alles für sie getan.

Einfach und allein weil sie seinen Namen benutzt hatte.

4. April 1811

Man sollte den jungen Damen auf dem Heiratsmarkt die Wahrheit über das berichten, was sich im Ehebett abspielt. Zugegeben, ich weiß nicht, wie man das in Worte kleiden könnte. Ich bin jedoch fest davon überzeugt, dass eine junge Dame gern den ersten akzeptablen Antrag, der ihr gemacht wird, annimmt, wenn sie weiß, was nach der Hochzeit auf sie wartet. Das könnte den Vätern viel Anstrengung und Kummer ersparen, da sie dann nicht Saison für Saison versuchen müssten, eine Partie zu finden, die der jungen Dame 2016 gefällt. Vielleicht könnte ich diesen J.T. Geissinger, Inc. Vätern meine Aufklärungsdienste anbieten. Ich bin sicher, dass ich einen Weg fände, meine Erfahrungen zu beschreiben. Jedenfalls könnte ich es, nachdem ich es selbst rund ein Dutzend Mal erlebt habe. Vielleicht werde ich meinen Mann bitten, mir bei meinen Recherchen zu helfen.

Aus dem Tagebuch von Lady Quinton

Die Morgensonne warf einen goldenen Schein auf Aurora, während sie schlief. Sie sah in dem Licht so engelhaft aus, so unschuldig – überhaupt nicht wie die kesse Eva, als die sie sich am vorherigen Nachmittag und Abend entpuppt hatte. Und in der Nacht. Und wieder am frühen Morgen, kurz vor Sonnenaufgang. Bei dem Gedanken an ihr Liebesspiel fühlte Quin, wie er erneut hart wurde, aber er konnte sie nicht schon wieder wecken. Sie brauchte Ruhe – das war etwas, wovon sie beide nicht viel bekommen hatten in der letzten Nacht.

Nein, er würde sie nicht wecken. Noch nicht.

Quin stand auf und zog sich eine Hose an, bevor er in seinen Ankleideraum ging, um nach dem Diener zu klingeln. Frühstück im Bett war jetzt genau das Richtige. So wie das Souper im Bett genau das Richtige gewesen war.

Später, nach einem wohligen Morgen und vielleicht nach einer weiteren Runde ehelichen Vergnügens, würden sie Rotheby besuchen. Quin hatte vor, dem Alten seine Frau vorzustellen – ihm zu zeigen, dass er es getan hatte: geheiratet. Dass er verflucht noch mal ein richtiger Gentleman geworden war.

Vielleicht würde sein Großvater dann lockerer lassen und mit den unsinnigen Drohungen aufhören, ihm den Gutsbesitz wegzunehmen.

Aber erst wollte Quin den Morgen mit seiner Frau genießen. Er schauderte bei dem Gedanken, dass es ihm so leicht fiel, an sie als *seine Frau* zu denken. Es fühlte sich sogar fast natürlich an.

Er – Quin – ein Ehemann. Respektabel. Ha! Der letzte Teil stand noch zur Debatte. Und dennoch: Die Hölle konnte nun offiziell zufrieren.

Vielleicht war das schon passiert.

Nervosität war schrecklich unansehnlich. Dadurch wirkte man so unbeholfen, wenn nicht sogar ordinär. Daher versuchte Aurora immer, sich nichts anmerken zu lassen.

Sie *versuchte* es jedenfalls.

Als sie neben ihrem Mann in einem offenen Zweispänner saß, den der sich von Sir Jonas geliehen hatte, merkte sie, dass sie ihren Kampf gegen die Nervosität dieses Mal verloren hatte. Es hatte keinen Sinn, ihre Nervosität verbergen zu wollen.

»Meinst du wirklich, dass er mich mögen wird?«, fragte sie mindestens zum zwanzigsten Mal, seitdem Quin ihr vor zwei Stunden mitgeteilt hatte, dass sie seinen Großvater besuchen würden. Einen Großvater, der laut Quin ein echter Querulant war und zeit seines Lebens so viel genörgelt, geschimpft und lamentiert hatte, dass seine Frau, Quins Großmutter, früh verstorben war – wahrscheinlich aufgrund der Strapazen.

Aurora teilte ihrem Mann mit, dass solche Details ihre Nerven in den aufreibenden Momenten vor ihrer Abfahrt kaum beruhigten. Quin behauptete, dass er sie nur auf den Empfang vorbereiten wolle, der ihr zuteil würde.

Offensichtlich hatte Quin noch einiges zu lernen, wenn es darum ging, sie auf eine womöglich unangenehme Situation vorzubereiten. Während der letzten zwei Stunden hatte Aurora nichts weiter getan, als ihr Kleid viermal zu wechseln, sich über ihre Frisur aufzuregen, mehrfach die Tatsache zu bedauern, dass Rebecca nicht da war, um ihr bei ihren Entscheidungen zu helfen, und ihren Mann wiederholt um Bestätigung zu bitten, dass sein Großvater an ihr Gefallen finden würde. Wenn sie ehrlich war, wollte sie im Prinzip wissen, ob er ein feuerspuckender Drache war, der sie umpusten würde, wenn sie in Kleidung erschien, die seinem Geschmack nicht entsprach.

Da Aurora den Mann noch nicht kennengelernt hatte und über seinen Geschmack nichts wusste, war sie auf Quins Beratung angewiesen.

Doch er hatte es versäumt, sich der Herausforderung zu stellen. »Oh, ich bin sicher, du siehst in jeder Farbe schön aus«, hatte er gesagt. Und: »Ehrlich, Ringellocken oder nicht, du siehst gut aus.« Der verfluchte Mann wollte einfach keine Entscheidung treffen.

Wahrscheinlich, weil er nicht die falsche Entscheidung treffen wollte. Also musste sie es tun.

Später müssten sie ein Gespräch darüber führen. Aber

später. Viel später. Im Moment war Aurora damit beschäftigt, unter dem finsteren Blick ihres Mannes zu schrumpfen.

»Aurora, ich schwöre dir, wenn du mich noch einmal fragst…«

Sie runzelte die Stirn und konterte: »Wenn du vielleicht meine Fragen gleich beantworten würdest, wäre ich nicht gezwungen, sie zu wiederholen.«

Doch bevor er richtig darauf antworten konnte, stoppte er den Zweispänner vor einem riesigen Haus – *Mansfield House* stand auf dem Schild an der Straße. Ein nüchterner weißer Kranz krönte Backsteinwände. Der Eindruck wurde durch Pfeiler, die in regelmäßigen Abständen neben den facettierten Fenstern platziert waren, noch verstärkt.

Alles wirkte sehr karg, pedantisch genau. Zugegeben, dies war das Haus und nicht der Mann. Dennoch wünschte Aurora nichts sehnlicher, als dass ihr Mann den Zweispänner wendete und sie nach Hause fuhren.

Vielleicht könnte Lord Rotheby ja zu ihnen zu Besuch kommen? Vielleicht wäre sie nicht ganz so eingeschüchtert, wenn sie den Mann in ihrem vertrauten Umfeld kennenlernte.

Sie runzelte die Stirn, als Quin ausstieg und sich umdrehte, um ihr aus der viel zu hohen Kutsche herauszuhelfen. Nichts schien in letzter Zeit mehr vertraut.

Sobald Auroras Stiefeletten die Straße berührten, kam ein Stallbursche, um den Zweispänner mit zu den Stallungen zu nehmen. Ihr Ehemann legte sich ihre Hand in die Armbeuge, und sie gingen gemeinsam den Pfad zur Haustür entlang. Ihr Körper fühlte sich an, als ob er vor Angst in Stücke zerfiel.

»Tief durchatmen«, flüsterte Quin ihr ins Ohr, als die Tür von einem steifen Butler geöffnet wurde. Aurora war überzeugt, noch nie eine so steife und akkurate Verbeugung gesehen zu haben. Was musste der Mann abends nur für entsetzliche Rückenschmerzen haben.

Er führte sie durch hohe Türen in ein Wohnzimmer. Edles Holz und Leder verliehen dem Raum ein sehr männliches Flair. Hier war eindeutig keine weibliche Hand am Werk gewesen – keine Blumen, keine Spitze, nichts Liebliches. Die leeren Tische waren pedantisch genau aufgestellt. Kein Gegenstand schien es zu wagen, am falschen Platz zu liegen.

Aurora empfand plötzlich den überwältigenden Drang, etwas umzuarrangieren, ein wenig Unordnung in diesen militärisch strengen Raum zu bringen. Es fiel ihr schwer, diesen Drang zu unterdrücken. Und das Letzte, was sie jetzt brauchte, war, ihren neuen Schwiegergroßvater zu erzürnen, bevor sie ihn überhaupt kennengelernt hatte.

Verdammt. Angesichts des vornehmen Dekors hätte sie ein anderes Kleid wählen sollen. Das narzissengelbe, das sie trug, war zu verschnörkelt und hatte zu viele Rüschen. Sie nahm auf einem Ledersofa am Kamin Platz und sah Quin von der Seite an. Er hätte es ihr sagen sollen und hatte es versäumt. Hatte ihr stattdessen versichert, sie sehe gut aus.

Gut. Aurora begann, das Wort zu hassen. Sie sah so gut aus wie ein Elefant, der eine Teetasse hält.

Nachdem sie eine Weile allein im Wohnzimmer gesessen hatten, kam ein junges Dienstmädchen mit einem Teetablett hereingeeilt. Sie setzte es auf einen Tisch und machte einen tiefen Knicks. »Lord Quinton, Lady Quinton«, murmelte sie und huschte davon, bevor Aurora sie auch nur anlächeln konnte.

Die Doppeltüren waren noch nicht vollständig geschlossen, als sie erneut aufgestoßen wurden. Ein älterer Herr mit komplett grauem, aber noch vollem Haar kam mit einem Stock in der einen Hand hereinmarschiert. Seine Kleidung war genauso makellos wie das Zimmer, in dem sie sich befanden, inklusive des Monokels, das an einer Kette um seinen Hals hing.

Quin, der nach wie vor bei den facettierten Fenstern stand, neigte den Kopf vor dem älteren Mann. »Mylord, darf ich Ihnen meine Frau vorstellen? Aurora ist jetzt Lady Quinton.« Selbst auf Quin, der sonst so lockere Umgangsformen pflegte, hatte die strenge Förmlichkeit des Hauses und dessen Besitzers abgefärbt. Er drehte sich zu Aurora und neigte den Kopf erneut. »Gnädige Frau, der Graf von Rotheby – mein Großvater.«

Da richtete der Graf seine kleinen grauen Augen auf sie, durchbohrte sie mit seinem Blick, musterte sie von oben bis unten, wie man es bei Tattersall mit einem Pferd macht, das zum Verkauf steht. Es hätte sie nicht gewundert, wenn er auch noch ihre Zähne untersuchen würde. Stattdessen räusperte er sich. »Stehen Sie auf!«, bellte er sie an. »Ich will Sie mir genau ansehen.«

Aurora war von dieser Begrüßung viel zu schockiert, um sich nicht zu fügen. Sie machte einen Knicks, bevor sie gerade stand und ihm direkt in die Augen sah.

Er guckte finster zurück. »Sie sind ein ganz schön dreistes Frauenzimmer.«

Sie gab ihm keine Antwort. Sie bezweifelte sogar, dass er eine Antwort erwartete, oder wenn doch, dass er sie nur reizen wollte. Sie konnte wohl kaum seine Gunst gewinnen, indem sie ihn beschimpfte.

Einige Momente vergingen, während der Graf sie von Kopf bis Fuß musterte. Sein Blick ruhte auf ihren Hüften. Aurora merkte, wie er sie förmlich mit den Augen maß. Sie errötete angesichts seiner Aufmerksamkeit, bevor sie sich schalt. Verdammt, er würde nicht gewinnen, indem er sie verlegen machte.

»Ich bin sicher«, sagte Quin hinter ihr mit mehr als einem Hauch von Verachtung, »dass Sie meine Wahl billigen und meine Braut akzeptieren werden.«

Lord Rotheby blickte nur kurz zu Quin hinüber, bevor er mit seinen Betrachtung fortfuhr. »Was macht dich da so sicher? Und du glaubst, dass du sie unter Kontrolle haben kannst? Erst war da der Vorfall auf dem Ball, obwohl ich mir vorstellen könnte, dass du ebenso viel Schuld daran trägst wie sie. Aber dann habe ich heute Morgen in der *Haut Monde Gazette* von dem netten kleinen Ausflug gelesen, den deine Frau gestern Morgen unternommen hat. Wie es scheint, wurde sie bei Gunter's gesehen, wie sie im Herrensitz im Hochzeitskleid, knallrotem Spenzer und Schute vorbeiritt.«

Bei der Stange halten? Knallrot? Aurora musste sich zusammenreißen, um nicht durch das Zimmer zu stapfen und den streitsüchtigen alten Kauz zusammenzustauchen. Leider verausgabte sie sich so sehr bei diesem Bemühen, dass sie ihre Zunge nicht mehr im Zaum halten konnte. »Nein, so was!«

»Jawohl, das haben Sie ganz gewiss getan«, antwortete Lord Rotheby. »Das, und noch einiges andere, da bin ich mir sicher.« Zu ihrem Erstaunen schmunzelte er dabei. Aurora fiel bei dieser unerwarteten Heiterkeit beinahe in Ohnmacht. »Ich möchte sagen, dass ihr zwei ein sehr unterhaltsames Paar sein werdet. Ich hoffe nur, dass ich miterleben kann, was daraus wird.«

Doch da drehte er sich plötzlich zu Quin um, und schon kehrte sein mürrischer Ton zurück. »Aber ich warne dich, Quinton, ich werde nicht untätig zusehen, wenn ich von weiteren Mätzchen dieser Art in der Zeitung lese. Du verstehst die Bedingungen unserer Vereinbarung ganz genau.«

Bedingungen? Was konnte damit gemeint sein? Quin war der Erbe des Grafen – daran ließ sich nichts ändern. Oder vielleicht doch?

»Ich habe sie nicht vergessen«, sagte Quin. In seinen Augen blitzte es, ganz wie damals, als er sie vor der Hochzeit für ihr Benehmen gerügt hatte. Sie hatte gehofft, ihn nie wieder so erzürnt zu erleben, aber wenigstens richtete sich sein Zorn in diesem Fall nicht gegen sie. »Wir sind nun verheiratet. Es wird keine Skandale mehr geben, nichts, worauf die Klatschblätter herumreiten können. Ich werde dafür sorgen, dass die High Society uns geradezu langweilig findet.«

Ach so? Es wäre jedenfalls ganz nett von ihm gewesen, wenn er Aurora darüber in Kenntnis gesetzt hätte. Es war gut möglich, dass er die falsche Frau geheiratet hatte, wenn er dachte, sie könne sich vor der Beau Monde verstecken, für sich allein bleiben und nie gesehen werden. Sie brauchte vielleicht nicht selbst der Gegenstand von Klatsch und Tratsch zu sein, aber sie musste auf jeden Fall über allen Klatsch Bescheid wissen! Bis er in den Zeitungen erschien, war er Schnee von gestern. Aurora musste ihrem Mann klarmachen, was hier Sache war. Aber das würde sie später tun.

Im Moment war sie viel zu fasziniert von dem Streit zwischen ihrem Mann und seinem Großvater, der sich vor ihren Augen abspielte. Die beiden starrten sich wütend an, obwohl sie beide seit längerer Zeit nichts gesagt hatten.

Schließlich fuhr Lord Rotheby fort: »Dann sorg gefälligst dafür.« Er griff nach seinem Stock, begann zu gehen und drehte sich rasch noch einmal um, um die beiden zu betrachten. »Quinton. Ich möchte dir noch ein Wörtchen sagen, unter vier Augen«, bellte er und ging weiter zur Tür.

Das sollte alles sein? Diese Begegnung war doch viel zu kurz gewesen.

Quin seufzte. »Ich bin gleich wieder da«, sagte er, an Aurora gewandt, »und dann sind wir auch schon auf dem Heimweg.« Dann folgte er dem Grafen und schloss die Tür hinter sich, verriegelte sie jedoch nicht ganz.

Eigentlich sollte sie hingehen und die Tür richtig schließen. Sie sollte es vermeiden mitzuhören, was die beiden sich zu sagen hatten. Lord Rotheby hatte darauf bestanden, dass sie sich unter vier Augen sprachen – daher musste Aurora annehmen, er wolle nicht, dass sie das Gespräch mithörte.

Doch wie oft hatte sie getan, was sie hätte tun sollen? Wie oft hatte sie vermieden, was sie hätte vermeiden sollen? Nie.

Wenigstens hatte sie der Versuchung widerstanden, auf Zehenspitzen zu dem Türdurchgang zu gehen und ihr Ohr an den richtig geschlossenen Türflügel zu legen. Stattdessen lauschte sie von da aus, wo sie stand.

Wie sich herausstellte, hätte sie ohnehin nicht näher kommen müssen. Selbst eine komplett verschlossene Tür hätte die lauten Stimmen im anderen Raum nicht ausgeblendet.

»Noch wichtiger, als sie in Schach zu halten, ist, dass du dich in Schach hältst, Quinton!«, rief Lord Rotheby schroff. »Ich könnte mir durchaus vorstellen, dass du die Szene auf dem Ball provoziert hast, und ich kenne dich gut genug, um zu wissen, dass du sie zu der Szene vor Gunter's getrieben hast.«

»Ich habe alles getan, was Sie von mir erwartet haben, Mylord«, hörte Aurora ihren Mann sagen. »Ich habe eine vollkommen akzeptable Dame geheiratet, oder etwa nicht? Oder hast du schon etwas an ihr zu monieren, nachdem du sie ganze zwei Minuten kennst?«

»Das Mädchen hat dich geheiratet, nicht wahr? Das spricht ja nicht gerade für ihren Verstand.«

»Wenn sie es nicht getan hätte, würde ich unsere Vereinbarung nicht einhalten!«

»Das tut nichts zur Sache.«

Aurora zuckte zusammen, als ein Gegenstand gegen die Wand geschmettert wurde.

»Worauf willst du denn hinaus, verdammt noch mal?«, brüllte Quin.

»Hast du schon mit ihr geschlafen?«, fragte Lord Rotheby und brachte Auroras Wangen zum Glühen, was Gott sei Dank niemand sehen konnte. Oh, du großer Gott. Der Graf erkundigte sich nach diesem Aspekt ihrer Ehe?

»Vergiss nicht den letzten Teil unserer Vereinbarung«, fuhr Lord Rotheby fort. »Ich rate dir: Vor Ende des Jahres sollte man deiner Frau ansehen, dass sie trächtig ist.«

Schwanger? Und noch dazu vor Ende des Jahres …

Quins Stimme wurde leise. Aurora konnte seine Worte nicht mehr hören, nur seinen Tonfall – und der war eisig und drohend.

Ihr sank das Herz herunter mit der Lautstärke seiner Stimme. Sie hatte recht gehabt. Mit seinem Wunsch, sie zu heiraten, hatte er etwas bezweckt. Etwas, worauf Lord Rotheby bestand. Quin *wollte* nicht mit *ihr* verheiratet sein – er musste nur verheiratet sein. Mit irgendjemandem.

Und jetzt saß sie in der Klemme.

4. April 1811

Trächtig ist so ein hässliches Wort. Jedenfalls in Zusammenhang mit Damen und nicht mit Vieh. Ich glaube, ich mag Lord Rotheby nicht.

Aus dem Tagebuch von Lady Quinton

Aurora hatte das Gefühl, ihr Kopf könne jederzeit explodieren, so dringend wollte sie Lord Rothebys Bedingungen mit ihrem Mann besprechen. Ihre Kopfschmerzen wurden durch die lästigen Besuche noch weiter verschlimmert. Wären sie in einer geschlossenen Kutsche, in der ihr Gespräch nicht von anderen gehört werden konnte, nach Hause gefahren, hätte sie ihn auf dem Nachhauseweg damit konfrontieren können. Allein weil die Klatschblätter fast nur mit Geschichten über sie gefüllt zu sein schienen, hielt Aurora es für weiser, das Gespräch so privat wie möglich zu halten.

Sie waren kaum bei Nummer 14 angekommen, als Sir Jonas ankam, ihr erster Gast des Tages. Aurora lächelte, nickte ihm zu und versuchte, sich mit ihm zu unterhalten – er war wahrhaftig ein angenehmer Gesprächspartner, der mit ihr über Dinge wie *Frankenstein* sprach, einen Roman, der von einer Dame verfasst worden war und den er gelesen hatte. Doch wenn sie ehrlich war, wäre es ihr lieber gewesen, Sir Jonas hätte das Haus bald verlassen.

Das tat er auch, doch erst, nachdem weitere Besucher gekommen waren. Dieses Mal war es Rebecca, begleitet von niemand anderem als Lord Norcutt, der den Neuvermählten besonders eifrig gratulierte. Rebeccas Besuch wäre herrlich gewesen, hätte nicht die Anwesenheit des Mannes an ihrer Seite gestört. Aurora konnte sich jedoch nicht dazu äußern, weil die beiden Damen diese kleine Wette abgeschlossen hatten. Also musste sie sich auf die Zunge beißen und wünschen, dass die Zeit recht schnell verginge.

Nachdem die beiden gegangen waren, kam eine ganze Parade vornehmer Leute, um zu gratulieren oder, genauer gesagt: um während ihrer kurzen Visite genügend Stoff zum Klatschen mitzubekommen.

Als ihr sehr mangelhaft möbliertes Gesellschaftszimmer sich an diesem Nachmittag endlich geleert hatte, hatte Aurora in wenigen Stunden mehr Tee konsumiert, als ein Mensch an einem ganzen Tag trinken sollte. »Ich möchte nie mehr in meinem Leben weitere Besucher empfangen«, beschwerte sie sich. Quin, der neben ihr saß, nickte ihr zu.

Doch bevor sie den Raum verlassen konnten, klopfte es schon wieder an den Doppeltüren. Ihr Butler steckte den Kopf in die Tür und meldete: »Lord Hyatt ist hier, um Sie zu besuchen, Lord und Lady Quinton.«

O du großer Gott. Hätte ihr Vater nicht einen Tag länger warten können? Nein, natürlich nicht. Dies war der erste Tag, den er seit ihrer Geburt ohne sie verbracht hatte. Er musste sich einsam fühlen, ihrer Gesellschaft beraubt.

Quin gab dem Butler ein Zeichen, ihren Vater hereinzuführen. Einen Moment später betrat er den Raum, lächelnd und lebhaft.

Natürlich brach Aurora in Tränen aus, wie jede andere frisch verheiratete Tochter.

Ihr Vater eilte an ihre Seite und nahm sie in die Arme. »Na, na. So schlimm wird es schon nicht sein«, sagte er.

Aurora wollte die Tränen weglächeln, doch sie kamen in einem Strom aus ihr heraus, und sie konnte die Flut nicht bremsen. Als sie versuchte zu sprechen, war alles, was herauskam, ein Schluckauf.

»Was haben Sie ihr angetan?«, fragte Lord Hyatt und richtete seinen ganzen Groll gegen Quin.

»Was ich ihr angetan habe?«, brüllte Quin so laut, dass alle Nachbarn es gehört haben mussten. »Wie schnell Sie vergessen haben, dass mich Ihre Tochter gestern Morgen hat hinter ihr herjagen lassen, statt mit mir vor den Traualtar zu treten und mich zu heiraten.«

»So schnell, wie Sie vergessen haben«, sagte ihr Vater mit drohender Stimme – so drohend, wie sie es bei ihrem Vater nie für möglich gehalten hätte –, »dass dies alles nicht geschehen wäre, wenn Sie auch nur einen Schimmer von Ehrenhaftigkeit hätten und es unterlassen hätten, meine Tochter mitten in einem Ballsaal zu verführen.«

»Sie, Sir, sollten daran denken, dass Ihre Tochter jetzt auch meine Frau ist«, sagte Quin sehr leise, »und dass es folglich meine Verantwortung und Pflicht ist, sie zu trösten, wenn sie es braucht. Bitte seien Sie so freundlich, und nehmen Sie die Hände von ihr.«

Genau das tat ihr Vater. Er stand mit gespreizten Füßen da und hielt die Arme verschränkt.

»Wie kommen Sie dazu, mir zu verbieten, meine Tochter zu trösten? Sie in ihrem Elend allein zu lassen – Elend, das Sie verursacht haben –, wenn sie jemanden braucht, den sie liebt und dem sie vertraut, der sich um sie kümmert?«

Verflixt. So hatte sie sich den ersten Tag ihres Ehelebens nicht vorgestellt.

Zwar gefiel Aurora der Gedanke, dass zwei Herren um sie kämpften. Doch wenn es zwei andere Männer sein könnten, weder Vater noch Ehemann, wäre es ihr deutlich lieber.

Sie sprang auf die Füße und stellte sich zwischen die beiden – in genau dem Moment, in dem Quin auf ihren Vater zuging, um ihm weiß Gott was anzutun. »Schluss jetzt. Ihr hört beide augenblicklich damit auf!«

Als sich Quin in seinem Vormarsch nicht aufhalten ließ, stieß Aurora ihn mit aller Macht zurück. »Ich habe *Schluss* gesagt!«

Schließlich hörte er auf sie. Aber ihm gefiel die Lage gar nicht, und er starrte ihren Vater so wütend an, dass der Viscount eigentlich hätte in Flammen aufgehen müssen. Aber was das betraf, hätte der erzürnte Blick ihres Vaters jeden anderen Mann umgeworfen.

Sie atmete tief ein und schloss die Augen, eine kleine Verzögerungstaktik, um Zeit zu gewinnen. Sicherlich würden die beiden zur Vernunft kommen. Und sicherlich würden sie einsehen, dass ihr überhaupt nicht geholfen wäre, wenn der eine den anderen umbrachte …

Geholfen wovor?

Ach du großer Gott. Ihre Ehe war jetzt schon ein kompliziertes Durcheinander, und dabei waren sie gerade mal einen Tag verheiratet.

»Vater«, begann sie, »Quin hat nichts getan, um mich zum Weinen zu bringen.« Jedenfalls nichts, wovon sie ihrem Vater erzählen würde. Nicht wenn sie die Situation entschärfen wollte. »Ich bin einfach von dem Ganzen überwältigt. Es ging alles so schnell.«

»Zu schnell«, murrte der Lord vor sich hin.

Aurora sah ihn schräg an, bevor sie sich an ihren Mann wandte: »Quin, als mein Mann hast du das Recht, mich zu trösten.«

»Und ob ich es habe«, fiel ihr Quin eilig ins Wort.

»Dennoch«, fuhr sie energisch fort, »ist mein Vater bislang immer mein einziger Trost gewesen, und es wird eine Weile dauern, bis wir uns beide an die neuen Umstände gewöhnt haben.«

Quins Oberlippe zuckte – das einzige Signal dafür, dass er ihr überhaupt zugehört hatte. Sie deutete das als positives Zeichen.

»Daher«, fuhr Aurora fort, bevor ihr Mann sie unterbrechen konnte, »möchte ich dich bitten, Vater und mir einige Minuten allein zu gestatten.«

Ihr Vater ergriff ihre Hand mit seiner und drückte sie leicht, aber er blieb stumm. Gott sei Dank verstand wenigstens er, wann er still zu sein hatte. Das konnte man von ihrem Mann nicht behaupten. Von Aurora übrigens auch nicht.

Wie war es möglich, dass sie diese Eigenschaft nicht geerbt hatte?

Doch das war jetzt ohne Belang. Aurora sah Quin an und wartete auf seine Reaktion. Sie musste lange darauf warten. Er sagte eine ganze Weile nichts, und nur das Zucken seiner Oberlippe verriet ihr, dass er noch über seine Antwort nachdachte. Als sein Blick schließlich auf sie fiel, sah er einem ungezogenen Jungen ähnlich, der bestraft wurde, weil er sein Spielzeug nicht teilen wollte, und zur Strafe zusehen musste, wie ein anderes Kind damit spielte.

Er war eifersüchtig! Auf ihren Vater. Ihretwegen. O du großer Gott. Doch er senkte den Kopf und verließ den Raum, ohne sich umzusehen.

Jetzt hatte sie alles durcheinandergebracht. Aber was konnte sie machen? Im Moment nichts, also könnte sie auch die Zeit, die Quin ihr mit ihrem Vater gewährt hatte, genießen. »Komm, setz dich zu mir«, sagte sie und zog am Arm ihres Vaters, bis er auf dem Sitz neben ihr saß.

»Ich hätte das nicht tun sollen. Ich hätte nicht mit deinem Mann streiten sollen und ihm vorwerfen, dass er dich zum Weinen bringt.«

»Mach dir deshalb erst einmal keine Sorgen. Es gibt bestimmt Wichtigeres, was wir besprechen können.« Und bestimmt öfter Gelegenheiten, bei denen ihr Mann sie zum Weinen bringen würde. Sie hielt es jedoch für keine gute Idee, ihrem Vater gerade jetzt so etwas zu erzählen.

Er sah sie streng an. »Im Moment ist das Wichtigste, dass deine Ehe in Ordnung ist. Es wird bestimmt nicht leicht für dich. Du kennst ihn noch nicht lange genug. Aber Aurora, du musst alles in deiner Macht Stehende tun, um Lord Quinton lieben zu lernen. Es wird alles viel leichter machen.«

Liebe. Was wusste er schon über Liebe in einer Ehe? Aurora bemühte sich, ihr Erstaunen zu verbergen, denn das hätte sich gegenüber ihrem Vater nicht gehört. »Ich werde mir Mühe geben, mit meinem Mann nicht häufiger zu streiten als absolut nötig, aber ich habe ihm kein Versprechen hinsichtlich der Liebe gegeben.« Schon gar nicht, seit sie etwas über seine Beweggründe, sie zu heiraten, erfahren hatte. Liebe gehörte nicht zur Vereinbarung, und sie würde sich hüten, das zu ändern.

»Du musst versuchen, ihn zu lieben. Sonst bist du zu einer unglücklichen Ehe verdammt. Einem freudlosen Leben.« Ihr Vater fuhr sich mit der Hand durch sein schütter werdendes Haar und seufzte.

»Ich glaube kaum, dass ich zu etwas verdammt bin.« Na ja, da waren die Sache mit dem verlorenen (und wiedergefundenen) Tagebuch und die Rolle, die es in dem Debakel spielte. »Oder hast du vergessen, wer wen bei dem Ball auf der Tanzfläche geküsst hat?«

»Darum geht es jetzt wohl kaum, Aurora, und das weißt du.«

»Oh, du meinst also, ich sollte eine so glückliche Ehe führen wie du und Mutter? Welch reizvoller Gedanke, den Rest meiner Tage in einem getrennten Seitenflügel unseres Anwesens zu verbringen und meinem Mann nur zu den Mahlzeiten zu begegnen – und zu Gelegenheiten, bei denen er es für angebracht hält, mich zu schwängern. Eine reizende Perspektive, wirklich.«

Kaum hatte Aurora die Worte ausgesprochen, wollte sie sie am liebsten sofort zurücknehmen. Der Schmerz in Vaters Augen war zu offensichtlich und stark.

»Das hast du die ganze Zeit gedacht? Dass wir uns nicht geliebt haben?«, fragte er mit gebrochener Stimme.

Sie zuckte verlegen die Achseln. »Wie sollte ich etwas anderes denken? Du warst immer so abwesend, so niedergeschlagen. Und Mutter war sogar während ihrer besten Momente teilnahmslos, meistens weinte sie nur. Am meisten erinnere ich mich an ihre Tränen.« Mutters Tränen und ihre eigenen. Aber niemals Vaters. Er hatte nicht geweint, auch nicht, als Mutter starb.

»Das stimmt, deine Mutter hat oft geweint. Viel öfter, als du wusstest«, sagte ihr Vater. Eine Träne lief seine Wange hinunter. Aurora wollte sie wegwischen, doch er schob ihre Hand beiseite. »Ihr Vater hatte stets betont, wie wichtig es sei, dass sie einen Sohn bekomme, und sie konnte an nichts anderes mehr denken. Ich habe ihr immer wieder beteuert, dass es keine Bedeutung für mich hat. Von mir aus brauchten wir überhaupt keine Kinder zu haben, solange wir einander hatten. Mir war es schließlich egal, ob dein Onkel George den Titel erbte oder nicht. Er hatte ihn genauso verdient wie alle anderen.«

Auroras Vater ging hinüber zu dem großen Panoramafenster und starrte hinaus. Die Stille im Raum fühlte sich schwer an. »Dennoch hat sie darauf bestanden, dass wir es weiter versuchen. Es dauerte vier Jahre, bis du geboren wurdest. Vier Jahre mit mehr Fehlgeburten, als ich zählen konnte – und einer Totgeburt. Ein Junge. Daher war ich überglücklich, als du kamst. Und ich hoffte, dass deine Mutter so glücklich wäre wie ich. Dass sie sich über eine Tochter freuen und sich die Qual ersparen würde. Eine Zeit lang war sie es auch. Du warst unser Sonnenschein, wie ein Sonnenaufgang nach einer langen, dunklen Nacht. Aurora, Göttin der Morgenröte. Zum ersten Mal hoffte ich, dass deine Mutter glücklich würde. Glücklich bleiben könnte.«

Er haute gegen die Wand neben ihm, und Aurora schreckte auf. Erst als eine Träne in ihren Schoß fiel, merkte sie, dass sie geweint hatte.

»Sie konnte ihr Glück aber nicht aufrechterhalten. Du warst eben kein Sohn.«

»Aber du hast ihr doch sicherlich gesagt, dass der Titel an mich vererbt werden könnte, ohne dass sie einen männlichen Erben gebären müsse?«

»Ja, natürlich. Aber ihr Vater hatte es ihr so eingeschärft, dass egal war, was ich wollte oder dachte. Also haben wir es weiter versucht, immer mit demselben Ergebnis. Ich konnte es nicht aushalten, wie sie sich quälte, ich konnte sie einfach nicht mehr ansehen. Sie weinte andauernd. Sie schämte sich so sehr, dass sie die Erwartungen, die andere in sie hatten, nicht erfüllen konnte. Tagelang durfte nur ihre Zofe ihr Zimmer betreten. Wenn sie mich rufen ließ, bin ich immer gegangen. Ich liebte sie immer noch. Ich hätte alles getan, wenn es sie nur glücklich gemacht hätte, aber ich wusste, dass es mir nicht gelingen würde.«

Es war mehr, als Aurora fassen konnte. Alles, was sie über ihre Eltern gedacht hatte, war vollkommen falsch gewesen. Und wenn das alles falsch war, dann war alles, was sie ihr Leben lang getan hatte, um das gleiche Schicksal zu vermeiden …

»Du hast Mutter wahrhaftig geliebt? Du warst nicht tief unglücklich, weil du die falsche Frau geheiratet hattest und sie nie lieben konntest?«

Vater setzte sich in einen Sessel ihr gegenüber und sah sie an. Aufrichtigkeit sprach aus seinen Augen. »Ich habe sie über alles geliebt. Ich wünschte, ich könnte alles noch einmal leben und sie davon überzeugen, dass Liebe genügt. Dass du genügst. Aber das kann ich nicht. Alles, was ich kann, ist, dich davon zu überzeugen, das Beste aus deinem Schicksal zu machen. Versprich mir bitte, dass du versuchen wirst, ihn zu lieben. Versprich mir, dass du versuchen wirst, mit ihm glücklich zu werden. Ich kann nicht damit leben, wenn du es nicht wenigstens versuchst.«

Aurora wusste auch nicht, ob sie damit leben konnte. Es hatte nichts mit ihrer Liebe zu Quin zu tun. Nach den Gefühlen, die sie in der vorangegangenen Nacht empfunden hatte, konnte sie sich nicht vorstellen, dass es schwer würde, ihn zu lieben.

Das Problem war nun ein ganz anderes.

Vor Ende des Jahres sollte man deiner Frau ansehen, dass sie trächtig ist.

Wie nun, wenn sie die gleichen Schwangerschaftsprobleme hatte wie ihre Mutter?

Quin war so oft in seiner Bibliothek auf und ab gegangen, dass er sicherlich ein Muster in das Parkett getreten hatte.

Warum hatte er sich nur nicht zusammennehmen können? Es genügte nicht, sich zu sagen, dass er schon immer so gewesen war. Er war jetzt ein verheirateter Mann. Er sollte sich vor seiner Frau und erst recht vor deren Vater schicklicher benehmen.

Er wollte alles tun, um seinem Vater nicht noch ähnlicher zu werden, als er es ohnehin schon war. Quin würde sich hüten, ein so streitsüchtiger Ehemann zu sein, egal, ob er ein Ehemann sein wollte oder nicht.

Sich zusammenzureißen hatte jetzt oberste Priorität. Und seine Frau zu schwängern. Wobei die zweite Aufgabe viel verlockender war als die erste.

Quin warf einen Blick auf die Uhr. Über eine Stunde. Aurora hatte sich schon über eine Stunde mit ihrem Vater unterhalten, und er selbst hatte nichts weiter getan, als auf und ab zu gehen. Und sich zu ärgern. Und sich langsam und sorgfältig auszuziehen. Nicht ganz natürlich – aber sein Paletot erstickte ihn, und die dämliche Krawatte würgte ihn, und schließlich konnte ihm niemand vorschreiben, was er in seinem eigenem Zuhause zu tragen hatte.

In seinem neuen Bestreben hatte er jedoch keine großen Fortschritte gemacht.

Der Tag kam ihm so zwecklos vor. Ein Besuch nach dem anderen. Die ganze Zeit hatte er an nichts anderes denken können, als Aurora über seine Schulter zu werfen (die immer noch schmerzte, nachdem er damit gestern die Tür aufgebrochen hatte) und sie in sein Zimmer zu tragen … und da weiterzumachen, wo sie frühmorgens aufgehört hatten.

Und das sicherlich nicht nur wegen Rothebys Anordnung. Zum Teufel mit dem alten Kauz und seinen dummen Voraussetzungen und Ränkespielen!

Als Quin fast schon glaubte, den Verstand zu verlieren, vernahm er ein leises Klopfen an der Tür. Es war so leise, dass er zuerst dachte, er hätte es sich eingebildet. Dennoch, um sicher zu sein, hatte er »Herein« gerufen.

Aurora kam durch die Tür. Sie wirkte, als käme sie direkt von einer Beerdigung. Ihr aschfahles Gesicht passte überhaupt nicht zu der fröhlichen Farbe ihres Kleides. »Wir müssen reden, Mylord.«

Mylord? Hatten sie diesen Unsinn nicht schon hinter sich? Sie hatte wohl heftiger auf seinen Streit mit ihrem Vater reagiert, als er gedacht hatte.

Quin nickte und gab ihr ein Zeichen, Platz zu nehmen. Frauen mit ihren Seelenregungen und ihrem Bedürfnis zu reden waren lästig. Er würde Jonas davor warnen. Schließlich mussten sie ja nicht beide in die gleiche Falle tappen.

Er holte tief Luft und war im Begriff, eine Entschuldigung auszusprechen, als seine süße kleine Ehefrau ihm ins Wort fiel.

»Warum hast du mich geheiratet?«, verlangte sie Auskunft. »Ich will den wahren Grund wissen.«

Ach, das war genau das Gespräch, das er erwartet hatte. »Das weißt du doch, Aurora.« Wenigstens das, was sie wissen sollte.

»Ganz im Gegenteil«, konterte sie, kaum hatte er die Worte ausgesprochen. »Ich weiß herzlich wenig über deine Motive. Meine Motive sind klar. Etwas Erpressung hat, wie wir wissen, nachgeholfen.«

Was sie sagte, war die Wahrheit, doch es klang aus ihrem Mund schlimmer. Quin kam sich vor wie der letzte Dreck. »Ich habe dich geheiratet, weil ich dich ruiniert habe. Mein Pflichtbewusstsein hat mich …«

»… spar dir das Gerede von Pflichtbewusstsein!«, fiel sie ihm ins Wort. Wir beide wissen ganz genau, dass du nicht mehr Pflichtbewusstsein hast als ein Wegelagerer.«

Dafür, dass sie solch boshafte Worte sprach, sah ihr Gesicht nicht zornig aus. Ihre Augen, sonst so klar, waren jetzt voller Mutlosigkeit.

Genau wie er sich nach ihrem Vorwurf fühlte. Wie konnte er der Wahrheit widersprechen?

»Antwortest du mir nicht? Willst du mir nicht den wahren Grund sagen, warum du mich geheiratet hast?«

Wie konnte er? Wenn er von Anfang an ehrlich mit ihr gewesen wäre, sähe die Lage vielleicht anders aus. Aber so würde sie wahrscheinlich zu ihrem Vater laufen, wenn sie erführe, warum er ausgerechnet sie hatte heiraten wollen. Schließlich hatte er sie so schäbig behandelt, dass man kaum erwarten konnte, dass sie mit ihm an einem Strang ziehen würde.

Doch darauf war er angewiesen, jedenfalls bis er sichergehen konnte, dass sie schwanger war.

»Ich habe dich wegen deines Tagebuchs geheiratet«, sagte er. »Denn sobald ich es gelesen hatte, wusste ich, dass du jemanden brauchst, der dich unter Kontrolle behält. Es war offensichtlich, dass dein Vater der Aufgabe nicht gewachsen ist.«

Verdammt, Quin hätte den letzten Satz nicht sagen dürfen, hätte ihren Vater nicht erwähnen dürfen.

Aurora kamen die Tränen. Er hasste Tränen. Er fühlte sich immer so nutzlos, so ungeschickt, wenn eine Frau weinte. Es war meistens leichter, Tränen im Vorhinein zu verhindern. Aber dafür war es inzwischen zu spät.

»Du sagst mir immer noch nicht die Wahrheit«, sagte Aurora so leise, dass er sich zu ihr herabbeugen musste, um sie zu verstehen. »Ich habe Lord Rotheby gehört. Ich habe gehört, wie er verlangt hat, dass ich vor Ende eines Jahres *trächtig* sein müsse.«

Zum Teufel noch mal! Quin hatte geglaubt, die Tür geschlossen zu haben.

»Was passiert, wenn ich es nicht bin?«, fragte Aurora und sah ihn direkt an. Ihre Unterlippe zitterte, und er musste sich sehr zusammennehmen, um das Gespräch nicht auf der Stelle zu beenden, sie auf ihre reizenden Lippen zu küssen und den Dingen ihren Lauf zu lassen. Das wäre so viel einfacher.

Doch er konnte ihr die Wahrheit nicht sagen. Wenn sie die erfuhr, würde sie ihn aus Trotz verlassen. Sie würde zu ihrem Vater zurückgehen. Obwohl Quin als ihr Ehemann berechtigt wäre, sie zum Bleiben zu zwingen, könnte er sich ihr gegenüber nicht als der verabscheuenswerte Despot verhalten, der er war.

Er konnte es ihr einfach nicht sagen.

»Rotheby will nur, dass ich einen Erben zeuge. Nichts weiter.«

Die Worte klangen hohl.

Sie starrte ihn an, durch ihn hindurch, als ob sie direkt in seine Seele blicken wollte. Dann liefen ihr die Tränen übers Gesicht, fielen auf ihr Kleid und hinterließen dunkle Flecken auf dem Stoff.

Sie glaubte seine Lüge ebenso wenig wie er.

Warum konnte er ihr nicht einfach die Wahrheit sagen? Egal, wie oft Quin ihr beteuerte, dass Lord Rothebys Bemerkung nichts weiter zu bedeuten hatte – dass der Graf sich einfach nur einen Erben wünschte, bevor er starb –, wusste Aurora, dass etwas anderes dahintersteckte.

Dieser Erbe war entscheidend, so viel war Aurora klar. Und das, wo sie wusste, wie schwer es für ihre Mutter gewesen war, ein Kind zu bekommen, geschweige denn ein männliches.

Was, wenn sie kein Kind gebären könnte? Was würde passieren, wenn sie unfruchtbar war? Könnte er sich deswegen von ihr scheiden oder die Ehe annullieren lassen? Aurora hätte wirklich zuhören sollen, als ihre Gouvernante versucht hatte, ihr solche Dinge zu erklären. Doch stattdessen hatte sie immer nur an ihre nächste Geschichte gedacht.

Sie musste mit Rebecca sprechen – und zwar ohne ihren Mann und ohne den langweiligen Lord Norcutt (zu dem sie aber nicht mehr so garstig sein wollte).

Alles das würde warten müssen. Sie und Quin hatten wortlos zu Abend gegessen, und anschließend hatte Aurora ein Bad genommen und sich für das Bett gerichtet. Sie wollte unbedingt allein schlafen. In ihrem eigenen Zimmer. Weit, weit weg von ihrem hinterlistigen Mann.

Na ja, so weit weg, wie es ging, da nur das Wohnzimmer ihre Räume voneinander trennte.

Da war natürlich auch diese innere Stimme, die sie wieder daran erinnerte, dass es keine gute Idee war, in ihrem eigenen Bett zu schlafen. Sie würde die halbe Nacht wach liegen und an all die köstlichen und sündhaften Dinge denken, die sie mit ihrem Mann machen könnte.

Diese Stimme war jedoch nicht so laut wie die, die Aurora kreischend daran erinnerte, was für ein verlogener, manipulativer, unmoralischer Dummkopf Quin war.

Ihre Zofe stand am Bett, deckte es auf und arrangierte die Kissen.

»Danke, Rose, es geht schon.«

Rose knickste und ging fort.

Aurora stellte den Kerzenleuchter hin, stieg ins Bett und zog sich die Decke bis unters Kinn. Dann blies sie die Kerze aus.

Die Tür zwischen den Räumen brach fast aus den Angeln. »Was in Gottes Namen denkst du dir?», fragte ihr Mann drohend. Er schwenkte seinen eigenen Leuchter in der Dunkelheit.

»Ich gehe ins Bett. Aber was machst du?« Der Mann sollte eigentlich wissen, dass sie nur ein bestimmtes Maß an Geduld hatte und sie dieses schon während des Tages für die schier endlose Parade von Besuchern und Gratulanten verbraucht hatte. Bevor sie ausgeschlafen hatte, stand ihm nichts mehr zur Verfügung.

Quin trat ans Bett und baute sich vor ihr auf: »Seit wann denkst du, dass du hier schläfst?«

»Oh, seitdem ich zum ersten Mal in diesem Haus geschlafen habe«, antwortete sie giftig. »Und falls es Ihnen aufgefallen sein sollte, beantworte ich Ihre Fragen, bevor ich die meinen stelle. Eine Angewohnheit, die Sie sich vielleicht aneignen könnten, Mylord. Denn es ist schlicht und einfach höflich. In anderer Leute Schlafzimmer hineinzuplatzen, ohne anzuklopfen oder um Erlaubnis zu fragen, ist hingegen weniger höflich.«

Seine Augen waren fast schwarz, was nicht nur an dem trüben Licht der einen Kerze lag. Er sah sie an wie ein Jagdhund einen Fuchs. »Mylord, also? Mylady, du brauchst mich nicht so förmlich anzureden. Du kannst tagsüber in deinem Zimmer tun und lassen, was du willst. Aber nachts kommst du gefälligst in unser Zimmer.«

Was erlaubte sich der Mann eigentlich! »Nein.« Aurora kehrte ihm den Rücken zu.

»O doch«, erwiderte Quin.

Sie schnaubte – sie schnaubte tatsächlich, etwas, was sie nie für möglich gehalten hätte. Schon gar nicht, nachdem ihr Mann ihr etwas befohlen hatte, was sie ohnehin von Herzen gern tat. Vielleicht konnte sie sein Drängen zu ihrem Vorteil nutzen. »Ich will mein Tagebuch zurück haben.«

»Gut.« Quin knurrte fast. Er riss die Bettdecke hoch, nahm seine Frau beim Handgelenk und zog sie hinter sich her.

Nach all den heimtückischen und willkürlichen Dingen, die er getan hatte, schoss dies den Vogel ab. Er tat ihr nicht weh, gar nicht. Doch sosehr sie sich auch bemühte, gelang es ihr nicht, sich zu befreien. »Lass mich los«, forderte sie.

Anstatt sie loszulassen, drehte er sich so schnell auf dem Absatz um, dass sie fast mit dem Kopf gegen seine Brust gestoßen wäre. »Ich habe nicht die Absicht, dich loszulassen.«

Sein Blick wandelte sich im Bruchteil einer Sekunde von rasender Wut zu kochender Begierde. Wenn sie nicht sofort den Blick abwandte, würde sie vergessen, wie wütend sie wegen seiner Lügen war.

O du großer Gott. Sie konnte den Blick nicht mehr abwenden. Jetzt war die Hitze zwischen ihnen heftiger, als sie ertragen konnte, und sie fühlte sich magisch von ihm angezogen.

Er fuhr fort: »Ich beabsichtige sogar, dich in wenigen Augenblicken fest in meinen Händen zu halten – und noch einiges mehr.«

»So hast du also vor, die Bedingungen deines Großvaters zu erfüllen? Mit Gewalt?«

Er zuckte zusammen, seine Augen sprühten Funken. Zumindest wirkte es auf Aurora so. Der kurze Schauder war schon wieder vorüber, kaum dass er gekommen war. »Ich werde dich nie zwingen, etwas zu tun. Ich bestehe jedoch darauf, dass du deine ehelichen Pflichten erfüllst. Muss ich dich daran erinnern, dass du soeben damit einverstanden warst, das durch einen Tausch zu tun? Dein Tagebuch.«

»Ich habe mich bereit erklärt, in deinem Bett zu schlafen, aber nicht, dorthin gezerrt zu werden.« Abscheulicher Mann. »Ich will mein Tagebuch haben, und zwar sofort. Bitte.« Sie hielt eine Hand auf und stemmte die andere in die Hüfte.

Quin ging energisch zu seinem Schreibtisch und zog das Buch aus einer Schublade. »Hier. Aber ich will nie wieder etwas über den Inhalt erfahren, Aurora. Von niemand anderem als dir, ist das klar?« Er warf das Tagebuch auf einen Tisch und war schon wieder bei ihr.

Viel zu nahe bei ihr. Seine Glut würde bestimmt ein Loch in ihr Nachthemd brennen. Eigentlich hätte Aurora erbost sein sollen. Aber nachdem er sie geküsst hatte, war ihre Entschlossenheit verschwunden.

Das war überhaupt nicht gut. Sie sollte sich von ihren Vorstellungen eines leidenschaftlichen Blickes und urmenschlichen Benehmens nicht verführen lassen. Sie sollte an ihrer Überzeugung festhalten. Sie sollte den Kuss unterbrechen. Wenn sie es nur könnte! Was für eine Zukunft würde sie sonst erwarten, wenn sie ihn gerade mal einen Tag nach ihrer Hochzeit ohne Konsequenzen lügen ließ?

Sie unternahm jedoch nichts, und es war ohnehin schon zu spät.

Er hatte ihren Mund mit der Zunge erobert, sie konnte nicht mehr vernünftig denken.

Und das war Aurora völlig egal.

5. April 1811

O du großer Gott. Die Ehe ist noch viel komplizierter, als ich sie mir je vorgestellt hatte. Und Ehemänner haben einen unfairen Vorteil, wenn es zum Streit kommt, denn sie können mit nur wenigen kleinen Berührungen an den richtigen Stellen eine so gewaltige Lust in ihren Frauen erwecken. Diese Benachteiligung der Frau muss Gottes Strafe gewesen sein, die er allen Frauen auferlegte, weil Eva von der verbotenen Frucht gekostet hatte. Zugegeben, die Folgen dieser bewussten Benachteiligung sind ziemlich angenehm. Aber ärgerlich ist es dennoch. Denn diese Situation macht es mir zukünftig viel schwerer, bei einer Auseinandersetzung zu gewinnen. Und ich kann mir gut vorstellen, dass es viele Auseinandersetzungen geben wird. Das Leben mit Quin scheint alles andere als unkompliziert zu sein.

Aus dem Tagebuch von Lady Quinton

War er dazu verdammt, sich jeden Tag etwas mehr zu hassen?

Quins Leben war so viel unkomplizierter gewesen, als er noch keine Ehefrau hatte, verflucht noch mal. Warum Rotheby der Meinung war, dass die Ehe ihm helfen würde, Fuß zu fassen, würde er nie verstehen. Da Aurora sich andauernd in Dinge einmischte, die sie nichts angingen, wollte Quin nichts weiter, als sich hemmungslos zu betrinken.

Doch das konnte er nicht tun. Er konnte nicht in seine alten Gewohnheiten zurückfallen, denn damit würde er Aurora mit Sicherheit vertreiben. Weiß Gott, er hätte es bei einigen Gelegenheiten gern getan, aber wenn er seine Frau verlor, verlor es auch alles andere.

Es war schlimm genug, dass das Frauenzimmer Rothebys schwerwiegende Mahnung, sich fortzupflanzen, zufällig mitgehört hatte. Aber ihn auch noch damit zu konfrontieren! Als wäre sie berechtigt, sich in seine Angelegenheiten einzumischen. Und dann noch zu denken, sie könnte in ihrem eigenen Zimmer schlafen, nur weil er nicht ganz aufrichtig mit ihr gewesen war? Sie hatte wohl den Verstand verloren. Und war auf dem besten Weg, dafür zu sorgen, dass ihm das Gleiche passierte.

Nein, Aurora würde jede Nacht in seinem Bett schlafen, und er würde jede Gelegenheit nutzen, seiner Pflicht nachzukommen.

Aber er würde sich hüten, andere Dinge mit ihr zu machen. Es gab keinen Grund, seine lästige kleine Ehefrau näher an sich heranzulassen. Er würde ihr am Ende nur wehtun und sie verlieren. Genau wie er Mercy verloren hatte.

Quin wollte lieber sterben, als solchen Schmerz noch einmal zu empfinden.

Als Jonas am nächsten Tag anrief und einen Besuch bei Gentleman Jackson's vorschlug, sagte Quin begierig zu. Ein paar Runden Boxen würden Wunder bewirken, um die Aggression abzubauen, die sich während der letzten zwei Tage in ihm angestaut hatten.

Erst zwei Tage!

In so kurzer Zeit war es ihr gelungen, ihn gründlich durcheinanderzubringen.

Er konnte nicht zulassen, dass sie weiter einen solchen Einfluss auf ihn hatte. Doch je mehr Zeit er mit ihr verbrachte, desto öfter musste er an sie denken. Ein Blick in ihre Augen, und er ertrank in diesem tiefen Meer. Eine sachte Berührung ihres Haars, und schon hatte sie ihn umgarnt. Eine Berührung ihrer Haut, und er wollte sie sofort nehmen.

Zugegeben, es würde ihn schneller ans Ziel bringen, seine Aktivitäten nicht auf die Nacht zu beschränken. Doch egal, wie wissbegierig Aurora war, wenn er sie auf Hochtouren gebracht hatte, sie blieb doch unglaublich naiv.

Eigentlich wäre es Quin am liebsten, wenn sie wenigstens vorläufig ein wenig naiv bliebe. Er konnte seine Lust mit ihr allerdings nicht auf die gleiche Weise befriedigen, wie er es mit einer Hure konnte. Sie war schließlich seine Frau. Sie verdiente mehr Anstand.

Er würde tagsüber mehr Abstand zu ihr wahren, nachts war es jedoch nicht zu vermeiden, wenn er sie schwängern wollte. Ganz abgesehen davon, dass er sie nachtsüber gar nicht meiden wollte. Im Gegenteil. Doch das Letzte, was er brauchte, war, von ihr besessen zu sein. Damit täte er ihnen beiden keinen Gefallen.

»Gott sei Dank, du bist allein«, sagte Aurora, als Rebecca in das Wohnzimmer im Erdgeschoss der Nummer 14 rauschte. Das zarte Rosa ihres Nachmittagskleids hellte den schrecklich grauen Raum auf. Vielleicht sollte ein Farbwechsel zu den ersten Aufgaben der neuen Lady Quinton gehören. »Wir müssen reden, und das geht einfach nicht, wenn Lord Norcutt dabei ist. Er ist so ein schrecklicher Langweiler, ständig will er nur über das Wetter reden.«

Rebecca schnalzte mit der Zunge. »Ich dachte, du hättest versprochen, in meiner Gegenwart nicht mehr schlecht von Lord Norcutt zu sprechen, Aurora. Er unterhält sich über weit mehr als das Wetter. Du solltest ihn manchmal hören.«

Diese Wahrscheinlichkeit, dass der Mann etwas Interessantes von sich gab, war in etwa so groß wie die, dass Aurora einen Tag lang die Klappe hielt. Sie winkte ab. »Ich habe nicht die Absicht, heute über ihn zu sprechen. Mich beschäftigt etwas viel Wichtigeres.«

»Zum Beispiel Einzelheiten über die Freuden des Ehebetts, die du kaum abwarten kannst mir zu berichten«, ermunterte Rebecca sie.

Sofort glühten Auroras Wangen. Sie war nicht ganz sicher, ob sie über solche Dinge sprechen konnte. Jedenfalls noch nicht. Eines Tages vielleicht, nachdem sie etwas Erfahrung hatte, die ihr helfen würde, die richtigen Ausdrücke für alles zu finden. Wie konnte man *das* beschreiben? Sie würde es versuchen, doch zuerst in ihrem Tagebuch. Es bedurfte gewiss mehrerer Anläufe, um die passenden Worte zu finden.

»Zurzeit beschäftigen mich viel wichtigere Dinge, zum Beispiel die Frage, ob ich unfruchtbar bin oder ob es für mich so schwierig sein wird, ein Kind zu bekommen, wie für meine Mutter. Oder was Lord Quintons Großvater macht, wenn ich nicht innerhalb eines Jahres schwanger bin.«

Rebecca runzelte die Stirn. »Darüber machst du dir zwei Tage nach der Hochzeit Gedanken? Ich habe dich wirklich gern, Aurora – sehr. Aber das sind Dinge, die nicht in deiner Macht stehen. Du machst dich krank, wenn du nicht sofort damit aufhörst. Außerdem beginnt man so doch keine Ehe.«

»Aber ich muss mir darüber Gedanken machen«, konterte Aurora.

Ihre Freundin hob eine Augenbraue. »Werden Sorgen dir helfen, ein Kind in die Welt zu setzen? Wohl eher das Gegenteil«, spöttelte sie. »Ändert das Lord Rothebys Meinung über irgendetwas? Wohl kaum. Du solltest dich darauf konzentrieren, Lord Quinton kennenzulernen.«

Ihn kennenzulernen mochte zwar wichtig sein, die Sache mit ihrer Schwangerschaft schien im Moment wichtiger zu sein. »Ich bin eigentlich gar nicht sonderlich interessiert daran, ihn kennenzulernen. Er hat mich angelogen.«

»Worüber denn?«, bohrte Rebecca mit einem zweifelnden Blick nach.

»Über …« Hm. Na ja. Sie wusste eigentlich gar nicht, in Bezug worauf er gelogen hatte. Sie wusste nur, *dass* er gelogen hatte. »Ich weiß es nicht. Ich weiß nicht, worüber er gelogen hat, aber er hat mich belogen. Ich weiß es so sicher, wie ich weiß, dass ich zwei Füße habe. Er lügt.« Und sie war mit ihm verheiratet. Endgültig und unwiderruflich zweifelsohne mit ihm verheiratet.

Rebecca erhob sich von ihrem Sitz und sagte: »Ich glaube, du solltest lieber dafür sorgen, dass du Gemeinsamkeiten zwischen euch findest, als dir Gedanken zu machen, ob und worüber er dich belogen hat. Du solltest dir auch über den Rest keine Sorgen machen. Du wirst die Antworten schon rechtzeitig finden. Bis dahin kannst du so oder so nichts ändern.«

Rechtzeitig. Das war nicht besonders hilfreich. Oder tröstend. Rebecca erwies sich als tolle Freundin, jetzt, wo Aurora eine verheiratete Frau war und sie selbst nicht.

Rebecca kehrte sich beim Gehen noch einmal zu ihr um. »Nichts. Verstehst du?«

Auroras Antwort war ein finsterer Blick.

Fast vierzehn Tage verbrachte sie für sich. Selbstverständlich gab es Zusammenkünfte mit Mrs Gaffee, bei denen sie die Haushaltskosten und die Möblierung und Innendekoration der verschiedenen Räume besprachen, und Besuche bei der Köchin, um den Speiseplan zusammenzustellen.

Zwei- oder dreimal in der Woche kam Rebecca vorbei – meistens von Lord Norcutt, Ihrer Gnaden Grace of Ayesbury, oder auch von einer Zofe begleitet. Aber seit dem einen Besuch kam sie nie mehr allein. Vater stattete einen wöchentlichen Besuch ab, behauptete aber, zu beschäftigt im Parlament zu sein, um häufiger zu kommen. Aurora vermutete, dass er ihr Zeit gewähren wollte, allein mit ihrem Mann zu sein. Einige Damen der High Society kamen an ihren Besuchsnachmittagen vorbei, um ihr einen Höflichkeitsbesuch abzustatten. Aber meistens war Aurora allein.

Das Schlimmste war, dass sie täglich einsamer wurde.

Quin ging jeden Tag nach dem Frühstück mit Jonas fort und kam selten vor dem Abendessen zurück. Und selbst während der Mahlzeit sprachen sie kaum.

Hauptsächlich verkehrten sie nachts im Bett miteinander.

Aurora genoss das Ehebett. Sie dachte sogar, dass sie es mehr genoss, als gut war. Doch sie hatte das Gefühl, langsam den Verstand zu verlieren, wenn sie weiterhin niemanden hätte, mit dem sie sich unterhalten konnte, keinen Umgang mit anderen. »Wir nehmen heute Abend Hammelbraten« oder »Mrs Gaffee, ich möchte das Wohnzimmer in einem hübschen rosafarbenen Ton gestalten« genügte ihr nicht. Sie hatte niemanden, mit dem sie klatschen konnte, niemanden, mit dem sie das unbekannte Terrain der Ehe besprechen konnte, niemanden, der die Angst beschwichtigen konnte, die ihre wilde Fantasie ihr immer wieder einflößte.

Daher beschloss sie, dass es wieder an der Zeit war zu schreiben.

Doch worüber sollte sie schreiben? Seit sie eine verheiratete Dame war, gab es keine scheußlichen Verehrer, die um ihre Hand wetteiferten, also hatte sie keinen Grund, sich von der Unwürdigkeit des einen oder anderen zu überzeugen. Die kleinen Einzelheiten ihrer Ehe mit Quin hatten sich als noch schillernder erwiesen als ihre eigene Fantasie, und daher glaubte sie nicht, dass sie noch viel Tiefsinniges hinzufügen konnte.

Aurora überlegte die Zwangslage einige Tage lang, bis sie endlich einen Schlachtplan entworfen hatte. Der war einfach zu schreiben. Sie würde über alles, was ihr in den Sinn kam, schreiben, auch wenn es etwas war, worüber sie überhaupt nicht schreiben sollte. Aber wenn sie dauernd darüber grübelte, was sie schreiben würde, schrieb sie am Ende wahrscheinlich gar nichts.

Nachdem diese Frage geklärt war, wartete Aurora an einem besonders sonnigen Morgen im April, bis ihr Mann das Haus verließ (wie er es gewöhnlich tat), und ging an den Schreibtisch im Wohnzimmer, welches ihre beiden Räume voneinander trennte.

Sie tunkte die Feder ins Tintenfass und setzte die Spitze aufs Papier. Dann atmete sie tief durch und ließ ihre Gedanken wandern, bis sie auf etwas – irgendetwas – stießen.

Das erste Bild, das ihr in den Sinn kam, war Quin. Aurora runzelte die Stirn. Über ihn wollte sie nicht schreiben. Der Mensch tat nichts, als sie wütend zu machen, indem er sie tagsüber mit Schweigen bestrafte und sie nachts mit den sündhaften Dingen, die er tat, zum Stöhnen und Schreien brachte.

Und schließlich war sie in ihrer gegenwärtigen Situation nur aus diesem Grund: weil sie über ihn geschrieben hatte.

Nein, es kam überhaupt nicht infrage, über ihn zu schreiben.

Als Nächstes erschien das Bild von einem jungen Hund. Niedlich, aber nicht gerade inspirierend. Sie schickte das Bild fort.

Eine Misteldrossel in der Weißdornhecke vor ihrem Fenster lenkte sie so sehr ab, dass sie sie als Thema in Betracht zog. Aber das würde kaum zwei Zeilen füllen. Schließlich war Aurora kein Lord Byron und konnte nicht einen Vers nach dem anderen, eine Seite nach der anderen, ein Symbol nach dem anderen bis zum Überdruss über irgendeine lächerliche Pilgerfahrt schreiben. Es waren schwerer wiegende Dinge, die sie bewegten.

Schon wieder schwebte Aurora ein Bild von ihrem Mann vor – dieses Mal trug er nichts außer einer Krawatte, die ihm lose um den Hals hing, und seine hessischen Stiefel, die auf Hochglanz poliert waren. Oh, du großer Gott. Es kam ihr vor, als ob das Kaminfeuer in den ganzen Raum ausstrahlte und sie verschlänge.

Es ließ sich eben nicht ändern, sie würde ihrer Fantasie nachgeben und eine weitere Geschichte über Quin schreiben.

Er trat so gut wie nackt auf mich zu, bekleidet mit einem dürftig gestärkten Halstuch und zwei hessischen Stiefeln, die im warmen Kerzenschein fast funkelten. Sein Anblick verursachte mir Bauchkribbeln.

Quin sah heißhungrig aus, als hätte er seit Wochen nichts gegessen und ich wäre seine Lieblingsspeise. Er knurrte so tief, dass ich annehmen könnte, er sei ein Tier, wenn ich diesen Ton nicht schon viele Male zuvor gehört hätte. Da ich jedoch diesen Ton in regelmäßigen Abständen gehört hatte, überfiel mich ein Schauder, und ich wurde feucht.

Ich wollte von ihm berührt werden. Ich wollte von ihm geküsst werden. Ich wollte, dass er das mit mir machte, von dem ich nicht wusste, dass es zwischen einem Mann und einer Frau überhaupt möglich ist. Ich wollte es alles.

Er ist zu mir gekommen und hat mich so geküsst, dass mir schwindelig wurde, meine Zehennägel sich hochrollten und meine Gedanken schneller herumflogen, als ein Gerücht sich durch einen Ballsaal verbreitet.

Doch als ich ihm gerade meine Arme um den Hals schlingen und mich verzweifelt festhalten wollte, unterbrach er den Kuss und drehte mich von sich weg. Ich war zu konsterniert, als dass ich hätte protestieren können. Ich war auch zu überrascht, mich zu beschweren, als er seine Krawatte über meine Augen legte und mich blind machte.

Blind? O je, wo war sie bloß dieses Mal mit ihren Gedanken gelandet? Aurora musste ihre Fantasie wirklich besser zügeln!

Nur war dies aber nicht der richtige Moment. Bevor sie sich bremsen konnte, flog ihre Feder über die Seite und füllte sie mit den abwegigsten und fantastischsten Vorstellungen, die viel zu gewagt waren, um sie je einem anderen Menschen zu zeigen.

Nicht einmal Quin.

Quin duckte sich, um Hodgsons Rechter auszuweichen. Das war knapp. Hodgsons Faust prallte an seinem Schädel ab.

Es reichte nicht, um ihn ins Schwitzen zu bringen. Noch nicht.

Zwei Schritte zur Seite. Einen weiteren nach vorn. Er schlug mit seiner Linken auf Hodgsons Bauch und hieb ihm die Rechte direkt ins Auge.

Hodgson kam hoch, als hätte ihn nur eine Feder gekitzelt, während die Menschenmenge bei Jackson's grölte.

Verdammt, der Mann war wie ein Herkules gebaut.

Andererseits war das genau, was Quin wollte. Er wollte, dass ihn jemand bewusstlos schlägt. Er wollte seine kleine Sirene von Frau lange genug vergessen, um sich zu überzeugen, dass er sich nicht gerade Hals über Kopf in sie verliebte.

Er wollte Besinnungslosigkeit.

Er wollte die Besinnungslosigkeit, die er früher mit Kognak erreicht hatte – für die er aber nicht mehr zur Kognakflasche greifen durfte, weil er jetzt ein respektabler Gentleman sein sollte, verflucht noch mal.

Quin wich gerade noch rechtzeitig einem Schlag von rechts aus und drehte sich weg. Als er Hodgson wieder entgegentrat, zielte er auf das Kinn des größeren Mannes.

Zu spät.

Hodgsons Linke landete direkt auf Quins Auge.

Um ihn herum wurde es schwarz.

»Wach auf, Blödmann«, hörte er Jonas, dessen Stimme durch den angenehmen Nebel in Quins Kopf schnitt. »Du hättest auf mich hören sollen.«

»Hau ab! Wenn ich auf dich gehört hätte, wäre mir so zumute, wie mir in den letzten zwei Wochen zumute war.« Mit einer Verführerin verheiratet, in die er sich schneller verliebte, als er es fassen konnte, während er den Bezug zur Wirklichkeit verlor. Der Kampf mit Hodgson hatte wenigstens gegen Letzteres etwas erreicht, auch wenn er bei Ersterem nichts ausrichten konnte.

Jonas packte Quin beim Nacken und tunkte seinen Kopf in einen Eimer voll Wasser.

Quin kam hoch und ließ unflätige Beschimpfungen auf seinen Freund herabregnen. »Warum, zum Teufel, hast du das getan?«

»Weil du genauso bist, wie du während der letzten zwei Wochen warst, außer dass du nun eine gespaltene Lippe und ein blaues Auge hast. Übrigens: Es schwillt an und sieht ziemlich ekelhaft aus.« Jonas zog eine Grimasse und trat zurück. »Ein Boxkampf ändert nichts am Zustand deiner Ehe, egal, mit wem du kämpfst.«

Der Zustand seiner Ehe. Quin war im Begriff, die Stirn zu runzeln, hielt aber inne, als es schmerzte. »Du hast kein Recht, über meine Ehe zu sprechen. Du bist nicht einmal verheiratet. Was willst du schon davon wissen?«

Die Menschenmenge bei Jackson's hatte sich erheblich verringert. Nur einige Herren standen noch herum und sahen dem Kampf im Ring lustlos zu. Ein ungezielter Schuss war in dem sonst ruhigen Boxsalon zu hören, während Quin auf eine Antwort wartete.

Schließlich sagte Jonas: »Du hast recht. Ich weiß nichts über die Ehe. Nicht dass ich es nicht will, aber vorläufig bin ich eben unwissend. Aber ich kenne dich.«

Ging es vielleicht noch geheimnisvoller? »Das heißt?«, fragte Quin schleppend.

»Das heißt, dass du deine Frau meidest. Du magst vielleicht nicht wissen, warum du ihr aus dem Weg gehst. Ehrlich gesagt, ich kann nicht verstehen, warum du es tust. Sie wirkt sehr zugänglich und ziemlich genießbar, in verschiedenerlei Hinsicht.«

»Pass auf, was du sagst, oder ich mach dich platt! Auf der Stelle.«

Jonas erhob die Hände. »Moment mal. Ich habe nie behauptet, dass ich sie genossen hätte. Ich habe nur gesagt, dass sie genießbar zu sein scheint. Eifersucht steht dir wirklich gar nicht.«

Quin zuckte zusammen. Eifersucht? Sicherlich nicht. Er hatte sie nicht gern genug, um eifersüchtig zu sein. Sie war schließlich nur seine Frau, aber immerhin seine Frau, und Jonas sollte dies gefälligst respektieren.

Oder?

Doch Grübeleien brachten jetzt nichts. Er stand eilig auf und bereute seine Hast schon im selben Moment. Er hielt sich an der Wand fest. Hodgson hatte ihn wohl härter am Kopf getroffen, als er vermutet hatte.

»Ich gehe nach Hause«, sagte Quin, sich an der Wand abstützend. Nach Hause. Komisch, seit Jahren hatte er sich nirgendwo zu Hause gefühlt.

»Jetzt schon?«, rief Jonas ihm nach. »Es ist kaum Nachmittag. Lady Quinton wird nicht wissen, was sie mit dir um diese Tageszeit anfangen soll.«

Zum Glück wusste Quin jedoch schon, was er mit ihr um diese Zeit anfangen konnte. Das Boxen an diesem Tag hatte nicht genügt. Er brauchte etwas – etwas mehr. Etwas anderes.

Er brauchte Aurora.

Als er einige Minuten später durch die Haustür kam, war sie nirgends zu sehen. »Ist Lady Quinton oben?«, fragte er den Butler, der bereit stand, um ihm seinen Hut und die Handschuhe abzunehmen.

»Jawohl, Mylord.«

Quin legte auch seinen Paletot ab und gab ihn dem Diener. Er übersprang jede zweite Stufe voller Erwartung, während er seine Krawatte löste. O Gott, er kam sich vor wie ein geiler Schuljunge auf seinem ersten Besuch bei einer Hure.

Nur war Aurora keine Hure, sondern seine Frau. Er durfte eigentlich gar nicht solche Gedanken hegen. Verflixt, sie war ja praktisch noch eine Jungfrau, obwohl sie schon seit vierzehn Tagen verheiratet waren und sie im Ehebett ziemlich unternehmungslustig geworden war. Er konnte aber doch mit seiner Frau nicht wie mit einer Hure schlafen. Oder? Es war irgendwie nicht richtig.

Wenn er diesen Gedanken nicht loswürde, wusste er nicht, wozu er fähig wäre.

Sie war am Schreibtisch im Wohnzimmer eingeschlafen. Ihr Kopf lag auf etwas, wahrscheinlich ihrem Tagebuch. Das kleine Frauenzimmer konnte es eben nicht lassen. Die Feder war ihr aus der Hand gerutscht, und einige schwarze Tintenflecke waren auf ihrem sonst makellosen und schlichten Kleid zu sehen. Irgendwie fand er diese kleine Unvollkommenheit wahnsinnig verführerisch.

Eigentlich sollte er sie in Ruhe lassen. Sie brauchte offensichtlich dringend Schlaf, wenn sie so unbequem eingeschlafen war. Vielleicht hätte er sie nicht so spät mit ihrem Liebesspiel wachhalten sollen, aber er konnte einfach nicht anders.

Oder vielleicht sollte er sie ins Bett bringen. Sie zudecken. Ein Gentleman sein. Aber das fiel ihm selbst an einem guten Tag schwer. Und der heutige Tag war alles andere als gut.

Er wollte brennend gern wissen, worüber sie geschrieben hatte, da ihre früheren Aufzeichnungen den Schwerpunkt auf ihre Verehrer gelegt hatten. Worüber schrieb sie wohl jetzt als verheiratete Dame der High Society?

Quin ging, so leise er konnte, zu ihr hinüber und spähte über ihre Schulter, um die Seite zu überfliegen. Verdammt! Auch wenn er den Text nur überflog, wusste er genau, was sie sich hatte einfallen lassen. *Quin sah heißhungrig aus – ein verkapptes Tier – Krawatte über meinen Augen – blind.* Im Nu wurde er hart. Und er hatte zufällig eine Krawatte zur Hand. *Ich Glücklicher.* Er würde seiner lüsternen kleinen Frau genau das geben, was sie sich wünschte.

Er nahm die Krawatte ab, legte sie vorsichtig über Auroras Augen und band sie dann am Hinterkopf zu. Als er ihr die Feder aus der Hand nahm, bewegte sie sich etwas, wachte jedoch nicht auf – nicht einmal, als er sie vom Stuhl hob und zu seinem Bett trug.

Ganz leise schlüpfte er in sein Ankleidezimmer und holte zwei weitere Krawatten, bevor er zu Aurora zurückging und ihr behutsam das Kleid auszog.

15. April 1811

Ich weiß ehrlich nicht, woher diese Ideen kommen. Sie schießen empor wie die Sirenen aus dem Wasser, ungebeten und unerwartet, und ich bin mir nicht sicher, ob ich sie je einer anderen Menschenseele offenbaren sollte. Ich werde dafür sorgen müssen, dass mir mein Tagebuch nie wieder abhandenkommt. Jedenfalls bin ich mir inzwischen ganz sicher, dass ich nicht die Richtige bin, um die unverheirateten jungen Damen der High Society über die Freuden des Ehebetts zu unterrichten. Schließlich kann man nie wissen, was für Ideen mir in den Kopf kommen. Ich würde sie wahrscheinlich zutiefst schockieren und sie dazu bringen, kreischend die Flucht nach Amerika zu ergreifen, damit sie dort selbst unter den Indianern zivilisierter leben als hier, wo eine ansonsten anständige verheiratete Dame derlei Gedanken hegt. Selbst mich schockieren meine Worte.

Aus dem Tagebuch von Lady Quinton

Aurora träumte einen wunderschönen Traum, aus dem sie nie erwachen wollte. Starke, heiße Hände glitten über ihren Körper und liebkosten jeden Zentimeter ihrer Haut. Sie fühlte kratzige Bartstoppeln und heiße Lippen, die sie begierig küssten.

Quin. Es musste Quin sein. Überall würde sie diese Hände erkennen. Zumindest wenn sie von ihnen an den Rand des Wahnsinns gebracht wurde.

Sie wollte ihn anfassen, ihn sehen. Doch als sie versuchte, ihre Arme zu bewegen, hielt sie etwas fest. Und trotz geöffneter Augen konnte sie nichts sehen. Was war los? Aurora gab einen frustrierten Laut von sich.

»Sei still, Liebling«, flüsterte Quin ihr ins Ohr. Sein Atem kitzelte ihre Wange wie Schmetterlingsflügel. Das war ja alles schön und gut, aber sie wollte ihn doch berühren! Wollte mit ihm machen, was er mit ihr machte.

»Ich will …«

Ein Finger auf ihren Lippen ließ sie verstummen. »Ich weiß, was du willst. Vertrau mir, dass ich es dir gebe.« Quins Stimme klang rauer und heiserer als gewöhnlich. Schon unter normalen Umständen konnte diese Stimme sie um den Verstand bringen, doch diese Umstände waren alles andere als gewöhnlich.

Vielleicht war alles anders, weil es ein Traum war. Ein Traum wie die Geschichte, an der sie geschrieben hatte, bevor sie eingenickt war. Aber nichtsdestotrotz ein Traum.

Mit dem Mund strich er über eine ihrer Brüste, und sie sprang hoch. Als sie dann eine Bewegung an ihrem Bauch spürte, merkte sie, wie alles lebendig wurde. War es möglich, dass sie so etwas empfinden konnte, während sie träumte? Ein Gefühl, als ob tausend kleine Tänzer über ihren Bauch Walzer tanzten?

Aber es war doch nicht möglich, dass er ihr solche Dinge antat? Oder?

Ihr Aufschrei, als sein Daumen ihre empfindsamste Stelle gefunden hatte, zerstörte alle Illusionen, dass sie schlief. Sie war sehr wohl wach, und Quin tat sehr wohl herrliche und wundervolle Dinge mit ihr, während er sie mit verbundenen Augen an die Bettpfosten gefesselt hielt.

Dann hörte er auf, sie zu berühren. Sie fühlte sich leer und kalt ohne seine Liebkosungen. Aurora wollte unbedingt sehen und wissen, worauf er seine Aufmerksamkeit als Nächstes richten würde.

Doch diese Unwissenheit verstärkte ihre Reaktion, als er sie endlich wieder berührte – dieses Mal mit der Zunge. Zwischen den Oberschenkeln. Langsam zog er eine Spur die Beine hinauf immer näher dorthin, wo zuvor sein Finger gewesen war.

O du großer Gott! »Nein! Das kannst du nicht.« Sie versuchte, die Beine zu schließen, ihn von einer verruchten und sündhaften Tat abzuhalten, selbst wenn sie zwischen Mann und Frau geschah. Warum, verdammt noch einmal, hatte er sie festgebunden? Sie musste ihn bremsen. Sie konnte nicht zulassen, dass er so etwas tat.

Doch seine starken Hände drückten ihre Schenkel auseinander, und mit der Zunge schob er sich immer weiter vor zur Hölle. Als er mit heißem Atem leckte, war es ihr Verderben. Ihre Hüften hoben sich wie von selbst – wie sie es immer taten, wenn er in ihr war. Diese unwillkürliche Bewegung brachte sie noch näher an ihn und erzwang noch mehr von dieser unzüchtigen Tat.

Sie war schamlos. Wild. Wollte verzweifelt mehr.

Also gab er ihr mehr, bis sie auf dem Bett zusammenbrach.

Gesättigt.

Quin gefiel es, Aurora zu beobachten, während sie nach dem Liebesspiel schlief. Sie sah so hinreißend und friedlich aus. So unbelastet von dem Schuldgefühl, welches er immer mit sich herumtrug. Nachdem sie ihre Fantasie ausgelebt hatten, hatte sie sich auf die Seite gelegt und ihm den Po entgegengestreckt, ohne abzuwarten, dass er ihr die Augenbinde abnahm oder ihre Hände befreite. Sogar in diesem Moment, in dem die Nachmittagssonne das Zimmer erleuchtete, schimmerte ihre Haut feucht von ihrem Liebesspiel.

Ausnahmsweise hatte Quin das Bedürfnis, zeichnen zu können. Er hätte dieses Bild zu gern festgehalten, um sie immer so sehen zu können, wie sie in diesem Moment aussah. Er konnte den Zauber nicht brechen. Also lag er da und beobachtete sie, während ihm vor dem Moment graute, in dem sie aufwachte und das Leben weiterging.

Und natürlich geschah beides. Vollkommenheit konnte nie andauern. Sein ganzes Leben war ein Beweis dafür.

Aurora reckte sich, drehte sich zu ihm um und beäugte ihn verschlafen. Sie lächelte und hatte diesen selbstzufriedenen Blick, den man nur hat, nachdem man mit jemandem das Bett geteilt hatte.

Und dann hielt sie den Atem an. »O Gott, Quin, was ist denn mit dir passiert?« Ihre Stimme wurde so schrill, wie die seiner Mutter es wurde, wenn er und Jonas nachmittags Dreck und Schlamm ins Haus geschleppt hatten. Bevor er eine Erklärung oder Entschuldigung von sich geben konnte, schoss Aurora kerzengerade im Bett hoch und zog ihn mit sich. Dann begann sie, sein schmerzendes Auge und die wunden Lippen zu befühlen.

Unverschämtes Mädchen. »Hör auf damit«, warnte er und wich zurück.

Seine Frau hörte nicht auf ihn. Immer wieder drückte sie einen Finger genau auf die Stelle über seinem Auge, obwohl er jedes Mal vor Schmerz zusammenzuckte. »Das sieht nicht gut aus. Du musst ein Beefsteak darauflegen. Ich klingele sofort.«

Quin ergriff ihren Arm, um sie aufzuhalten. »Das wirst du schön lassen.« Er holte tief Luft, um sich zu beruhigen. Er wollte seiner Frau gegenüber keine lockere Hand haben. Nicht jetzt. Doch wenn sie an ihm zerrte, verlor er beinahe die Kontrolle.

Bis zehn zählen. Tief durchatmen.

»Darf ich dich daran erinnern, Aurora, dass du in meinem Schlafzimmer bist?«, fragte Quin. Sie sah ihn mit einem verständnislosen Blick an. »Und dass du nicht bekleidet bist?«, fuhr er fort. Schließlich weiteten sich ihre Augen, als sie sich die Lage vergegenwärtigte.

Gut. Er wäre nämlich nicht besonders erbaut gewesen, einen neuen Kammerdiener finden zu müssen, nachdem er seinen gegenwärtigen getötet hatte, weil dieser seine Frau nackt überrascht hatte. Schon gar nicht, wenn das Ganze ihre Schuld wäre.

Aurora zog die Bettdecke über sich, wie sie es immer tat, wenn sie nicht gerade beim Liebesspiel waren. Es gefiel Quin überhaupt nicht, dass sie sich noch vor ihm genierte. Sie war alles andere als scheu gewesen, als sie vor gar nicht so langer Zeit beim Orgasmus seinen Namen schrie – Niles. Sie benutzte seinen Vornamen nur, wenn sie den Höhepunkt der Lust erreichte.

»Legst du bitte ein Beefsteak auf dein Auge, Quin?«, fragte sie, nachdem sie einige Momente lang schweigend das Bettzeug zwischen sich betrachtet hatten. »Es sieht wirklich schmerzhaft aus.«

Schmerz – körperlicher Schmerz – tat ihm nicht weh. Nicht, nachdem sein Vater ihn so sehr verprügelt hatte, dass es ihm nichts mehr ausmachte. Aber wenn es Aurora beruhigte … »In Ordnung«, sagte Quin. »Nachdem du angezogen bist.«

Mit einer Hand streichelte sie zögernd sein Auge. Eine hauchzarte Berührung an seinem rauen Gesicht. Was für einen perfekten Gegensatz sie bildeten. Die zarte Berührung ließ Quin fast zusammenzucken.

»Willst du es mir nicht sagen?«, fragte sie, ausnahmsweise mit fast schüchterner Stimme. »Was ist passiert?«

Es steckte mehr hinter ihrer Frage, als man zunächst annehmen konnte. Sie hing zwischen ihnen wie ein Köder. Aber Quin konnte es ihr einfach nicht sagen. Er konnte es niemandem sagen. Nicht einmal Jonas wusste genau über seine Kindheit Bescheid, nur dies und das.

»Ich war beim Boxen«, sagte Quin. »Ich war bei Gentleman Jackson's. Kein Grund zur Besorgnis. Nur ein freundschaftlicher Kampf.«

Aurora kamen die Tränen. Sie wusste, dass mehr dahintersteckte. Zum Glück unterdrückte sie ihre Tränen jedoch und wechselte das Thema. »Warum hast du … du weißt schon?«, fragte sie und blickte auf die Krawatte, die schlapp am Bettpfosten hing und mit der er ihre Hände gefesselt hatte. Als Quin sah, wie sie errötete, wurde er sofort wieder hart.

Da lächelte er, mit einem Lächeln, welches er normalerweise für die jeweilige Geliebte des Abends aufsparte. Doch Aurora war von nun an seine ständige Geliebte des Abends. »Hat es dir gefallen?«

Sie wurde noch röter und sah weg.

Quin nahm ihr Kinn in die Hand und zwang sie, ihn anzusehen. »Es hat dir also gefallen. Sehr sogar, wie es scheint«, sagte er und lachte befriedigt. »Was hat dir denn am besten gefallen?«

Aurora schlug ihm leicht auf die Hand und runzelte die Stirn, als er nicht reagierte. »Ich habe zuerst gefragt.«

»Ich antworte, wenn du antwortest.«

Jetzt könnte er ihr antworten. Aber er liebte ihren Gesichtsausdruck, wenn er sie frustrierte. Sie wollte wie eine strenge Matrone wirken, sah aber eher wie ein unzufriedenes Kinderfräulein aus.

Aurora schnaubte, und durch den Lufthauch bewegte sich eine eigensinnige dunkle Locke auf ihrer Schulter. »Also gut, mir hat es gefallen«, sie hielt inne und sah ihn todernst an. »Wenn du, solange du lebst, auch nur einer Menschenseele ein Wort davon flüsterst, Quin, so wahr mir Gott helfe, dann rupfe ich dir jedes einzelne Haar auf so schmerzhafte Weise von der Brust, dass du um Gnade flehst. Hast du das verstanden?«

Er gab sich Mühe, keine Miene zu verziehen. »Ganz und gar, Liebes.«

Sie nickte. »Also gut. Was mir am besten gefallen hat, war, dass ich alles noch intensiver empfinden konnte als sonst. Da ich nichts sehen konnte, schienen meine anderen Sinne stärker zu sein. Ich wusste nie, was zu erwarten war, und so konnte ich nicht voraussehen, was du als Nächstes machen würdest.«

Mit der linken Hand malte Quin gemächlich Muster auf die Bettdecke und näherte sich langsam der Stelle, wo die Decke Auroras Körper bedeckte. »Ich verstehe«, sagte er, während seine Finger dem verschnörkelten Muster über ihren Schenkeln folgten. Ihre Augen folgten seinem Finger. »Das heißt also, dass du es zukünftig wiederholen möchtest?«

»Das ist nicht fair«, konterte Aurora. »Ich habe deine Frage beantwortet. Jetzt musst du meine beantworten.«

»Der Punkt geht an dich.« Er folgte dem Muster immer weiter nach oben bis über ihre Brüste, die sich mit jedem Atemzug hoben und senkten.

»Warum hast du es getan?«

»Ich könnte behaupten, dass ich es getan habe, weil ich es wollte, und das wäre die Wahrheit. Aber es ist nicht die ganze Wahrheit.« Wenigstens in diesem Fall konnte er ehrlich zu ihr sein. Bei etlichen anderen Dingen war es nicht so. »In Wirklichkeit habe ich es getan, weil du es wolltest. Weil du es in dein Tagebuch geschrieben hast. Ich habe die Zeilen über deine Schulter hinweg gelesen und darauf reagiert.«

»Aber ich, ich meine …« Aurora suchte nach Worten, als er mit den Fingern unter die Decke schlüpfte, um ihre Brustspitzen zu reizen. Ihr stockte der Atem.

»Ich habe mir ein wenig kreative Freiheit erlaubt«, sagte Quin. »Ich habe einige meiner eigenen Ideen angewendet.« Er beugte sich über Aurora und umschloss ihren Mund mit einem glühenden Kuss, der ihm selbst den Atem raubte. Dann hielt er ihr Haar und atmete ihren Duft ein. Frisch, würzig. »Niemand bekommt dein Tagebuch jemals zu Gesicht. Ist das klar?«

Aurora nickte. »Warum reden wir immer nur im Bett?«, fragte sie. »Warum können wir kein Gespräch führen, wenn wir bekleidet sind?«

Weil er nur dann in seiner Wachsamkeit nachließ. Doch das konnte er ihr nicht sagen. Er konnte sie nicht so nahe an sich heranlassen. Quin machte etwas Platz zwischen ihnen. »Warum gehen wir heute Abend nicht aus?«, fragte er. »Es gibt *Der Widerspenstigen Zähmung* in Covent Garden.« Hoffentlich würde sie das Thema fallen lassen. Er wollte ihr nicht mehr erzählen, als er es bereits getan hatte.

Sie seufzte, lächelte ihn dann aber an. »Wirklich? Wir können ausgehen? Das fände ich sehr schön.«

»Abgemacht. Also los, zieh dich an.« Sie war zumindest momentan abgelenkt. Vielleicht könnte er ihr noch eine Überraschung bereiten. Quin zog die Hose an und klingelte nach seinem Diener. Er musste eine Einladung schicken.

Der Widerspenstigen Zähmung. Wollte Quin ihr durch die Blume etwas sagen? Vielleicht sollte sie ihn nicht zu sehr bedrängen. Aber eigentlich wollte sie nur eine höfliche Unterhaltung mit ihrem Mann führen. Das konnte er ihr doch sicherlich nicht zum Vorwurf machen?

Wahrscheinlich reagierte Aurora zu heftig. Schließlich konnte er doch nicht arrangiert haben, dass dieses besondere Stück an diesem besonderen Abend aufgeführt wurde, und schon gar nicht ohne vorherige Ankündigung. Es war nur ein Zufall. Es musste einer sein. Oder?

Während der ganzen Kutschfahrt hin und zurück nach Covent Garden an dem Abend rügte Aurora sich wegen ihrer Eitelkeit. Bestimmt hatte nicht alles, was er tat, mit ihr zu tun. Wie gewöhnlich, wenn sie nicht gerade im Bett waren, war Quin stumm wie ein Fisch, auf dem ganzen Weg sagte er kein Wort, und das gab Aurora zu viel Raum, sich selbst Vorwürfe zu machen.

Ein sehr unsportliches Verhalten.

Ohne ihr Wissen hatte er Lord Norcutt und Rebecca zu ihnen in die Loge eingeladen. Das war eine nette Überraschung.

Zumindest war es schön, Rebecca zu sehen. Und Lord Norcutt war auch nicht völlig unerträglich gewesen. Vor dem Stück in der Loge und während der Pause im Foyer hatte er ein ziemlich unterhaltsames, wenn auch nicht einzigartiges Gespräch mit ihnen geführt. Keine Spur von fantasielosem Gerede über das Wetter.

Rebecca musste ihn gewarnt haben. Aurora konnte sich keinen anderen Grund für diesen Sinneswandel denken.

Genauso wenig konnte sie sich denken, warum es ihr Mann sich plötzlich zur Gewohnheit gemacht hatte, sie zu überraschen. Dreimal an einem Tag, wenn man die Art, in der er sie von ihrem Mittagsschlaf geweckt hatte, mitzählte. Worauf war er wohl hinaus? Lebhafte Gespräche waren ihm nicht wichtig, wie sein erneutes Schweigen in der Kutsche auf dem Rückweg belegte. Er musste mit seinem veränderten Verhalten irgendeinen Hintergedanken verfolgen.

Dennoch würde Aurora sich nicht beklagen. Ein Ehemann, der sie hin und wieder überraschte, war weit besser als einer, der nur in ihre Richtung schaute, wenn er es darauf absah, sie zu schwängern. Egal, ob sie schwanger werden konnte oder nicht.

Wenn sie nur Letzteres ändern könnte.

Verdammt. Verdammt, verdammt, verflixt, verdammt.

Drei Wochen hätten genügen sollen, oder nicht? Bei einer normalen Frau mit einer gewöhnlichen Fruchtbarkeit sollte man eigentlich nach drei Wochen regelmäßigen Geschlechtsverkehrs erwarten können, dass ein Kind unterwegs ist.

Aber nicht so bei Aurora.

Zwar war sie nicht unbedingt bekannt dafür, normal zu sein. Aber dies hier war eine andere Ebene. Ach du lieber Himmel, warum musste ihre Regelblutung gerade an diesem Morgen beginnen? Warum konnte sie nicht fernbleiben und es ihr erlauben, Quin die gute Nachricht zu bringen? Vielleicht würde er dann mit ihr reden. Dann könnten sie vielleicht so tun, als führten sie eine normale Ehe.

Aber nein, ihre Regel musste so genau wie ein Uhrwerk erscheinen. Ärgerlich.

Wenigstens war Quin mit Sir Jonas zum Boxen bei Jackson's unterwegs, als ihre Blutung eintrat. Sie wollte es ihm nicht sagen. Noch nicht.

Erst wollte sie für sich etwas schmollen.

Er sollte wirklich nicht so ein brutales Hobby haben. Jedes Mal, wenn er nach Hause kam, fragte Aurora sich, was er sich wohl heute für neue Schnittverletzungen oder Prellungen zugezogen hatte – wenn nicht noch Schlimmeres.

Doch ihre Wünsche schienen ihm egal zu sein – abgesehen von ihren Wünschen im Schlafzimmer. Quin war stets begierig, einen Blick in ihr Tagebuch zu werfen, um zu erfahren, ob sie sich etwas Neues oder Interessantes ausgedacht hatte. Wenn nicht, dann war er immer bereit, sie mit dem einen oder anderen Vorschlag zu überraschen.

Na ja, Aurora konnte ihn vielleicht nicht mit der Nachricht erfreuen, dass es bald einen Erben geben würde, aber sie konnte ihn auf immer neue Weisen befriedigen. Sie nahm ihr Tagebuch und Tintenfass, wählte eine Feder von ihrem Sekretär und ging in das neu dekorierte Gesellschaftszimmer im Parterre. Schließlich könnte jemand zu Besuch kommen. Sie wollte zur Stelle sein und niemanden warten lassen, zumal sie ohnehin wenig Besuch bekam.

Nachdem sie sich am Fenster eingerichtet hatte, öffnete sie ihr Tagebuch und ließ die Worte fließen. Ihr Frust wegen Quin hinderte sie nicht. Worte ließen sie nie im Stich, im Gegensatz zu Männern (und der Natur).

Aurora verlor jegliches Zeitgefühl, während sie im Tagebuch ihren neuesten Fantasien Raum gab.

Plötzlich räusperte Burton sich, er stand am Türfenster. »Sie haben Besuch, Mylady«, sagte er und hielt ihr ein Silbertablett mit einer Visitenkarte hin. Lord Griffin Seabrook.

Oh, du großer Gott. Was konnte der Mensch von ihr wollen?

Aber was konnte ein kurzer Besuch schon schaden, da sie doch ohnehin so selten Gäste empfing? »Bitten Sie ihn herein«, sagte sie, bevor sie das Tagebuch schloss und ihre Feder auf den Tisch legte. Verflixt. Sie hatte Tinte an den Fingern, doch nun war es zu spät.

Aurora stand auf und wartete auf ihren Gast. Einen Moment später kam er durch die Flügeltür und verbeugte sich. »Ich danke Ihnen, Lady Quinton, dass Sie mich empfangen.«

»Das Vergnügen ist ganz meinerseits«, erwiderte sie.

Dennoch fragte sie sich, was für ein Vergnügen das sein möge. Er kam ihr mit seinen grauen Augen und dem langen Gesicht irgendwie bekannt vor. Pferdegesicht! Natürlich! Er musste mit Lady Phoebe, Quins ehemaliger Verlobter, verwandt sein.

Die, die er hatte sitzen lassen.

Es war schon seltsam. »Es tut mir leid, aber mein Mann ist heute nicht zu Hause. Er vereinbart bestimmt gern einen Termin mit Ihnen.«

In Lord Griffins Blick flammte es kurz auf, danach wurde er aber wieder sanft. »Ich bin nicht gekommen, um mit Ihrem Mann zu sprechen, Mylady, sondern mit Ihnen.« Er trat weiter in den Raum hinein. »Wenn ich es wagen darf.«

Aurora hatte zwar keine Ahnung, was der Mann von ihr wollen könnte, aber sie sah auch keinen Grund, nicht mit ihm zu sprechen. »Aber selbstverständlich. Nehmen Sie doch bitte Platz. Ich werde Tee bestellen.«

Der Lord nickte, und Aurora verschwand aus dem Raum. Als sie zurückkehrte, stand er an ihrem Tisch am Fenster. Mit einem schnellen Blick vergewisserte sie sich, dass sich nichts verändert hatte. Kein Grund zur Besorgnis.

»Nehmen Sie doch bitte Platz«, bat sie. Nachdem sie sich auf den nächstgelegenen Stuhl gesetzt hatte, nahm er endlich in einem Sessel am Kamin Platz. »Was kann ich für Sie tun, Mylord?«

»Ich hätte schon lange zu Ihnen kommen sollen«, begann er. »Eigentlich habe ich es auch getan, doch Sie fühlten sich unpässlich und konnten an dem Tag keinen Besuch empfangen.«

»O ja, ich glaube, mich erinnern zu können.« Kaum. In der Zwischenzeit war so viel geschehen.

Lord Griffin rutschte in seinem Sitz hin und her. »Ihr Mann – er ist kein ehrenhafter Mann, gnädige Frau. Ich komme leider zu spät, um Sie davor zu bewahren, ihm in die Falle zu gehen. Aber ich fühle mich verpflichtet, Sie vor ihm zu warnen, damit Sie sich so gut wie möglich schützen können.«

Das erweckte ihr Interesse. »Mich schützen?«

»Ja«, fuhr er fort. »Sie wissen vielleicht nicht, dass Lord Quinton einmal mit meiner Schwester, Lady Phoebe, verlobt war.«

»Doch, das wusste ich.«

Wieder rutschte er auf seinem Sitz hin und her. »Also wissen Sie auch über die Umstände Bescheid, unter denen die Verlobung gelöst wurde?«

Vielleicht würde Lord Griffin ihr die Wahrheit sagen. Vielleicht würde sie jetzt endlich die ganze Wahrheit erfahren. »Ich habe gehört, dass mein Mann einen Rückzieher gemacht hat.«

»Hat er Ihnen auch gesagt, warum, gnädige Frau?«

Oder vielleicht würde er ihr nicht die Wahrheit sagen. Dieser hinterhältige Mensch. »Ich kann mir kaum vorstellen, Sir, dass Sie heute hierhergekommen sind, um herauszufinden, was genau mein Mann mir von einer lange zurückliegenden Verlobung erzählt hat. Wenn das aber doch der Fall sein sollte, fürchte ich, dass ich Sie enttäuschen muss. Bitte kommen Sie auf den Punkt.«

O je. Das hat dann doch etwas schnippischer geklungen, als sie gewollt hatte.

»Der Punkt?«, wiederholte Lord Griffin, während er in die Ferne starrte. »Der Punkt ist, dass Ihr Mann hinter Ihrem Vermögen her ist, gnädige Frau. Nachdem mein Vater ihm den Umfang von Phoebes Aussteuer offenbart hatte, hat er sich davongemacht, ohne sich auch nur einmal umzusehen. Er hatte eindeutig eine höhere Summe erwartet.«

Lord Griffin konnte recht haben. Quin war womöglich hinter ihrem Vermögen her. Aber die Angelegenheit war zwischen ihm und ihrem Vater geregelt, und sie hatte damit nichts zu tun.

Auf jeden Fall war es zu spät, sich um solche Dinge Gedanken zu machen. Obwohl diese Dinge etwas mit Lord Rothebys Bedenken zu tun haben könnten. Doch was Fortpflanzung mit ihrer Erbschaft zu tun hatte, würde sie wohl nie verstehen.

»Wie Sie bereits sagten, Lord Griffin, Sie kommen zu

spät. Wir sind bereits verheiratet. Seit drei Wochen, um genau zu sein. Ich glaube kaum, dass unsere finanzielle Situation Sie etwas angeht, und ich kann Ihnen versichern, dass mein Mann sich um solche Dinge kümmern wird, falls ich mich im ersten Punkt geirrt haben sollte. Wenn das alles ist, weshalb Sie heute gekommen sind, werde ich Burton bitten, Sie zur Tür zu begleiten.«

»Warten Sie bitte. Da ist noch etwas.« Er blickte einen Moment lang auf seine Hände, die er im Schoß gefaltet hielt. Beinahe einen Moment zu lange.

»Ja, bitte?«, spornte Aurora ihn an.

»Meine Schwester – sie hat alles verloren. Nachdem Quinton verschwunden war, war ihr Ruf ruiniert. Und er ist es heute noch.«

Was, um Himmels willen, konnte Aurora dafür? Sie konnte wohl kaum einer jungen Dame helfen, ihren Ruf wiederherzustellen, wo es doch um ihren eigenen zurzeit nicht zum Besten stand. Eine Bekanntschaft mit Aurora war kaum eine Zierde für Damen der High Society. »Bitte reden Sie weiter.«

Griffin räusperte sich. »Phoebe ist erst jetzt bereit, wieder in die Gesellschaft zurückzukehren. Mein Vater, Bruder und ich tun unser Bestes, ihr unsere Seriosität zu verleihen, damit sie Erfolg hat. Aber wenn Quinton in irgendeiner Weise mit ihr oder überhaupt einem von uns in Verbindung käme, wäre alles umsonst gewesen. Die Klatschbasen würden sie sofort wieder in ein schlechtes Licht stellen, wie sie es schon seit Jahren getan haben. Bitte, sorgen Sie dafür, dass Ihr Mann für sich bleibt, dass er sich von Phoebe und dem Rest meiner Familie fernhält.«

Das war kein besonders großer Gefallen. Aber der Besuch hatte inzwischen lange genug gedauert. »Selbstverständlich, Mylord.« Sie stand auf und verließ den Raum, sodass er gezwungen war, ihr zu folgen. »Guten Tag«, sagte Aurora mit einem kurzen Nicken.

Die Visite des Lords hatte sie verunsichert. Sie kannte den Mann nicht, also was kümmerte ihn ihr Schicksal? Warum machte er sich Sorgen? Wenn er wirklich um sie besorgt war, warum hatte er bis nach ihrer Hochzeit gewartet? Warum hatte er sich nicht mehr bemüht, die Hochzeit von vornherein zu verhindern?

Aber es nützte nichts, sich darüber Gedanken zu machen, besonders da sie schon ihre eigenen Sorgen hatte. Aurora bat Burton, ein Mädchen zu schicken, um das Teegeschirr abzuräumen. Mrs Gaffee hielt ihre Herrin auf dem Flur auf, um die Dekorationspläne für das Speisezimmer zu besprechen; daraufhin ging Aurora zurück an ihren Tisch. Es würde ihr guttun, etwas zu schreiben. Wenigstens würde es ihre Nerven beruhigen.

Sie öffnete ihr Tagebuch, und ihr wurde schlecht. O du großer Gott, was war sie dumm. Dumm, dumm, dumm.

Quin würde sie umbringen.

Er würde sie in der Themse ertränken. Er würde sie hinter einem Pferd durch ganz London schleifen, dann ihren Kopf abhacken und ihn am Tower zur Schau stellen. Er würde sie auf einen Scheiterhaufen binden und bei lebendigem Leibe verbrennen.

Und sie hätte das alles verdient.

Unzählige Seiten fehlten, waren mitten aus ihrem Tagebuch gerissen.

Ihr Leben war zu Ende.

25. April 1811

Wenn die Welt nicht schon untergegangen wäre, wenn das Leben nicht schon zu Ende wäre, wenn wirklich die Hoffnung bestünde, Quin könnte mir verzeihen, dass ich als Ehefrau völlig versagt habe, dann wäre ich vielleicht nicht so tief unglücklich. Aber er kann mir eine so große Sünde nicht verzeihen wie die, dass ich diese Seiten aus unserem Haus habe stehlen lassen. Er kann mir meine Unfruchtbarkeit nicht verzeihen. Daher wird das Leben unwiederbringlich enden und die Welt zum Stillstand kommen. Wie könnte es weitergehen nach allem, was geschehen ist? Ich wage zu sagen, dass die Endzeit gekommen ist. Beschützt eure Familien. Flieht, wenn ihr könnt. Keine Trauer wird ändern, was kommt.

Aus dem Tagebuch von Lady Quinton

Quin kam von Jackson's nach Hause, mit einem schmerzenden Kinn, aber einem Lächeln im Gesicht. Seine Strategie, tagsüber zu boxen, war die perfekte Lösung. Sie hielt ihm Aurora und ihr niedliches Schnütchen den ganzen Tag über fern, und das Kämpfen lenkte ihn ab, sodass er sich nicht zu sehr nach ihr sehnte. Wenn er zu viel Zeit mit ihr verbrachte oder an sie dachte, würde er es zu nichts bringen. Zu viel Zuneigung war nicht gut. So jedoch war er unverwundbar.

Es gab zwar Momente körperlicher Bedürfnisse, aber die waren nicht wichtig.

Es war auch nicht schlecht, dass seine Frau genügend Zeit hatte, ihrer Fantasie freien Lauf zu lassen, während er sich mit Boxen ablenkte.

Und was für eine Fantasie sie hatte! Wenn er nicht gewusst hätte, dass sie eine Jungfrau war, als sie geheiratet hatten, hätte er glauben mögen, dass sie viel Zeit in seinen Stammlokalen verbracht hätte. Seinen ehemaligen Stammlokalen. Er würde diese Etablissements nie wieder besuchen. Er war jetzt schließlich verheiratet und konnte solche schönen Etablissements nicht weiter besuchen.

Er würde jedoch etwas finden müssen, um seine kleine Braut zu unterhalten. Sie war offenbar ruhelos geworden. Sie ins Theater zu führen war kein großes Ding gewesen. Er könnte vielleicht einen Ausflug nach Vauxhall organisieren. Das Feuerwerk würde ihr bestimmt gefallen. Und vielleicht könnte er sie in den verschlungenen Pfaden verführen.

Es war bereits dunkel, als er die Treppe zu Nummer 14 hochging. Der Himmel hatte sich am Nachmittag bewölkt. Der schöne Frühling war anscheinend zu Ende. Schade. Der Ausflug mit Aurora nach Vauxhall musste wohl verschoben werden, dem stürmischen Himmel nach zu urteilen.

»Guten Abend, Mylord!«, rief Burton, als er durch die schwere Tür trat. »Ihre Ladyship bittet Sie, sofort zu ihr ins Wohnzimmer zu kommen.«

Na gut. Quin überließ seinem Diener Hut und Paletot und sprang die Treppe hinauf. Ein Abend zu Hause wäre vielleicht gar nicht so schlecht. Er malte sich aus, was für ein fantasiereiches Liebesspiel seine Frau sich ausgedacht haben mochte. Vielleicht erwartete sie ihn in einem durchsichtigen Gewand, welches er ihr vom Leibe reißen konnte. Oder vielleicht trug sie überhaupt nichts.

Als Quin die Tür zu ihrem gemeinsamen Wohnzimmer aufstieß, war er bereits hart und freute sich auf die unendlichen Möglichkeiten, die ihn erwarteten. Er war bereit, sie auf sein Bett zu werfen und ihrer beider Lust bis zum Sonnenaufgang zu stillen.

Als er jedoch seine Frau erblickte, wurde ihm anders zumute. Aurora saß weinend auf dem Boden, den Kopf in die Arme gestützt, die auf einem Louis-quatorze-Sessel am Fenster ruhten. Sie sah nicht einmal auf, als er hereinkam.

Herrgott. Quin konnte einiges vertragen. Er konnte mit den Besten boxen und ziemlich unversehrt davonkommen. Er konnte praktisch jede Frau dazu bringen, ihren Rock zu heben, indem er einfach nur ein charmantes Lächeln aufsetzte und sie wissend anblickte. Er konnte einen erfahrenen Schwindler bei den berüchtigtsten Kartenspielen austricksen, ohne ertappt zu werden. Er konnte einen Flachmann mit Kognak herunterschütten und hinterher trotzdem nach Hause finden.

Aber wenn es um eine weinende Frau ging, hatte er keinen blassen Schimmer, was er zu tun hatte.

Seine kleine Schwester musste während der Kindheit auch geweint haben, doch Mutter hatte Nias Probleme stets gelöst. Quin war damit beschäftigt gewesen, sich die Hörner abzustoßen – und schließlich war er endgültig gegangen. Er hatte Nia seit Jahren nicht gesehen. Wahrscheinlich würde er sie gar nicht wiedererkennen.

Es war auch besser so. Besser für sie alle.

Quin schloss die Tür und trat neben Aurora. Er legte eine Hand ungeschickt auf ihren Hinterkopf und tätschelte ihn. »Na, na. Was immer es ist, es wird schon nicht so schlimm sein.« Hoffte er jedenfalls. Er war völlig unfähig, mit einer so emotionalen Situation zurechtzukommen.

Aurora blickte einen kurzen Moment auf. Jedoch schluchzte sie danach nur noch heftiger. Sie stieß mit dem Gesicht so hart gegen das Kissen, dass sie sich beinahe eine blutige Nase geholt hätte. Irgendwie wusste Quin, dass seine Anwesenheit hier völlig überflüssig war.

»Soll ich deine Zofe rufen?«, fragte er. Wenn sie doch

nur Ja sagen würde. »Oder vielleicht möchtest du mit Lady Rebecca sprechen? Ich rufe sie gern zu uns.«

»Sie können mir nicht helfen«, jammerte Aurora dumpf. »Niemand kann mir helfen.« Ihre Stimme war das Bemitleidenswerteste, was er je gehört hatte.

Wahrscheinlich war er das Problem. Er musste schuld sein. So war es doch immer in seinem Leben. Wenn er nur wüsste, was er dieses Mal angerichtet hatte. Vielleicht sollte er mehr Zeit mit ihr verbringen. Vielleicht fühlte sie sich vernachlässigt. Zu verstehen, wie man mit einer Ehefrau umgeht, war wirklich die Pest.

Ihr Weinen machte es nur noch schlimmer.

Quin seufzte und setzte sich in den Sessel neben ihr. »Sag mir, was das Problem ist. Ich löse es, was immer es ist.«

Aurora schniefte und sah ihn an – noch nie im Leben hatte er größere, verzweifeltere und traurigere Augen gesehen, rot, geschwollen und tränenüberströmt. Der Anblick brachte ihn fast um. Er wollte denjenigen, der für ihre Trost- und Hoffnungslosigkeit verantwortlich war, beim Genick packen und krankenhausreif prügeln. In diesem Moment würde er für seine Frau alles tun.

Verdammt noch mal, war das normal? Geschah so etwas mit allen verheirateten Männern? Es war auf jeden Fall eine unvorhergesehene Wirkung des Ehestands – und zwar keine, die zu seiner geistigen Gesundheit beitragen würde. Schon gar nicht, wenn Aurora öfters derart weinen sollte.

Sie sagte immer noch nichts, sondern saß nur da und sah ihn mit traurigen Augen an.

Er wollte auf keinen Fall die Geduld verlieren. Quin zählte bis zwanzig, um seine kleine Frau nicht anzuschreien. »Sag es mir. Ich kann dir nicht helfen, solange ich nicht weiß, was das Problem ist.«

Auroras Unterlippe bebte. »Aber du kannst doch nicht helfen«, jammerte sie. Zu seinem Erstaunen schien die Flut ihrer Tränen plötzlich zu enden. Vielleicht war das Schlimmste vorbei.

Er blickte sie so streng wie möglich an. »Unsinn. Ich bin dein Mann.« War es nicht seine Pflicht, ihre Probleme zu beheben? »Sag es mir.«

Großer Gott. Er hatte gedacht, dass sie sich ausgeweint hätte, aber eine neue Welle Tränen füllte ihre Augen und lief ihr die Wangen hinunter. Wenn sie nicht bald aufhörte, würden sie noch beide ertrinken.

»Meine Regel hat heute Morgen begonnen«, sagte sie mit der überdrehten Emotion einer Hure bei der Beichte.

Ihre Regel. Diese ganze Vorstellung nur, weil sie kein Kind erwartete? Sein Leben würde sich für immer verändern, wenn Aurora vorhatte, jedes Mal, wenn sie ihre Tage hatte, so zu weinen, als wäre es ein Weltuntergang.

Zugegeben, er hätte es vorgezogen, wenn sie sofort schwanger geworden wäre – er hatte jedenfalls sein Bestes getan, um das zustande zu bringen, und er würde seine Bemühungen in dieser Hinsicht mit Freuden fortsetzen. Damit würde er sich Rotheby vom Hals schaffen, obwohl das nicht ganz realistisch war. Vielleicht könnten sie von Glück reden, wenn sie innerhalb des einen Jahres, das ihnen sein Großvater zugestanden hatte, schwanger würde.

»Ist schon gut, Liebes.«

»Ist es nicht«, unterbrach sie. »Es ist nicht in Ordnung. Was passiert, wenn ich kein Kind bekommen kann, Quin? Was macht Lord Rotheby dann?«

Warum bestand seine Frau darauf, sich um Dinge zu sorgen, die sie nichts angingen? »Das ist doch jetzt unwichtig, Aurora.«

Sie starrte ihn durch einen Vorhang aus Tränen hindurch

wütend an. »Lüg mich nicht an. Und ignoriere es nicht einfach.«

»Ich lüge dich, verdammt noch einmal, nicht an!«, brüllte er fast. Und sofort zuckte er zusammen, als sie zurückwich. Verdammt, er würde sich zusammennehmen müssen. »Ich meine nur, dass du dich nicht so aufregen musst, weil deine Regel heute angefangen hat. Also hör auf zu weinen.«

»Ich soll aufhören zu weinen? Wenn das alles wäre, könnte ich vielleicht aufhören. Aber da ist noch mehr.« Aurora blickte gezielt auf den Boden. »Noch viel mehr.«

»Zum Beispiel?«, fragte Quin schleppend. Auroras Theatralik begann seine Nerven zu strapazieren. Sie hätte eine Bühnenkarriere anstreben sollen. Es mochte zwar ein gesellschaftlich verpönter Beruf sein, aber sie stellte die Schauspielerin, die am anderen Abend in Covent Garden die Widerspenstige gespielt hatte, definitiv in den Schatten.

Sie blieb stumm.

In Zukunft durfte er nicht vergessen, dass sie ihm nur etwas vorspielte, wenn sie mit diesen großen roten Augen zu ihm kam. Dass es nichts war, was ihn erschrecken sollte. Kein Grund, handgreiflich zu werden.

Quin stand auf und reckte sich. »Ich gehe ins Bett. Komm ruhig dazu, wenn du deinen Heulkrampf hinter dir hast.« Daraufhin zog er sich in sein Zimmer zurück, schloss die Tür und ließ die Hysterie seiner Frau hinter sich. Wenn er das nur immer so machen könnte, ihre Gefühlsausbrüche einfach abstellen, indem er die Tür schloss.

Sein Leben wäre so viel unkomplizierter.

Sie hätte es ihm sagen sollen. Aurora wusste, dass er in jedem Fall erbost wäre, aber sie hätte es ihm sagen sollen.

Quin hatte es verdient zu wissen, dass sie ihn zum Gespött der gesamten High Society gemacht hatte. Er hatte das Recht, sich auf den drohenden Skandal gefasst zu machen.

sittlichen Gerechtigkeit unserer treuen Leserschaft zu riskieren.

Aufsichtspersonen, sorgen Sie dafür, dass Ihre Schützlinge einen großen Bogen um Lord und Lady Q machen. Gastgeberinnen, streichen Sie ihre Namen von Ihren Gästelisten. Schneiden Sie Lord und Lady Q, und blicken Sie im Namen der Tugendhaftigkeit nicht zurück.

Sie sollten sich schämen, Lady Q. Sie sollten sich wirklich schämen.

Jetzt zitterte Quin auch, doch während Aurora vor Angst zitterte, zitterte er vor Wut. Hatte sie jemandem ihr Tagebuch gegeben? Er dachte, er hätte deutlich genug gemacht, dass niemand von seiner Existenz wissen sollte außer ihnen beiden, und jetzt erschien es in den Klatschblättern, wo jeder in der High Society es sehen konnte!

Doch mit Aurora würde er sich später befassen. Rotheby erwartete eine sofortige Antwort. »Mylord, ich weiß nicht, was ich sagen soll.«

»Zum Glück weiß ich es. Du bist eine Schande für mich, Quinton, und deine Frau ist nichts weiter als ein ganz gewöhnliches Flittchen. Wie kann ich von dir erwarten, dass du sie zügelst, wenn du es bei dir selbst nicht tust?« Rotheby hielt einen Moment inne, fast als ob er eine Antwort erwartete. »Ich kann es nicht für dich übernehmen!«, sagte er, als Quin nicht antwortete. »Mir bleibt keine andere Wahl. Dass du dein Leben innerhalb eines Jahres auf den rechten Weg bringen könntest, war Wunschdenken meinerseits.«

»Nein, Mylord, das war es nicht. Geben Sie mir noch etwas Zeit.«

Rotheby spöttelte. »Wofür? Willst du meinen Namen noch weiter durch den Dreck ziehen? Nein, du hast mir mehr als genug bewiesen, dass du dich nie ändern wirst, dass du immer ein Nichtsnutz sein wirst, wie dein Vater es war. Ich weigere mich, dein Lotterleben weiterhin mit meinem Vermögen zu unterstützen.«

Großer Gott. Er meinte es wirklich ernst.

Rotheby wollte ihm den Geldhahn abdrehen.

»Mylord, muss ich Sie anflehen, mir noch eine Chance zu geben, mich zu bewähren? Ich tue alles, was Sie wollen. Aber bitte bedenken Sie, dass ich jetzt eine Frau habe – auch wenn sie töricht und naiv ist, bin ich immer noch für ihr Wohlbefinden verantwortlich.«

»Vielleicht hättest du mehr auf ihr Tun achten sollen, statt deine Tage damit zu verbringen, dich in deinem Boxklub verprügeln zu lassen. Aber das ist deine Sache. Benutz ihre Aussteuer. Ergreif einen Beruf. Es ist mir egal, was du machst, jedenfalls wirst du es ohne meine Hilfe machen.«

Er konnte Auroras Geld nicht nehmen, auch wenn sie an dieser Bredouille schuld war. Es musste eine andere Lösung geben.

Rotheby wandte sich zum Gehen und warf Aurora auf dem Weg zur Tür einen verächtlichen Blick zu.

»Sechs Monate«, flehte Quin ihn an. »Geben Sie mir sechs Monate statt eines Jahres. Ich werde Ihnen beweisen, dass ich der Gentleman sein kann, den Sie sich wünschen. Ich tue alles, was in meiner Macht steht.«

Sein Großvater drehte sich nicht um, doch er blieb wenigstens stehen.

Er musste weiterreden, solange er konnte. »Wir fahren zu Quinton Abbey, weg vom Klatsch. Ich tue alles, was Sie von mir verlangen! Und wir tun es dort, wo keiner während meiner Abwesenheit Klatsch über uns an irgendwelche Gazetten weitergibt.«

»Ein Erbe?«, erkundigte Rotheby sich barsch.

»Wir arbeiten daran«, antwortete Quin und übersah, dass Aurora heftig errötete.

»Und du betreibst die Abbey, wie es sich gehört?«

Herrgott, der Mann erwartete viel. »Ich mache mich schlau über Ernten, Berechnungen und Pächter. Ich kümmere mich.«

Einige Minuten standen sie still. Endlich nickte Rotheby. »Sechs Monate. Und ich komme jederzeit vorbei, wenn ich mich vergewissern will, dass du deinen Teil der Abmachung einhältst. Ich werde mich nicht ankündigen, sodass du die Beweise deines kontinuierlichen Versagens nicht verstecken kannst.«

Dann war Rotheby weg.

»Ich kann es erklären«, sagte Aurora durch ihre Tränen. Ihre Stimme war so leise, dass sie sich selbst kaum hörte.

»Ach ja, das kannst du?«, fragte Quin. Der sanfte, kaum vernehmbare Ton seiner Stimme stand in deutlichem Gegensatz zu seinem zornigen Gesichtsausdruck. »Wie schön.« Er stelzte in sein Ankleidezimmer und schloss die Tür.

Oh, du großer Gott. Sie hatte zwar geahnt, dass Lord Griffins Besuch keiner guten Absicht entsprang, aber sie hätte nie im Leben gedacht, dass der Mann zu so etwas fähig war. Und dann noch zu behaupten, dass er ihr helfen wolle, während er in Wahrheit nichts anderes vorhatte, als sie und Quin zu ruinieren!

Sie musste mit ihrem Mann reden. Er musste es verstehen.

Aber was verstehen? Aurora war ein Narr – ein unbeholfener, dummer, tölpelhafter Narr.

Auf Zehenspitzen ging sie zur Tür und klopfte leise. »Quin? Bitte mach auf.« Nichts. Sie legte ihr Ohr an die Tür und hörte dumpfe Stöße, aber nicht ihn. Nicht seine Stimme. »Bitte?«

Ohne Warnung wurde die Tür geöffnet, und sie wäre fast ins Zimmer gefallen, wenn er nicht in die entgegengesetzte Richtung gerast wäre. In voller Kleidung. »Nach dem Mittagessen reisen wir nach Quinton Abbey«, sagte er nüchtern. »Bitte dein Zofe, deine Sachen zu packen. Ich sage Burton Bescheid und kümmere mich um den Rest der Vorbereitungen.« Er sah sie nicht an – würdigte sie keines Blickes, als er an ihr vorbeieilte und das Wohnzimmer verließ. »Sei gefälligst fertig, wenn ich zurückkomme.«

»Quin …?« Aurora wollte ihn aufhalten. Sie wollte mit ihm reden, ihm erklären, was geschehen war. Sich entschuldigen.

Doch er war bereits die Treppe hinuntergeeilt, hatte kurz angebundene Anweisungen an die Dienerschaft gegeben, und schon schloss die Tür sich hinter ihm, und er war fort.

Betrunken. Er musste ordentlich betrunken sein. Das hatte ihm bisher immer geholfen, und heute wäre bestimmt keine Ausnahme. Nachdem er Burton Anweisungen für die Reise gegeben hatte – für das Verpacken des Haushalts, für die Kutschen und Pferde –, seinen Anwalt kurz besucht hatte, um die Einzelheiten zur Rückgabe von Nummer 14 an seinen Besitzer zu arrangieren, machte Quin sich auf den Weg zu White's, wo er sich sinnlos zu betrinken begann.

Wenn der Kognak nur seinen törichten Vorstoß in die Ehe löschen könnte.

Aber nein, er war der Schwachkopf, der es für richtig gehalten hatte, das Weibsbild in die Ehe zu zwingen, wo er doch nichts über sie wusste, außer dass sie Skandal für Skandal beging. Für wie wahr sich diese Einschätzung erwiesen hatte! Er konnte aber nicht mehr zurück und neu anfangen. Ob er sie liebte oder hasste, Aurora war seine Frau, unwiederbringlich und unbestreitbar.

Und er hatte nur sechs Monate Zeit, um sein Leben in den Griff zu bekommen und sie gefügig zu machen. Großer Gott. Schon bei dem Gedanken brauchte er noch einen Kognak. Doch er hatte keine Zeit mehr. Die Reise nach Wetherby dauerte gut zweieinhalb Tage, und je schneller er Aurora dorthin und nach Quinton Abbey brachte, desto besser. Wer wusste, was sie in den wenigen Stunden, in denen er abwesend war, schon wieder angerichtet hatte.

Er freute sich nicht besonders darauf, es herauszufinden.

Auf jeden Fall musste er zurück. Er musste mit ihr fort. Also verließ er White's und begab sich nach Hause.

Zwei Kutschen warteten vor Nummer 14. Eine war mit Truhen und Ähnlichem beladen; sie bot genügend Platz für einige Diener. In der anderen würden Quin und Aurora fahren. Gott hilf mir. Wer weiß, ob ich diese Reise überlebe, dachte er.

Er ging nach oben und gab Burton seinen Hut. »Ist Lady Quinton fertig?« Das wollte er ihr verdammt noch mal geraten haben.

Der Butler nickte. »Sie erwartet Sie im Salon, Mylord.«

Quin vergeudete keine Zeit. Er schoss durch die Flügeltür. »Gehen wir?«, fragte er, ohne eine Antwort zu erwarten. Er erwartete nichts weiter, als dass sie aufstand und mit ihm kam.

Aber sie saß da mit geschwollenen Augen, tränenüberströmt – und starrte ihn an.

»Was jetzt?«, fragte er mit einem übertrieben gereizten Seufzen und schwenkte seine Hand durch die Luft.

Auroras Unterlippe bebte. »Es tut mir so leid, Quin. Ich wollte nicht, dass dies passiert.«

Sie dachte also, dass alles wieder gut würde, wenn sie ein wenig Reue zeigte? Wie sollte ihre Reue etwas ändern? »Es ist ein bisschen spät für Gewissensbisse. Jetzt lass uns losfahren.« Quin reichte ihr die Hand, doch sie blieb im Chintzsessel beim Fenster sitzen.

»Bitte«, schluchzte sie. »Erlaube mir, mich zu entschuldigen. Und bitte lass mich erklären …«

»Erklären?«, brüllte Quin und bemerkte nicht, wie ängstlich sie ihn aus ihren weit aufgerissenen Augen ansah. Er hatte schon in nüchternem Zustand sehr wenig Geduld. Aber wenn er betrunken war, hatte er überhaupt keine. »Ich glaube kaum, dass du dir eine Erklärung für dein Benehmen ausdenken könntest, die mich das Ganze verzeihen ließe. Ich will weder deine Erklärungen noch deine Entschuldigungen hören.«

Ihre Tränen fielen auf das Korsett ihres Reisekleids und hinterließen dunkle, feuchte Flecken. So eine Schauspielerin! Aurora wollte wirklich den ganz großen Auftritt, das Riesendrama. »Natürlich hast du recht. Es ist unverzeihlich. Aber lass mich doch bitte erklären.«

Quin drehte sekundenschnell den Kopf und sah sie an. »Mir was erklären? Ich will nichts von dir hören außer dem Namen des Schurken, dem du dein Tagebuch gegeben hast, damit ich ihn in Stücke reißen kann. Aber andererseits … warum sollte ich dir glauben, wenn du mir seinen Namen nennst? Wahrscheinlich willst du damit sowieso nur deinen Hintern vor meiner Rache retten.«

Sie hielt die Luft an, wahrscheinlich aus vorgetäuschtem Entsetzen. »So etwas würdest du niemals tun! Du weißt eben überhaupt nichts über mich.«

»Oh, und das ist wohl meine Schuld, oder?«

»Eigentlich ja«, sagte Aurora. »Denn ich bin nicht diejenige, die jeden Tag fortgeht, um sich den Schädel einschlagen zu lassen, statt mit dir Zeit zu verbringen. Nicht ich war es, die den anderen in die Ehe gezwungen hat. Ich war nicht diejenige, die …«

»O nein, natürlich nicht«, höhnte Quin. »Du warst nur diejenige, die jede schäbige Einzelheit unseres Lebens unbedingt irgendeinem Dahergelaufenen, dem sie begegnet, erzählen muss.«

Aurora schritt durch den Raum und stand ihm direkt gegenüber. »Ach so? Wenigstens gebe ich es zu. Wenigstens erzähle ich dir die Wahrheit. Im Gegensatz zu dir, der mir dauernd erzählt, dass es keinen Grund zur Besorgnis gäbe. Lügner. Du bist nicht nur ein Lügner, sondern auch ein Schuft. Lord Rotheby hat es heute Morgen doch ziemlich deutlich gemacht, oder nicht? Nur schade, dass er dich nicht verprügelt hat.«

»Ich habe dir schon einmal gesagt, dass dich das nichts angeht. Und das tut es auch nicht.«

»Wirklich? Und wenn ich unfruchtbar bin, Quin? Wenn ich kein Kind bekommen kann? Was dann?« Ihre klaren Augen funkelten wie eine auflodernde Flamme. Sie stieß ihm mit der Hand gegen die Brust – nicht heftig genug, um ihn ins Stolpern zu bringen, aber genug, um eine Reaktion hervorzurufen. »Dann bin ich an deiner Seite mittellos.«

»Hör auf, mich zu stoßen«, warnte er in gedämpftem Ton.

»Ich soll aufhören, dich zu stoßen?«, stichelte Aurora. »Wieso denn? Kann ein großer Mann nicht mit einer Dame fertigwerden? Du großer, betrunkener Tölpel!« Sie stieß ihn abermals, nur härter. »Du bist ein Säufer und Mistkerl, und ich bereue es, dich jemals kennengelernt zu haben. Ist das deine Art, mit Problemen umzugehen? Indem du dich betrinkst?«

Er hätte ein Glücksspiel und eine oder zwei Huren vorgezogen, aber der Kognak hatte dieses Mal genügen müssen. Er nahm Auroras Hände in seine Rechte und drückte sie, um ihre Aufmerksamkeit zu erzwingen. Anschließend stieß er sie mit Gewalt einen Schritt zurück. »Du bereust es nicht halb so sehr, wie du es solltest.«

Das Weibsbild folgte dem Hinweis einfach nicht. Sie drängte sich sofort wieder in sein Blickfeld und drückte beide Hände gegen ihn. »Nicht halb so sehr, wie ich es sollte? O ja, natürlich. Dann bin *ich* wohl der gefühlskalte Rüpel, der unfähig ist, außer mit Erpressung oder Drohungen zu kommunizieren.«

Jetzt hatte er genug. Offensichtlich kannte das Frauenzimmer seine Grenzen nicht und hatte keinerlei Begriff davon, wie eine Ehefrau sich zu verhalten hat. Quin drehte sich um, um zu gehen, doch Aurora griff nach seinem Arm. »Wir sind noch nicht fertig«, sagte sie.

»O doch, das sind wir ganz gewiss.« Seine Hand war schon in der Luft, bereit, sie ins Gesicht zu schlagen, bevor ihm bewusst wurde, was er da tat. Aurora zuckte zusammen, zog sich zurück und versteckte ihr Gesicht hinter den Armen.

Fast hätte er es getan. Er hätte sich um ein Haar wie sein Vater verhalten. Der einzige Unterschied zwischen ihnen war nämlich, dass er seine Frau nicht wirklich geschlagen hatte, alle weiteren Unterschiede schmolzen vor seinen Augen dahin.

Und sie war es gewesen, die ihn an den Rand des Abgrunds gebracht hatte.

Langsam nahm Quin seine Hand herunter. Er sprach in einem bedächtigen Ton. »Steig in die Kutsche, Aurora.«

Damit ging er aus dem Stadthaus, ohne zu sehen, ob sie ihm folgte.

27. April 1811

Das Schweigen ist fast unerträglich. Und dennoch finde ich keine Worte. Ich komme mir vor, als ob ich nackt wäre und mit all den Fehlern, die ich begangen habe, der Öffentlichkeit präsentiert würde. Es wäre schön, in dieser Demütigung Gesellschaft zu haben. Aber diesen Schmerz wünsche ich nicht einmal Lord Griffin.

Aus dem Tagebuch von Lady Quinton

Wie konnte es möglich sein, dass Auroras bisher sorgloses Leben sich innerhalb eines Monats in tiefes Elend verwandelt hatte? Alles war hoffnungslos, angefangen mit ihren Rückenschmerzen nach fast drei Tagen Fahrt in einer schlecht gefederten Kutsche. In eisernem Schweigen. Kein Geräusch als das Knarren der Achsen und das Getrappel der Hufe. Und natürlich das deutlich vernehmbare Schniefen ihrerseits und das drohende Knurren ihres Mannes.

Quin weigerte sich während der ganzen Reise, mit ihr zu sprechen. Sogar während der Mahlzeiten in den Gasthöfen starrte er eisig auf sein Essen und auf die zahlreichen Gläser Bier und Kognak, die er jeden Abend trank.

Er bestand nicht einmal darauf, das Bett mit ihr zu teilen, wie er es ihre ganze lächerliche Ehe hindurch getan hatte, sondern brachte Aurora in einem getrennten Zimmer unter.

Das war auch gut so. Aurora hatte nicht die Absicht, freiwillig irgendwelchen ehelichen Pflichten nachzukommen. Er konnte sie mit Gewalt nehmen, aber er würde es eben mit Gewalt tun müssen.

Sie kannte gar nicht genügend Schimpfworte, um ihn zu beschreiben – was er für sie geworden war.

Also saß sie während der ganzen Reise auf ihrer Bank und starrte durch das staubige Fenster zu ihrer Rechten auf die hügelige Landschaft, die sie hinter sich ließen. Und ihr Mann saß auf seiner Bank und starrte ebenfalls aus dem Fenster zu seiner Rechten auf die Landschaft, die vor ihnen lag. Beide weigerten sich eisern, den anderen anzusehen. Jedenfalls nicht so, dass der andere es merkte. Aurora warf einige kurze Blicke auf Quin, wenn er schlief, und sie bemerkte dann seine gerunzelte Stirn und die zusammengebissenen Zähne, sogar im Schlaf.

Sie wollte schreiben. Zwar zeigte sie ihrem Mann eine gleichgültige Fassade, doch dahinter brodelten die Emotionen. Sie würde ersticken, wenn sie keinen Weg fand, ihren Gefühlen Ausdruck zu verleihen. Trauer über den Abschied von ihrem Vater und von Rebecca, denen sie nur mit hastig gekritzelten Erklärungen hatte Auf Wiedersehen sagen können. Schuldgefühle, weil sie der Grund für die Unruhe ihres Mannes war, wenn auch unbeabsichtigt. Angst davor, ihm nicht den Erben gebären zu können, den Lord Rotheby verlangte. Bestürzung darüber, dass sie in genau der Art von Ehe geendet war, die sie immer verachtet und für sich ausgeschlossen hatte.

Mehr als alles andere jedoch musste sie über die Einsamkeit schreiben, die sie von innen auffraß und alles Gute, jede Hoffnung in ihr zerstörte.

Schreiben würde ihr helfen, damit fertigzuwerden – einen Weg zu finden, um voranzukommen. Aber es war einfach nicht möglich bei dem Ruckeln der Kutsche. Außerdem würde Quin wahrscheinlich fuchsteufelswild, wenn sie es versuchte. Schließlich war es ihre Schreiberei gewesen, die sie in ihre derzeitige Lage gebracht hatte, angefangen mit dem ersten Treffen. Quin würde es ihr wahrscheinlich verbieten, jemals wieder eine Feder zur Hand zu nehmen. Nicht dass sie seine Genehmigung einholen würde, aber …

Aurora konnte nur hoffen, dass Quinton Abbey ein riesiges Anwesen war, sodass sie ihrem Mann nicht begegnen musste. Ein Anwesen, in dem sie vergessen konnte, dass sie mit dem verständnislosesten Mann in ganz England verheiratet war.

Ganz wie Fairfax Priory wünschte sie es sich. Wo ihre Eltern ihre Tage so getrennt voneinander, wie zwei Menschen es nur sein konnten, verbracht hatten.

Die Dunkelheit brach herein, als sie noch eine gute Stunde von Quinton Abbey entfernt waren. Gut. Quin konnte Auroras Tränen nicht mehr ansehen. Der Schutz der Dunkelheit war seine einzige Zuflucht vor ihrem Elend.

Elend, welches er verursacht hatte. Quin gab sich diesbezüglich keinen Illusionen hin. Der lange Weg von London nach Wetherby hatte ihm reichlich Zeit gegeben, darüber nachzudenken, worin er überall versagt hatte. Nicht zuletzt als Ehemann.

Verdammt, er hatte Aurora enttäuscht, bevor er sie überhaupt kennengelernt hatte.

Und er war dabei, sich selbst auch zu enttäuschen. In all den Jahren seit dem Tod seines Vaters hatte er gewusst, dass er mit dem Mann mehr Ähnlichkeit hatte, als gut für ihn war. Das Trinken. Das Zocken. Das Herumhuren.

Aber noch nie – in zwanzig Jahren nicht ein einziges Mal – hatte er den letzten Schritt getan. Bis er Aurora traf.

Seit er sie geheiratet hatte, war er dem Weg gefolgt, ohne es zu bemerken. Er hatte seine täglichen Besuche bei Jackson's als Entspannungsübung wegdiskutiert. Das war gelogen. Sie hatte in dem Punkt mehr recht, als sie wusste. Er belog den Schlimmsten von allen – sich selbst.

Quin war im Begriff, so gewalttätig zu werden wie sein Vater. Fast wäre er tatsächlich zu weit gegangen: als er um ein Haar seine Frau geschlagen hätte.

Was, wenn er sich das nächste Mal nicht mehr zurückhalten konnte? Was, wenn er das letzte bisschen Beherrschung verlor und sie wirklich schlug? Würde es bei einer Ohrfeige bleiben, oder würde er noch weiter gehen, wie sein Vater es so oft getan hatte?

Er konnte sich nicht trauen. Nicht mehr.

Nachts war es einfacher. Er konnte Aurora in einem getrennten Zimmer unterbringen und seine Tür abschließen. Dann brauchte er sich nicht zu fragen, was er tun würde.

Aber tagsüber waren sie miteinander allein. Den ganzen Tag lang. In der Kutsche.

Und sie bemühten sich, einander nicht in die Augen zu sehen.

Die Tränen, die in den Augen seiner Frau standen, zerrissen ihn innerlich. Sie versuchte, sie zu kaschieren. Sie wartete, bis sie dachte, er sei eingeschlafen, starrte aus dem Fenster und weinte hemmungslos.

Es brachte ihn fast um, ihr Leid zu sehen und nichts dagegen unternehmen zu können. Eigentlich hatte er verdient zu sterben. Er hatte ihr ihre Hochstimmung, ihre Lebhaftigkeit, ihr Leben genommen. Und was hatte er ihr als Gegenleistung gegeben?

Nichts. Nicht einmal sich selbst.

Das war ein Witz. Was wäre er schon für ein Geschenk? An den meisten Tagen konnte er sich selbst nicht leiden.

Die Kutsche bog von der Hauptstraße auf den Pfad zu Quinton Abbey ab. Gott sei Dank. Vielleicht würde Aurora hier glücklich. Vielleicht würde es ihm hier gelingen, Abstand von ihr zu gewinnen und seinen unerträglichen Abstieg sowohl in die Verderbtheit als auch die Liebe zu bremsen.

Vielleicht würde sich hier alles ändern.

Aurora wurde wachgerüttelt, als die Kutsche klappernd zum Halten kam. Quin stieß die Tür auf und stieg aus, ohne zu warten, bis der Kutscher die Stufen aufgestellt hatte. Sie waren also angekommen. Wie reizend von ihm, sie darüber in Kenntnis zu setzen.

Die Stimme ihres Mannes war vor der Kutsche zu hören. Aurora nahm an, dass er dem Kutscher und den Vorreitern Anweisungen gab, da sie seine Worte nicht ausmachen konnte. Dann war er schon weg, auf einem langen Pfad durch einen wahrscheinlich herrlichen Garten. Es war ohne Laternen nur schwer zu erkennen.

Eigentlich konnte Aurora überhaupt kaum Lichter in den Fenstern von Quinton Abbey erkennen – obwohl es wirklich genügend davon gab. Die Abbey war zweimal, vielleicht sogar dreimal so groß wie Fairfax Priory. Der Neumond spendete nicht annähernd genügend Licht an diesem dunklen Abend.

Nachdem ihr Mann aus dem Blickfeld verschwunden war, stellte der Kutscher die Stufen auf und half Aurora aus der Kutsche. »Seine Lordschaft bittet darum, dass Sie sich an meinem Arm festhalten und mit mir zum Haupthaus gehen, gnädige Frau. Er möchte nicht, dass Sie im Dunkeln den Halt verlieren.«

»Danke vielmals«, murmelte sie. Warum übernahm Quin nicht diese Aufgabe? War ihm ihre Gegenwart so unangenehm, dass er nicht einmal neben ihr gehen konnte? Es musste wohl so sein. Immerhin hatte die Kutsche kaum angehalten, als er schon herausgesprungen und zu seiner heiß geliebten Abbey gelaufen war.

Der Pfad durch die Gärten war viel länger, als Aurora anfangs gedacht hatte. Sie ging schon eine ganze Weile am Arm des Kutschers, und sie waren immer noch eine ganze Strecke vom Haupteingang entfernt. Quinton Abbey wuchs in ihrer Vorstellung mit jedem Schritt, den sie näher kamen.

In den Fenstern gingen allmählich die Lichter an, jeweils mehrere zur gleichen Zeit. Diener kamen auf Aurora zu, blieben kurz vor ihr stehen, verbeugten sich und gingen dann weiter, um die Kutschen zu entladen.

Als Aurora am Eingang ihres neuen Zuhauses ankam, stand ein kleines, doch wachsendes Aufgebot von Dienern vor ihr, Quin an der Spitze. Er nahm ihre Hand vom Arm des Kutschers und legte sie auf seinen. »Danke für Ihre Hilfe«, nickte Quin dem Mann zu. Der Kutscher verbeugte sich und ging.

Quin drehte seine Frau so, dass sie der Reihe von Dienern gegenüberstand.

Direkt vor Aurora wartete ein griesgrämig wirkender Mann mit silbernen Haaren und einer Brille. Er verbeugte sich steif. »Willkommen in Quinton Abbey, Lady Quinton. Bitte nennen Sie mich Forster. Ich muss mich bei Ihnen dafür entschuldigen, dass wir nicht besser auf Ihre Ankunft vorbereitet sind, gnädige Frau.«

Quin, der neben ihr stand, räusperte sich und sagte: »Die Schuld liegt bei mir. Ich habe Sie nicht zeitig von unserer Reise in Kenntnis gesetzt.«

»Und auch nicht über Ihre Heirat oder Ihre Rückkehr aus dem Ausland«, murmelte Forster vor sich hin und erregte so Auroras Aufmerksamkeit.

Rückkehr aus dem Ausland? Meine Güte, wie lange war Quin eigentlich schon nicht mehr auf seinem Gut gewesen? Aurora beäugte ihren Mann argwöhnisch und fragte sich, was er wohl vor seiner Ankunft in London getrieben hatte.

Quin schaute Forster schief an, bevor er die länger werdende Reihe seiner Angestellten abschritt. »Die Vorstellungen können bis morgen warten, Forster. Es war eine lange Reise. Ihre Ladyschaft braucht Ruhe.«

Aurora verkniff sich einen Kommentar, als sie seine Erklärung hörte. Er hatte seit Tagen kein Wort mit ihr gesprochen und kein einziges Wort von ihr angehört. Woher wollte er wissen, was sie brauchte und was sie nicht brauchte? Unausstehlicher Despot. Aber es gehörte sich nicht, ihn für so etwas vor seinen Dienern, die bis vor Kurzem nicht einmal von ihrer Existenz wussten, zu tadeln.

»Selbstverständlich, Mylord«, sagte der Butler. Er blickte über die Schulter, als drei Zofen in die Eingangshalle huschten und sich der Reihe von Dienern anschlossen. »Es scheint, dass das Zimmer Ihrer Ladyschaft vorbereitet ist. Mrs Marshall, würden Sie Lady Quinton bitte in ihre Zimmerflucht begleiten?«

Eine gedrungene, rundliche Frau mit grauen Haaren und einem großen Schlüsselbund an der Taille knickste. Sie war offensichtlich die Haushälterin. »Wenn Sie mir bitte folgen würden, Mylady«, sagte sie, bevor sie in einen imponierenden Korridor eilte. »Morgen führe ich Sie gern durch die Abbey, wenn Sie wollen. Wann immer Sie bereit sind, können wir die Haushaltsangelegenheiten und Derartiges besprechen. Aber ich könnte mir vorstellen, dass Sie es vorziehen, ein Bad zu nehmen, bevor Sie an so etwas auch nur denken.«

»In der Tat, ein Bad wäre genau das Richtige.« Aurora verließ Quins Seite und zog ihre Hand sanft, aber beharrlich von seinem Arm, um Mrs Marshall durch ein Labyrinth von Korridoren und eine prunkvolle Treppe hinauf zu folgen. Die ältere Frau schwatzte wie eine Elster, bis sie schließlich in einem kunstvoll möblierten herrschaftlichen Zimmer angekommen waren.

Die Decken waren mit verschnörkeltem Stuck versehen, der in einem krassen Gegensatz zum Baustil des Gebäudes stand. Es sah aus, als wäre die Abbey vor Jahrhunderten erbaut worden. Ein riesiges Himmelbett mit Vorhängen stand an einem Ende des Raumes, umgeben von Queen-Anne-Truhen, Kommoden, Sesseln und Diwanen, alles aus edlem Nussbaumholz und mit weinroten Kissen bedeckt. Goldener Seidenatlas bedeckte die Wände.

Der Raum war unglaublich modern und elegant, obwohl die Möbel aussahen, als hätten sie seit Jahrzehnten so gestanden. Am anderen Ende des Raumes waren einige Zofen damit beschäftigt, die Wanne mit dampfendem Wasser zu füllen. Rose stand daneben, bereit, Aurora bei ihrem Bad zu helfen.

»Also, Mylady«, sagte Mrs Marshall, nachdem Aurora einen Moment lang ihre neue Umgebung betrachtet hatte, »ich hoffe, dass dies zu Ihrer Zufriedenheit ist, zumindest vorläufig. Es ist nichts am Zimmer der Mistress geändert worden, seit Lady Rotheby, Gott hab sie selig, noch Lady Quinton war. Die Mutter Ihres Gatten hat es nie für angebracht gehalten, etwas zu ändern. Ich überlasse Sie jetzt Ihrer Zofe. Lassen Sie mich wissen, wenn Sie noch etwas brauchen. Ansonsten sehe ich Sie morgen.«

Aurora trat näher ans Bad, nahm ihre Haube ab und zupfte an ihren Handschuhen. »Ja, natürlich.« Die Haushälterin wandte sich zum Gehen, hielt aber inne, als Aurora rief: »Oh, Mrs Marshall? Könnten Sie mir heute Abend vielleicht ein Tablett heraufschicken?« Nach dem Bad war definitiv eine Mahlzeit angesagt. Sie hatte einen enormen Hunger, aber nicht die Absicht, ihren Mann am Essenstisch, wo auch immer der sein mochte, mit ihrer Anwesenheit zu beehren.

Die ältere Frau zwinkerte ihr zu. »Habe ich schon bestellt, gnädige Frau.«

Quin ging in der Nacht nicht zu Aurora. Auch bestand

er nicht darauf, dass sie zu ihm ins Zimmer kam. Es würde ja doch wieder darauf hinauslaufen, dass er mit ihr schlief. Wenn er seine Frau nie wieder anrührte, käme auch kein Erbe zustande. Stattdessen fand er einen Restbestand von Kognak hinter einem Schreibtisch im Speiseraum – ein ziemlich kläglicher Vorrat – und begann sich zu betrinken. Er würde Forster bitten, den Geheimvorrat wieder aufzustocken.

Um Aurora zu berühren, musste er wahrscheinlich mit ihr sprechen. Und wenn er mit ihr sprach, könnte er womöglich zu viel sagen.

Wie: Ich verzeihe dir. Oder womöglich: Es tut mir leid. Oder: Ich bin ein Dummkopf und habe dich nicht verdient. Oder noch schlimmer: Ich liebe dich.

Er liebte sie, trotz seines Vorsatzes, sich nicht in sie zu verlieben, trotz ihrer Theatralik, trotz der Tatsache, dass er sie kaum kannte. Er liebte Aurora genau für Dinge, die ihn um den Verstand brachten: ihr Ungehorsam; der Mut, sich nicht vor ihm zu ducken; ihre blühende Fantasie; ihr Gesichtsausdruck, der all ihre Gefühle widerspiegelte, auch wenn sie sie vor ihm verbergen wollte.

Aber sie zu lieben würde weder ihm noch ihr helfen.

Es ließ ihn ständig an sie denken. Ließ ihn atemlos in seiner Begierde, bei ihr zu sein, sie zu berühren, den Rosenwasserduft ihrer Haare zu riechen, während diese wie Seide durch seine Finger glitten. Es ließ ihn hart und frustriert.

Es ließ ihn verwundbar. Und besorgt. Besorgt, dass er sie verlieren könnte.

Wie er Mercy verloren hatte. Wie er seinen Vater verloren hatte. Wie er sicher auch seine Mutter verloren hätte, wenn er nicht eine große Festung um sein Herz gebaut und sich verloren hätte.

Als herzloser Wüstling mit einer Vorliebe für alle Laster, die man sich ausmalen konnte, hatte er sich all die Jahre sicher gefühlt.

Er war sicher und allein gewesen.

Und jetzt war er weder das eine noch das andere.

Es wollte einfach nicht Morgen werden. Quin wusste es. Er hatte die ganze Nacht wach gelegen und darauf gewartet, dass die Sonne vor seinem Fenster aufging. Und er hatte an Aurora gedacht. Und an Rothebys Forderung.

Aller Kognak der Welt konnte sein Gemüt nicht beruhigen.

Die lange Zeit, die er mit seinen Gedanken allein gewesen war, hatte ihm geholfen, etwas einzusehen. Es steckte mehr hinter dem, was sein Großvater von ihm wollte, als nur ein Erbe. Er sollte sich um das kümmern, was ihm gegeben war. Forsters versteckte Kritik bei ihrer Ankunft gestern Abend hatte das nur noch betont.

Drei Jahre. Eigentlich länger als drei Jahre. Quin hatte keinen Fuß auf sein Gut gesetzt, keinen Brief geschrieben oder auch nur flüchtig die Berichte seines Verwalters angesehen. Er hatte Forster für die Hausangestellten und Carruthers für die Pächter und Arbeiter verantwortlich gemacht. Er hatte sich weiter keine Gedanken gemacht, solange das Geld floss.

An Geld hatte es nie gefehlt, also warum sollte er sich sorgen? Besonders, da er seine Zeit viel besser mit einer vollbusigen französischen Puffmutter und ihren Mädels verbringen konnte, oder indem er Wetten bei spanischen Stierkämpfen abschloss oder mit wer weiß was für weiteren interessanten Beschäftigungen an den Küsten des Osmanischen Reiches herumhing.

Während dieser Zeit hatte er jegliche Korrespondenz von Carruthers nur überflogen. Solange ihm nichts auffiel, was seine Fähigkeiten, seine wesentlich interessantere Version der *Grand Tour*, beeinträchtigen konnte, warf er die Briefe zur Seite und ignorierte sie.

Doch nun? Nun war er hier. Nun hatte er eine Frau. Und hoffentlich wäre bald ein Kind unterwegs.

Vielleicht hatte Rotheby recht. Vielleicht war es wirklich an der Zeit, dass Quin sich um seine eigenen Angelegenheiten kümmerte. Und wenn er von Aurora erwartete, gefügig zu sein und ihre Rolle in seinem Leben zu lernen, war er verpflichtet, das Gleiche zu tun.

Da er ohnehin nicht schlafen konnte, lohnte es sich auch nicht, im Bett zu bleiben und es weiter zu versuchen. Quin schlug die Decke zurück, stand auf und klingelte nach seinem Diener. Aurora würde sich mit Mrs Marshall treffen, um die Haushaltsangelegenheiten zu besprechen. Daran brauchte er nicht teilzunehmen. Aber er könnte sich mit Carruthers treffen, um genauer zu erfahren, wie es um sein Gut bestellt war.

Und abends würde er vielleicht mit Aurora sprechen.

»Dieser Raum war ursprünglich die Kapelle, Mylady«, sagte Mrs Marshall. Ihre Stimme klang angenehm in Auroras Ohren – hell und fröhlich und voller Energie. »Aber als der vierte Earl of Rotheby das Grundstück im 17. Jahrhundert erwarb, ließ er den Raum in eine Bildergalerie umbauen.«

Das Licht schien durch riesige Fenster im antiken Stil ein und erleuchtete die lange Gemäldegalerie an der Wand. Einige der Fenster waren so hoch wie der Raum selbst und reichten wie Götter hinauf zum Deckengewölbe.

Aurora studierte die Porträts eins nach dem anderen. Sie wirkten fast wie eine Ahnentafel und verfolgten Quins Familie durch die Jahrhunderte. Die Männer hatten alle den einen oder anderen Gesichtszug mit ihm gemeinsam – das starke, kantige Kinn hier oder das goldene Haar dort. Ein paar hatten sogar seine Grübchen.

Sehr wenige Porträts stellten Frauen dar. Doch am Ende tauchten einige auf. Aurora hielt vor einem Ölgemälde von einer ziemlich gut aussehenden Frau mit lachenden blauen Augen – Quins Augen – und vollem kastanienbraunen Haar.

Mrs Marshall sah die Frau auf dem Bild mit einem wehmütigen Ausdruck an. »Das ist die verstorbene Lady Rotheby zu der Zeit, als Lord Quinton zur Welt kam. Damals hatte mich der Earl noch nicht eingestellt, das war erst später. Die Gräfin war immer gut und liebevoll.«

Aurora fragte sich, was Quin wohl außer der Augenfarbe von seiner Großmutter geerbt haben mochte.

Nach einer Weile gelangte sie zu dem Porträt eines Mannes, der Quin hätte sein können, nur mit kürzerem Haar. Er war ganz in Schwarz gekleidet, genau wie Quin es oft war, doch sein Ausdruck hatte etwas Hohles.

»Und dieses war der verstorbene Lord Quinton, gnädige Frau.«

»Gibt es einen Grund, weshalb die Männer in dieser Familie so oft Schwarz tragen?«, fragte Aurora. Eigentlich war es nicht wichtig. Wie üblich war sie nur neugierig.

»Hat Seine Lordschaft Ihnen sein Problem noch nicht erläutert, gnädige Frau? Lord Quinton und sein Vater sind farbenblind. Die Ärzte können es nicht erklären, aber sie sehen etwas Rotes und halten es für grün, oder sie sehen etwas Orangefarbenes und halten es für gelb. Aber, Mylady, von mir haben Sie das nicht. Das bleibt unter uns.«

Na, wenigstens war Quin nicht ständig in Trauer.

Mrs Marshall schnalzte mit der Zunge und schüttelte den Kopf. »Sie waren sich in vielem so ähnlich. Ein Jammer …« Sie verstummte.

»Was ist ein Jammer?«, fragte Aurora.

»Seine Lordschaft hat Ihnen auch das nicht erzählt?«, fragte die ältere Frau ungläubig.

Was sollte er ihr erzählt haben? Er hatte ihr ja kaum etwas erzählt. Nichts Wichtiges zumindest. Er wollte sie im Dunkeln halten, dunkel wie seine Kleidung. Aurora schüttelte den Kopf.

Mrs Marshall legte sich die Hand auf den Rücken und drängte Aurora sanft zum nächsten Bild. »Na ja, es ist nicht meine Aufgabe, über solche Dinge zu sprechen. Hier sehen Sie die ehemalige Lady Quinton, jetzt Lady Coulter.«

Quins Mutter lächelte auf dem Gemälde zwar freundlich, doch Heiterkeit war in ihrem Lächeln nicht zu sehen. Etwas stimmte in dieser Familie nicht – etwas war ganz furchtbar traurig. Das würde vielleicht Quins Launenhaftigkeit erklären, sein Schweigen.

Zwei weitere Porträts hingen am Ende der Galerie: das eines Jungen, vielleicht zehn, jugendlich ausgelassen, und das eines Mädchens mit Quins klaren blauen Augen und seinen Grübchen.

»Dieses war Ihr Herr Gemahl vor einigen Jahren. Er war ein wilder kleiner Engel. Immer süß.«

»Und das Mädchen?«, fragte Aurora.

»Na, das war natürlich Mercy. Lord Quintons große Schwester.« Mrs Marshall sprach rasch. »Wollen wir durch den Gesellschaftsraum gehen? Die Wandteppiche werden Ihnen sicherlich gefallen.« So ging die ältere Frau aus dem Zimmer, immer noch mit dem Schlüsselbund an der Hüfte.

Große Schwester? Aurora stand wie angewurzelt. Er hatte nie eine Schwester erwähnt. Überhaupt keine anderen Familienmitglieder außer Lord Rotheby. Sie würde ihn überzeugen, sie seiner Schwester vorzustellen. Seiner Mutter auch. Aber ihn zu überreden, sie seiner Familie vorzustellen, wäre leichter, wenn sie miteinander sprachen. Vielleicht könnte sie es beim Abendessen versuchen. Zumindest wenn er dann zu Hause war. Als sie morgens aufgestanden war, hatte er das Haus bereits verlassen. Forster berichtete ihr, dass Quin fort war, um sich mit seinem Verwalter sein Anwesen anzusehen.

Die Haushälterin huschte durch die langen Korridore der Abbey. Aurora eilte hinterher. »Meinen Sie, Mrs Marshall, dass Seine Lordschaft zum Essen zurückkommt?« Die gedrungene kleine Frau bewegte sich schnell. Aurora war außer Atem, als sie schließlich den Salon erreichten.

»Ich weiß es gewiss nicht, gnädige Frau«, beteuerte sie. »Als er das letzte Mal ging, war es, um seine Verlobte zu besuchen. Er war mehr als drei Jahre fort, ohne sich zu verabschieden, und ist erst gestern zurückgekehrt.«

29. April 1811

So viele Geheimnisse. Die Abbey ist voll davon. Quin ist voll davon. Ach, ich habe ja auch meinen Anteil. Ich mag keine Geheimnisse mehr, sondern sehne mich nach Kommunikation, Verständnis und Ehrlichkeit. Es genügt nicht, diese Dinge nur bei den Hausangestellten zu suchen. Warum sollte ich ihnen denn überhaupt vertrauen? Schließlich arbeiten sie für meinen Mann. Vielleicht erzählen sie mir nur das, was ich hören soll. Aber dann wiederum hätte Mrs Marshall mir bestimmt nicht von der hübschen Miss Mercy erzählt. Sie hat mir mehr Fragen gelassen als Antworten gegeben.

Aus dem Tagebuch von Lady Quinton

Der Tag mit Carruthers war angenehmer verlaufen, als Quin ihn sich vorgestellt hatte. Wer hätte geahnt, dass es so befriedigend sein könnte, sich um die eigenen Angelegenheiten zu kümmern? Zugegeben, er hatte den Mann zu Tode erschreckt, als er plötzlich an der Tür von dessen Häuschen erschien – auf einem Hügel am Rande des Grundstücks der Abbey.

»Großer Gott!«, hatte Carruthers ausgerufen, während er sich einen Mantel anzog und gleichzeitig versuchte, die winzigen Knöpfe am Kragen zu schließen. »Mylord, bitte entschuldigen Sie, dass ich so nachlässig gekleidet bin. Ich wusste nicht, dass Sie zurückgekehrt sind.«

Niemand hatte es gewusst. Die Pächter und Arbeiter, die sie an dem Tag aufsuchten, gafften ihn alle an. Sie reagierten auf sein Erscheinen in einer entwaffnenden Weise, wie sie

Quin sich nicht hatte vorstellen können. Dennoch war der Tag aufschlussreich. Seine Pächter waren zufrieden damit, wie Carruthers ihre Angelegenheiten über die Jahre erledigt hatte. Seine Arbeiter hielten ihren Lohn für angemessen. Im Allgemeinen schien alles so gut zu laufen, wie er es sich für den besten Fall ausgemalt hatte.

Der Nachmittag neigte sich dem Ende zu, als Quin und sein Verwalter zurück zu dem Häuschen auf dem Hügel ritten. Er sollte eigentlich zurück zum Haupthaus reiten. Das wäre verantwortungsvoll.

Doch Quin hatte den ganzen Kognak, den er in der Abbey finden konnte, am Abend zuvor ausgetrunken und bezweifelte, dass Forster schon für Nachschub gesorgt hatte. »Carruthers, was halten Sie davon, wenn wir ins Hog's Head gehen und etwas essen?« Sein Verwalter zog die Augenbrauen fragend hoch. »Ich spendiere Ihnen ein paar Gläser, und wir unterhalten uns weiter über die Abbey.« Und er könnte vermeiden, nach Hause zu Aurora zurückzukehren, wo er womöglich aus Versehen etwas sagte, was er lieber für sich behielt. Unter diesen Umständen definitiv der bessere Plan.

»Natürlich, mein Herr.«

Sie wechselten die Richtung und waren im Nu bei dem Wirtshaus mitten in Wetherby angekommen. Nachdem sie ihre Pferde bei dem Stallknecht abgegeben hatten, betraten sie das dunkle, belebte Lokal und fanden einen Platz am Fenster.

Eine Bardame machte sich schon an Quin heran, bevor er überhaupt richtig Platz genommen hatte. Ihr Busen wackelte und quoll beinahe aus dem viel zu engen Kleid. Er erschauderte bei dem Anblick – eine schockierende Feststellung – und blickte sofort weg. »Was darf's heute Abend sein, meine Herren?«, summte sie ihm ins Ohr und tat ihr Bestes, um seinen Blick wieder auf sich zu ziehen.

Verdammt! Was war nur mit ihm los, dass er einen so schönen Anblick nicht genießen konnte, wenn er sich ihm anbot? Quin schüttelte das beunruhigende Gefühl ab. »Zwei Shepherd's Pies. Ich nehme einen Kognak und mein Begleiter …?«

»Whiskey für mich«, sagte Carruthers.

Die strohblonde Bardame nickte und zwinkerte Quin über die Schulter zu, als sie davontänzelte.

»Also«, begann Quin, »hat es während meiner Abwesenheit irgendwelche Probleme gegeben? Alles in Ordnung? Keine Probleme mit den Pächtern oder den Arbeitern?«

»Nein, Mylord. Ich habe alles geführt wie immer. Es wurden keine Änderungen vorgenommen, seit Sir Augustus mich eingestellt hat und wir das Durcheinander, das Ihr Vater hinterlassen hatte, in Ordnung gebracht haben.«

Sir Augustus? Also hatte Quins Stiefvater den Mann eingestellt? Er nickte, regte ihn an weiterzuerzählen.

»Einige unserer Arbeiter sind über die Jahre fortgegangen, und andere sind dazugekommen. Aber im Großen und Ganzen arbeiten sie alle schon so lange hier wie ich. Viele sogar noch länger.« Der Verwalter lächelte. »Wir sind eigentlich wie eine Familie, wir kennen uns alle schon so lange.«

Eine Familie? Das war wohl ein Witz. Quinton Abbey war kein Ort für eine Familie, und das machte Quins Angebot an Rotheby nur noch lächerlicher. Natürlich waren sie weit weg von den neugierigen Blicken der High Society. Doch genau diese Privatsphäre würde den Familiengeheimnissen Raum geben, wie offene Wunden zu eitern, bis sie das Fleisch ihrer Opfer auffraßen.

Die Bardame kam mit dem Essen und ihren Getränken zurück. »Kann ich Ihnen sonst noch etwas bringen?«, fragte sie mit einem einladenden Lächeln.

Quin merkte erstaunt, dass er mitnichten die Absicht

hatte, auf ihre Einladung einzugehen. Er schüttelte den Kopf. »Kommen Sie einfach nachher mit einem Nachschub an Whiskey und Kognak wieder.«

Sie nickte und ging zurück.

Er schüttete die Hälfte seines Kognaks hinunter. »Also sind die Arbeiter seit ungefähr zwanzig Jahren hier? Vielleicht sogar länger?«

»Einige seit mehr als vierzig Jahren«, sagte Carruthers. »Der Stallmeister war Stallknecht, als Lord Rotheby noch Lord Quinton war. Vielleicht erinnern Sie sich, dass Mrs Marshall damals Ihr Kindermädchen war.«

Ja. Quin erinnerte sich. Sie hatte ihn im Wald gefunden, als er nach Mercys Tod am Fluss lag. Sie war es auch, die ihn gehalten hatte, als er wie ein Baby schluchzte. Sie war es gewesen, die ihn nach der ersten Tracht Prügel vom Boden aufhob, das warme, klebrige Blut seines geschundenen Körpers beschmutzte dabei ihr graues Kleid.

Er erinnerte sich auch, dass er nach jenem Tag ein anderes Kindermädchen bekommen hatte. Auch Mrs Marshall hatte ihn verlassen. Alle hatten ihn verlassen.

Dachte er jedenfalls.

Aurora aß allein. Sie wartete, bis sie fast verhungert wäre, bevor sie allein in den Palas ging. Die Köchin hatte liebenswürdigerweise das Essen warmgehalten, während Aurora mehr als zwei Stunden auf Quin wartete.

Auch nachdem sie gegessen hatte, wartete sie auf ihn. Erst im Gesellschaftszimmer, dann im Speisezimmer, wo sie die große Bibliothek betrachtete, und schließlich in dem Wohnzimmer, das ihre Schlafzimmer trennte.

Sie war schon gewaschen, hatte ihr Nachthemd angezogen und war fast auf einem Diwan eingeschlafen, als sie die Tür knarren hörte.

»Da bist du ja«, sagte sie.

Quin brummte nur. Seine trüben Augen waren blutunterlaufen, und seine Fahne warf sie von der anderen Seite des Raumes fast um.

Schön. Wunderschön. »Können wir reden?« Dies war bestimmt nicht die beste Zeit, um zu reden. Verdammt. Dennoch stand sie auf und ging zu ihm.

Doch er schloss die Tür nicht. Er stand nur da. Und starrte sie an. Oder besser gesagt, er starrte durch ihr Nachthemd. Aurora unterdrückte das Bedürfnis, ihre Arme zu verschränken und die Beine zu kreuzen. Der dünne Stoff war nicht gerade durchsichtig, aber wohl transparent genug, dass Quin sie mit heißen Blicken verschlang.

Da konnte ebenso gut sie anfangen. »Mrs Marshall hat mich heute auf eine schöne Führung durch die Abbey genommen. Im Refektorium sind so viele Bücher, dass ich sie wahrscheinlich nie alle werde lesen können.«

Quin ging einen Schritt weiter auf sie zu und verringerte den Abstand zwischen ihnen. Aurora bebte. Er ließ den Blick über ihren Körper schweifen, ergriff Besitz von jedem Zentimeter Haut.

»Und die Wandteppiche im Gesellschaftszimmer sind exquisit. Ich bezweifle, dass ich je so schöne gesehen habe.«

Noch ein Schritt. Beinahe konnte Aurora ihn spüren. Die Hitze, die von ihm ausging, griff auf sie über.

»Morgen will sie mir die Gärten und den Park zeigen. Sie sagt, die Glyzinien seien besonders schön in dieser Jahreszeit.«

Noch ein Schritt. Er ergriff ihre Hand und hüllte sie in die Wärme seiner eigenen ein. Aurora wollte bei dieser einfachen Berührung weinen. Tagelang waren sie sich so nahe und doch so fern gewesen. Sie hatte sich geschworen, nicht zu kapitulieren. Sie würde stark sein und sich nicht von seiner Berührung verführen lassen. Da hatte er einiges wiedergutzumachen, bevor sie den Widerstand aufgab.

Oh, du großer Gott. Sie konnte doch jetzt nicht aufgeben.

»Die Galerie hat mir besonders gefallen. Die Porträts zeigen eine große Familienähnlichkeit.«

Seine Hand hielt ihre fester, doch sie fuhr fort: »Deine Schwester und deine Mutter haben mich besonders neugierig gemacht. Du hast nie von ihnen gesprochen.«

Was fiel ihr ein? Wie konnte sie in der Abbey herumschnüffeln, in seiner Vergangenheit stöbern, in offenen Wunden herumstochern?

»Ich meine mich zu erinnern, dass ich dir befohlen habe, dich nicht in meine Angelegenheiten einzumischen«, sagte er scharf. Er musste sich in den Griff bekommen. Und zwar sofort.

Doch Aurora zog sich zuerst zurück, indem sie ihre Hand befreite und an die Brust hielt. Ihr Mund war rund und ihre Augen auch. »Deine Angelegenheiten? Aber das ist deine Familie. Ich dachte …«

»Hör endlich auf zu denken. Hör auf zu schnüffeln. Hör auf, mich zu hintergehen, um deine Fragen zu beantworten.«

Tränen schossen ihr in die Augen. Gut so. Er wollte, dass sie weinte.

»Es tut mir leid«, flüsterte sie. »Ich hatte nur gehofft, dass ich sie eines Tages kennenlernen könnte. Meine eigene Mutter ist schon vor so vielen Jahren gestorben, und ich habe nie eine Schwester gehabt.«

Na, das wäre ein schöner Anblick. »Das wird nicht möglich sein«, bellte er. »Mercy ist tot.« Von Nia brauchte sie gar nicht erst zu wissen.

Da begannen die Tränen erst richtig zu fließen. »Das tut mir so leid. Ich wusste es nicht.«

»Es gibt vieles, was du nicht weißt. Kümmere dich gefälligst um deine eigenen Angelegenheiten.«

Aurora drehte sich um, wollte in ihr Zimmer gehen, doch er packte ihren Arm und zog sie herum, sodass sie ihm wieder gegenüberstand.

»Wo willst du hin?«

Sie weigerte sich, ihn anzusehen. »Ich bin müde. Ich gehe ins Bett.«

Verdammt. Jetzt, wo sie gesprochen hatten, konnte er sie nicht ins Bett gehen lassen. Er brauchte etwas. Herrgott noch einmal, er brauchte sie.

Sehr sogar.

Doch sie durfte es nicht wissen. Er konnte es ihr nicht sagen. Das würde alles zu wirklich, zu dauerhaft machen. Quin presste die Finger unter ihr Kinn und zwang sie, ihm in die Augen zu sehen. »Schon vergessen? Wir müssen einen Erben zeugen.«

Auroras Augen wurden zu kleinen Schlitzen. Auch als er seine Lippen fest auf ihre drückte, stieß sie ihn mit aller Kraft von sich.

Er würde sie, verdammt noch mal, in dieser Nacht in seinem Bett haben. Unter sich. Über sich. Um sich herum.

Quin biss sie in die Lippe. Heftiger, als er es vorgesehen hatte, aber es hatte die erwünschte Wirkung. Aurora rang nach Luft. Er schob ihr seine Zunge in den Mund, strich über ihre und sog daran. Noch immer versuchte Aurora, ihn wegzudrücken. Quin reagierte, benutzte sein Gewicht, um sie zurückzustoßen, bis sie an der Wand landete.

Mit einer Hand hielt er ihre gefangen, während er ein Knie zwischen ihre Schenkel und gegen ihre Mitte drückte. Sie stöhnte kurz auf. Er konnte ihre Feuchtigkeit durch den Stoff seiner Hose spüren – konnte die aufregende Mischung von Erregung, Rosenwasser, Kognak und Hitze riechen.

Noch eine Bewegung mit seinem Knie, und Aurora gab den Kampf auf.

Quin ließ ihre Hände fallen und benutzte die seinen, um ihr Nachthemd vorn aufzureißen, erfreut über ihr bestürztes Luftholen. Gott, wie perfekt ihre Brüste waren! Weich und voll, mit harten Spitzen, die praktisch darum bettelten, von ihm berührt zu werden.

Wie konnte er da widerstehen? Er spreizte Aurora die Hände auf die Schultern und ließ sie dann langsam über ihre Brüste gleiten. Quälend langsam. Ihre Augen waren geschlossen, und ihr Atem ging schnell. Der Kontrast zwischen harten Brustspitzen und weichen Brüsten war ein Gefühl, das er nie vergessen würde. Eine süße Qual. Wie alles andere an ihr.

Da bewegte sie ihre Hüften gegen ihn, ließ ihre feuchte Hitze in einem allzu bekannten Rhythmus über sein Bein gleiten. Quin hob das Knie, um ihr zu helfen. Mit Daumen und Fingern strich er weiter über ihre Brüste, drückte sie, umspielte die harten Spitzen und sah zu, wie Aurora an den Rand eines Höhepunkts kam.

»Ja, Liebes«, flüsterte er ihr ins Ohr. »Fast.«

Sie keuchte und ließ die Hüften kreisen. Suchte Erlösung. Den Kopf hatte sie weit zurückgeworfen, sodass nur leise raue Laute aus ihrer Kehle drangen.

Sie knöpfte Quins Hose auf, steckte die Hand hinein und strich über seine Erektion. Er küsste Aurora wieder, schob seine Zunge über ihre, um ihre Hand nachzuahmen. Als sie ihn fest umfasste, verlor er beinahe die Kontrolle. »O Gott. Genau so, Aurora. Ich lie…«

Er unterbrach sich, bevor er seinen Gedanken beenden konnte, und zog sich zurück. Aurora kam ins Taumeln, als sein Körper sie plötzlich nicht mehr an der Wand hielt. Verwirrt sah sie ihn an.

Als Quin zu seinem Zimmer ging, rief er ihr über die Schulter zu: »Wenn du willst, dass ich beende, was ich angefangen habe, weißt du, wo du mich findest.«

Er konnte es ihr nicht sagen. Jetzt nicht. Noch nicht.

O verdammt. Quin schloss die Tür hinter sich. *Wie kann er mich in so einem Zustand zurücklassen? Wenn er mich nicht weiter berührt, sterbe ich.* Auroras Körper sehnte sich nach der Erlösung, die nur er ihr geben konnte.

Doch es würde ihr nicht einfallen, dem verdammten Kerl zu folgen und ihn anzuflehen, das zu Ende zu bringen, was er begonnen hatte. Verärgert machte Aurora kehrt, ging in ihr Zimmer und knallte die Tür hinter sich zu. Hoffentlich hörte er es. Scheußlicher Mann, so mit ihr zu spielen.

Sie durchwühlte ein paar Kommoden auf der Suche nach einem anderen Nachthemd, da er das, was sie trug, zerrissen hatte. Ohne Erfolg. Sie kannte sich nicht aus, wusste noch nicht, wo Rose ihre Sachen untergebracht hatte.

Sie konnte wohl kaum nach ihrer Zofe klingeln. Nicht mit nacktem Busen.

Schlafen. Sie würde einfach schlafen und sich am Morgen um das Nachthemd kümmern. Sie würde vergessen, wie sie sich mit Quin und seinen Berührungen fühlte. Aurora stieg in ihr Bett, schlüpfte unter die Decke und zwang sich, alles Geschehene zu vergessen.

Ihr Kopf hätte sich vielleicht gefügt, doch ihr Körper weigerte sich. Er sehnte sich nach Quins Berührung, sehnte sich nach seinem Mund. Sie versuchte sich umzudrehen, aber die Bewegung der Bettwäsche gegen ihre sensible Haut sandte einen Schock durch ihren Körper. O du großer Gott. Vielleicht bewegte sie sich am besten gar nicht. Vielleicht würde es dann verschwinden. Aurora lag still, solange sie konnte. Bestimmt nicht mehr als ein paar Momente.

Sie konnte selbst dafür sorgen, dass es wegging, oder?

Oder nicht? Zögernd strich sie mit einer Hand über ihre Brüste. Meine Güte! Das war sogar mehr als angenehm. Sie riss die Augen auf und versuchte es noch einmal, drückte härter, dieses Mal aber nur mit einem mäßig besseren Ergebnis.

Bei diesem Tempo würde sie die ganze Nacht wach bleiben für etwas, was doch nie geschehen würde. Sie wusste nicht, wie sie fortfahren sollte.

Verdammt, verdammt, verdammt. Quin wusste immer, wie er fortfahren sollte.

Aurora warf die Bettdecke zurück, marschierte durch ihr Zimmer und das Wohnzimmer und schlug mit aller Kraft die Tür zu Quins Schlafraum auf. Er saß völlig nackt auf der Kante seines enormen Bettes, vollkommen erregt, von Kerzenlicht umgeben.

»Ich hoffe, dass du restlos zufrieden bist.« Aurora war mit drei Schritten bei ihm und setzte sich im Reitersitz auf ihn, ihre erhitzte Mitte gegen sein Erektion. Sie küsste ihn, fühlte sich wie trunken von dem Kognak, der noch auf seiner Zunge zu schmecken war. »Mach es zu Ende«, sagte sie gegen seine Lippen. »Bitte, Quin. Mach es zu Ende.«

Er hob sie an den Hüften hoch und hielt sie über sich. Als sie herunterkam, füllte er sie ganz aus. Aurora wartete. Sie wartete darauf, dass er sie auf den Rücken drehte und sich auf sie legte, doch er lächelte nur.

»Tu du es«, sagte er schleppend und mit einem teuflischen Funkeln in den Augen.

Oh, gütiger Gott im Himmel. Sie wusste nicht …

Gott sei Dank war sie zu ihm gekommen. Selbst durch zwei geschlossene Türen hatte er die kleinen Geräusche gehört, die Aurora ausstieß, während sie versuchte, sich selbst zu befriedigen. Oder vielleicht hatte er es sich nur eingebildet. Auf jeden Fall war es für ihn genug gewesen, um vor Verlangen fast verrückt zu werden.

Quin hatte diesen kleinen Wettstreit jedenfalls gewonnen.

Nachdem sie beide befriedigt waren, gewann er noch einen, als sie versuchte, ihn zu verlassen. Er zog sie am Arm, bis sie herumwirbelte und ihm fast auf die Nase fiel. »Wo willst du denn hin, Liebes?«, fragte er, während ihr heißer Atem auf seinen Lippen tanzte.

»Zurück in mein Zimmer«, sagte sie in einem hochmütigen Ton. »Danke für den Abschluss.«

Aurora zog an ihrem Arm, doch Quins Griff war fest und hart. Sie würde nirgendwo hingehen. Er würde sie nicht gehen lassen.

Stattdessen rollte er auf die Seite, zog sie über sich hinweg und legte sie an seine Seite. Er drapierte einen Arm und ein Bein über sie und hielt sie so quasi gefangen. »Mir wäre es lieber, wenn du bleibst«, sagte er, und das nicht aus Vorliebe für die Wahrheit. »›Lieben, achten, ehren‹, schon vergessen? Wenigstens kannst du das mit dem Achten hinbekommen.« Er würde die Liebe für beide übernehmen, es sei denn, er konnte einen Weg finden, sie abzuschalten.

Ihr finsterer Blick schien durch die mondhellen Schatten im Raum. Dann drehte sie sich, bis sie ihm den Rücken zuwandte.

Quin zog sie näher an sich, schlang beide Arme um sie und genoss den empörten Atemzug, als seine Härte gegen ihr festes kleines Hinterteil drückte. Wie köstlich der Gedanke auch sein mochte, sie in der Position zu lieben, er brauchte seinen Schlaf, weil er sonst womöglich in ihr einschlafen würde. Die letzten Tage waren anstrengend gewesen. Um sie aber noch ein wenig aufzureizen, nahm er eine Brust in jede Hand und massierte sie, bis Aurora den Rücken durchbog und ihre Brüste so noch fester gegen seine Hände presste. Gott, wie reaktionsfähig ihr Körper war! Sie mochte ihn vielleicht nicht lieben, aber ihr Körper tat es definitiv.

Er flüsterte ihr ins Ohr: »Bist du bereit, Liebes?«

»Was?«, kreischte sie. »Du kannst doch nicht – du würdest doch nicht …«

Quin lachte. »O doch, ich kann schon, und ich werde auch. Nur nicht jetzt. Schlaf jetzt, Aurora.« Bevor er es sich anders überlegte.

Bevor er sich noch mehr verliebte.

Bevor er es ihr sagte.

18. Mai 1811

Ich verstecke mein Tagebuch noch immer vor Quin. Er soll nicht erfahren, dass ich schreibe, obwohl die Dinge, über die ich schreibe, eigentlich nur die Träumereien einer einsamen Ehefrau sind. Was für eine jämmerliche Person ich bin. Es ist bedauerlich, dass ich den starken Drang zu schreiben, mein Herz und meine Seele mit der Tinte auf das Papier zu bannen, verloren habe. Vielleicht bin ich zu verloren, meine Gefühle aus diesem Moment heraus aufzuschreiben. Ich weiß einfach nicht weiter.

Aus dem Tagebuch von Lady Quinton

Sie waren in derselben Routine wie in London. Jeden Morgen frühstückte Quin ohne Aurora und verließ das Haus, um sich mit seinem Verwalter zu treffen, sich mit seinem Butler zu besprechen oder vielleicht über das Grundstück zu reiten, um seine Arbeiter und Pächter kennenzulernen. Oder er verkroch sich an einem Nachmittag in der Gruft, die er in ein kognakgefülltes Büro verwandelt hatte, um mit Carruthers die Berichte zu besprechen. Oder er ging einfach ins Hog's Head, um sich mit den Einheimischen zu unterhalten.

Jedenfalls wachte Aurora jeden Morgen in seinem großen, leeren Bett auf. Sie fühlte sich leer und kalt, aber sie ging zu Werke, besprach die Mahlzeiten mit der Köchin, die Haushaltsangelegenheiten mit Mrs Marshall oder die Änderungen, die sie im Gesellschaftsraum vornehmen wollte, mit Forster. Manchmal bewegte sie sich im Park oder plante mit dem Gärtner einen möglichen Rosengarten.

Wenn sie nichts Weiteres mit den Hausangestellten zu besprechen hatte, verzog Aurora sich oft ins Refektorium zu dem endlosen Angebot von Büchern. Dort konnte sie wenigstens vergessen, dass sie allein war. Die Figuren in den Büchern leisteten ihr Gesellschaft.

Gelegentlich empfing Aurora nachmittags einen Brief von ihrem Vater oder von Rebecca, und sie zog sich zurück, um ihn zu lesen. Rebeccas Saison war ziemlich groß, mit drei verliebten Verehrern neben dem omnipräsenten Lord Norcutt. Vater war nach wie vor im Parlament tätig. Sie fehle ihm schrecklich, schrieb er, aber er vertreibe sich mit der ein- oder anderen Konzert- oder Opernaufführung die Zeit. Aurora schrieb beiden sofort zurück, ohne je durchblicken zu lassen, wie einsam sie war. Sie wollte sie nicht beunruhigen. Stattdessen schrieb sie von den großartigen Hauspartys, die sie besuchten, sowie den Picknicks am Fluss, zu denen Quin sie einlud.

Die Lügen taten ihr letztlich nur weh.

Dennoch wartete Aurora, bis Quin nach Hause kam. Sie ließ sein Essen warmhalten, in der Hoffnung, dass er nach Hause käme, um eine Mahlzeit mit ihr zu teilen, obwohl sie wusste, dass er es nie tun würde. Dann ging sie nach oben in das gemeinsame Wohnzimmer und wartete dort auf ihn. Weil es so spät wurde, schlief sie oft über einem Buch aus dem Refektorium oder einer Stickarbeit ein, alles nur, um nicht in ihr Tagebuch zu schreiben.

Wenn Quin nach Hause kam, roch er immer nach Kognak. Er schmeckte auch danach.

Wenn er zu ihr kam, nahm er ihr jedes Mal das Buch oder die Stickerei aus der Hand, legte sie auf den Tisch neben ihr, hob sie auf die Arme und trug sie in sein Bett.

So unaufmerksam er tagsüber war, machte Quin nachts alles wieder gut – zumindest im physischen Sinne. Aurora hätte sich nie vorstellen können, dass es so viele Möglichkeiten gab, die eheliche Pflicht zu erfüllen, wie er sie ihr beibrachte. Vorwärts, rückwärts, auf dem Kopf. Mit den Händen, dem Mund, der Zunge. Auf den Knien, dem Boden, einem Tisch. Seine Fantasie im Bereich der Lust kannte keine Grenzen. Jedes Mal, wenn sie dachte, er könnte sie nicht mehr schockieren, tat er etwas noch Ausgefalleneres und belehrte sie eines Besseren.

Nachdem er sich dann tief in ihr ergossen hatte, zog er sie jede Nacht an sich, wickelte Arme und Beine um sie und schlief so ein.

Und sie schlief auch – irgendwann. Wenn ihr Herz wieder normal schlug und seine Atemzüge regelmäßig wurden, wenn sie ab und an ein leichtes Seufzen vernahm und sicher sein konnte, dass er schlief, erlaubte sie sich, einen Moment lang zu weinen. Und dann schlief auch sie ein.

Während sie dort lag, in seine starken schlafenden Glieder gewickelt, fühlte sie sich einsamer, als sie es je in ihrem Leben gewesen war. Es war seltsam, dass jede Nacht, wenn sie und Quin körperlich so verbunden waren, wenn er in ihr war, sie sich am lebendigsten, am meisten geliebt fühlte. Es war atemberaubend, wenn sie zusammen kamen, wie er sie fast anbetete, so auf ihre Lust bedacht war. Aber nur einige Momente danach fühlte sie sich ungeliebt und leer.

So war es fast die ganzen ersten drei Wochen ihres Aufenthalts in Quinton Abbey. Fast war es wieder an der Zeit, dass ihre Regel zu erwarten war, und die würde zweifelsohne, wie üblich, genau wie ein Uhrwerk pünktlich sein.

Sie hatte jedoch einen kleinen Funken Hoffnung: An den letzten Morgen hatte sie ihr Frühstück nicht bei sich behalten können. Sicherlich war ihre Verzweiflung nicht so groß, dass sie sie physisch krank machte. Sicherlich war es ein Zeichen für ein Baby in ihrem Schoß.

Aber es war noch viel zu früh für Hoffnung. Die Hoffnung würde es nur schlimmer machen, wenn nichts geschah. Genau wie sie sich erlaubt hatte, auf Quins Liebe zu hoffen. Diese Hoffnung starb einen langsamen, schmerzhaften Tod, verschlimmert durch die Erkenntnis, dass aus irgendeinem seltsamen Grund sie eine gewisse Zuneigung zu ihm empfand. Vielleicht sogar mehr als Zuneigung.

Sie tat es achselzuckend ab und durchsuchte die Regale im Refektorium nach etwas zum Lesen. Sie ging rasch an den Gedichten von Burns und Wordsworth vorbei, da sie sie in den letzten Tagen gelesen hatte. Sie ging weiter und wartete, bis etwas ihre Aufmerksamkeit erregte. Doch nichts tat es.

Was sie eigentlich wollte, war schreiben. Sie hatte es nicht gewagt, ihr Tagebuch anzurühren, seitdem sie in Quinton Abbey angekommen waren, und hatte nur kurze Notizen über ihre Tage dort geschrieben – sicherlich nicht, um Geschichten zu schreiben. Aber vielleicht könnte sie sich davon überzeugen, dass sie sich nicht gerade in Quin verliebte, wenn sie eine Geschichte schrieb.

Oder vielleicht …

Sie könnte über die Ehe schreiben, die sie sich wünschte. Sie könnte von einem Ehemann schreiben, der sie liebte und in sie vernarrt war und nicht nur im Bett mit ihr redete. Sie könnte über ein schönes Baby mit einer liebevollen Mutter und einem liebevollen Vater schreiben. Sie könnte ihr eigenes Glück beschreiben.

Vielleicht würde sich diese Ehe verwirklichen, wenn sie darüber schrieb. Schließlich hatte sie über ihre Ehe mit Quin geschrieben, bevor sie ihn überhaupt kennengelernt hatte, und es war geschehen. Sie hatte über ihre Bettfantasien geschrieben, und sie waren wahr geworden.

Warum sollte dies nicht nach demselben Schema verlaufen?

Aurora eilte vom Refektorium in ihr Zimmer. Sie musste schreiben, sie konnte einfach nicht länger warten.

Als Forster sie im Gesellschaftsraum unterbrach, um anzukündigen: »Sir Jonas Buchannan, Mylady«, sprang sie halb aus dem Sessel, in dem sie die letzten Stunden verbracht hatte. In der Zeit hatte sie wohl ein Dutzend Seiten ihrer neuen Geschichte geschrieben.

Und diese Geschichte stellte sich, gelinde gesagt, als erfreulich heraus. Zugegeben, sie hatte sich einiges schon ausgedacht, als sie an Rebecca und ihren Vater schrieb. Aber mit den neuen Ergänzungen wurde die Geschichte mit jedem Federstrich bezaubernder.

»Schicken Sie ihn herein!«, rief sie über die Schulter, während sie ihre Sachen weglegte. »Oh, und Forster? Würden Sie Mrs Marshall bitten, so bald wie möglich Tee zu schicken?« Was machte Jonas in Wetherby? Vielleicht hatte Quin ihn kommen lassen, weil ihn seine Ehe langweilte. Sie würde Rebecca holen, wenn sie konnte.

Nachdem sie ihr Tintenfass geschlossen und das Tagebuch und die Feder ordentlich versteckt hatte, stand sie auf und strich ihr Kleid glatt. Wie ärgerlich! Etwas schwarze Tinte hatte ihre Finger beschmutzt und war nun über das rosafarbene Batistkleid verteilt.

Doch das ließ sich jetzt nicht mehr ändern. Sir Jonas kam über die Schwelle und verbeugte sich vor ihr. »Lady Quinton, ich hoffe, es geht Ihnen gut.« Seine dunklen Gesichtszüge verzogen sich zu einem attraktiven Lächeln.

Aurora fragte sich, was passiert wäre, wenn sie Sir Jonas vor Quin kennengelernt hätte. Aber solche Hirngespinste brachten nichts, und so ließ sie den Gedanken fallen. »In der Tat, es geht mir gut. Bitte, nehmen Sie Platz.« Sie wies ihn zu einem Sessel am Kamin. »Sind Sie gerade in Wetherby angekommen?«

»Vor einigen Augenblicken, gnädige Frau«, sagte er, während er sich setzte. Seine langen Beine, die er vor sich ausgestreckt hatte, nahmen so viel Platz ein wie Quins. Sie konnte sich den Anblick allerdings nur vorstellen, denn sie hatte Quin noch nie im Gesellschaftszimmer gesehen.

Ein Mädchen kam herein, stellte ein Teetablett ab, knickste und eilte davon.

»Tee?«, fragte Aurora. Als er nickte, schenkte sie ihm eine Tasse ein und fuhr fort. »Was bringt Sie nach Wetherby? Haben Sie Quin schon gesehen?«

Sir Jonas griff nach seiner Teetasse und einem Stück Gebäck. »Ich hatte gehofft, ihn hier bei Ihnen anzutreffen. Ist er nicht zu Hause?«, fragte er mit einem kaum merklichen Stirnrunzeln, das sofort einem neugierigen Lächeln wich.

»Nein. Ich fürchte, er ist tagsüber selten zu Hause, mein Herr.« Aurora nahm einen Schluck Tee, verzog das Gesicht und nahm noch etwas Zucker. »Ich erwarte ihn nicht vor dem späten Abend.«

Dieses Mal blickte Sir Jonas wirklich finster drein. »Ist das häufig so, gnädige Frau? Er lässt Sie regelmäßig allein?«

O je. Hatte sie Quin seinem Freund gegenüber Ärger bereitet? Das hatte sie gewiss nicht gewollt. »Es kommt leider schon einigermaßen häufig vor.« Sie musste ihm ja nicht sagen, wie häufig. »Aber es ist aus gutem Grund. Er verbringt viel Zeit mit seinem Verwalter und seinen Pächtern.«

»Und überlässt Sie sich selbst«, sagte Sir Jonas ziemlich spitz.

Oh, wie ärgerlich. Dachte er, dass sie wieder am Schreiben war? Nun ja, das stimmte ja auch.

Aber es war nicht die gleiche Art von Tagebucheinträgen. Niemand war da, um zu sehen, was sie schrieb, oder um es ihr wegzunehmen. Es war alles unschuldig, was sie schrieb. Das war es immer gewesen.

Sie *musste* einfach schreiben.

Doch da lächelte Sir Jonas freundlich und mitfühlend. »Ich fürchte, Ihr Mann ist kein guter Ehemann, Lady Quinton.«

Sie machte große Augen und kämpfte damit, ihre Gefühle zu verbergen. Doch vermutlich konnte man in ihrem Gesicht lesen wie in einem offenen Buch. Sie durfte nicht zulassen, dass Sir Jonas das glaubte – so wahr es sein mochte. »Da irren Sie sich, Sir Jonas. Er ist ein vortrefflicher Ehemann.«

Es klang nicht sehr überzeugend, nicht mal in Auroras Ohren.

»Natürlich, Sie haben recht«, sagte er trotzdem.

Vermutlich würde er das Thema gleich fallen lassen, höflich, wie er war. Aurora hatte Sir Jonas zwar bei wenigen Gelegenheiten getroffen, aber sie begann, seine Gesellschaft ungemein zu genießen.

»Erwartet mein Mann Sie?«, erkundigte sie sich.

»Eigentlich hat mein Besuch mich selbst überrascht. Ich hatte nicht einmal Zeit, ihm vorher Bescheid zu geben.« Sir Jonas schmunzelte. »Es geschieht ihm recht, nachdem er so oft unangemeldet bei mir vor der Tür gestanden hat. Dennoch möchte ich mich bei Ihnen, Mylady, aufrichtig entschuldigen für die Unannehmlichkeiten, die ich Ihnen womöglich bereite.«

»Überhaupt nicht, im Gegenteil. Ich freue mich, einen Gast zu haben. Die Abbey ist so groß für so wenige Leute. Es kann hier schon etwas einsam sein.« Verdammt. Das hätte sie nicht sagen dürfen. »Bleiben Sie lange in Quinton Abbey?«, fragte sie in der Hoffnung, dass er nicht auf ihren Kommentar zurückkommen würde.

»Ich habe mich noch nicht entschieden. Das kommt darauf an, wie schnell ich Ihre Gastfreundschaft überbeanspruche.«

»Ich kann mir kaum vorstellen, dass so etwas möglich ist, mein Herr«, antwortete Aurora. »Was ich mir jedoch vorstellen kann, ist, dass mein Mann über Ihre Ankunft informiert sein möchte. Forster dürfte wissen, wo er ist. Sie können ein Pferd aus den Ställen nehmen und ihn suchen.«

Sir Jonas nahm noch einen Scone vom Tablett. »Ja. Das sollte ich wohl tun, da er nicht den Anstand hatte, zu Hause zu sein, als ich ankam. Oder«, sagte er mit einem Zwinkern in den Augen, »ich könnte den Nachmittag damit verbringen, Ihnen Gesellschaft zu leisten. Das scheint etwas zu sein, was Ihnen fehlt. Und vielleicht macht ihn das eifersüchtig genug, es selbst öfter tun zu wollen.« Sir Jonas lehnte sich in seinem Sessel zurück und legte einen gestiefelten Fuß über sein Knie. »Und dann kann ich immer noch gehen und ihn finden. Nur wenn Sie damit einverstanden sind, versteht sich.«

Nur wenn sie damit einverstanden war? Warum sollte sie es nicht sein, in ihrer derzeitigen Lage, in der sie sich so vernachlässigt fühlte?

Die Sonne verschwand allmählich hinter dem Horizont, als Quin sein Pferd bestieg, um sich auf den Weg zum Hog's Head zu machen. Er hatte wieder einmal einen durchaus ergiebigen Tag hinter sich. Zwei seiner Pächter hatten beim Reparieren ihrer Zäune Hilfe gebraucht. Statt einen seiner Arbeiter zu bitten, die Reparaturen zu erledigen, hatte Quin sich entschlossen, das selbst zu übernehmen.

Das hatte fast den ganzen Tag in Anspruch genommen, und die körperliche Anstrengung hatte ihn von Aurora abgelenkt. Er fühlte sich wohl. Müde.

Doch jetzt wollte er essen, einen oder eher drei Kognaks trinken und ihre Tränen vergessen, die Nacht für Nacht auf sein Kopfkissen fielen.

Er würde sie nie glücklich machen können. Wenn es doch wenigstens einen Weg gäbe, sie nicht so todunglücklich zu machen! Er vermisste ihre Lebhaftigkeit, die sie einmal ausgezeichnet hatte, den Funken in ihren Augen. Wie sie mit ihm gestritten hatte und versuchte, sich gegen ihn durchzusetzen. Ihre Kühnheit, auf einem gestohlenen Pferd vom Traualtar zu fliehen! Er befürchtete, dass sie diesen Funken verlieren könnte. Warum sonst weinte sie jede Nacht?

Aber wenn er mehr Zeit mit ihr verbrachte und sie beobachtete, würde er sich nur noch mehr in sie verlieben und sie weiter gefährden.

Das konnte er nicht.

Doch wenn sie wirklich ihre Lebensfreude und Begeisterung verlor, wenn sie wirklich so traurig war, wie er es befürchtete, dann war es ganz allein seine Schuld.

Von welcher Seite er es auch betrachtete, es war besser für Quin, sich von ihr fernzuhalten.

Er stieg ab, warf dem Stallknecht die Zügel zu und betrat das dunkle Wirtshaus. Er hatte noch keine zwei Schritte gemacht, als eine bekannte Stimme ihm zurief: »Quin, du bist mir eine Erklärung schuldig! Und zwar auf dem Weg zurück zur Abbey.«

Jonas saß auf einer Bank am Fenster, starrte auf den Eingang und sah so verdrießlich aus wie nur möglich. Und das sollte etwas heißen.

»Was machst du denn hier?«, fragte Quin. »Aber ist jetzt auch egal. Ich gebe einen aus.« Er suchte die Bardame.

Doch Jonas stand auf und ging ihm entgegen, legte ihm eine Hand auf die Schulter und führte ihn zur Tür hinaus. »Lassen wir das. Wir müssen reden.«

Worüber denn, zum Teufel? Irgendetwas stimmte nicht. »Hast du Neuigkeiten von Rotheby?«, fragte Quin auf dem

Weg zum Stall. Vielleicht war der alte Kauz ja gestorben. Konnte er nur hoffen.

»Ich habe seit Wochen nicht mit Rotheby gesprochen«, sagte Jonas. »Zuletzt, bevor du abgehauen bist, ohne Bescheid zu sagen, und ich dich suchen musste, um herauszufinden, weshalb du weggegangen bist.«

Darum ging es also? Verdammt, Jonas war sein Freund, nicht sein Aufpasser. Doch Quin hielt den Mund, da der Stallbursche gerade ihre Pferde brachte. Es gehörte sich nicht, den Baronet in der Öffentlichkeit zu beschimpfen. Solange er ihn nicht noch mehr provozierte, zumindest.

Als sie aufgestiegen waren und zur Abbey ritten, blickte Quin zu Jonas. »Und du hast mich ausfindig gemacht, weil du mir vorhältst, keinen Abschiedsgruß geschickt zu haben? Ein Brief hätte wahrhaftig genügt.«

Jonas zog eine Augenbraue hoch. »Als ob du jemals deine Post lesen würdest. Aber nein, das ist nicht der Grund, weshalb ich gekommen bin.« Er seufzte und ließ seinen Blick einen Moment lang in die Ferne schweifen. »Lest ihr hier eigentlich Gesellschaftsmagazine?«

Quin versuchte, nicht ungeduldig zu klingen. »Natürlich nicht. Warum, zum Teufel, sollte es mich interessieren, welche blöde Debütantin einen falschen Pastellton trug oder welchem Gentleman diese Woche die Hörner aufgesetzt wurden?« Ganz abgesehen davon, dass diese Art von Unsinn auch über ihn und Aurora veröffentlicht worden war, bevor sie abreisten. Er würde es nicht erwähnen, sonst würde er nur noch zorniger.

»Ich weiß, glaub mir, ich weiß«, sagte Jonas. »Aber den Klatsch, den sie über deine Frau verbreitet haben? Den Rotheby dir gezeigt hat?«

Verdammt. Das klang nicht gut. Doch er musste es wissen, ob er wollte oder nicht. »Ja? Erzähl weiter.« Seine Worte kamen stockend.

»Sie haben nicht aufgehört. Es gibt sogar ein neues Klatschblatt. Es heißt *Schmutzige Skandale und erregende Stelldicheins*.«

»Ach so.« Quin knirschte mit den Zähnen. Da hatte er vor Wochen die Stadt verlassen und seine Frau vor den Klatschblättern geschützt, und nun schrieben sie immer noch über sie. Unglaublich.

Jonas räusperte sich. »Die Skandale gibt es nur bei White's und Brook's zu kaufen. Ich weiß nicht genau, wer dieses Zeug herausgibt. Die Blätter erscheinen einfach an den Spieltischen. Quin …« Seine Stimme verstummte allmählich, und er hielt sein Pferd an.

Das war lächerlich. Was kümmerte ihn dieses neue Klatschblatt? Klatsch war Klatsch. Daran würde sich nie etwas ändern. Quin zügelte sein Pferd und stand vor seinem Freund. Und wartete. »Was?«, brüllte er nach einigen Momenten.

»Sie drucken Geschichten – ähnlich wie die, die in anderen Klatschblättern erwähnt, aber nicht gedruckt wurden, weil man unschuldige Gemüter schützen wollte.«

Sie drucken Geschichten? Aurora schrieb also immer noch. Sie schrieb Geschichten und schickte sie an jemanden, der sie druckte und in der ganzen High Society verbreitete.

Er riss sein Pferd herum und galoppierte davon.

Jonas folgte ihm und rief: »Warte!«

Doch er konnte nicht warten. Er konnte nicht.

Dieses Mal würde Aurora ihm antworten. Sie würde ihm auch einen Namen nennen. Und dann …

Er wusste nicht, was dann.

Quin galoppierte bis zum Haupteingang von Quinton Abbey und sprang von seinem Pferd. Er schlug die Tür auf, bevor Forster gekommen war. »Wo ist sie? Wo ist meine Frau?«, brüllte er und ignorierte den schockierten Blick des Butlers.

»Im Gesellschaftsraum, Mylord.«

Er rannte durch die Korridore, ohne anzuhalten oder jemandem auszuweichen. Ein Diener öffnete in letzter Sekunde die Tür zum Gesellschaftsraum, sonst hätte Quin sie im Zorn wahrscheinlich aus den Angeln gerissen.

Aurora saß an einem Tisch mit ihrem verdammten Tagebuch und einer Feder in ihrer Hand und sprang bei seiner Störung auf. Ertappt. Perfekt. Jetzt konnte sie es nicht leugnen.

»Quin«, sagte sie. »Ich habe dich zu dieser Zeit gar nicht erwartet.«

Das war wohl klar. Er starrte sie an, als er durch den Raum schritt. »Du hast wohl nicht damit gerechnet, dass ich hinter deine kleinen Geheimnisse komme, was?« Er fand den Hohn in seiner Stimme widerlich, aber er konnte ihn nicht unterdrücken.

Aurora runzelte die Stirn, ihr Blick war fragend. Was für eine Schauspielerin! Sie war es immer schon gewesen. Das Frauenzimmer hatte ihn sogar in eine Falle gelockt, denn er war dabei, sich in sie zu verlieben.

Liebe. Ha, was für ein Witz!

»Ich weiß nicht, von welchen Geheimnissen du sprichst. Meinst du Sir Jonas' Ankunft? Ich habe ihm gesagt, dass er dich informieren solle, dass er zu Besuch gekommen ist, aber er hat vorgeschlagen, mir erst etwas Gesellschaft zu leisten.«

Immer spielte sie die Unschuldige. Er war so ein Idiot gewesen. Aber das war jetzt vorbei. Er würde ihre Schauspielerei nicht länger dulden. »Oh, es hat sehr wohl mit Jonas zu tun. Oder besser gesagt mit dem, was er mir über dich und deine Aktivitäten erzählt hat.«

Tränen stiegen ihr in die Augen. Wie üblich. Aurora konnte offensichtlich auf Kommando losheulen. »Wenn ich je gedacht hätte, dass es dich erzürnt, dass ich mit ihm durch den Park spaziere, hätte ich es niemals getan.«

»Glaub mir, es geht nicht um einen Spaziergang im Park.« Quin stand inzwischen an dem Tisch, an dem sie gesessen hatte. Er riss das Tagebuch an sich. »Sag mir, wem hast du es geschickt?«

Jonas kam in den Raum gestürzt. »Quin, bitte lass mich zu Ende reden. Ich glaube nicht, dass du …«

»Du hast mir schon genug erzählt«, schoss Quin zurück. »Vielen Dank für deine Hilfe, aber deine Teilnahme an diesem Gespräch ist nicht nötig. Und auch nicht erwünscht.«

Aurora kehrte ihr tränenüberströmtes Gesicht dem Baronet zu. »Sir Jonas? Was erzählt er da?«

»Lass uns allein, Jonas«, sagte Quin kurz angebunden. »Dies hier ist eine Angelegenheit zwischen meiner Frau und mir.«

Der Kerl konnte einfach keinen Befehl akzeptieren. »Ich glaube nicht, dass sie die Geschichten geschrieben hat, Quin. Jemand anderes macht es.«

»Wirklich? Na, dann lass uns mal sehen, was sie hier so geschrieben hat.« Er schlug das Tagebuch auf und blätterte durch die Seiten.

Aurora klappte die Kinnlade herunter. »Ich habe nicht … ich habe keine Geschichten geschrieben, seit wir die Stadt verlassen haben. Bis heute nicht. Ich habe nur ein Tagebuch geführt, Quin.«

»Lügnerin. Das ist das letzte Mal, dass du mich zum Narren machst, Aurora.«

»Nein, ich schwöre es.« Sie ging auf ihn zu. »Bitte glaub mir.« Ihre großen, unschuldigen Augen flehten ihn an. Was für ein Witz.

»Ich glaube dir nie wieder ein Wort.«

Sie hielt inne. »Sir Jonas?«

Zum Teufel. Das Mädchen holte sich immer Hilfe. »Jonas, raus!« Es war unmöglich, die Angelegenheit zu klären, solange sein Freund sich einmischte. Er würde die Beherrschung nur noch schneller verlieren.

»Ich glaube wirklich, dass du mir zuhören solltest, Quin«, sagte Jonas.

»Und du solltest die Tatsache respektieren, dass dies mein Haus und meine Frau sind und ich mit ihr umgehe, wie ich es für richtig halte.« Das Blut pulsierte durch seine Adern, dass er glaubte, sie würden platzen. Er wusste nicht, wie lange er sich noch beherrschen konnte.

»Mit mir umgehen?«, sagte Aurora hochmütig. »Also, der Ner…«

Das reichte.

Quin wirbelte herum und schmetterte das Tagebuch in ihre Richtung. Aurora wich zurück, als es sie beinahe mitten ins Gesicht getroffen hätte.

Verdammt. Er hatte es getan. Er hatte es wirklich geschafft.

Er war genau wie sein Vater. Quin verließ den Raum, ohne zurückzusehen.

18. Mai 1811

Wie haben sich die Dinge nur so entwickeln können? Wie konnte nur alles so außer Kontrolle geraten, dass ich keinen Ausweg mehr finde? Ich bin mir sicher, dass er mich jetzt hasst, und ich weiß nicht einmal, warum. Vielleicht sollte ich nie wieder schreiben. Vielleicht sollte ich nicht einmal die dummen kleinen Tagebucheinträge machen, die mir beim Durchlesen nur offenbaren, wie unglücklich und einsam ich bin. Jämmerlich. Pathetisch. Kein Wunder, dass Quin nichts mit mir zu tun haben will.

Aus dem Tagebuch von Lady Quinton

Aurora war zu fassungslos, um zu weinen. Sie beugte sich herunter, um ihr Tagebuch aufzuheben, doch ihre Hände zitterten so stark, dass sie es fast sofort wieder fallen ließ.

»Erlauben Sie mir, es für Sie aufzuheben, Lady Quinton«, sagte Sir Jonas.

Sie nickte und blieb stehen, während er sich bückte und das Buch aufhob.

»Warum setzen Sie sich nicht?«, ermunterte er sie und half ihr zu einem nahe stehenden Sofa. »Das muss gerade eine ziemliche Qual für Sie gewesen sein.«

Seine Stimme war beruhigend. Besonnen. Ganz anders als die ihres Mannes.

Alles an ihm war anders.

Sir Jonas legte das Tagebuch auf den Tisch und ging einen Moment fort. Als er wiederkam, sagte er: »Ihre Haushälterin bringt sofort Tee, gnädige Frau.«

»Danke«, war alles, was sie herausbrachte. Aurora bezweifelte, dass sie Tee trinken konnte, ohne sich damit zu übergießen. Und servieren konnte sie ihn sowieso nicht.

Sir Jonas setzte sich ihr gegenüber. »Ich bin Ihnen eine Erklärung schuldig, Lady Quinton«, sagte er und beugte sich über seine Knie. »Ich habe Ihrem Mann Nachrichten überbracht, und er hat mich nicht ausreden lassen, bevor er durchgedreht ist.«

»Das scheint bei ihm ein recht alltägliches Problem zu sein«, scherzte sie. Vielleicht ließ der Schock bereits nach, wenn sie Witze machen konnte. Aurora sah auf ihre Hände, die sie im Schoß gefaltet hielt. Sie zitterten, aber schon etwas weniger.

»Ja«, antwortete Sir Jonas. »Ein ziemlich bedauernswertes noch dazu.«

Mrs Marshall kam mit einem Mädchen, welches das Teeservice trug. »Soll ich einschenken, Mylady?«, fragte die Haushälterin. Das Mädchen huschte davon, sobald es den Tee gebracht hatte.

»Das wäre nett, Mrs Marshall.«

Sir Jonas musste ihr von dem Zustand ihrer Herrin erzählt haben. Es war vielleicht besser so. Aurora konnte ihm dafür jedenfalls nicht böse sein.

Die Haushälterin schenkte zuerst Aurora ein, dann Sir Jonas und zuletzt sogar sich selbst. »Wenn ich es mir erlauben darf, Mylady«, sagte sie und setzte sich neben Aurora auf das Sofa. »Seine Lordschaft ist ein guter Mensch hinter all dem wütenden Geschrei. Er würde Ihnen nie absichtlich wehtun.« Mrs Marshall legte eine Hand auf Auroras Arm und blickte ihr unverwandten Blickes in die Augen. »Niemals.«

O du großer Gott. Wussten die Diener hier etwa über alles Bescheid? Es hatte auf Aurora jedoch wie mehr als nur

Geschrei gewirkt. Immerhin hatte er ihr das Tagebuch an den Kopf geworfen, und da konnte von »nicht wehtun« wohl kaum die Rede sein. »Vielen Dank, Mrs Marshall. Das ist alles.«

Die Haushälterin drückte ihre Hand und lächelte, bevor sie ihre Teetasse nahm und ging.

»Sie hat aber recht«, sagte Sir Jonas. »Ich weiß, dass Sie es zurzeit nicht hören wollen – und auch nicht glauben können –, aber sie hat recht.«

Aurora wollte es absolut nicht hören. Jedoch wollte sie unbedingt mehr über diese Neuigkeiten wissen. »Da die Neuigkeiten, die Sie ihm überbracht haben, nicht nur meinen Mann, sondern auch mich betreffen, dürfte ich Sie bitten, mir davon zu erzählen?«

Sir Jonas fuhr sich mit der Hand über das Gesicht. »Ich muss es wohl. Wo soll ich anfangen?« Er ging ans Fenster, als ob er dort Antworten suchte.

Antworten, die er ihr geben sollte. »Ich glaube, es ist sinnvoll, immer am Anfang anzufangen«, sagte sie und versuchte erfolglos, den Sarkasmus in ihrer Stimme zu verbergen.

»Ja, natürlich haben Sie recht. Also gut. Ich nehme an, dass Sie von dem Klatschartikel wissen, der über Sie und Ihr… na ja, sagen wir mal, Ihre Geschichte in den Gesellschaftsseiten gedruckt wurde?«

Als Aurora nickte, fuhr er fort und erzählte ihr von dem scheußlichen neuen Klatschblatt, das Geschichten druckte, die angeblich von ihr verfasst wurden.

»Oh, Himmel«, hauchte Aurora. »Ich schwöre Ihnen, Sir Jonas, ich habe sie nicht geschrieben. Die erste habe ich geschrieben, ja«, sagte sie und errötete, »aber ich habe nichts geschrieben, seit wir London verlassen haben. Außer Briefen und kleinen, willkürlichen Gedanken und Notizen über mein Leben hier. Verdammt, heute habe ich gerade begonnen, eine Geschichte zu schreiben, aber sie handelt von nichts Verbotenem.« Sie wollte nicht preisgeben, was sie schrieb. Nicht ihm. Eigentlich niemandem.

Er sah sie mit einem mitleidigen Blick an. Sie hasste es, bemitleidet zu werden. Hasste es wie die Pest.

»Ich glaube Ihnen, gnädige Frau. Ehrlich.«

»Aber mein Mann tut es nicht.« Warum sollte er auch, da er so viel über die Geschichten wusste, die sie wirklich geschrieben hatte?

»Nein. Und er hat mir nicht erlaubt, ihm zu erklären, warum ich denke, dass jemand anderes dafür verantwortlich ist.«

»Und denken Sie das?«, erkundigte sich Aurora.

Sir Jonas bewegte seine Füße. »Bitte entschuldigen Sie, dass ich dieses Gespräch mit Ihnen führe. Es ist äußerst ungewöhnlich. Aber ich habe die Geschichten gelesen. Als ich hörte, was über Sie gesagt wurde, wollte ich wissen, ob es wahr ist.« Wenigstens war er höflich genug, verlegen auszusehen. »Die anderen Geschichten beschreiben lasterhafte Taten. Sie sind in einem viel energischeren Ton geschrieben und beschreiben Dinge, von denen ich mir nicht vorstellen kann, dass Quin sie Ihnen jemals antäte – Dinge, die er niemals von Ihnen erwarten würde.«

Aurora schloss die Augen. Sie hatten so viele Dinge getan, die sie sich nie hätte vorstellen können. Wenn die in den Geschichten beschriebenen Akte auch nur annähernd denen ähnelten, die sie hinter verschlossenen Türen machten, würde Quin ihr nie glauben. »Zum Beispiel?«, fragte sie, ohne wirklich eine Antwort hören zu wollen.

»Es tut mir wirklich leid, gnädige Frau«, sagte Sir Jonas, »aber verheiratet oder nicht, dieses sind Dinge, die ich nie mit einer Dame besprechen könnte.«

»Wie kann ich Quin davon überzeugen, dass ich diese Geschichten nicht geschrieben habe, wenn ich nicht weiß, wovon sie handeln?«

»Ich spreche mit ihm, wenn er sich beruhigt hat«, sagte Sir Jonas. »Er wird Vernunft annehmen. Ich verspreche Ihnen, dass er mir glauben wird.«

Sie konnte nur hoffen, dass der Mann recht hatte. Schließlich glaubte Quin ihr überhaupt nichts.

Sir Jonas ging auf die Tür zu, drehte sich jedoch noch einmal um und sah sie an. »Lassen Sie ihn heute Abend in Ruhe. Morgen wird er vernünftiger sein.«

»Wie bitte? Warum sollte ich ihn heute Abend in Ruhe lassen?«

»Suchen Sie ihn nicht. Er ist fort.« Sir Jonas warf ihr schon wieder einen mitleidigen Blick zu. »Wenn Sie versprechen, bis morgen zu warten, sage ich Ihnen, wohin er gegangen ist. Wenn Sie sich jedoch weigern zu warten, sehe ich mich gezwungen, Sie aus Sicherheitsgründen zu begleiten.«

Quin knallte die Tür der Einsiedlerklause am Fluss zu und ignorierte das klirrende Glas.

Er konnte nicht in der Abbey bleiben. Er konnte nicht in einem Raum mit ihr sein.

Nicht mehr. Nicht nach dem, was sie getan hatte. Nicht nach dem, was er getan hatte.

Er riss die Schranktüren auf und suchte nach dem Kognak, den er Forster gebeten hatte zu besorgen. Er hatte allerdings nicht vorgehabt, ihn so bald zu trinken.

Einige Dinge ließen sich eben nicht ändern. Endlich fand er das richtige Fach und zog eine Karaffe heraus. Er brauchte kein Glas. Er hatte vor, das ganze verdammte Ding leer zu trinken. Er entkorkte die Flasche und nahm einen großen Schluck.

Falls irgendjemand noch Zweifel gehabt hatte, dass er wie sein Vater war, hatte Quin jetzt alle eines anderen belehrt.

Er hatte seine Frau beinahe mit ihrem eigenen verdammten Tagebuch geschlagen. Und er konnte es noch nicht einmal leugnen, da Jonas Zeuge gewesen war. Natürlich war es nicht gegen das Gesetz. Aber was machte das schon? Es sollte gegen das Gesetz sein. Hätte es schon lange sein sollen.

Doch niemand machte sich die Mühe, Frauen vor Männern wie ihm zu schützen. Oder Kinder zu schützen. Quin nahm einen noch größeren Schluck und genoss das brennende Gefühl in der Kehle. Eines stand fest: Er konnte nicht zulassen, dass Aurora ein Kind von ihm bekam. Sein Kind sollte nicht so unter dem eigenen Vater leiden, wie er es getan hatte. Es war schon schlimm genug, dass er Aurora zu einer Ehe gezwungen hatte. Das konnte er nicht ungeschehen machen, ja, er konnte sie nicht einmal vor dem Unhold beschützen, der er war. Es war zu spät.

Der Teufel sollte Rotheby und seine Pläne holen!

Wenn der Graf nicht dieses irre Bedürfnis nach einem Erben gehabt hätte, wäre dies alles nicht passiert. Quin hielte sich quietschvergnügt an der spanischen Küste oder in Athen auf, er könnte trinken und zocken – und Aurora wäre das Problem eines anderen Typen.

Eines anderen Typen? Verdammt. Die Vorstellung, dass sie mit einem anderen Mann zusammen war, gefiel ihm überhaupt nicht. Er nahm noch einen Schluck.

Wenn er und Aurora kein Kind bekämen, würde Rotheby ihm die Abbey wegnehmen. Sie hätten nichts außer Auroras Aussteuer. Es war ein ordentlicher Betrag, aber nicht genug, um getrennte Wohnbereiche zu haben – und das war die einzig sichere Möglichkeit.

Entweder musste er einen Beruf ergreifen oder zurück in Spielhöllen gehen und seine Tricks ausspielen. Das klang jedoch beides nicht nach einer besonders guten Idee.

Quin musste nachdenken. Es musste doch eine Lösung geben. Er hatte sie nur noch nicht gefunden.

In der Ferne waren Pferdehufe zu hören. Und zwar auf dem Schotterpfad vor der Einsiedlerklause. Das musste Jonas sein. Keiner der Angestellten würde es wagen, Quin zu stören. Nicht hier, nicht jetzt. Und Aurora hatte keine Ahnung, wo sie ihn finden könnte.

Quin taumelte vor die Tür und starrte ins Dunkel. »Was willst du, du Knallkopf?«

»Zunächst«, sagte Jonas schleppend, »kannst du mir mal sagen, wie viele Flaschen du da drinnen hast, damit ich weiß, wie viele ich entsorgen muss, wenn ich gehe.«

Wohl kaum. »Verschwinde.«

Jonas stieg ruhig von seinem Pferd ab und band die Zügel an einen Pfosten neben dem Haus. »Lädst du mich vielleicht ein, mit hineinzukommen?«, fragte er und betrat die Einsiedlerklause, bevor Quin die Gelegenheit hatte, ihm den Zutritt zu verwehren.

»Ich habe dir doch gesagt, dass du verschwinden sollst«, schleuderte er seinem Freund entgegen. Gott, klang das schrecklich. Ein weiterer Schluck würde helfen. Er schüttete noch mehr herunter, während er Jonas hineinfolgte. Der Mistkerl hatte es sich bereits auf einem Stuhl am Fenster gemütlich gemacht.

»Setz dich«, sagte Jonas, als wäre er bei sich zu Hause, und zeigte auf den Stuhl neben sich. »Wir müssen reden.« Als Quin nicht gehorchte, zog Jonas ihn grob am Arm, bis er auf den Stuhl sank.

Verdammt, das tat am Hintern weh. »Gib doch acht!«, rief Quin.

»Ich wäre nicht hier, wenn ich mir nicht Sorgen machen

würde.« Jonas zog Quin die Flasche aus der Hand und warf sie in den Kamin. Sie zerbrach, und winzige Splitter flogen durch den kleinen Raum. »Und jetzt sei gefälligst still und hör mir zu.«

»Für diese Nummer haue ich dir eine rein.«

»Später. Später kannst du tun, was du willst. Aber jetzt hör mir zu. Deine Frau hat die verdammten Geschichten, die in dem neuen Käseblatt veröffentlicht werden, nicht geschrieben.«

»Und ob sie es getan hat«, murmelte Quin. Jonas glaubte wohl, allwissend zu sein.

Er zog einen Stapel Zeitungen aus dem Mantel und warf sie Quin vor die Nase. »Du brauchst mir nicht zu glauben. Lies selbst. Und zieh deine Schlüsse daraus.« Jonas rückte einen Leuchter heran, stand auf und ging auf und ab.

»Ich will die verdammten …«

»Lies«, unterbrach Jonas. »Ich will keinen Ton hören, bis du sie alle gelesen hast.«

Was bildete Jonas sich eigentlich ein? Dass er hier der König war?

Ich werde sie dennoch lesen, dachte Quin. Er musste wissen, wie schlimm es war – wie bald Rotheby sie rausschmeißen würde. Er überflog die oberste Seite und verschlang die Worte, wie er sie so oft in Auroras Tagebuch überflogen hatte. Es war ein perfektes Beispiel ihrer Schreiberei, genau wie die Geschichten, die er bereits gelesen hatte. Die eine beschriebene Handlung würde er vielleicht sogar mit ihr probieren. »Du hast den Verstand verloren, Jonas. Die Texte stammen definitiv aus Auroras Feder. Erdbeeren und Sahne im Bett.«

»Halt den Mund und lies den nächsten«, bellte Jonas. Er klang wie sein früherer Hauslehrer, wenn er nicht gewissenhaft genug gelernt hatte. Was natürlich häufig vorgekommen war. Besonders nach dem Tod seines Vaters, als Quin dessen beträchtlichen Vorrat an Spirituosen geplündert hatte, vorsichtig vor seiner Mutter versteckt. Nun erwartete er beinahe, eins auf die Finger zu bekommen.

Mit finsterem Blick machte Quin sich an das nächste Stück. Er las und erwartete ziemlich das Gleiche. Doch nach wenigen Momenten brannten ihm die Augen. Auroras Fantasien waren unschuldig und zaghaft gewesen. Eine Augenbinde hier, Erdbeeren im Bett da. Vielleicht ein Liebesspiel am helllichten Tage statt im Schutze der Dunkelheit.

Quin blätterte durch den Stapel, so schnell er konnte, während er versuchte, sich den Inhalt zu merken. Sie anbinden und sie peitschen, bis sie blutete. Massenorgien. Sie nackt vor einem Raum voll geiler Männer zur Schau stellen. Und das waren noch die harmloseren Geschichten.

Aurora konnte solche Dinge nicht geschrieben haben! Sie hätte sich so etwas nie ausdenken können.

Was für ein Idiot er gewesen war. Er war wahnsinnig, man sollte ihn so schnell wie möglich ins Irrenhaus nach Bedlam bringen. Oder besser gleich ins Newgate-Gefängnis, wenn man ihn in seinem gegenwärtigen mordlustigen Zustand auf jemanden loslassen würde.

Ihm wurde schlecht. So schlecht, dass er aus dem winzigen Gebäude stürzte. Quin schaffte es gerade noch zum Flussrand, bevor er sich übergab.

»Glaubst du mir jetzt?«, fragte Jonas hinter ihm leise.

Es ging nicht mehr um Glauben. »Gott, wer steckt dahinter?«, fragte Quin so leise, dass er beinahe seine eigene Stimme nicht hörte. Er musste es herausfinden. Er würde das Schwein finden und ihm den Kopf abreißen. Unter anderem.

»Hat Aurora vielleicht Feinde? Gibt es jemanden, der ihr schaden will?«

Wer könnte ihr bloß schaden wollen? Außer Quin natürlich – jedes Mal, wenn er den Verstand verlor und ihr die Schuld für ein Problem gab, für das er wahrscheinlich selbst verantwortlich war. »Nicht, dass ich wüsste. Ich kann es mir nicht vorstellen.«

Jonas kam zu ihm und lehnte sich gegen den Stamm der großen Eiche am Flussufer. »Das dachte ich mir. Also stellt sich die Frage, was mit dir ist. Lass uns eine Liste machen. Wer könnte dir schaden wollen?«

Quin lachte. »Wo soll ich anfangen?« Gehörnte Ehemänner, betrogene Spieler, verschmähte Mätressen, Phoebe und ihre Familie …

Moment. Phoebes Familie. Das wäre eine Möglichkeit. Er war nach der törichten Verlobung auf den Kontinent geflüchtet, ohne ihrem Vater oder ihren Brüdern die Gelegenheit zu geben, Phoebes Ehre zu verteidigen. Obwohl sie nicht mehr viel Ehre hatte. Aber das tat hier nichts zur Sache.

Könnte es Laughton sein, der sich rächen wollte? Nein, das kam ihm zu hinterhältig vor, so schätzte er Phoebes Vater nicht ein. Der Marquess hatte nie ein Blatt vor den Mund genommen. Dasselbe galt für Darlingshire. Laughtons Erbe würde Quin eher zum Duell fordern, nicht dessen Frau angreifen und verleumden.

Doch der Tolpatsch Griffin hatte schon immer einen Weg gefunden, nicht auf frischer Tat ertappt zu werden. Der Typ hatte Quin noch nie leiden können. Es würde zu ihm passen, sich auf solch widerwärtige und geschmacklose Weise an ihm zu rächen.

Er musste Aurora nach Griffin fragen. Wenn sie ihn überhaupt wieder in ihre Nähe ließe.

Quin setzte sich auf den Boden neben Jonas, einen Arm um das angewinkelte Knie gelegt. »Ich kümmere mich darum.« Irgendwie. Großer Gott, alles in seinem Leben war zu einem Problem geworden, seit Aurora erschienen war.

»Weißt du, wenn ich du wäre, würde ich mir das mit der Brautsuche noch einmal überlegen. Frauen sind diese Mühe oft nicht wert.«

»Das sagt der Mann, der alles tut, um seiner Frau aus dem Weg zu gehen«, konterte Jonas. »Du vernachlässigst sie, Quin. Sie hat ein besseres Leben verdient, trotz der Fehler, die sie damals begangen hat.«

»Was weißt du schon?«, bellte Quin. »Kümmere dich um deinen eigenen Kram.«

Wie erwartet, verzog Jonas keine Miene. »Ich kümmere mich um meine Angelegenheiten, sobald ich mich vergewissert habe, dass du nicht etwas zerstörst, was sehr schön sein könnte. Ich habe den Nachmittag mit Lady Quinton verbracht. Ihre Gesellschaft ist sehr angenehm. Du solltest das auch einmal probieren.«

»Ich nehme deine Eheberatung gerne an, wenn du verheiratet bist. Bis dann kannst du deine Ratschläge für dich behalten.« Quin knirschte mit den Zähnen. Was wusste Jonas schon? Der Baronet war fast dreißig und hatte noch nie ernsthaft mit dem Gedanken gespielt zu heiraten. Jedenfalls hatte er Quin nichts davon erzählt. Er hatte seit mindestens sechs Jahren dieselbe blöde Mätresse. »Und halt dich von Aurora fern«, fügte Quin hinzu.

»Sie ist einsam. Wenn du überhaupt keine Zeit mit ihr verbringst und sie hier gefangen hältst – Diener als einzige Gesellschaft –, wird sie innerhalb eines Jahres verrückt werden. Deine Frau ist nicht für den Müßiggang geschaffen, Quin.« Jonas sah ihn direkt an, seine Augen glänzten im Mondschein ernst. »Entweder du schenkst ihr Beachtung, oder ich tue es.«

»Du hältst dich von ihr fern, oder du musst dich vor mir verantworten.«

»Entweder du wirst deiner Verantwortung gerecht, oder

du musst dich vor mir verantworten«, sagte Jonas drohend. »Und du wirst dich gefälligst vom Kognak fernhalten, sonst nehme ich sie dir weg und verstecke sie an einem Ort, wo du sie nie finden wirst, das schwöre ich dir. Sie hat etwas Besseres verdient.«

»Natürlich hat sie etwas Besseres verdient. Meine Mutter hatte etwas Besseres verdient. Ich hatte etwas Besseres verdient. Aber wir haben es nicht bekommen.« Quin stand auf und schlurfte zum Flussufer. »Stattdessen bin ich geworden wie er. Ich bin eine exakte Kopie meines Vaters geworden und kann nichts dagegen machen. Jeden Tag werde ich mehr wie er. Jeden Moment spüre ich, wie er sich in meine Seele schleicht, mich zum Trinken verlockt, mich treibt, jemanden zu schlagen.«

»Wenn du Aurora schlägst, das verspreche ich dir, wirst du sie nie wiedersehen. Mrs Marshall und Forster haben geschworen zu helfen. Sie werden nicht zusehen, wie du das Mädchen schlägst, so wie dein Vater dich und deine Mutter geschlagen hat. Das einmal im Leben mitzuerleben genügt.« Jonas trat neben ihn und warf einen Stein über die stille Oberfläche des Flusses. Die Kreise tanzten im Mondschein. »Aber du bist nicht dein Vater. Du brauchst nicht so zu sein wie er. Du bist frei und selbstständig, Quin, du triffst deine eigenen Entscheidungen im Leben. Im Moment folgst du absichtlich diesem Weg.«

Jonas drehte sich um und ging zu seinem Pferd zurück, hielt jedoch inne, bevor er aufstieg. »Ich bitte dich, einen anderen Weg zu wählen. Ich will meinen Freund nicht verlieren. Aber es ist deine Wahl.«

Den Sonnenaufgang über dem Fluss bei der Einsiedlerklause hatte Quin zuletzt vor Mercys Tod gesehen. Kein einziges Mal mehr, bis zu diesem Morgen, nach einer Nacht, die er unter der großen Eiche sitzend verbracht hatte.

Er hatte keinen Kognak mehr getrunken. Seine Vorräte waren noch umfangreich, und er hätte sich besinnungslos betrinken, aufwachen und weitertrinken können.

Doch er hatte es nicht getan.

Stattdessen hatte er die ganze Nacht lang an Mercy gedacht. Er dachte immer an sie, wenn er dort war. Es war ihr Platz gewesen, wie für sie geschaffen. Der Platz, wo sie am liebsten auf Abenteuersuche waren oder sich eine Weile vor ihrem Hauslehrer oder ihrer Gouvernante versteckt hatten. Vater und Mutter hatten dafür gesorgt, dass die Diener die Klause immer gut bestückt hielten, mit Holz für den Kamin, Kissen und Bettzeug, frischen Kleidern, Brot und Gebäck. Quin und Mercy versteckten sich dort und verbrachten Stunden oder den größten Teil des Tages dort. Manchmal blieben sie sogar die Nacht über dort, sahen sich beim Angeln den Sonnenaufgang an, lachten und stellten sich vor, wie viel Spaß es machen würde, von den Ästen der alten Eiche zu springen und sorglos im Fluss zu schwimmen. Sie hatten es nie getan. Die Äste waren zu hoch. Quin glaubte, dass er es schaffen könnte, aber Mercy konnte es sicherlich nicht. Schließlich war sie nur ein Mädchen. Ein Mädchen mit Röcken und allen möglichen anderen Dingen, die sie daran hinderten.

Dennoch war es perfekt. Ein geheimer Platz, der kein Geheimnis war. Ihre Oase.

Bis zu dem Tag, an dem er Mercy unter der großen Eiche am Flussufer liegend mit einer Blutlache um den Kopf fand. Der Tag, an dem sie starb. Der Tag, an dem sich sein Leben für immer geändert hatte.

Die nächsten zwei Jahre war die Einsiedlerklause kein Abenteuer mehr. Sie war ein Zufluchtsort, wenn sein betrunkener Vater einen Wutausbruch hatte. Ein Ort, an dem Quin allein seine Wunden lecken konnte, ohne dass seine

Mutter erfuhr, wie schlimm er dieses Mal verprügelt worden war. Ein Ort, an dem er befürchten musste, entdeckt zu werden, wenn sein Vater jemals nach ihm suchte.

Nachdem sein Vater gestorben war, war Quin nie wieder zur Einsiedlerklause gekommen. Bis jetzt. Bis er vor sich selbst weglief. Vielleicht meinte er, dass ein Teil von Mercy noch dort war. An dem Ort, wo sie gelacht und gelebt hatte und gestorben war. Vielleicht dachte er, dass sie hier mit ihm sprechen würde, ihm Antworten auf seine Fragen geben könnte.

Aber sie war nicht da. Sie sprach nicht.

Seine Schwester war nichts als eine Erinnerung, die im Strom des Flusses davonschwamm. Nicht einmal die Vollkommenheit des Sonnenaufgangs, der die Wiese in goldenes Licht tauchte, konnte Mercy zurückbringen.

Quin konnte nicht länger dort sitzen und auf den Geist einen Mädchens warten, das im Alter von dreizehn gestorben war. Er musste einen Weg finden, sein Leben mit Aurora ins Reine zu bringen. Er musste die Lügen, die man druckte, stoppen.

Er musste Aurora sagen, dass er sie liebte und dass sich die Dinge ändern würden, eben weil er sie liebte.

Als er sich umdrehte, erstarrte er. Auf dem Schotterpfad kam sie über den Hügel auf ihn zu, umwoben von der zarten Farbe der ersten Sonnenstrahlen. Aurora, seine Göttin der Morgenröte.

19. Mai 1811

Vielleicht gibt es Hoffnung, wenn ich ihn überzeugen kann, mir zuzuhören. Vielleicht kann ich ihm klarmachen, dass ich nicht für diese Dinge verantwortlich bin. Dann kann er mir möglicherweise meine Fehler verzeihen. Vielleicht können wir von vorne anfangen, uns benehmen, wie Mann und Frau es sollten. Oder vielleicht fantasiere ich nur, wünsche mir Dinge, die nie wahr werden, hoffe auf etwas, obwohl es keine Hoffnung gibt. Doch wenn ich es nicht mal versuche, wie kann ich es wissen?

Aus dem Tagebuch von Lady Quinton

Aurora blieb wie angewurzelt stehen. Im Licht der aufgehenden Sonne hinter ihm konnte sie Quins Gesichtsausdruck nicht erkennen. Er stand in einer Wiese von Rittersporn vor dem mäandernden Fluss und sah in dieser natürlichen Umgebung ziemlich deplatziert aus. Halb wollte sie kehrtmachen, zur Abbey zurückeilen und nie mehr zurückschauen. Sie war noch nie vor Konfrontationen zurückgeschreckt, auch nicht dann, wenn es eigentlich klüger gewesen wäre.

Sie nahm noch einen Schritt. »Quin?«, rief sie. »Sir Jonas hat mir gesagt, dass ich dich wahrscheinlich hier finden würde.«

Er sagte nichts, bewegte sich nicht einmal. War er verärgert, dass sie gekommen war, um ihn zu finden?

Aurora ging noch ein paar Schritte. Sie musste ihm verständlich machen, dass sie diese Geschichten nicht geschrieben hatte. Sie musste ihn um Verzeihung bitten, dass sie überhaupt jemals etwas geschrieben hatte. Wenn sie es nicht getan hätte, wäre das alles nicht passiert. »Ich hatte gehofft, dass wir reden könnten. Ich möchte mich entschuldigen.«

»Es gibt nichts, wofür du dich zu entschuldigen hast«, sagte Quin kurz angebunden. Dennoch bewegte er sich nicht vom Platz.

Sie hatte vieles, wofür sie sich zu entschuldigen hatte. Wenn Lord Rotheby von diesen neuen Geschichten erfuhr, egal, ob sie sie geschrieben hatte oder nicht, würde er sie wahrscheinlich rausschmeißen, ohne auf eine Erklärung zu warten. »Aber …?«

»Aber nichts«, sagte er sanfter. »Ich bin es, der sich entschuldigen muss, Aurora. Ich bin betrunken, aggressiv und abwesend gewesen. Ich habe dir alles das angetan, was mein Vater meiner Mutter angetan hat, außer dich zu verprügeln. Und selbst das hätte ich gestern Abend beinahe getan.«

»Aber du hast es nicht«, sagte Aurora, kam näher zu ihm und streckte die Hand nach ihm aus.

Er wich zurück, bis ihm die Entfernung zwischen ihnen wieder groß genug war. »Nein, das stimmt, ich habe es nicht getan. Aber ich habe dein Tagebuch geworfen und dich beinahe getroffen. Wenn Jonas nicht dagewesen wäre, weiß ich nicht, was ich getan hätte. Ich habe die Beherrschung verloren. Es tut mir leid. Es tut mir so schrecklich leid. Ich hätte dich nie heiraten sollen. Ich bin nicht für die Ehe geeignet.«

Er sah so wehrlos aus. Sie hatte ihn noch nie wehrlos gesehen. Quins Augen waren groß und traurig, wie ein Brunnen voll unvergossener Tränen.

Doch als sie sich ihm näherte, trat er erneut zurück. Es war sinnbildlich für ihre Ehe: immer eine Entfernung zwischen ihnen, eine permanente Kluft.

»Du bist mein Mann«, sagte Aurora. »Was geschehen ist, ist geschehen. Du hast mich nicht verletzt.«

»Aber wenn ich es doch tue? Was dann?«

Oh, großer Gott. Wenn er nicht bald damit aufhörte, verlor sie noch die Geduld. »Ich kann mich erinnern, wie du mir gesagt hast, ziemlich zornig übrigens, dass du Frauen nicht schlägst. Also sag mir, warum du plötzlich so sicher bist, dass du mich verletzen wirst.«

»Weil ich wie mein Vater bin.« Quin fuhr sich mit der Hand über das Gesicht, drehte sich um und ging davon.

»Warte doch!«, rief sie. Er ging einfach weiter. Verdammt. Aurora hob ihre Röcke an und folgte ihm. »Mach langsamer.«

Er schien nicht sehr geneigt, ihrem Wunsch entgegenzukommen. Sie eilte hinter ihm her, bis sie ihn eingeholt hatte. »Quin, bitte«, sagte sie, ergriff seine Hand und zog daran, bis er sie anschaute. In diesen Augen könnte sie sich verlieren … Sie enthielten so viel Schmerz und Angst, und sie würde es nie verstehen, wenn er nicht mit ihr redete. »Erzähl mir von deinem Vater.«

»Mein Vater war moralisch entartet. Er war der schlechteste Mensch in ganz England. Er trank und brüllte, und wenn du Glück hattest, schlug er dich nur mit den Fäusten. Meistens hatte meine Mutter Glück, weil sie nicht zurückschrie.«

Quin blickte über den Fluss, schien vor sich hin zu starren. »Ich hatte kein Glück.«

»Hattest du oft Streit mit ihm?«, forderte Aurora ihn zum Weitererzählen an. Sie streichelte gedankenverloren seine Hand.

»Jedes Mal, wenn er nach Hause kam und nach Whiskey und dem billigen Parfum anderer Frauen roch. Jedes Mal, wenn ich ihn auf dem Weg in die Spielhöllen Londons erwischte. Jedes Mal, wenn er meine Mutter schlug. Ja, ich hatte immer Streit mit ihm. Ich hätte noch heute Streit mit ihm, wenn er sich in einen Umkreis von dreißig Metern von meiner Mutter wagte. Dann könnte man sehen, ob er gegen jemanden eine Chance hätte, der so groß ist, wie ich es inzwischen bin.« Quin schüttelte den Kopf, und das Grübchen auf seiner unrasierten Wange zuckte, als er die Zähne zusammenbiss. »Ich würde ihn für all das, was er uns angetan hat, mit bloßen Händen umbringen. Er ist glimpflich davongekommen, ist von seinem Pferd geworfen worden. Das Schicksal war gütiger, als er es verdient hatte.«

Auf einmal wurde Aurora klar, wie viel Glück sie im Leben gehabt hatte. Ihre Eltern waren zwar nicht besonders liebevoll miteinander umgegangen und manchmal auch nicht mit ihr, aber sie hatte nie um ihr Leben und ihre Gesundheit fürchten müssen. Sie hatte sich nie fragen müssen, wann und von wo der nächste Schlag kommen würde.

Sie spürte ein tiefes Mitleid mit Quin. Am liebsten hätte sie ihn in die Arme genommen und wie einen kleinen Jungen getröstet. Doch das würde ihm nicht helfen. Zu tief war er von Zorn und Schmerz gezeichnet. »War dein Vater denn immer schon so?«

»Oft kommt es mir so vor. Ich erinnere mich an diese Zeit viel lebhafter als an die anderen – an Zeiten, in denen wir glücklich waren.« Er führte Aurora zu einem Stück weichem Gras und breitete seinen Mantel aus, damit sie darauf sitzen konnte. »Aber in Wirklichkeit hat er sich geändert. Als Mercy starb.«

Seine Schwester. Das Mädchen auf dem Bild. »Was ist mit ihr passiert?«

Quin runzelte die Stirn und blinzelte. »Es ist schwierig, mir alles wieder in Erinnerung zu rufen. Ich war damals erst zehn, ein Junge.« Er zeigte mit der Hand auf die Umgebung. »Wir waren oft hier, Mercy und ich. Immer gemeinsam. Wir waren unzertrennlich, obwohl sie drei Jahre älter war als ich. Aber weil sie dreizehn war und eine junge Dame wurde, dachte unser Vater, dass sie nicht mehr überall mit mir herumstreunen sollte. Dass sie sich wie eine junge Dame benehmen, Kleider tragen und das Sticken lernen sollte. All die nutzlosen Dinge, die von Mädchen erwartet werden. Mercy hatte keine besondere Lust dazu. Sie hatten an dem Abend einen Streit – an dem Abend, an dem sie starb.«

Einen Moment lang war er still – so lange, dass Aurora dachte, Quin würde nicht weiterreden. Doch als sie gerade dabei war, etwas zu sagen, fuhr er fort: »Mercy und ich waren an dem Tag reiten, dort hinten in den Hügeln. Mercy sollte zu dieser Zeit eigentlich bei ihrer Gouvernante sein. Ich hatte sie überredet, Miss Robson zu entwischen, sonst wäre sie nicht mitgekommen. Aber sie hatte die Hose und das Hemd des Stallburschen angezogen, und wir sind davongeritten und haben uns über unseren Streich amüsiert. Vater erwischte uns, als wir zurückkamen. Er riss Mercy aus dem Sattel, schimpfte, dass Damen niemals im Herrensitz reiten sollten, und zerrte sie ins Haus. Ich nahm an, dass sie für den Rest des Tages Stubenarrest bekam, also verzog ich mich. Ich wollte nicht, dass Mercy meinetwegen noch mehr Ärger hatte. Später erschien sie nicht zum Tee. Mutter sagte nichts dazu, also fragte ich nicht nach. Doch als sie auch am Abend nicht zu Tisch kam, schickte unser Vater eine Zofe auf ihr Zimmer, um sie zu holen. Doch sie war nicht da. Sie war verschwunden. Alle, inklusive der Diener, stellten die Abbey auf den Kopf, um sie zu finden. Obwohl Vater mir befahl zu bleiben, wusste ich, wo meine Schwester vermutlich steckte, nämlich hier, bei der Einsiedlerklause. Wir kamen hierher. Ich rannte aus dem Haus und lief bis hier. Ich kam zu spät.«

Quins Stimme stockte. Seine Hand, die Aurora in ihrer hielt, begann heftig zu zittern. »Du hast sie gefunden?«, fragte sie sanft, während sie ihn gegen seinen Widerstand fester an sich zog.

»Unter dem Baum«, sagte er und zeigte auf eine Eiche direkt neben der Einsiedlerklause. Der tiefste Ast war bestimmt höher als drei Männer übereinander. »Sie hatte versucht, darauf zu klettern, um in den Fluss zu springen, aber sie ist gefallen. Sie blutete sehr stark. Überall um sie herum war Blut. Es lief unaufhörlich in den Fluss. Ich weiß noch genau, wie ich beobachtet habe, wie das Blut ins Wasser lief. Es hörte einfach nicht auf. Ich dachte, es ist alles meine Schuld.«

»Aber du warst doch noch ein Kind!«, wandte Aurora ein und unterbrach ihn. Er konnte sich doch nicht noch immer die Schuld für dieses schreckliche Unglück geben.

»Ja, das war ich. Und ich dachte, dass es meine Schuld war, weil ich Mercy dazu überredet hatte, mit mir an diesem Tag reiten zu gehen. Aber danach gab ich meinem Vater die Schuld. Er hatte sie dazu gebracht abzuhauen. Erst Jahre später wurde mir klar, dass niemand die Schuld daran trug. Lange nachdem Vater gestorben war, fühlte ich mich immer noch nicht besser, wenn ich ihm die Schuld gab.«

»Hat er sich selbst schuldig gefühlt?«, fragte Aurora.

»Vielleicht. Ich werde es nie erfahren. Er hatte Mercy immer verhätschelt. Und als sie nicht mehr da war, begann er zu trinken. Er wurde streitlustig. Was auch immer er empfand, ob Schuldbewusstsein, Wut oder Trauer, er hat es an Mutter und mir ausgelassen. Damals war Mrs Marshall mein Kindermädchen. Einmal hat sie versucht, ihn aufzuhalten. Danach war *sie* nicht mehr mein Kindermädchen, sondern eine der Zofen. Ich war fortan mir selbst überlassen. Als ich zwölf wurde, wurde ich größer und stärker. Außerdem wurde ich gemeiner. Ich wurde genau wie er.

Eines Tages ist er auf Mutter losgegangen. Ich habe mich dazwischengestellt und ihn weggestoßen. Er kam wütend und mit geballten Fäusten auf mich zu. Ich ergriff einen Leuchter und schlug ihm den auf den Kopf. Er hörte auf, aber ich nicht – bis Mutter mich von ihm losriss. Bis zu dem Zeitpunkt habe ich ihn überall mit dem Leuchter geschlagen und gehofft, ich würde ihn damit umbringen. Schließlich stand er schwankend auf und verließ das Haus. Ich habe ihn nie wiedergesehen. In der Nacht warf sein Pferd ihn ab. Er erlitt einen Schädelbruch. Mit tat es nur leid, dass nicht ich ihn umgebracht hatte.«

Quin schloss und sah Aurora in die Augen. Er wischte ihr mit dem Daumen eine Träne von der Wange. Sie hatte gar nicht bemerkt, dass sie weinte. »Du hast ein Monster geheiratet, Aurora. Es tut mir so leid.«

In diesem Moment hätte Quin sich selbst von der Eiche schmeißen können. Warum hatte er ihr das nur alles erzählt? Warum hatte er sie mit der schrecklichen Geschichte seiner Familie belastet? Es war schlimm genug, dass die Vergangenheit ihn selbst tagein, tagaus verfolgte, gerade hier in Quinton Abbey, nun belastete sie auch noch Aurora.

»Es tut mir nicht leid, dich geheiratet zu haben«, sagte Aurora. »Du bist kein Monster.«

Ihr Blick war ehrlich – klare, helle Augen, selbst durch die Tränen. Aber sie konnte es nicht meinen. Sie hatte wohl nicht verstanden, was für ein Fiesling er geworden war. Wie ähnlich er seinem Vater geworden war. In welcher Gefahr sie bei ihm lebte.

Quin musste es ihr klarmachen. »Ich habe versucht, ihn umzubringen. Ich hätte es auch getan, wenn ich nur größer gewesen wäre. Ich könnte … ich könnte dich auch verletzen. Ich würde dich nicht verletzen wollen, aber es könnte unter Umständen passieren.«

Sie nahm seine Hand in ihre, strich mit dem Daumen an seinen Fingern entlang. »Du hast versucht, deine Mutter zu beschützen, Quin. Du hast richtig gehandelt. Ich bin mir absolut sicher, dass du mir nicht wehtun würdest.«

War sie so dumm? Quin stand auf und ging ans Ufer. »Gestern Abend hätte ich es beinahe getan.«

»Aber du hast es nicht getan.« Aurora kam ihm hinterher. Ganz vorsichtig nahm sie seine Hand wieder in ihre. »Du wirst es nicht tun.«

Er wich zurück. »Wie kannst du dir da so sicher sein? Woher willst du wissen, dass ich nicht das Monster bin, wofür ich mich selbst halte – ein Monster, wie mein Vater es war?«

»Sieh mich an«, flehte sie. Als er es nicht tat, nahm sie sein Gesicht in die Hände und zog ihn an sich. »Du bist nicht dein Vater. Du bist Niles Thornton – der tapfere Junge, der seine Mutter zu schützen versuchte und der jetzt ein erwachsener Mann ist. Der Mann, der keine Frauen schlägt. Du wirst mich nicht verletzen.«

Wenn er sich da nur sicher sein könnte. Quin schüttelte den Kopf. »Ich kann das Risiko nicht eingehen, Aurora. Ich liebe dich zu sehr. Wenn ich dir jemals …«

Ihre Augen weiteten sich. »Du liebst mich?« Sie erwiderte nichts.

Quin konnte auch keine Liebe von ihr erwarten. Er hatte sie ja verdammt noch mal nicht verdient. Doch ein kleines bisschen hatte er dennoch gehofft.

»Mehr, als ich es je in Worten ausdrücken könnte. Mehr, als ich es dir in hundert Jahren beweisen könnte. Und genau deshalb musst du von hier fort. Jonas nimmt dich mit. Zu deinem Vater, wenn du willst, oder vielleicht kannst du bei Rebecca und ihrer Familie wohnen. Irgendwo weg von mir. Wo du sicher vor mir bist.«

Eigentlich sollte sie doch erleichtert sein. Sie sollte ihm auf Knien danken.

Stattdessen schien sie entrüstet zu sein. Nein, das war nicht stark genug. Sie war wütend. Schien Feuer zu spucken und sein Innerstes zu verbrennen. Sie verschränkte die Arme und pflanzte sich vor ihm auf. »Das ist das Irrsinnigste, was ich je gehört habe. Ich gehe nirgendwo hin, wenn du nicht gehst. Falls du gehst, komme ich mit.«

Sie wirbelte herum und marschierte davon, während sie vor sich hin fluchte: »Verdammter, unausstehlicher Grobian, der denkt, er könne mich herumkommandieren, der wird noch lernen müssen, wie man eine Frau behandelt.«

Eigentlich hätte er ihr folgen sollen. Sie zu Verstand bringen. Eine Frau sollte doch wenigstens ihrem Mann gehorchen!

Aber anstatt ihr zu folgen, konnte er nur lachen. Ein lautes Lachen, das die Blätter in den Bäumen und die Federn der Vögel zum Flattern brachte. Was für ein köstliches Gefühl. Aurora so reden zu hören war ein Vergnügen.

Sie zu ihrem Vater schicken. Was dachte der Kerl sich eigentlich dabei? Ganz offensichtlich nichts. Wenn er sie nach London schickte, würden die Klatschblätter ihren Ruf weiter ruinieren, und sie hätte keine Chance, ihm einen Erben (wenn überhaupt) zu schenken. In Folge würde Lord Rotheby Quin alles nehmen.

Welch ein Irrsinn. *Erst erzählt er mir von seiner traurigen Kindheit, dann sagt er mir, dass er mich liebt, und danach schickt er mich fort? Nur über meine Leiche!*

Aurora war fassungslos. Auf dem ganzen Weg zur Abbey zurück grummelte sie vor sich hin. Wenn ihr jemand begegnen sollte, musste er sie für verwirrt halten.

Und das nicht grundlos.

Aurora war kurz davor, verrückt zu werden. Was ihr Mann sich da gerade geleistet hatte, war einfach unfassbar.

Sie marschierte immer weiter, selbst als sie durch die Tür kam, ihre Handschuhe auszog und den Hut abnahm, um ihn

Forster zu geben. Sie marschierte weiter in den Saal, in dem Sir Jonas sein Frühstück genoss.

Als sie eintrat, stand er mühsam auf, ein Stück Wurst noch im Mund.

»Nein, nein, ist schon in Ordnung. Bleiben Sie doch sitzen.« Sie nahm sich einen Teller und setzte sich Sir Jonas gegenüber auf einen Stuhl mit hoher Rückenlehne. »Ich hatte eigentlich gehofft, mit Ihnen sprechen zu können.«

»Selbstverständlich, Lady Quinton«, antwortete er, nachdem er geschluckt hatte.

Sie nahm einen kleinen Bissen Ei und überlegte, wie sie ihre Bitte formulieren könnte. Schließlich platzte sie heraus mit: »Quin glaubt, er könnte mir etwas antun.« Um Sir Jonas zuvorzukommen, fuhr sie schnell fort: »Ich glaube das nicht. Aber egal, wer von uns recht hat, meinen Sie nicht, dass er weniger geneigt wäre, es in der Gegenwart anderer zu tun?«

»Anderer, gnädige Frau?«

»Ja, wenn zum Beispiel Sie dabei wären«, schlug Aurora vor, während sie ihre heiße Schokolade trank. »Schließlich hat er sich in Ihrer Gegenwart wenigstens etwas zusammengerissen, oder?«

»Aber ja. Er würde gewiss kein Publikum wollen. Falls er so etwas täte, meine ich.«

»Natürlich«, murmelte sie für sich. Ein Publikum? Ihre ursprüngliche Idee, Sir Jonas zu bitten, ihr Gast zu bleiben und eventuell Rebecca einzuladen, schien auf einmal unbedeutend, verglichen mit den Ideen, die ihr gerade durch den Kopf schossen. »Ich glaube, ich muss Sie um eine Gefälligkeit bitten. Versprechen Sie mir bitte, Quin nichts davon zu sagen.«

Vielleicht würde eine Menschenmenge um sie herum den Zweck erfüllen.

19. Mai 1811

Der Mensch scheint nicht zu wissen, was gut für ihn ist. Er ist so sehr in der Vergangenheit gefangen, dass er die Gegenwart nicht sehen kann, geschweige denn die Zukunft. Dummkopf. Also wenn er glaubt, dass das Einzige, was mich vor ihm und seinen Zornausbrüchen retten kann, die Gegenwart eines anderen ist, dann werde ich eben dafür sorgen, dass er immer von Menschen umgeben ist. Unendlich umgeben. Von Leuten, in deren Gegenwart er sich niemals trauen würde, gegen jemanden die Hand zu erheben. Ich weigere mich strikt, mich zu ducken. Ich laufe nicht mit eingezogenem Schwanz zu meinem Vater zurück. Quin muss verstehen, dass ich keine Angst vor ihm habe. Ich habe zwar Angst, dass ich mich bis über beide Ohren in ihn verliebe, aber ich werde nie Angst vor meinem Mann haben.

Aus dem Tagebuch von Lady Quinton

Nachdem er den ganzen Morgen am Fluss verbracht hatte, stapfte Quin den Pfad entlang in Richtung Abbey. Er hatte die Zeit damit verbracht nachzudenken, einen Plan zu entwerfen, doch er hatte keine pratikablen Einfälle gehabt.

Er könnte Aurora befehlen fortzugehen. Jonas würde sie mitnehmen und für ihre Sicherheit sorgen. Dann wäre sie zwar sicher, aber er selbst würde sich elend fühlen. Der Gedanke, sie nachts nicht an seiner Seite zu haben, sie nicht halten zu können und den zarten Rosenwasserduft ihrer Haare zu genießen, die fließende Wärme ihres Körpers zu fühlen – das nahm ihm den Atem. Es fühlte sich an, als würde ihn ein Fels erdrücken.

Wenn er ehrlich war, konnte er ohne sie einfach nicht leben.

Verflixt und zugenäht.

Das hieß, dass es ihm gelingen musste, den Weg seines Vaters zu verlassen. Er hatte keine Ahnung, was das bedeuten würde. Aber es war an der Zeit zu handeln. Es war auch an der Zeit, ein für alle Mal herauszufinden, wer die Seiten aus Auroras Tagebuch gestohlen hatte.

Als er durch den Haupteingang der Abbey kam, war Forster dabei, einen enormen Stapel Briefe für die Post fertig zu machen. »Was ist das denn alles?«, wollte Quin von dem Butler wissen.

Forster hatte die Fähigkeit, eine ohnehin schon hochgezogene Augenbraue noch höher zu ziehen und dadurch noch verwunderter auszusehen. »Die Einladungen ihrer Ladyschaft natürlich.«

»Einladungen?«, wiederholte Quin schleppend. »Sie kann sie doch unmöglich annehmen. Wir gehen doch nicht nach London zurück. Nicht jetzt.« Wer, zum Teufel, schickte ihr Einladungen bis nach Wetherby? Besonders jetzt, da so scheußliche Gerüchte über sie verbreitet wurden. Sie war in der High Society zurzeit eine Ausgestoßene, keine Partygängerin, die man zu jeder Soiree, jedem Ball und Konzert einlud.

»Sie missverstehen mich, Mylord. Dies sind Einladungen, die Lady Quinton zu der Hausparty in Quinton Abbey verschickt. Sie sagte, Sie hätten darauf bestanden, dass sie noch heute mit der Post geschickt werden, da Sie so viele Gäste wie möglich im Haus haben möchten.«

Eine Hausparty. In Quinton Abbey. Und er wollte gerade lernen, geduldig und weniger abhängig vom Kognak zu werden.

Das war wohl Auroras Vorstellung von Folter.

»Ach so«, sagte er schließlich. Er konnte seinen Frust wohl kaum an Forster auslassen. Der Mann glaubte ja anscheinend, dass er seinen Forderungen Folge leistete. »Und wo finde ich meine Frau?«

»Ich glaube, sie ist auf dem Weg zum Mittagessen mit Sir Jonas. Ich kann einen Teller für Sie bestellen, Mylord.« Der ältere Mann warf ihm einen Blick zu, der deutlich machte, dass er es auch gegen Quins Wollen tun würde.

Quin konnte nur bejahend nicken, bevor er sich in den Palas begab. Wie erwartet, war ein Platz am oberen Ende des Tisches für ihn gedeckt. Aurora und Jonas saßen zu beiden Seiten.

»Oh, wie schön«, sagte Aurora, als Quin zu seinem Platz stelzte. »Ich hatte gehofft, dass du mit uns essen würdest.« Ihre Stimme klang kein bisschen sarkastisch.

Einen Moment lang beneidete er sie für diese Fähigkeit. Dann brummte er.

Der Diener stellte einen Teller mit kaltem Braten, Käse und Brot vor ihn. Da wurde Quin erst richtig klar, was für einen Heißhunger er hatte. Er hätte ein ganzes Wildschwein verzehren können. Vielleicht hätte er am Abend zuvor doch mehr als nur Kognak zu sich nehmen sollen.

Nachdem er einige Mundvoll verschlungen hatte, wandte er sich an seine Frau: »Wann hattest du eigentlich vor, mir von deinen Plänen für eine Hausparty zu erzählen? Oder vielleicht sollte es eine Überraschung sein, damit ich meine Zustimmung nicht verweigern kann?«

Aurora lächelte ihn mit dem charmantesten Lächeln an, das sie aufbringen konnte. Fast so charmant, dass er sich wünschte, es erwidern zu können. »Ich hatte gehofft, dass wir es heute Nachmittag besprechen könnten, Quin. Sir Jonas war so nett, mir zu helfen, eine Gästeliste zu erstellen und die Einladungen zu schreiben.»

Quin zog eine Augenbraue hoch, als er zu dem Baronet blickte. »Ist das so? Ich werde ihm später dafür danken«, antwortete er trocken.

»In der Tat«, fuhr sie fort, anscheinend wenig von seiner mangelnden Begeisterung über ihre Ankündigung beeindruckt. »Und alle Einladungen sind schon verschickt. Ich hoffe doch sehr, dass du mir nicht böse bist, aber nachdem mir die Idee gekommen war, Gäste hier in die Abbey einzuladen, konnte ich es einfach nicht abwarten anzufangen. Außerdem müssen sich die Gäste ja ihre Zeit einteilen.«

Natürlich konnte sie nicht warten. Denn dann hätte er sie vielleicht aufgehalten. Hätte sie gewartet, hätte er zumindest die Anzahl der Gäste begrenzen können.

Er nahm noch ein Stück Käse. »Und wann kann ich mit diesem freudigen Ereignis rechnen?«

Jonas verschluckte sich an seinem Essen und räusperte sich nach einem Blick von Quin. »In etwas über drei Wochen. Weil es so bald ist, hat Lady Quinton mich gebeten, so lange hierzubleiben, bis alle eingetroffen sind.«

Na toll. Jonas' Besuch kam Quin nicht unbedingt entgegen. Er hatte sich noch nie über die Gegenwart eines anderen Mannes gefreut, wenn er eine Frau verführte. Warum also sollte einer anwesend sein, wenn er dabei war, in seine Rolle als Ehemann zu finden?

»Oh, Sir Jonas, ich hoffe so sehr, dass alle Gäste kommen können«, sagte Aurora und lächelte ihn freundlich an. »Wir wollen auf keinen Fall eine ungerade Anzahl an Personen haben.«

Anzahl. Ja, er musste die Zahlen wissen. Quin musste sich auf die Invasion vorbereiten – und der Stapel von Einladungen hatte gespenstisch ausgesehen. »Würdest du vielleicht so freundlich sein und mir verraten, wen du alles eingeladen hast?«

Daraufhin schenkte Aurora ihr Lächeln ihm. Oh, wie er hoffte, dass er das öfter zu sehen bekam! Vielleicht auch dann, wenn sie nicht gerade seinen Untergang plante. Ihr Lächeln schien heller als die Sonne, die durch die riesigen Fenster hinter Jonas kam. »Also, wir haben natürlich meinen Vater eingeladen und Lady Rebecca Grantham und die Herzogin. Lord Norcutt brauchte auch eine Einladung, da man ihn zurzeit fast immer an Rebeccas Seite sieht. Doch das sind nicht genügend Gäste, denn die Abbey ist so schrecklich groß. Es wäre eine Verschwendung, die Säle nicht bis zum Bersten mit Menschen zu füllen.«

»Wahrhaftig«, stimmte Jonas ein und zwinkerte Aurora über den Tisch hinweg zu.

»Also haben wir Lord Merrick eine Einladung geschickt, weil er mit Lord Norcutt befreundet ist. Dann brauchten wir noch eine Dame, und deshalb habe ich Miss Stephanie Osbourne und ihre Mutter, Lady Pratley, eingeladen. Doch sie hat eine jüngere Schwester, die auch schon eingeführt ist, also mussten wir Vivian, die jüngere Miss Osbourne, einladen. Dann dachte ich, dass Lord Tucker Flynn eine nette Ergänzung wäre und dass seine Schwester, Lady Emily Flynn, mitkommen sollte. Und Lord Tucker ist ziemlich gut mit Mr Garret Bentley befreundet, sodass wir auf diese Weise das Problem mit den Zahlen ganz gut hinbekommen haben.«

Nach Quins Berechnung waren sie jetzt bei elf Personen. Mit Jonas zwölf. Die Anzahl an Personen war zwar gerade, aber Quin hatte nicht den Eindruck, dass das Verhältnis älterer zu jüngeren Gästen ausgewogen war. Er hielt es jedoch für weise, nichts zu sagen, denn er wollte Aurora nicht ermuntern, noch mehr Einladungen zu verschicken.

Jonas griff nach einem Stück Obst aus der Schale, die vor ihm stand. »Ich habe meine Freunde Lord und Lady Lipscombe als Aufsichtspersonen für die jüngeren, unverheirateten Gäste vorgeschlagen.«

Da waren sie schon bei vierzehn. Großer Gott.

»Ich bin so froh, dass Sir Jonas diesen Vorschlag gemacht hat, da sie direkt aus der Nachbarschaft sind«, sagte Aurora. »Ich wollte schon längst Leute aus der Nachbarschaft kennenlernen, und er hilft mir so dabei.« Sie nahm einen Schluck aus ihrem Glas und beäugte Quin über den Rand hinweg. »Und dann mussten wir natürlich auch deine Familie einladen.«

Seine Familie? Verdammt. Er würde Jonas für diese Aktion an den Zehen von der großen Eiche hängen. Das Letzte, was er brauchte, war, dass seine Mutter sah, wie sehr er sein Leben verpfuscht hatte. Quin schaufelte sich etwas heftiger als nötig Brot in den Mund.

»Sir Jonas hat mir erzählt, dass Nia ein ganzes Stück jünger ist als der Rest der Gäste und eigentlich noch nicht in die Gesellschaft eingeführt. Aber das sollte keinen stören, da Sir Jonas mir versicherte, dass sie eine reizende junge Dame und für ihr Alter sehr reif ist. Außerdem konnte ich ja nicht dulden, dass Sir Augustus und Lady Coulter kommen, aber deine Schwester zu Hause gelassen wird. Deine kleine Schwester. Die, von der du mir noch nichts erzählt hast.« Aurora schwätzte weiter, aber Quin hörte ihre Worte nicht mehr.

Er konnte das nicht zulassen. Der Gedanke, dass seine Mutter ihn in diesem Zustand sah, war schlimm genug, aber sein Stiefvater? Und dann auch noch seine Schwester? Nia durfte nicht kommen. Sie durfte nicht sehen, was aus ihm geworden war. Seit ihrer Geburt war er ihr bewusst aus dem Weg gegangen, um sie vor seinem schlechten Einfluss zu schützen. Es ging ihr in Sheffield besser, weit entfernt von seinem liederlichen Lebensstil. Die Tatsache, dass er inzwischen verheiratet war, machte da keinen wesentlichen Unterschied.

Er war ein erbärmliches Exemplar von Ehemann, genau wie sein Vater es gewesen war. Und als Bruder war er ein noch erbärmlicheres Exemplar.

»Ich freue mich darauf, deine Familie kennenzulernen, Quin«, fuhr Aurora fort, bevor er seine Gedanken formulieren konnte. »Das heißt, den Rest deiner Familie. Ich habe Lord Rotheby schon kennengelernt und freue mich darauf, bei unserer Hausparty im Sommer mehr Zeit mit ihm zu verbringen. Aber erst mal bin ich gespannt, deine Mutter und Schwester kennenzulernen.«

Rotheby? Sie spaßte wohl. Seine Frau konnte das nicht ernst meinen. Das Letzte, was Quin brauchte, war sein Großvater, der über die Morgenzeitung hinweg jede kleine Handbewegung genau überprüfte und ihn auf Schritt und Tritt belehrte. »Aurora«, sagte Quin warnend, »sag mir jetzt bitte, dass du Rotheby nicht eingeladen hast! Du weißt schon, dass seine Gegenwart meine Geduld enorm strapazieren würde. Ganz zu schweigen von meiner Mutter«

»O je«, sagte Aurora. »Es tut mir schrecklich leid, aber die Einladungen sind schon rausgegangen. Jetzt lässt sich nichts mehr machen. Du wirst dir eben beweisen müssen, dass du auch in äußerst schwierigen Umständen ein geduldiger Mann bist.« Damit lehnte sie sich im Stuhl zurück, und auf ihrem Gesicht machte sich ein selbstzufriedenes Lächeln breit.

Das war also von Anfang an ihr Plan gewesen. Was wollte sie damit beweisen? Quin starrte wütend seinen Freund an. Der Baronet hätte es besser wissen müssen. Jonas kannte ihn besser als jeder andere Mensch auf der Welt. Er hätte den Ärger, den Aurora damit anrichten würde, verhindern und ihr diese vermessene Idee ausreden müssen.

Aber wie dem auch sei. Die Hausparty würde ohnehin furchtbar langweilig werden, da Aurora zurzeit eher berüchtigt als gefragt war. Die meisten geladenen Gäste würden es nie wagen, ihre Einladung anzunehmen. Hoffentlich traf das auch auf Rotheby und seine Mutter zu.

Dennoch sollte er sich darauf gefasst machen, dass zumindest ein paar Leute erscheinen würden. »Wie bald, sagtest du, wird dies alles stattfinden?«, fragte er so geduldig er konnte, während er zähneknirschend auf Auroras Antwort wartete.

Sie lächelte ihn siegessicher an. »In gut drei Wochen. Die Saison geht bald zu Ende, und ich wollte nicht, dass sie alle sonstwo sind und wir sie nicht finden können.

Drei Wochen. Er hatte drei Wochen, um sein Temperament zu zügeln.

Teufel noch einmal.

Vielleicht würde das Eheleben doch nicht so eintönig und trocken, wie sie gedacht hatte. Nach ihrem Gespräch am Flussufer verstand Aurora ihren Mann besser. Sie gaben sich nun häufiger und intensiver ihrer Leidenschaft hin.

Vielleicht lag es auch nur daran, dass Quin sich tagsüber nun öfter in der Nähe der Abbey aufhielt. Er ging morgens fort und traf sich mit seinem Verwalter oder besuchte seine Arbeiter und Pächter, kam dann aber zum Mittagessen nach Hause. Danach verbrachte er eine oder zwei Stunden in der Bibliothek mit seinem Sekretär und ging mit ihm die Geschäftsbücher durch, bevor er sich zum Tee zu Aurora und Jonas gesellte.

An manchen Tagen gingen die drei nach dem Tee im Park spazieren oder ließen sich ein Picknick bereiten, das sie abends unter den Trauerweiden am großen See genossen.

Doch an anderen Tagen legte Quin seinen Arm um Auroras Taille, zog sie in eine stille Ecke und küsste sie heiß und leidenschaftlich. Meistens schlichen sie an solchen Tagen kurz danach auf sein Zimmer und liebten sich am helllichten Tage.

Aurora liebte diese Tage.

Sie liebte es, Quins kräftige Brust zu sehen, seine Taille und … Sie liebte es, seine kräftigen Muskeln zu beobachten, die sich anspannten, wenn er sich über ihr bewegte oder sie festhielt. Sie liebte es, in seine Augen zu schauen, die sich verdunkelten und schließlich schlossen, wenn er den Höhepunkt seiner Wollust erreichte und sich in ihr ergoss. Sie liebte die Kraft in seinem Rücken und Hintern, wenn er aufstand, um sich zu waschen und ihr ein feuchtes Tuch zu bringen, damit sie das Gleiche tun konnte.

Oh, du großer Gott. Was machte sie sich eigentlich vor? Sie liebte Quin. Zum Teufel mit ihm.

Es lohnte sich nicht, es zu leugnen. Möglicherweise waren es gerade seine Fehler, die sie an ihm liebte. Quin konnte nicht gerade behaupten, perfekt zu sein, er hatte gewiss den einen oder anderen Fehler. Aurora hatte ihn schon vor dem Morgen an der Einsiedlerklause geliebt, bevor er sich ihr offenbart hatte. Bevor er sich so wehrlos gezeigt hatte. Bevor er ihr seine Liebe gestanden hatte.

Sie hatte ihn geliebt, bevor sie überhaupt wusste, dass sie ihn liebte. Und es war schon in Ordnung so.

Weil er ihre Liebe erwiderte.

Eigentlich sollte es sie nicht erstaunen. Sie hatte von ihrer Liebe geschrieben, und ihre Geschichten endeten immer so, wie sie sich die Realität vorgestellt hatte. Na ja, mit einigen Umwegen und Unterbrechungen. Doch das tat nichts zur Sache.

Wichtig war, dass Aurora und Quin es irgendwann zu einer glücklichen Ehe gebracht hatten.

Natürlich hatten sie ihre Auseinandersetzungen. Doch da Quin jetzt mehr Zeit mit ihr verbrachte – nicht nur im Bett –, konnten sie darüber sprechen und eine Lösung finden.

Sie konnte ihre Aufregung kaum in Grenzen halten, ihm das Allerbeste zu erzählen. Aber es musste der richtige Moment sein, ein Augenblick, den sie beide nie vergessen würden. Schließlich war es auch mal an der Zeit, schöne Momente ins Gedächtnis einzubrennen statt der traumatischen, schmutzigen und sonstwie unerfreulichen Erinnerungen, die sie bisher gesammelt hatten.

Es war nun schon mehr als vierzehn Tage her, dass Aurora ihre Einladungen verschickt hatte. Die Hausparty würde ein großer Erfolg, das wusste sie einfach. Und sie und Quin würden ihren Gästen eine wundervolle Ankündigung zu machen haben, wenn diese in einer Woche kamen.

Doch ihm selbst wollte sie noch nichts davon sagen.

Bald. Sehr bald.

Noch ein Tag. In einem Tag würde die Horde von Gästen in Quins Zuhause kommen und von ihm erwarten, dass er ein fröhliches Gesicht machte, den fröhlichen Gastgeber spielte und fröhliche Dinge sagte.

Verdammt.

Quin hätte einen Diener hinter dem Postboten herschicken sollen, um die verdammten Einladungen zurückzuholen. Hatte er nicht. Er hätte ein Entschuldigungsschreiben an alle Personen auf Auroras Gästeliste schicken sollen, in dem er kundtat, dass sie aufgrund unvorhergesehener Umstände nicht in der Lage waren, die Hausparty zu geben. Doch er hatte es nicht getan. Er hätte verdammt noch einmal tun sollen, was er vorhatte, nämlich Aurora mit Jonas fortzuschicken, irgendwohin, wo sie sicher war, wo er sie nicht verletzen, nicht finden konnte. Auch das hatte er nicht getan.

Und jetzt hatte er keine andere Wahl, als die Farce, in die sie ihn gezwungen hatte, mitzumachen.

Während der letzten drei Wochen hatte Quin sein Bestes getan, sich wie ein ordentlicher Ehemann zu benehmen. Er hatte sich um seine Geschäfte gekümmert. Er hatte mit seiner Frau gemeinsam das Mittagessen, den Tee und das Abendessen eingenommen – hauptsächlich, weil er Jonas nicht so ganz über den Weg traute. Zumindest schob er vor sich selbst diesen Grund vor. Soweit er wusste, hatte Jonas noch nie einem Mann die Hörner aufgesetzt.

Quin nahm sich Zeit, mehr über Aurora zu erfahren – über ihr Verhältnis zu ihrem Vater (der Mann war völlig in sie vernarrt) und welche Erinnerung sie an ihre Mutter hatte (hauptsächlich Traurigkeit und Konflikt); ob sie je ein Haustier besessen hatte (hatte sie nicht, doch die Vorstellung, ein eigenes Hündchen zu haben, begeisterte sie).

Aurora erzählte ihm von ihrer Höhenangst, an der sie litt, seit sie als kleines Mädchen einmal ein paar Stufen hinuntergefallen war. Sie erzählte ihm von der engen Freundschaft zu Lady Rebecca, die nach dem Tod ihrer Mutter entstanden war – obwohl Aurora sich gewaltsam gegen Rebecca gewehrt hatte und in ihrem Elend allein gelassen werden wollte, obwohl sie in ihrer Wut und ihrer Trauer um sich geschlagen hatte und obwohl ihre Gesellschaft ziemlich kläglich gewesen sein musste: Rebecca hatte ihr unerschütterlich zur Seite gestanden.

Aurora offenbarte ihm Charakterzüge, die sie normalerweise für sich behielt: dass sie sich stets bei den Hausangestellten für deren Hilfe bedankte, egal, wie gering diese war; dass sie heimlich ihre Stickerei zur Seite legte, um an einem neuen Kleid für ihre Zofe zu arbeiten, sobald diese den Raum verlassen hatte; dass sie Jonas hinterherputzte, damit die Zimmermädchen es nicht tun mussten; dass sie sich bemüht hatte, Quins Lieblingsgericht oder Jonas' Lieblingsnachspeise herauszubekommen und dafür zu sorgen, dass die Köchin sie regelmäßig zubereitete; wie ihre Augen aufleuchteten, wenn ihr etwas einfiel, was sie unbedingt in ihr Tagebuch schreiben wollte, und wie sie zum Schreibtisch oder auf ihr Zimmer eilte, um es aufzuschreiben, bevor sie es vergaß.

Quin war nicht mehr besorgt, dass sie schrieb. In London hatte sie einen Fehler gemacht, als sie nicht bemerkte, dass jemand einige ihrer Tagebuchseiten stahl. Es war eben ein Fehler gewesen. Doch hier in Quinton Abbey hatte er keine Angst mehr, dass ihr jemand noch einmal in dieser Weise schaden würde, obgleich er noch nicht herausgefunden hatte, wer der Täter war.

Sobald Quin festgestellt hatte, wer hinter *Schmutzige Skandale und erregende Stelldicheins* steckte, und dem Klatschblatt den Garaus bereitet hatte, würde ihr jedenfalls niemand wieder so schaden können.

Wäre er Spieler (und wie gern wäre er es), würde er bei White's wetten, dass Lord Griffin Seabrook hinter dieser Schweinerei steckte. Doch da Quin gezwungen war, ein respektables und ehrbares Leben zu führen, konnte er sich nur an Tatsachen festhalten. Wer könnte es sonst sein?

Laughtons Familie machte immer Sommerferien auf seinem Hauptgut in Harrogate, daher wusste er, dass Griffin bald dort sein würde. Hätte Quin nicht in naher Zeit ein Haus voller Gäste erwartet, würde er sich dorthin begeben und den Mistkerl zur Rede stellen.

Aber Rotheby bekäme einen Wutanfall, wenn Quin die Feier verließe, um einen Mann entweder krankenhausreif zu schlagen oder zu einem Duell zu fordern. Das ging einfach nicht. Auf ein solches Handeln hin würde Rotheby ihm die Abbey bestimmt sofort wegnehmen. Quins und Auroras Ruf wären ruiniert, sie stünden mittel- und obdachlos da.

Also musste er eben warten, bis die fürchterliche Affäre überstanden war.

Quin hasste es zu warten.

Er wünschte sich, dass die Gäste kämen und sie anfangen konnten. Was nicht angefangen hatte, konnte auch nicht zu Ende gehen. Zum Teufel, jede einzelne Einladung, die Aurora verschickt hatte, war angenommen geworden.

Aurora war so aufgeregt, dass sie einen Ball am Ende der zwei Wochen plante, zu dem sie sogar einige Mitglieder des Landadels, Kaufleute und Arbeiter aus der Gegend eingeladen hatte. In Quinton Abbey war seit eh und je kein Ball mehr veranstaltet worden. Vielleicht sogar noch nie. Ganz Wetherby war von Lady Quintons Ball begeistert. Quin hörte das Geschwätz, wohin er auch ging.

Sogar in seiner Stallung.

Quin kam gerade von einem Besuch bei Carruthers zur Abbey zurück, als sein Stallmeister um die Ecke kam und rief: »Schöner Nachmittag, nicht wahr, Mylord?«

»Das ist es wirklich«, erwiderte Quin. »Ich denke, ich werde Lady Quinton vor dem Essen zu einem Spaziergang in den Gemüsegarten ausführen.«

Und verführe sie in der Gartenlaube. Oder auf dem warmen Rasen daneben, genau da, wo die Sonne ihn traf. Oder beides.

Jonas musste dieses Mal auf jeden Fall zu Hause bleiben.

»Ich bin sicher, das Ihre Ladyship dankbar sein wird. In der Tat, sie wird so dankbar sein, wie die Leute in der Ortschaft es für ihre Aufmerksamkeit sind.«

Wenn der Mann wüsste, was er wirklich vorhatte. Quin nickte nur, während sie sich beide in die Richtung wandten, aus der das Geräusch einer sich nähernden Kutsche zu hören war.

»Es sieht so aus, als kämen einige Ihrer Gäste früh«, sagte der Stallmeister.

Obwohl Quin es nicht besonders schätzte, Gäste länger als nötig in seinem Haus zu haben, war er doch erleichtert, dass die frühe Ankunft den Beginn der Feierlichkeit bedeutete.

»In der Tat«, antwortete Quin. »Bitte entschuldigen Sie mich, ich muss die Gäste empfangen.« Es war an der Zeit, den glücklichen Gastgeber zu spielen. Verdammt.

13. Juni 1811

Mein Mann verwirrt mich mehr denn je. Seine Familie ist reizend. Warum wollte er nur nicht, dass ich sie kennenlerne? Warum will er sie nicht in seinem Leben haben? Manchmal benimmt er sich echt widersprüchlich. Er stößt alles von sich, was er will und was er braucht. Kann es sein, dass er mich deshalb fortgestoßen hat? Er muss damit aufhören, sonst verliert er alles, was ihm lieb ist. Vielleicht wird es Zeit, dass ich es ihm sage.

Aus dem Tagebuch von Lady Quinton

Die Frau stürzte aus der Kutsche und umarmte Aurora, bevor diese zu einer richtigen Begrüßung angesetzt hatte. Sie war groß, mit schönem goldenem Haar, das in der Nachmittagssonne glänzte. Sie roch sogar nach Sonnenschein, sofern das überhaupt möglich ist.

Doch die Umarmung der Frau machte es Aurora unmöglich, mehr als einen flüchtigen Blick von ihr zu erhaschen, während sie hastig aus der Kutsche stürmte.

»Lass sie los, bevor du sie erwürgst, meine Liebe«, kam eine ruppige, aber gut gelaunte Männerstimme aus der Kutsche. »Sonst musst du deinem Sohn erklären, warum du seine Frau bei unserer Ankunft erstickt hast.«

Ihrem Sohn? O du großer Gott! Lady Coulter. Sie kam zu früh. Eigentlich kamen *sie* zu früh, denn die männliche Stimme musste die von Sir Augustus sein, und Nia saß zweifelsohne noch in der Kutsche und wartete darauf, herausgeholt zu werden.

Aurora wünschte, Quin wäre da. Er sollte sie vorstellen. Er sollte seine Mutter begrüßen.

Er sollte da sein, um sie zu beruhigen, der verdammte Kerl.

Doch dann war Sir Jonas' Stimme hinter ihr zu hören: »Lady Coulter, wenn Sie Lady Quinton nicht sofort loslassen, sodass *ich* eine der berühmten Umarmungen bekommen kann, werde ich mir meine bei Miss Coulter holen.«

Endlich konnte Aurora wieder atmen, als Lady Coulter von ihr abließ und Sir Jonas spaßhaft auf den Arm schlug. »Jonas, du Schlingel. Du magst inzwischen erwachsen sein und nicht mehr der kleine Junge, der durch meinen Garten läuft und Gänseblümchen für seine Mutter stiehlt, aber ich hab dich immer noch unter Kontrolle. Nun komm her und begrüß mich ordentlich«, sagte sie, ging zu ihm und nahm sein Gesicht in ihre Hände.

Aurora ging einen Schritt zurück und betrachtete das Bild, das sich vor ihr entfaltete. Trotz ihres fortgeschrittenen Alters war Lady Coulter voller Elan. Das goldene Haar – Quins Haar – war grau meliert, funkelte. Sie war, verglichen mit dem Porträt in der Galerie, über die Jahre etwas fülliger geworden. Doch gerade die Rundungen standen ihr äußerst gut und betonten ihre feminine Ausstrahlung. Eine schöne Frau.

Ihr Mann hingegen hatte schütteres Haar, ein rotes Gesicht und war wirklich beleibt. Doch er lächelte Lady Coulter mit sichtbarer Zuneigung an.

Aurora hielt nach Nia Ausschau, doch das Mädchen war noch im Dunkeln der Kutsche verborgen und spähte durch das Fenster. Wie seltsam, dass das Mädchen so schüchtern war, hatte es doch eine äußerst gesellige Mutter und mit Quin den schlimmsten Lotterbuben aller Zeiten zum Bruder. Aurora wollte sie kennenlernen, sie aus der Reserve locken. Es war ein ausgezeichnetes Projekt für die nächsten vierzehn Tage.

»So erwachsen bist du geworden. Ich habe dich seit einer Ewigkeit nicht gesehen«, fuhr Lady Coulter fort und hakte Jonas unter, bevor sie sich wieder an Aurora wandte. »Und Sie – ich würde meinen Sohn am liebsten übers Knie legen, dass er uns nie über seine Heirat informiert und uns nicht sofort eingeladen hat, Sie kennenzulernen! Sie sind ja wirklich ein hübsches Ding, nicht wahr?«

»Ich freue mich, Sie kennenzulernen, gnädige Frau«, sagte Aurora und machte einen tiefen Knicks.

»Gnädige Frau? Du kannst mich Minerva nennen, meine Liebe. Ich habe jedenfalls die Absicht, dich Aurora zu nennen. Und das hier ist mein Mann, Sir Augustus Coulter«, sagte sie und winkte mit der Hand. »Und Nia? Nia, steig aus, meine Liebe, begrüß deine Schwester.« Lady Coulter senkte die Stimme und flüsterte Aurora ins Ohr: »Ich fürchte, meine Tochter ist plötzlich schüchtern geworden. Aber sie wird dich sicherlich bald ins Herz schließen.«

Die junge Dame, die aus der Kutsche stieg, bot einen entzückenden Anblick. Sie war größer als Aurora (die schon groß war für eine Frau); zwar jung und unbeholfen mit langen, spindeldürren Gliedern, die sie mehr fohlenhaft als anmutig erscheinen ließen. Aber ihr goldenes Haar, die Porzellanhaut und ihre blauen Augen waren schlichtweg bezaubernd. Diese ebenso dunklen wie geheimnisvollen Augen kündeten bereits an, was für eine Schönheit Nia eines Tages sein würde.

Sie sah sich um, senkte den Blick und schaute mehr auf Mutter und Vater als auf Aurora und Sir Jonas. Sie sah auf den Boden, murmelte eine Begrüßung und knickste kurz.

Man hörte Stiefel auf dem Kiesweg, und alle drehten sich. Endlich kam Quin zum Haupthaus zurück. Dieser Mistkerl.

Doch bevor Aurora etwas sagen konnte, marschierte Lady Coulter zu ihm, die Hände in die Hüften gestemmt. »Was für ein schrecklicher, abscheulicher Sohn bist du, dass du mich in all diesen Jahren so schändlich behandelt hast. Deine Schwester hat dich schon so lange nicht gesehen, sie wird dich bestimmt nicht mal erkennen. Du hast uns nicht einmal von deiner Heirat, bei der ich übrigens gern anwesend gewesen wäre, erzählt. Du hast mir nicht geschrieben, seit du deine Verlobte Lady Phoebe hast sitzen lassen, und das ist mehr als drei Jahre her. Wenn Jonas uns nicht über deine Heldentaten auf dem Kontinent informiert hätte, hätten wir nicht einmal gewusst, ob du noch lebst. Wenigstens er benimmt sich wie ein Sohn, schreibt Briefe und kommt zu Besuch und benimmt sich wie ein Familienmitglied. Am liebsten würde ich dich auf der Stelle übers Knie legen.«

Und dann umarmte sie ihn, wie sie Aurora kurze Zeit zuvor umarmt hatte. »Von nun an hält Aurora mich auf dem Laufenden. Das tust du doch, meine Liebe?«

»Natürlich tut sie das«, sagte Sir Augustus in seiner rauen Stimme. »Niemand hat den Mut, dir nicht zu gehorchen. Außer Quin. Schon gar nicht Sir Jonas oder ich, Mädchen«, flüsterte er Aurora verschwörerisch zu und nickte Sir Jonas zu. »Es ist immer weiser, das zu tun, was Minerva will. Immer.«

Sir Jonas zog eine Augenbraue hoch und zwinkerte.

Quin wurde den restlichen Tag von seiner Mutter hochgenommen, von Aurora schwärmte sie in den höchsten Tönen, während sie zu dritt auf den goldgeränderten Stühlen mit den hohen Rückenlehnen am Fenster saßen. Jonas und Sir Augustus saßen zusammen am Kamin und sprachen über die Fasanenjagdzeit, die Ernte und die Politik. Nia fand eine Ecke bei den Wandteppichen, um ein Buch zu lesen und etwas zu sticken. Die meiste Zeit senkte sie den Blick, um

Augenkontakt zu vermeiden, doch dann und wann, wenn sie sich unbemerkt glaubte, blickte sie auf und sah Sir Jonas neugierig an.

Eine sehr interessante Entwicklung, wie Aurora fand.

Das Mädchen war mehr hochgeschossen als graziös – sie passte eigentlich nirgendwo hin, war aber unübersehbar eine zukünftige Schönheit. In einigen Jahren würde sie eine Perle von Frau sein, vielleicht sogar eine unvergleichliche Schönheit. Sie könnte sich dann sicherlich jeden Gentleman in London angeln.

Doch es schien, als ob sich der einzige Gentleman, für den sie momentan Augen hatte, in Quinton Abbey aufhielt.

»Bitte entschuldigt mich«, sagte Aurora zu Lady Coulter und Quin, während sie sich erhob und quer durch den Raum zu Nia ging.

Das Mädchen errötete heftig, als Aurora sich näherte. Ihr perfekter englischer Teint verfärbte sich zartrosa. Hastig faltete sie ihre Stickerei zusammen. »Lady Quinton«, sagte sie leise und senkte den Kopf.

»Nenn mich doch Aurora. Und ich nenne dich Nia, wenn ich darf. Wir sind jetzt schließlich Schwestern.« Und sie sollten noch Mitverschwörerinnen werden, um genau zu sein, doch es war nicht nötig, Nia vorzeitig zu beunruhigen. Aurora musste das Gespräch ruhig angehen lassen. Sie sank neben dem Mädchen ins Plüschsofa. »Ich kann nicht umhin zu sehen, wie du Sir Jonas verstohlen beobachtest. Er ist ein sehr gut aussehender Mann, nicht wahr?«

Nias Wangen erröteten und ließen sie dadurch noch bezaubernder erscheinen. »O je. Ich hoffe, du liest da nicht zu viel hinein. Jonas ist, na ja, wie ein Bruder für mich. Eigentlich mehr, als Quin es je war.«

Die roten Wangen straften ihre Aussage Lügen, doch Aurora wollte das arme Ding nicht wegen einer kleinen Notlüge zur Rede stellen. Die Wahrheit würde schon noch ans Licht kommen. Besonders wenn Aurora etwas nachhalf. Und genau das hatte sie vor zu tun. Vielleicht würde sie Rebecca in ihren Plan einweihen. Eine dritte Mitverschwörerin wäre in diesem Fall vonnöten, besonders da Nia so besonders schüchtern schien. Das Mädchen würde vielleicht nicht besonders gut kooperieren.

»Ich habe nicht den Eindruck, dass Quin und du oft Zeit miteinander verbracht haben, ist das richtig?«, bohrte Aurora nach. Wenn schon *er* sich weigerte, Fragen über seine Familie zu beantworteten (was er immer noch ungeniert tat), dann würde vielleicht ebendiese Familie etwas über ihn preisgeben.

»Ich erkenne ihn kaum, außer dass er Mama und mir sehr ähnlich sieht, meinst du nicht?«, erwiderte Nia. »Aber nein, er ging fort und lebte allein, als ich noch ein kleines Kind war. Er kam nicht einmal zu Besuch, seit ich ungefähr acht Jahre alt war.«

Ach, du lieber Himmel. Das war ja noch viel übler, als Aurora geahnt hatte. »Aber Sir Jonas schon?«

»O ja. Seit seine Mutter starb, hat Jonas den Urlaub immer bei uns verbracht und uns auch im Sommer oft besucht.« Nias Augen waren noch ausdrucksvoller, als Aurora bisher bemerkt hatte, groß und rund und vor Aufregung glänzend. »Mama und Papa betrachten ihn als ihren eigenen Sohn.«

»Und du betrachtest ihn also als deinen Bruder?«, fragte Aurora. Sie sollte nicht so neugierig sein und ihre Schwägerin in Ruhe lassen. Doch tat Aurora je, was sie sollte? Jetzt war jedenfalls nicht die Zeit, mit großen Verhaltensänderungen zu beginnen.

Nias Augen wurden so groß, dass sie fast unmenschlich aussahen. »Also … ja, natürlich«, wich sie aus.

Das Mädchen flunkerte miserabel. Das machte es leichter für Aurora, sie zu verstehen. Ausgezeichnet. »Bestimmt viel mehr wie ein Bruder als Quin, den du ja kaum kennst. Also, damit ist die Sache erledigt.« Aurora fuhr mit der Hand über den Musselinstoff ihres Nachmittagskleids und erhob sich, um sich wieder zu ihrem Mann und seiner Mutter zu gesellen.

»Was ist erledigt, Aurora?«, fragte Nia mit ihrer sanften Stimme. Sie klang, als ob sie nicht wirklich die Antwort auf ihre Frage wissen wollte.

»Sir Jonas wird bei dieser Hausparty natürlich dein Gegenüber sein. Es wird viele Aktivitäten geben, bei denen all die unverheirateten jungen Damen und Herren paarweise Dinge zusammen machen werden. Und da du so jung bist und noch nicht in die Gesellschaft eingeführt, musst du mit einem Herrn auftreten, der mehr Betreuer denn Begleiter ist.«

Aurora hätte nicht gedacht, dass Nias Augen noch größer werden könnten, doch sie fuhr fort, als wäre ihr nichts aufgefallen: »Ich wollte dich eigentlich Quin zuteilen, aber du fühlst dich mit Sir Jonas wahrscheinlich wohler. Er übernimmt diese Verantwortung bestimmt gern.«

Darauf würde sie achten.

Auroras Idee für diese Hausparty ist rundherum bescheuert, dachte Quin. Nicht nur würde seine Mutter ganze vierzehn Tage da sein und ihn ständig darauf hinweisen, was für ein schlechter Sohn er war, nein, er musste auch noch Nias Gesellschaft ertragen. So ein Mauerblümchen hatte er noch nie gesehen.

Wenigstens war Sir Augustus freundlich und ging ihm aus dem Weg, solange er sich mit ein oder zwei anderen Herren unterhalten konnte. Und solange er hin und wieder seiner

Frau entkam, um von Zeit zu Zeit einen Stumpen zu rauchen.

Und das war nur *seine* Familie!

Da war noch nicht einmal Rotheby mitgezählt. Der würde gewiss dafür sorgen, dass Auroras übrige Gäste an den verschiedenen Spielen, die sie geplant hatte, kein Vergnügen finden würden. Quin bereute es immer mehr, nichts getan zu haben, um seiner Frau dieses Debakel auszureden.

Doch als er abends die Treppe zu seinem Zimmer hinaufging, war es zu spät für Reue. Er öffnete die Tür zu ihrem gemeinsamen Wohnzimmer, und da stand Aurora in einem kühnen, fast durchsichtigen Gewand vor ihm. Und mit einem teuflisch sinnlichen Lächeln.

Großer Gott, er wollte ihr das Ding vom Körper reißen und sie sofort auf dem Boden nehmen. Nach mehr als zwei Monaten Ehe wurde er immer noch sofort hart, wenn er sie sah. Unglaublich.

Er brachte nur einen kehligen Laut heraus, während er auf sie zuging.

»Noch nicht«, sagte Aurora und bremste ihn mit der Hand.

Er stieß ihre Hand weg und zog Aurora in seine Arme, vergrub die Nase tief in ihren vollen Locken. »Du kannst hier nicht in einer solchen Aufmachung stehen und von mir erwarten, dass ich die Hände von dir lasse.« Quin zog sie an den Hüften hoch, bis sie seine Erektion zwischen den Beinen spüren musste, und fand ihren Mund mit seinem.

Noch immer wollte sie nicht mitmachen. Verflixtes Frauenzimmer. Aurora kniff die Lippen zusammen und stieß mit beiden Händen gegen seine Brust. »Ich muss dir etwas sagen.«

»Es kann warten«, sagte Quin kurz und versuchte, sie wieder dahin zu ziehen, wo er sie haben wollte.

Sie drehte und wand sich, und im Nu war sie seinem Griff entkommen und halb durch den Raum gelaufen. »Nein, es kann nicht warten.« Aurora ließ sich in einen der dick gepolsterten Sessel am kalten Kamin fallen, verschränkte die Arme und nickte ihm mit dem Kopf zu, um anzudeuten, dass er sich ebenfalls setzen solle.

Verdammt. Er hatte wohl keine andere Wahl, wenn er sie nicht gegen ihren Willen nehmen wollte. Quin stelzte zu dem Sessel gegenüber ihrem, ließ sich fallen, seufzte tief und fuhr sich mit der Hand durch das Haar. »Was ist nun schon wieder?«, bellte er.

Ihr Blick wandelte sich von ernst zu schelmisch. »Ich habe Neuigkeiten für dich. Gute Neuigkeiten. Und ich bin mir sicher, dass du morgen Lord Rotheby davon Kenntnis geben möchtest, sobald er hier eintrifft. Du könntest dadurch sein Wohlgefallen gewinnen.«

Neuigkeiten, mit denen er Rothebys Wohlgefallen gewinnen könnte? Da fiel ihm im Moment nur eines ein. »Erzähl weiter«, drängte er sie. Er musste es hören. Er musste es von Aurora hören.

Sie lehnte sich nach vorn und legte ihm eine Hand aufs Knie. »Ich bin schwanger«, hauchte sie. Wie sie es sagte, hatte es etwas sehr Erotisches. Es erfüllte ihn mit einer primitiven Begierde. In diesem Moment begehrte Quin seine Frau mehr, als er je eine Frau begehrt hatte.

Er wollte sie nehmen. Er wollte sie lieben. Er wollte sie mit all seiner Kraft beschützen. Er wollte sie nie wieder loslassen.

»Bist du sicher?«, brachte er schließlich heraus.

Aurora nickte. »Aber die Gefahr besteht natürlich noch immer, dass …«

»Das ist egal«, sagte Quin und bewegte die Hand, als wolle er den Gedanken beiseitewischen. »Was wichtig ist,

ist, dass du schwanger bist. Mit meinem Kind. Mit unserem Kind.« Er stand auf und hob Aurora auf seine Arme, um sie zum Bett zu tragen. Er wollte sie lieben – doch nicht so, wie er es zuvor stets getan hatte.

Langsam.

Liebevoll.

Er wollte jeden Moment genießen.

Seine Frau war schwanger. Er wurde Vater. Endlich würde er seine eigene Familie haben.

Gilbert Thornton, Lord Rotheby, überblickte rasch die Gesellschaft im Unterhaltungsraum, als er und die anderen Gentlemen von ihrem Portwein zurückkamen. Wie es an den anderen Abenden der Fall gewesen war, standen die Damen in verschiedenen Grüppchen, die älteren, verheirateten Damen auf der einen Seite des Raumes und die jüngeren, unverheirateten auf der anderen. Das junge Fräulein Coulter fand meistens eine dunkle Ecke, in der sie sich versteckte, aber oft fanden Lady Quinton oder Lady Rebecca einen Weg, sie mit der einen oder anderen Gruppe ins Gespräch zu ziehen.

Lady Quinton und Lady Lipscombe, aus der jüngeren Generation, jedoch verheiratet, waren in keiner der beiden Gruppen zu finden.

Als die Herren hereinkamen, fielen sie in ebenso vorhersehbare Gruppen. Die älteren, verheirateten Männer saßen zusammen in der Nähe der Fenster, spielten Karten und schlichen nach draußen, um eine Zigarre zu rauchen. Die jüngeren, unverheirateten Männer folgten den jungen Damen wie angeleinte Hunde. Eigentlich pathetisch. Aber verständlich.

Lipscombe und Quinton gesellten sich öfter zu der erstgenannten Gruppe. Gil war etwas überrascht, dass Quinton sich in seiner Gesellschaft aufhielt. Schließlich war es schockierend genug, dass der Gauner seiner Frau überhaupt erlaubt hatte, ihn einzuladen. Auf der anderen Seite konnte er sich nicht vorstellen, dass sein Enkelsohn Damen hinterherjagen würde, die gerade mal die Schule beendet hatten.

Selbst zur Ehefrau hatte er sich ein etwas älteres Mädchen gewählt – eine Frau, die nicht gerade eine angemessene Partie war, obwohl sie sich manchmal bemühte. Ja, ihre Entscheidung, angesichts der schlimmen Gerüchte, die über sie in der High Society kursierten, so eine Party zu veranstalten, bewiesen Mut. Fast schien es, als wolle sie es ihnen allen zeigen, und dazu gehörte Mut und ein Sinn für Humor – etwas, was vielen in ihrem Stand fehlte.

Das war alles schön und gut. Es gefiel Gil eigentlich sogar sehr gut. Korrektheit war langweilig, und Lady Quinton war alles andere als das. Sie schien die perfekte Wahl für seinen missratenen Enkel zu sein, die ihn unter Kontrolle behielt, was weder Gil noch Lady Coulter gelungen war. Nicht einmal der Einfluss von Sir Augustus hatte den gewünschten Effekt auf den Jungen gehabt.

Doch jetzt … jetzt schien Quinton verändert. Vielleicht hatte Gil doch die richtige Entscheidung getroffen, indem er dem Jungen ein Ultimatum gestellt hatte.

Quinton war verheiratet mit einer respektablen, wenn auch momentan skandalumwitterten Dame. Er übernahm endlich Verantwortung für Quinton Abbey. Und ja, Gil hatte sich bei Carruthers und Forster erkundigt, wie intensiv sich sein Enkelsohn an den Geschäften beteiligt. Er wurde der aufrechte Familienmann, für den Gil ihn immer gehalten hatte. Er hatte sogar seine Frau geschwängert, wie man ihm bei seiner Ankunft vor drei Tagen mitgeteilt hatte.

Nicht dass er Quinton rausgeschmissen hätte, wenn der keinen Nachwuchs bekäme. Gott spielte dabei schließlich eine ebenso große Rolle wie der Mensch. Doch das musste sein Enkelsohn ja nicht unbedingt jetzt schon wissen.

Gil gab sich keinen Illusionen hin, weshalb sein Enkelsohn sich länger ausgetobt hatte, als es für sein Alter angemessen war. Quintons Vater, Gils Sohn, war nach dem tragischen Unfall ein ziemlich kaputter Mensch geworden. Er war schwach gewesen und hatte es nach der einen Tragödie zu vielen anderen kommen lassen. Jahrelang hatte Gil sich gefragt, ob Quinton nicht ein hoffnungsloser Fall war. Der Schaden, den der Vater angerichtet hatte, war womöglich zu viel für den Jungen gewesen.

Aber Gil war vierundsiebzig. Er konnte sich nichts vormachen. Jeder Atemzug konnte sein letzter sein. Er musste noch einen Versuch unternehmen.

Quinton wäre nun bereit, die Rolle anzunehmen, zu der er geboren war. Gil konnte sich bei dieser Entwicklung allerdings nur einen Teil des Erfolgs zuschreiben. Wenn er ehrlich war, hatte die unbeugsame Lady Quinton dabei den größten Verdienst erbracht.

Das Mädchen hatte sich zu einer ernst zu nehmenden Größe entwickelt, jedenfalls Gils Eindruck nach. Quinton konnte jeden fertigmachen, doch sie hatte sich gegen ihn behauptet. Ja, sie hatte ein paar Skandale provoziert, aber wer hatte das nicht. Gil selbst war auch schon mal in den einen oder anderen verwickelt gewesen.

Die High Society war schnelllebig. Man würde sich auf das nächste Gerücht stürzen, sobald Auroras vermeintliche Geschichten nicht mehr veröffentlicht wurden. Offensichtlich hatte Quin es noch nicht geschafft, den Übeltäter ausfindig zu machen, denn vor seiner Abreise nach Wetherby hatte Gil eine neue Ausgabe von *Schmutzige Skandale* bei White's gesehen. Es gab für ihn keinen Zweifel, dass Laughtons jüngster Sohn Griffin dahintersteckte. Der Schnösel musste immer irgendjemandem in die Suppe spucken, insbesondere Quinton.

Da also sein Enkel die Angelegenheit noch nicht geregelt hatte, entschied sich Gil, die Dinge selbst in die Hand zu nehmen.

Harrogate war ja schließlich nicht weit von Wetherby entfernt.

Er saß am Fenster und beobachtete die jungen Leute beim Spielen. Scharade. Er musste bei Norcutts idiotischen Gesten lachen; schließlich war er ja auch einmal jung gewesen. Er wusste noch, wie es war, verliebt zu sein. Alles zu tun, um die Aufmerksamkeit seiner Angebeteten auf sich zu ziehen, auch wenn es bedeutete, dass man sich zum Narren machte.

Gil meinte sogar, sich trotz seines nachlassenden Gedächtnisses erinnern zu können, dass es auch ein Spiel Scharade gewesen war, bei dem er auf einer Hausparty vor vielen Jahren endlich Lady Rotheby ins Auge gefallen war.

21. Juni 1811

Die jüngere Generation sollte wirklich mehr auf mich hören, wenn ich versuche, sie zu verkuppeln. Schließlich sitze ich den ganzen Tag lang hier und beobachte sie. Ich sehe, wie sie sich geziert beäugen, die verstohlenen Blicke, die oberflächlich getarnte Begierde. Ich sehe es alles. Sie könnten alle ebenso gut kapitulieren und mir recht geben. Es sollte nichts ausmachen, dass ich auch zur »jüngeren Generation« gehöre. Ich bin schließlich eine verheiratete Frau.

Aus dem Tagebuch von Lady Quinton

Ich dachte mir«, sagte Aurora eines Nachmittags im Lärm des Gesellschaftsraums, etwa eine Woche nach Beginn der Hausparty, »dass heute ein wunderschöner Tag für einen Einkaufsausflug in die Ortschaft wäre. Endlich scheint die Sonne wieder nach so vielen Tagen Regen. Und die Damen und ich fühlen uns in der Abbey etwas eingeengt und möchten ausgehen. Würden die Herren uns vielleicht begleiten?«

Viele der unverheirateten Herren im Raum waren sofort zur Stelle mit Sprüchen wie »selbstverständlich« oder »es wäre mir ein Vergnügen«, um eine Entschuldigung zu haben, von den neugierigen Blicken der älteren Betreuer zu entkommen. Quin und Lord Lipscombe schienen nicht so begierig mitzumachen wie ihre unverheirateten Gegenüber. Sie hatten jedoch keine andere Wahl, da Aurora und Judith, Lady Lipscombe, fest entschlossen waren zu gehen.

Auroras Hausparty war in der Tat ein durchschlagender Erfolg gewesen. Das Wetter hatte zwar nicht so mitgemacht, wie sie es sich erhofft hatte, aber sie hatte sich genügend Aktivitäten für drinnen ausgedacht, sodass dies kein Problem war.

Und zu ihrer großen Freude war ihr erster Versuch, Nia und Sir Jonas zu verkuppeln, erfolgreich. Es schien jedenfalls so, da Nia sich nicht mehr so häufig in der Ecke versteckte und Sir Jonas sich nur allzu gern an ihrer Seite aufhielt, wenn Aurora ihn dorthin bestellte.

Ihre Verkupplungsversuche bei Rebecca und Lord Tucker waren hingegen weniger erfolgreich. Jedes Mal, wenn sie meinte, die beiden seien gut zusammen in einem Spiel untergebracht, hatte Lord Norcutt sich irgendwie wieder an Rebeccas Seite herangemacht, und Lord Tucker hatte Norcutts Platz bei Miss Vivian Osbourne eingenommen.

Die vier waren wirklich sehr unkooperativ.

Bald war die ganze Gruppe bereit für den Ausflug. Ihre Gnaden von Aylesbury, Lady Pratley, und Lady Coulter hatten sich auch entschlossen mitzukommen, und Auroras Vater hatte angeboten, sie zu begleiten. Sir Augustus und Lord Rotheby zogen es vor, die Stellung in der Abbey zu halten. Als die Damen ihre Handschuhe geholt und ihre Hauben gegen Schuten ausgewechselt hatten, die Herren ihre Kastorhüte und Handschuhe angezogen und die Sonnenschirme für die Damen geholt hatten, gingen alle zu den Kutschen.

»Miss Coulter«, sagte Aurora, während sie die Teilnehmer des Ausflugs in die richtigen Kutschen dirigierte, damit sich die Paare nach ihrem Plan bildeten. »Warum kommen Sie und Sir Jonas nicht mit Quin und mir mit? Und vielleicht sind Lord Tucker und Lord Merrick so nett und begleiten Lady Rebecca und Lady Emily in der zweiten Kutsche …«

Ihre Stimme verstummte allmählich, als Lord Tucker Miss Vivian Osbourne unterhakte und sie zur dritten Kutsche mit Mr Bentley und der älteren Miss Osbourne führte, sodass Rebecca schon wieder Lord Norcutt überlassen war. Verflixt. Sie verdarben ihr echt den Spaß.

»Komm, Liebes.« Quin legte seine Hand auf ihr Kreuz und führte sie zu der ersten Kutsche. Darin saßen bereits Nia und Sir Jonas einander gegenüber, sodass sie Aurora keine andere Wahl ließen, als sich neben das Mädchen zu setzen.

Als sie sich setzte, schnaubte sie, verschränkte die Arme und versuchte, ihre üble Laune zu verbergen.

»Bist du böse?«, fragte Nia mit ihrer sanften, süßen Stimme. »Ich dachte, du wolltest heute einkaufen gehen, aber wir können auch …«

»Wir werden ganz sicher nicht hierbleiben«, unterbrach Aurora etwas schneidender als beabsichtigt. Doch sie wollte Nia um keinen Preis die Gelegenheit geben, Sir Jonas' Gesellschaft zu meiden. Nicht, wenn sie sie so gut zusammenbringen konnte. »Ich möchte in die Stadt. Und ich will, dass du dich amüsierst. Ich bin sicher, dass Sir Jonas dafür sorgt, dass du alles siehst, was du sehen willst, also bitte, mach dir meinetwegen keine Sorgen.«

Die Kutschen schienen schon wieder anzuhalten, kaum dass sie abgefahren waren. Die Kutscher stiegen ab und stellten die Stufen hin, damit ihre Fahrgäste in der High Street aussteigen konnten. Die Geschäfte konnten sich nicht mit den noblen Adressen in London messen, doch sie waren gut genug für einen Nachmittagsausflug auf dem Lande.

Aurora hatte die Geschäfte selbst noch nicht besucht. Doch Forster und Mrs Marshall hatten ihr versichert, dass die Ware ausgezeichnet sei und die jungen Damen bestimmt etwas nach ihrem Geschmack finden würden, womit sie ihr Nadelgeld ausgeben könnten.

Es schien, als hätten sie recht. Beim Hutmacher fanden sich alle möglichen schöne Strohhüte mit den herrlichsten

Schleifen und Blumen. Der Kurzwarenhändler hatte alle möglichen Schleifen und Schlaufen, mit denen die Damen ihre Roben für den nächsten Ball noch ausgefallener gestalten konnten. Beim Leinenhändler waren sogar feine Musselin- und Seidenstoffe erhältlich. Schließlich lag noch ein kleiner Süßwarenladen am Ende der Straße, an der ihre Kutschen warteten.

Die verschiedenen Paare gingen los. Die Damen machten ihre Einkäufe, und die Herren trugen die Pakete. Nur Nia nicht. Sie schien Auroras Seite nicht verlassen zu wollen. Sie hing an Auroras freiem Arm, statt sich von Sir Jonas begleiten zu lassen. Ihre Schüchternheit konnte einem fast auf die Nerven gehen.

»Oh, sieh mal da, Nia«, sagte Aurora, nachdem sie zu viert statt wie geplant zu zweit die High Street entlanggegangen waren. »Siehst du die schöne Schute im Fenster? Die mit den Glockenblumen? Findest du nicht, dass sie zu deinem Teint passen würde?«

Bevor das Mädchen überhaupt wusste, was geschah, befreite Aurora ihre Hand aus Nias, legte sie in Sir Jonas' Arm und schob die beiden fast über die Straße. »Sir Jonas, wären Sie so freundlich, Miss Coulter zum Hutmacher zu begleiten?«

Nia drehte sich mit offenem Mund um, als wollte sie protestieren.

»O je. Vielleicht hat dein Vater dir nicht genügend Nadelgeld gegeben«, fuhr Aurora fort, während sie in ihrem Pompadour nach ein paar Münzen suchte. Sie schob diese in Sir Jonas' freie Hand. »Das sollte genügen. Bis später! Ich kann es kaum abwarten zu sehen, wie wundervoll du in dieser Farbe aussiehst, Nia.«

Damit ging sie davon und zog Quin förmlich hinter sich her.

»Was war das denn schon wieder?«, fragte er, als sie außer Hörweite des anderen Paares waren und Aurora endlich das Tempo verringerte.

Sie sah ihn böse an. »Was das war?« Man konnte nun wirklich nicht sagen, dass sie ihre Absichten verheimlichte. Jeder andere hätte sehen können, dass sie die beiden verkuppeln wollte.

»Es gefällt mir nicht, dass du meine Schwester dauernd mit Jonas zusammensteckst. Er ist alt genug, um ihr Vater zu sein.«

»Aber er ist nicht ihr Vater«, sagte Aurora und verdrehte die Augen. »So wie du das Mädchen sein ganzes Leben lang behandelt hast, hast du wohl kaum ein Recht, dich darüber zu äußern. Außerdem ist Sir Jonas ihr wie ein Bruder, hat sie mir gesagt. Das ist alles.«

»Wenn du denkst, dass sie ihn als Bruder betrachtet, machst du dir etwas vor«, konterte Quin. »Ich habe gesehen, wie sie ihn beobachtet. Er ist nicht gut für sie, Aurora.«

O du großer Gott, der Mann hatte wirklich einen sehr ungelegenen Moment gewählt, um sich über seine brüderlichen Pflichten Gedanken zu machen. »Ihre Mutter und ihr Vater scheinen mit deiner Einschätzung nicht übereinzustimmen. Ich auch nicht. Ich finde sogar, dass Sir Jonas perfekt für Nia ist. Was viel wichtiger ist, was sie selbst denkt. Du hast selbst gesagt, dass du siehst, wie sie …«

Aurora hielt plötzlich inne, als ihr ein stechender Schmerz durch den Unterleib schoss. Sie legte eine Hand auf ihren Bauch und beugte sich vor. Es fühlte sich an wie die Schmerzen, die sie während ihrer Regel hatte. Doch sie konnte nicht …

»Was ist los?«, fragte Quin und beugte sich über sie. »Was fehlt dir? Ist es das Baby?«

Seine blauen Augen waren voller Sorge, als er sie anblickte.

Doch so schnell der Schmerz gekommen war, so schnell war er auch wieder vorüber. Es war fast, als hätte sie es sich nur eingebildet, als wäre nichts gewesen. Möglicherweise war es nur ihre Einbildung. »Nichts, es geht mir gut.«

Aurora richtete sich auf und begann wieder zu gehen, doch Quin legte eine Hand auf ihren Arm, den Griff fest wie ein Schraubstock. Er sah sie flehend an.

»Ehrlich. Mach dir keine Sorgen. Mir geht es gut. Dem Baby geht es gut.«

Hoffte sie jedenfalls.

Quin glaubte ihr nicht. Er glaubte, dass es weder seiner Frau noch seinem Baby gut ging. Sie hatte nicht gut ausgesehen, seit sie in der High Street beinahe zusammengebrochen war. Ihr Gesicht war leichenblass gewesen, und sie hatte sich vor Schmerzen gekrümmt.

Auch glaubte er Nia und Jonas nicht, als die für die Rückfahrt zur Abbey in die Kutsche stiegen und behaupteten, dass zwischen ihnen nichts passiert sei, obwohl sie beide mit schuldbewussten Mienen an der Kutsche ankamen. Nia sah Jonas viel häufiger an als sonst, und auch Jonas warf ihr nun öfters verstohlene Blicke zu.

Quin gefiel das beides nicht. Er mochte Nia zwar kein besonders guter Bruder gewesen sein, aber er war immerhin noch ihr Bruder. Und der Gedanke, dass Jonas als Dreißigjähriger hinter dem siebzehnjährigen Mädchen her war, brachte sein Blut in Wallung.

Zum Teufel mit seiner vorwitzigen Frau. Sie sollte sich um ihre eigenen Sachen kümmern. Sie hatten schließlich genügend Angelegenheiten, um die sie sich zurzeit kümmern mussten.

Oder – und das war vielleicht weitaus wichtiger – sie sollte sich ausruhen. Sollte eine werdende Mutter sich nicht ausruhen? War das nicht der Grund für das Wochenbett und so?

Quin wollte am liebsten alle Gäste fortschicken, auch wenn so etwas gesellschaftlich unmöglich war. Aurora brauchte sich nicht noch zusätzlich um die Unterhaltung all dieser Leute zu kümmern, geschweige denn einen Ball zu planen.

Natürlich fand Lord Norcutt ihn nach dem Abendessen, als er gedankenverloren im Gesellschaftszimmer saß.

»Dürfte ich Sie einen Moment stören, Quinton?«, fragte der Mann, nachdem er endlich Quins Aufmerksamkeit erlangt hatte. »Ich muss Sie um einen Gefallen bitten.«

Quin nickte und folgte Norcutt auf die Veranda.

Draußen öffnete und schloss der Marquess seine Hände mehrfach und trat von einem Fuß auf den anderen.

Quin wurde ungeduldig. »Raus damit«, schrie er den Schwachkopf vor ihm fast an, sodass dieser hochsprang.

»J-ja, natürlich«, antwortete Norcutt. »Bitte entschuldigen Sie meine Nerven, Quinton. Es ist nur … ich habe vor, morgen Nachmittag Lady Rebecca einen Antrag zu machen. Ich habe selbstverständlich schon mit Seiner Gnaden gesprochen und seine Erlaubnis bekommen. Wir haben schon lange vor unserer Reise gesprochen. Ich möchte nur wissen … falls sie annehmen sollte, und ich hoffe, sie tut es, weil ich mir sonst wie ein totaler Idiot vorkäme … also falls sie annehmen sollte, dürften wir unsere Verlobung dann morgen Abend beim Abendessen bekannt geben? Nur, wenn es Ihnen keine Umstände macht natürlich. Ich möchte Ihre Gastfreundschaft oder die von Lady Quinton nicht ausnutzen, da Sie so angenehme Gastgeber waren.«

Quin schmunzelte. »Hören Sie doch auf.« Er zeigte auf eine Bank, ging darauf zu und setzte sich. »Sie können Ihre Verlobung jederzeit bekannt geben. Geben Sie mir ein Zeichen, und ich sorge dafür, dass Sie die Aufmerksamkeit aller Gäste haben.«

Der Mann atmete laut auf, als er neben Quin Platz nahm.

»Oh, ich danke Ihnen. Vielen Dank. Ich weiß nicht, wie ich Ihnen das je vergelten kann.«

»Beruhigen Sie sich und atmen Sie durch, das wäre ein Anfang«, sagte Quin freundlich. Gott sei Dank hatte er nicht viel Zeit gehabt, Aurora seinen Antrag zu machen. Es hatte keine Zeit gegeben, nervös zu werden. Nicht dass er der nervöse Typ wäre, aber dennoch. »Da gibt es nichts zu vergelten. Doch sagen Sie: Wissen Sie schon, wie Sie es anpacken? «

Norcutt nickte eifrig. »Ich werde mit ihr spazieren gehen. Durch den Park dort drüben«, sagte er und zeigte auf ein Wäldchen am Wegesrand. »Und wenn ich mit ihr allein bin, werde ich auf die Knie gehen und sie fragen.«

Hm. Der Pfad, den Norcutt gewählt hatte, war nicht besonders schön – nichts Unvergessliches, wie Lady Rebecca es vermutlich lieber hätte. Damen haben oft große Ideen, wie etwas stattfinden sollte. Diese Erkenntnis gehörte zu den Dingen, die Quin die Ehe bereits gelehrt hatte.

»Anstatt auf diesem Pfad zu wandeln«, sagte er, »dürfte ich Ihnen einen anderen Vorschlag machen?« Quin zeigte auf den Hügel neben der Abbey. »Wenn Sie dem Schotterpfad über den Hügel folgen, kommen Sie zu einer kleinen Einsiedlerklause am Fluss. Ich werde die Köchin bitten, Ihnen einen Picknickkorb vorzubereiten. Setzen Sie sich unter die große Eiche, und fragen Sie sie dort.«

Dieser Platz brauchte mehr glückliche Erinnerungen. Er brauchte mehr Schönes. Es war an der Zeit, dass das Leben weiterging.

Aurora saß mit den älteren und verheirateten Damen im Schatten einer Buche direkt hinter dem Gemüsegarten und sah zu, wie Nia, Lady Emily und die beiden Miss Osbournes alle die Landschaft in Aquarell festhielten. Sie selbst hatte nie einen Geschmack fürs Malen entwickelt, vielleicht weil sie keine besonders gute Malerin war. Sie zog den Gedanken vor, dass ihr Mangel an Talent aus einem Mangel an Freude herrühre und nicht anders herum.

Quin und die anderen Herren (außer Rotheby, der erklärt hatte, es sei höchste Zeit für seinen Nachmittagsschlaf) hatten sich davongeschlichen, um auf die Jagd zu gehen. Das störte Aurora nicht besonders, da das Wetter schön war und die Damen ihren Beschäftigungen im Freien nachgehen wollten.

Was sie jedoch störte, war, dass Lord Norcutt nicht mit den anderen Herren unterwegs war. Nicht nur das – Rebecca war auch nicht bei den anderen jungen Damen. Stattdessen waren die beiden am Fluss und machten ein Picknick. Allein.

Skandalös. Und Aurora konnte beim besten Willen nicht verstehen, warum Rebecca ausgerechnet mit Norcutt etwas Skandalöses unternehmen wollte, wo sie die Wahl zwischen so vielen Herren hatte. Es ergab keinen Sinn. Aber Lady Aylesbury hatte auch kein Arg daran gefunden und es sogar versäumt, eine Zofe als Anstandsdame mitzuschicken. Doch es war sicherlich nicht Auroras Aufgabe, die Herzogin auf ihren Fehler hinzuweisen.

Also war Rebecca an Lord Norcutts Arm über den Hügel und außer Sichtweite gegangen.

Sie waren fast zwei Stunden fort gewesen, bevor sie zurückkamen: Rebecca strahlend vor Freude und Hand in Hand – *Hand in Hand!* – mit Norcutt, der so stolz dreinsah, als sei er der reichste Mann der Welt. Der Picknickkorb, den die Köchin für sie vorbereitet hatte, baumelte an Norcutts Seite.

Aus der anderen Richtung hörte Aurora das Rufen der Herren, die wohl von der Jagd zurückkehrten. Aurora konnte den Kopf jedoch nicht zum Gucken wenden, weil sie ihre ganze Aufmerksamkeit auf Norcutt und Rebecca richtete.

Was hatte der Kerl vor? Sie würde sich Rebecca später am

Abend vornehmen und ein ernstes Gespräch mit ihr führen. Dieses Benehmen war inakzeptabel, egal, was ihre Mutter dazu zu sagen hatte. Rebecca war nicht für ein langweiliges Leben geschaffen.

Dann kamen die Herren bereits auf die Damen zu, eilten hin und her, lachten und amüsierten sich. Konnte denn niemand Auroras Kummer sehen? Oder war er ihnen womöglich egal? Sie liefen zwischen den Damen herum und sprachen durcheinander: »Oh, was für ein schönes Bild von einer Glyzinie«, oder: »Ich glaube, wir haben genügend Fasanen für das morgige Mittagessen geschossen.« Dann rief einer: »Hier kommt Norcutt mit seinem Feinsliebchen! Na, komm schon, bring sie her.«

Sein Feinsliebchen. Rebecca hätte seine Aufmerksamkeit schon längst zurückweisen sollen. Ihm etwas vorzumachen war abscheulich. Selbst Aurora wäre niemals so kalt und gefühllos gewesen, zuzulassen, dass er sich in etwas hineinsteigerte. Vielleicht sollte sie Rebecca zur Seite nehmen, um Lord Norcutt eine große Blamage zu ersparen. Sie mochte den Mann zwar nicht besonders, aber er war immerhin ihr Gast.

Doch in dem Moment, als Aurora sich erhob und zu Rebecca gehen wollte, sah sie etwas sehr Seltsames. Lord Norcutt suchte jemanden in der Menschenmenge neben dem Küchengarten und gab demjenigen ein fast unmerkliches Signal.

»Was?«, wollte sie fragen, bevor sie merkte, dass sie eigentlich gar nicht wusste, was sie fragen wollte. Wen hatte er gesucht? Aurora überflog die Gesichter und blickte in die Richtung, in die Norcutt blickte, sah aber nur Quin. Was konnte er von ihrem Mann wollen? Sie verstand das alles nicht. Quin und Norcutt hatten sich vor der Hausparty kaum gekannt. Es bestand keine richtige Freundschaft zwischen ihnen.

Quin räusperte sich, und die ganze Gruppe schaute zu ihm. »Wenn ich Sie alle bitten dürfte, einige Momente still zu sein – Lord Norcutt möchte etwas bekannt geben.«

Etwas bekannt geben? Das konnte doch wohl nicht wahr sein! Rebecca hatte doch gewiss nicht …

Aurora konnte das nicht zulassen. Sie stand schnell auf und eilte an Rebeccas Seite. »Bitte verzeihen Sie, Lord Norcutt. Ich weiß, wie unhöflich es ist. Aber ich muss darauf bestehen, ein Wort mit Lady Rebecca zu sprechen.«

Quins Stimme donnerte über die kleine Lichtung. »Aurora, du kannst hinterher mit Lady Rebecca sprechen.«

Später ging einfach nicht. Überhaupt nicht. »Es tut mir schrecklich leid, aber ich muss leider darauf bestehen, jetzt mit ihr zu sprechen«, sagte Aurora. Sie nahm Rebeccas freie Hand und zog daran.

Sie hatte nicht erwartet, dass Rebecca ihre Hand zurückziehen würde. »Ich komme jetzt nicht mit, Aurora. Später können wir besprechen, was immer du willst.« Sie befreite sich aus Auroras Griff. »Später.«

O du großer Gott. Rebecca wollte nicht kooperieren. Und Quin wollte ihr nicht helfen. Es gab nur eine andere Person, die Aurora um Hilfe bitten konnte. »Euer Gnaden», flehte sie, wurde jedoch unterbrochen.

»Lady Quinton«, räusperte sich die Herzogin, »ich würde sehr gerne hören, was Lord Norcutt uns zu sagen hat. Bitte setzen Sie sich.« Ihr Ton duldete keinen Widerspruch, sie hatte ihre Worte so bestimmt hervorgebracht, wie es nur eine Herzogin oder vielleicht die Königin konnte.

»Aber …«

»Aurora, setz dich!«, brüllte Quin. »Kannst du vielleicht ausnahmsweise an einen anderen Menschen außer dich selbst denken?«

Aurora plumpste auf die ausgebreitete Decke, die auf dem

Gras lag. Ihr Gesicht glühte wie ein Kaminfeuer. Quins Tadel vor ihren Gästen war schlimm genug, aber gleichzeitig drehte sich ihr der Magen um.

Sie studierte ihre Hände, die sie im Schoß hielt, und versuchte, Lord Norcutt und Rebecca Aufmerksamkeit zu schenken. Dachte sie wirklich nur an sich und nicht an ihre Freundin? Hatte sie das schon immer getan? Sie blickte auf und betrachtete Rebeccas Gesicht genau. Ihre Freundin sah glücklich aus. Sie strahlte sogar vor Glück.

Konnte sie nicht über ihre Abneigung gegen den Mann hinwegsehen und das Gute in ihm erkennen, das Rebecca offensichtlich sah?

»Ja, also …«, begann Norcutt, indem er seine Worte in der Luft zu suchen schien, da er den Blick nur zum Himmel richtete. »Lady Rebecca hat … äh, das heißt, ich habe gefragt … oh, verflixt, ich weiß nicht, was ich sagen soll.« Seine Augen wurden groß, als er merkte, dass er vor einer Gruppe Damen geflucht hatte. »O je. Ich bitte um Verzeihung für meine Sprache. Ich mache wirklich alles falsch.«

Rebecca tätschelte seinen Arm und flüsterte ihm etwas ins Ohr. Er runzelte die Stirn, dachte einen Moment nach und nickte ihr dann kurz zu.

»Was Lord Norcutt sagen will: Er hat mich gefragt, ob ich seine Frau werden will, und ich habe Ja gesagt.«

Die kleine Versammlung brach in Applaus und Bravorufe aus. Alle schienen hocherfreut über die Neuigkeit.

Alle außer Aurora. Sie hätte sich wegen ihres ungehobelten Auftritts am liebsten unter einem Felsen verkrochen.

24. Juni 1811

Ich bin eine schrecklich üble und restlos abscheuliche Freundin. Es ist ein Wunder, dass mich überhaupt jemand erduldet.

Aus dem Tagebuch von Lady Quinton

Alles war fertig, damit die Schnitzeljagd beginnen konnte. Nachdem Lord Norcutt und Rebecca ihre Verlobung bekannt gegeben hatten, verließ Aurora die Versammlung unter dem Vorwand, sich nicht wohlzufühlen.

Ehrlich gesagt ging es ihr auch wirklich nicht so gut, und das hatte nichts mit Norcutt zu tun. Der ziehende Schmerz in ihrem Unterleib war wieder aufgetreten, kurz nachdem Rebecca den Feiernden ihre Verlobung mitgeteilt hatte. Sie erzählte niemandem von ihren Beschwerden, vor allem nicht Quin. Das Letzte, was sie im Moment brauchte, war, ihn ständig und voller Sorge über das Baby an ihrer Seite zu haben. Sie konnte sich solche Gedanken jetzt nicht erlauben. Es brachte ja nichts. Sie hatte sich durch ihr Benehmen in eine emotionale Anspannung gebracht – das war alles.

Also war sie auf ihr Zimmer gegangen und hatte sich hingelegt, während Quin ihre Gäste weiter unterhielt. Als sie von ihrem kurzen Schlaf erwachte, hatte der Schmerz sich von einem scharfen Stechen zu einem dumpfen Pochen abgeschwächt. Ganz offensichtlich hatte sie die Ruhe dringend nötig gehabt.

Nachdem Rose ihr geholfen hatte, sich wieder anzuziehen, vergewisserte Aurora sich, dass die Hinweise für die Schnitzeljagd alle richtig sortiert waren. Quin war nur zu froh, nicht mitmachen zu müssen, da Aurora als Schiedsrichterin agieren würde. Deshalb schickte sie ihn fort, um die schwierigere Arbeit des Versteckens von Hinweisen in der Abbey und auf dem Grundstück zu erledigen.

Als alles genau vorbereitet war, wurde es Essenszeit. Aurora aß und machte für alle gute Miene zum bösen Spiel, obwohl ihr das Herz immer schwerer wurde, wenn sie Rebecca oder Lord Norcutt ansah. Sie konnte ihr eigenes Benehmen nicht verstehen. Aurora hatte noch nie jemanden erlebt, der sich so linkisch benahm, wie sie es am Nachmittag getan hatte. Nachdem die Mahlzeit beendet war, führte sie die Damen in den Gesellschaftsraum, sodass die Herren ihren Portwein genießen konnten. Sie saß und redete und lachte mit ihnen allen, obwohl sie mit dem Herzen nicht dabei war.

Dann entschuldigte sie sich und zog sich zurück. Aurora war so erschöpft, dass sie am Schreibtisch einschlief, als sie in ihr Tagebuch schrieb. Erst am nächsten Morgen merkte sie, dass Quin irgendwann dagewesen sein musste und sie in sein Bett getragen hatte.

Seine Hitze umhüllte sie. Er hatte sie an sich gezogen, seine Vorderseite gegen ihren Rücken, mit dem Hinterteil lag sie eng an seiner harten Erektion. Aurora drehte sich um, um ihn mit einem Gutenmorgenkuss zu begrüßen, als sie merkte, dass er noch fest schlief. Wie war es möglich, dass er so hart und bereit war, obwohl er noch schlief? Vielleicht würde sie nie alles über ihren Mann wissen.

Sie sah zu, wie er schlief, und genoss den seltenen Zustand, dass er restlos friedlich war. Sein Atem ging langsam und regelmäßig, fast im Takt mit seinem Herzschlag.

So hätte Aurora ihn stundenlang beobachten können. Er war so friedlich. So süß. Sie schmunzelte bei dem Gedanken, ihm ins Gesicht zu sagen, dass er *süß* sei. Eine solche Bezeichnung würde ihrem Mann überhaupt nicht gefallen.

Während seine Augen noch geschlossen waren, lehnte Aurora sich über ihn und gab ihm einen zarten, keuschen Kuss auf die Lippen. Diese einfache Berührung genügte, um ihn zu wecken. Quin rollte herum und vertiefte den Kuss.

»Guten Morgen«, sagte er einen Moment später und erhob sein Gesicht, um sie anzulächeln. »Ich könnte mich daran gewöhnen, jeden Morgen so aufzuwachen. Wie fühlst du dich heute, Liebes?«

Aurora stupste ihn an, sodass er von ihr herunterrollte. »Ich fühle mich ganz und gar kräftig.« Es war nur eine kleine, unbedeutende Lüge. Sie wollte nicht, dass er sich Sorgen machte. Nicht heute.

Quin drehte sich um, tauschte aber eigentlich nur den Platz mit ihr, indem er sie auf sich zog. »Hast du noch einmal über deine Reaktion auf Norcutts und Rebeccas Verlobung nachgedacht?«

Aurora runzelte die Stirn. »Ich versuche, mich für sie zu freuen. Sie ist meine beste Freundin. Ich weiß nur nicht, ob er für sie der Richtige ist …«

»Er ist ein guter Mann, Aurora. Er wird sie gut behandeln. Er wird sie nicht …« Quins Stimme verstummte allmählich, und er wich ihrem Blick aus.

»Was wird er nicht? Sie verletzen? Wie du denkst, dass du mich verletzen wirst?«

Quin nickte, weigerte sich jedoch, sie anzusehen.

»Du hast es aber nicht. Du hast mich nicht verletzt, obwohl du Angst hattest, dass du es tun würdest. Du hast mich nicht verletzt, obwohl ich deine Geduld mehr auf die Probe gestellt habe, als es ein vernünftiger Mann erdulden muss. Du hast mich nicht verletzt, weil du Frauen nicht verletzt.«

Schließlich blickte er ihr wieder in die Augen. »Also würdest du Lady Rebecca so eine Ehe wie unsere wünschen?«, fragte er mit heiserer Stimme.

O du großer Gott. So hatte sie nie darüber nachgedacht. Quin und Norcutt waren so verschieden, wie zwei Herren es sein können und immer noch als Gentlemen betrachtet werden. Vielleicht gäbe es auch den einen oder anderen, der Quin überhaupt nicht als Gentleman betrachtet. Doch ihre Ehe war … was genau eigentlich?

Er liebte sie. Er hatte es ihr selbst gesagt, an jenem Morgen bei der Einsiedlerklause. Und sie liebte ihn. Sie genoss sogar seine Gesellschaft, nun, da er endlich begonnen hatte, ihr einige seiner Geheimnisse und seinen Schmerz anzuvertrauen.

»Ja«, flüsterte Aurora schließlich. »Ja, ich würde ihr eine Ehe wie unsere wünschen, mit all den Auseinandersetzungen und Meinungsverschiedenheiten, den Skandalen und der Leidenschaft. Ich wünsche es meiner besten Freundin tausendfach.«

»Wer weiß«, sagte Quin, »vielleicht werden Lord Norcutt und Rebecca letzten Endes genauso eine Ehe haben. Glaubst du tief in deinem Herzen, dass sie es nicht haben werden?«

Woher wagte Quin es, schon wieder vernünftig zu denken? Das war eine schrecklich rüpelhafte Angewohnheit von ihm. Verflixt. »Ich glaube, das kann ich nicht«, räumte Aurora ein. Obwohl sie es eigentlich nicht wissen konnte, da sie Lord Norcutt niemals in der Weise ansehen konnte, in der sie Quin ansah.

Aber sie sollte ihn ja auch nicht heiraten.

Und so nahmen Quin und Aurora ihren Tag in Angriff, wie er geplant war, mit der Schnitzeljagd am Ende als Höhepunkt. Als diese beginnen sollte, war Aurora erschöpft. Der dumpfe Schmerz in ihrem Bauch hatte den ganzen Tag über angedauert, manchmal schlimmer, manchmal weniger schlimm. Immer noch hielt sie es für besser, Quin darüber im Dunkeln zu lassen.

Als die Herren sich nach ihrem Portwein in den Gesellschaftsraum zu den Damen gesellten, hing eine kurze, heftige Erregung in der Luft. Tatsächlich freuten sich die meisten Gäste auf die abendliche Schnitzeljagd beinahe so sehr wie auf den großen Ball, den Aurora für die letzte Nacht ihres Aufenthalts geplant hatte.

Schließlich erlaubte eine Schnitzeljagd es den Paaren, auf dunklen Wegen zu gehen, die nur zum Teil mit Laternen und Kerzen beleuchtet waren, um versteckte Schätze und vielleicht einige verstohlene Momente allein zu finden.

Da Lord Norcutt und Rebecca es auf sich genommen hatten, Auroras Pläne für eine Partie zwischen Rebecca und Lord Tucker Flynn zu zerstören, hatte sie keine andere Wahl, als ihre Bemühungen hinsichtlich Nia und Sir Jonas zu verdoppeln. Heute Abend war die perfekte Gelegenheit.

Aurora klatschte in die Hände, um die Aufmerksamkeit aller Gäste zu bekommen. »Also, wenn alle so weit sind, kann die Schnitzeljagd beginnen. Gentlemen, bitte wählen Sie eine Partnerin für Ihr Abenteuer heute Abend.«

Erwartungsgemäß hetzte Norcutt übereifrig an Rebeccas Seite. In der Tat, fast alle Herren fanden ihre Partnerin in Rekordzeit. Außer Sir Jonas.

Nia saß wieder in der Ecke und betrachtete ihre Hände, ihre Wangen waren dunkelrot. Sir Jonas sah sich um, als ob er Bedenkzeit brauchte, um eine junge Dame zu finden, die noch keinen Partner hatte. Er konnte natürlich keine finden.

Aurora blickte den verflixten Baronet mit einer erhobenen Augenbraue an und deutete auf Nia in der Ecke. Langsam, fast als sei es eine Qual für ihn, ging Sir Jonas zu Nia. Er beugte sich tief zu ihr, flüsterte etwas, was Aurora nicht ausmachen konnte, und schließlich nickte sie.

Alles war, wie es sein sollte.

»Also gut«, fuhr Aurora fort. Meine Herren, kommen Sie und nehmen Sie sich ein Stück Papier. Auf jedem Stück ist der Hinweis für den jeweils nächsten Hinweis. Sie müssen insgesamt nacheinander zehn Hinweise finden, obwohl alle, außer dem letzten, unterschiedlich sind.

»Und was bekommen wir als Preis?«, rief Mr Bentley.

Oh, meine Güte. Wie konnte sie den Preis vergessen haben? Was für eine Gastgeberin war sie eigentlich?

Doch dann trat Quin hinzu. Er hatte mit den älteren Herrschaften Whist gespielt. »Das Paar, das gewinnt, darf den ersten Tanz beim Ball am Freitag bestimmen«, erklärte er.

Oh, das klang gut. Es gefiel den Schnitzeljägern und ihren Partnern.

Dann kamen die Herren zu Aurora und verlangten ihre dreifach gefalteten Hinweise, um mit ihrer jeweiligen Partnerin die Jagd zu beginnen. Doch als alle bereit waren, fing niemand an.

»Worauf warten Sie?«, fragte Aurora. »Die Suche hat begonnen!«

Kurzerhand begannen die Paare, ihre Hinweise zu öffnen und die Köpfe zusammenzustecken, um festzustellen, wie sie vorgehen sollten.

Innerhalb kurzer Zeit leerte sich das Gesellschaftszimmer, außer Quin und den anderen Kartenspielern saß niemand mehr dort. Aurora setzte sich auf ein Sofa in der Nähe und seufzte auf. Der schwierige Teil war für sie immerhin zu Ende. Sie musste nun nur noch auf die Gewinner warten.

Hoffentlich würde die Jagd nicht allzu lange dauern, denn sie konnte die Augen kaum noch aufhalten. Und es würde sich nicht gehören, als Gastgeberin einzuschlafen! Doch sie schlief wirklich fast schon ein, wo sie saß, ohne noch eine halbe Stunde warten zu müssen. Warum, verflixt, hatte sie ihnen auch zehn Hinweise geben müssen. Fünf hätten es doch auch getan.

Sie saß still und beobachtete Quin am anderen Ende des Raumes. Er sah ziemlich unbeschwert und entspannt aus, so wie am Morgen, als sie aufwachten. Was hatte sich geändert? Sie konnte es nicht sicher sagen. Irgendetwas hatte sich jedenfalls geändert, seit er ihr von Mercys Tod und dem seines Vaters erzählt hatte.

Es tat ihr gut, ihn so zu sehen. Zu sehen, wie er sich amüsierte. Gerade in dem Moment spielte er eine Karte und lachte über das verärgerte Räuspern ihres Vaters. Quin hatte sich sehr verändert, seit sie geheiratet hatten. Seine Augen hatten keinen gequälten Blick mehr. Sie sahen lebendiger aus – doch stets mit diesem teuflischen Glänzen.

Schnelle Schritte kamen vor dem Gesellschaftszimmer den Korridor entlang, es waren erregte Männerstimmen und ein oder zwei kichernde weibliche Stimmen zu hören. Vor dem Fenster hing eine Laterne, die zu schweben schien und sich in Richtung Orangengarten bewegte.

Einige Momente später kamen Lord Merrick und Lady Emily in den Raum. »Ich bin mir sicher, Mylord, dass der besagte Wandteppich in diesem Raum ist und nicht im Palas, wie Sie dachten«, sagte Lady Emily. Sie gingen an Aurora vorbei gezielt in Richtung Fenster. »Sehen Sie? Hier ist es.«

Merrick hob die untere Ecke, wo ein Hinweis zwischen dem Wandteppich und der Wand zu sehen war. Er entfaltete das Pergament und las vor: »Im Raum, wo sie einst beteten, unter Lord Rotheby wird euer Hinweis liegen.« Er rümpfte die Nase und runzelte die Stirn. »Gnädige Frau, ich habe nicht die Absicht, unter Lord Rotheby zu schauen.«

Kaum verhülltes Gekicher kam von den Kartentischen und ein deutlich vernehmliches: »Wie bitte?« von Rotheby selbst.

»Unter seinem Porträt, Dummerchen. Die Kapelle der Abbey ist jetzt eine Galerie. Kommen Sie mit, um den Hinweis zu finden.«

So schnell, wie sie erschienen waren, waren die beiden auch schon wieder verschwunden.

Eine Zeit lang waren die einzigen Laute – abgesehen von jenen, die Karten spielten – die von den Teilnehmern der Schnitzeljagd.

»Ein bewaffnetes Baby?«, hörte man eine männliche Stimme. »Ich habe kein einziges Kind in der Abbey gesehen. Was könnte das sein?«

»Vielleicht eine Skulptur von Amor? Wollen wir im Gemüsegarten nachsehen?«

»Unbedingt.«

Dann, nach einem Moment Stille: »Wo sonst können wir eine Decke finden, die wie ein Stern aussieht?« Das kam von einer Dame: »Wir waren schon in den Schlafsälen und der Porträtgalerie. Ich glaube nicht, dass ich es irgendwo anders gesehen habe. Wir könnten Stunden damit verbringen, es zu finden.«

»Ich weiß, dass ich es irgendwo gesehen habe. Doch wo war das? Ich kann mich im Moment nicht erinnern.«

»Also, wir haben dieses ganze Stockwerk schon abgesucht. Wollen wir hinauf- oder hinuntergehen?«

»Hinunter, das ist es! Die Gruft. Quinton hat dort sein Büro.«

So wie es klang, hatte Aurora mit ihren Hinweisen gute Arbeit geleistet. Sie brachten die Paare dazu, nicht mehr so viel nachzudenken. Nicht nur das – einige Hinweise kamen aus Bereichen, die den Damen in der Gruppe vertrauter waren, während andere eher den Herren lagen. Aurora konnte sich helfen, sie war einfach stolz auf sich.

Einige Momente später kamen Rebecca und Lord Norcutt in den Raum gestürzt. Sie hielten sich die Bäuche vor Lachen und hatten Tränen in den Augen. Norcutt war von Kopf bis Zeh triefend nass.

»Dann habt ihr also gewonnen? Wo ist der Schatz?«, fragte Aurora und konnte ihr Erstaunen kaum verbergen, dass so ein Langweiler wie Norcutt ihre liebste Freundin derart zum Lachen bringen konnte. So ein Lachen passte normalerweise zu Aurora und nicht zu Norcutt. Dann überlegte sie jedoch und kam zu dem Schluss, dass es eigentlich ganz passend war, da die beiden ja heiraten würden.

»N-n-nein«, keuchte Rebecca schließlich. »Wir haben keineswegs gewonnen. Wir haben eigentlich nicht einmal unseren dritten Hinweis gefunden.«

»Nachdem ich versucht hatte zu sehen, ob ein Hinweis von einem Ast hing und in den See gefallen war, dachten wir uns, dass es vielleicht besser wäre, wenn wir den Rest des Wassers in Ihrem See lassen, gnädige Frau«, fügte Norcutt hinzu.

Seine Worte wurden mit leisem Lachen vonseiten der Kartentische belohnt.

»Aber vielleicht wäre Lady Quinton dir ganz dankbar, wenn du den Inhalt ihres Teiches nicht weiter auf den Boden ihres Gesellschaftsraums tröpfeln würdest«, legte Rebecca ihm nahe.

Aurora musste all ihre Selbstbeherrschung aufbringen, um nicht zu sagen: »In der Tat«, aber irgendwie hatte sie es geschafft. Quin sollte stolz auf sie sein. Sie war jedenfalls mächtig stolz auf sich.

Vielleicht wurde sie etwas erwachsener – etwas weniger selbstsüchtig?

»O je«, sagte Norcutt und sah die größer werdende Pfütze zu seinen Füßen an. »Bitte verzeihen Sie, Lady Quinton. Ich werde zu meinem Diener eilen und mich wieder in einen präsentablen Zustand bringen lassen.«

Aurora schmunzelte und nickte in seine Richtung. Wer hätte je gedacht, dass sie Lord Norcutt eines Tages lustig finden würde? Sie selbst jedenfalls ganz bestimmt nicht.

Ein stechender Schmerz schoss durch ihren Unterleib, und sie musste ein Aufstöhnen unterdrücken. Als der Schmerz vorüber war, sah sie sich um, um zu sehen, ob jemand etwas gemerkt hatte. Zum Glück war Rebecca hinübergegangen, um dem Whistspiel zuzusehen, während Norcutt den Raum verlassen hatte. Niemand achtete auf Aurora.

Sie blieb, wo sie war, und achtete auf ihren Atem, sodass niemand sie bemerken würde, falls eine erneute Schmerzwelle sie erfasste. O du lieber Gott, wenn doch nur bald ein Gewinnerpaar käme, um den Preis einzufordern. Sie konnte es kaum noch aushalten. Wenn sie allein auf ihrem Zimmer wäre, würde sie bestimmt besser mit ihren Schmerzen und Sorgen zurechtkommen.

Doch wem machte sie eigentlich etwas vor? Aurora wusste genau, was in ihrem Körper geschah: Sie hatte die gleichen Probleme wie ihre Mutter.

Sie konnte nur hoffen, dass die Fehlgeburt rasch vorbei war und keine lange Tortur würde. Je schneller sie vorüber war, desto schneller könnte Aurora in ihr normales Leben, wie auch immer es war, zurückkehren.

Das Einzige, warum sie sich Sorgen machen musste, war, wie sie es Quin sagen sollte. Wenn sie nur nicht Lord Rotheby schon von der Schwangerschaft erzählt hätten! Er erwartete nach wie vor einen Erben von Quin. Genauer gesagt erwartete er von Aurora , dass sie einen Erben zur Welt brachte. Und ihr Körper machte deutlich klar, dass er nicht bereit dazu war.

Würde Quin eine Ehenichtigkeitserklärung wollen? War

das überhaupt möglich? Sie wusste es nicht, aber sie würde ihn nicht davon abhalten können, wenn es dem Gesetz entsprach. Vielleicht wäre es das Beste. Dann würde sie ihm nicht täglich ins Gesicht sehen müssen und daran erinnert werden, was zwischen ihnen geschehen war.

Ein Aufruhr erklang vom Korridor her, und man hörte Schritte. »Wir haben es, Mylady!« War das die Stimme der älteren Miss Osbourne?

»In der Tat«, rief Mr Bentley. Aurora hatte die richtige Miss Osbourne gehört. »Aber ich weiß nicht, was wir damit machen sollen.«

Wovon redete er denn da? Aurora stand auf, als sie hereinkamen, doch dann stand sie wie angewurzelt, als sie ein Bellen hörte. Das Bellen eines Hundes.

»Was war das?«, fragte sie. Doch bevor jemand antworten konnte, kam Miss Osbourne um die Ecke und lief in den Raum mit einem Welpen in den Armen. Der Welpe versuchte, sich aus ihren Armen herauszuwinden, und leckte sie mit Begeisterung, wie kleine Hunde es nun mal tun. Oh, du lieber Gott.

»Ich fürchte, das ist nicht das, was Ihr Hinweis Ihnen angedeutet hatte«, fing sie an, doch Quin unterbrach sie.

»Sie haben in der Tat gewonnen, Mr Bentley und Miss Osbourne. Wie klug von Ihnen, den letzten Hinweis so gut gelöst zu haben.«

Quin war verrückt geworden. »Aber der letzte Hinweis hatte ihnen doch gesagt, dass sie einen Rittersporn von der Einsiedlerklause mitbringen sollten«, stotterte Aurora.

»Ich fürche, du irrst dich«, sagte ihr Mann. »Der letzte Hinweis lautete: ›Von dort auf zur Köchin und was für ein Fund: eine Zofe mit Lady Quintons Hund.‹ Es sieht so aus, als hätten sie genau das gebracht, was der Hinweis ihnen vorgegeben hat.«

»Den Hinweis habe ich aber nie geschrieben. Ich habe keinen Hund.«

Doch da kam Miss Osbourne quer durchs Zimmer zu Aurora und übergab ihr den zappelnden kleinen Engel, der sofort begann, sie im Gesicht, an den Armen, und wo auch immer er sonst herankam, zu lecken. »Es sieht so aus, als hätten Sie jetzt doch einen, Mylady.«

»In der Tat sieht es so aus.« Wie entzückend. Aber oh, lieber Gott. Warum musste Quin gerade jetzt so etwas Nettes für sie tun? Gerade jetzt, wo sie davor war, seine Träume zu zerstören?

Das Hündchen blieb bei ihr, während sie auf die übrigen Schatzsucher warteten. Allmählich kamen die Gruppen zurück, nachdem ihnen klar wurde, dass der Welpe schon abgeliefert worden war.

Alle außer Sir Jonas und Nia.

Tatsächlich erschienen die beiden erst eine Viertelstunde, nachdem die anderen Jäger zurückgekommen waren, einschließlich Lord Norcutt in trockener Kleidung. Nia sah beschämt aus und Sir Jonas wütend. O je. Aurora hoffte, die beiden könnten einfach mal akzeptieren, dass sie füreinander bestimmt waren. Es schien jedoch, als ob die Paare, die Aurora zusammenzuführen versuchte, entschlossen waren, getrennt zu bleiben.

Vielleicht sollte sie es einfach aufgeben.

Nein, das würde sie mit Sicherheit nicht tun!

Aber zunächst hatte sie einen schlafenden Welpen auf dem Schoß und viel größere Sorgen als die Fehler, die andere begingen.

26. Juni 1811

Ich gebe es auf. Ich habe versucht, Rebecca mit Lord Tucker Flynn zu verkuppeln, weil ich dachte, dass sie gut zueinander passen. Daraufhin hat Rebecca sich mit Lord Norcutt verlobt. Lord Tucker wiederum war nur zu geneigt, hinter Miss Vivian Osbourne herzujagen, obwohl ich beim besten Willen nicht begreife, wie ein gut aussehender, männlicher und einnehmender Mann wie er mit einem Mädchen, welches kaum aus der Schule ist, verkehren will. Und obwohl für mich klar ist, dass Nia und Sir Jonas mehr als nur Sympathie füreinander empfinden, sind die beiden viel eher geneigt, einander zu ignorieren. Sie sollten alle auf mich hören. Doch da sie sich alle weigern, es zu tun, werde ich sie heute Abend auf dem Ball sich selbst überlassen. Derweil werde ich mich mit etwas anderem beschäftigen. Wie zum Beispiel einem Namen für mein Hündchen. Mir gefällt der Name Zeus, doch Quin findet ihn etwas hochtrabend. Er zieht den Namen Dieb vor, weil er behauptet, dass das Hündchen den Platz, den Quin für sich im Bett beansprucht, stiehlt. Wir müssen uns irgendwann einigen.

Aus dem Tagebuch von Lady Quinton

»Wäre es kurios, wenn ich Zeus mit auf den Ball nähme?«, fragte Aurora, während ihre Zofe sie frisierte.

Zeus. Sie konnte den verflixten kleinen Hund doch nicht nach einem Gott benennen. Schon gar nicht nach dem mächtigsten aller griechischen Götter. Quin hatte ihr den Hund geschenkt, um sie glücklich zu machen – sozusagen als Wiedergutmachung für die brutale Art, mit der er sie kurz nach ihrer Hochzeit behandelt hatte – aber er hatte nie gedacht, dass sie ihn derart verhätscheln würde.

Ach, eigentlich machte es ihm nichts. Es war im Grunde sogar reizend. Wenn sie nach kaum zwei Tagen so vernarrt in einen kleinen Hund war, konnte er sich gut vorstellen, wie verliebt sie in ihr Baby sein würde. Oder wie es wäre, wenn sie ihn nur halb so sehr liebte wie den Hund. Er musste zugeben, dass er ein wenig eifersüchtig war.

»Ich glaube nicht, Aurora, dass unsere Gäste es für kurios oder unhöflich halten würden, besonders, da die Damen alle einer Meinung sind, was *Dieb* betrifft. Aber was willst du machen, wenn er noch einmal seine Notdurft auf Lady Aylesbury verrichtet? Ihre Gnaden mag vielleicht gewillt gewesen sein, ihm einmal zu verzeihen – wenn er aber ein Ballkleid ruiniert? Wahrscheinlich nicht.«

»Zeus hat auf dem Gebiet schon große Fortschritte gemacht«, konterte Aurora. »Wir haben den ganzen Tag über nur drei Geschäfte im Gesellschaftszimmer gefunden.«

»Nur drei?«, erwiderte Quin skeptisch. Der Welpe war noch viel zu klein, um seine Bedürfnisse kontrollieren zu können.

»Na ja, und zwei im Refektorium. Und vielleicht eines in der Galerie.«

Er lachte. »Vielleicht?«

»Ja, vielleicht. Aber du musst doch zugeben, dass das schon viel besser ist als das Dutzend Malheure, die ihm gestern passiert sind.« Ihre Bemühungen, Quin von den Fortschritten des Hundes zu überzeugen, hatte er sich selbst zuzuschreiben. Noch gestern Abend hatte er gedroht, Dieb in Windeln zu wickeln, nachdem er in einen Haufen in seinem Büro getreten war. Das hatte natürlich auch mehr Arbeit für seinen Kammerdiener bedeutet, da er die Bescherung vor dem Ball heute Abend von seinen hessischen Stiefeln entfernen musste.

Er hätte es nie getan. Schließlich kann man einem Hund keine Windel umbinden. Man musste dem Hund beibringen, was er zu tun hat und wo er es zu tun hat. »Ja, der Hund hat große Fortschritte gemacht. Vielleicht wird er nur sechs Monate lang Windeln tragen müssen«, sagte er lächelnd und erntete einen Schlag von dem Fächer seiner Frau.

In dem Moment trat die Zofe zurück und erfreute sich an der Frisur, die sie Aurora gezaubert hatte. Quin wusste nicht, was er davon halten sollte. Sie war wunderschön, so viel stand fest. Aber Aurora sah schön aus, wenn ihr Haar in Wellen um ihre Schultern fiel oder einfach im Nacken geknotet war – und auf hundert andere Weisen. Er konnte nicht verstehen, warum es wichtig war, so viel Zeit mit der Frisur zu verbringen.

»Bist du jetzt fertig?«, fragte er. »Wir sollten uns in den Ballsaal begeben. Unsere Gäste werden jederzeit kommen, und wir sollten da sein, um eine Empfangsreihe zu bilden.«

Sie nickte und nahm seinen Arm. Sie gingen durch die verschlungenen Korridore der Abbey, eine Treppe hinunter und in das großen Foyer. Es kam Quin vor, als ob jede Blume im Land sich in seinem Haus befand. Er hatte so etwas seit der Zeit vor Mercys Tod, als es noch Freude und Fröhlichkeit in Quinton Abbey gab, nicht mehr gesehen.

Aber es würde wieder Freude geben. Heute Abend zum Beispiel. Und wenn er nicht so fest entschlossen gewesen wäre, unglücklich zu sein, hätte er die letzten vierzehn Tage mehr genießen können. Aurora hatte alles getan, was in ihrer Macht stand, um ihm das zu geben, was in seinem Leben fehlte; und wenn er sich nicht so wehrte, könnte er es vielleicht ein wenig genießen.

Forster lenkte sie zum Eingang des Ballsaals, der im Kerzenlicht glänzte.

»Die Leute aus der Ortschaft werden ihren Augen nicht trauen«, sagte Quin zu seiner Frau. »Hiermit hast du dich selbst übertroffen.«

Aurora lächelte zu ihm hinauf und stellte sich an seine Seite. Seinen Arm um ihre Taille gelegt, ging Quin durch den Kopf, wie perfekt sie zu ihm passte. So perfekt, als wären sie wirklich füreinander geschaffen.

Kurz bevor er Forster das Signal gab, die Gäste hineinzulassen, beugte Quin sich herab und flüsterte Aurora ins Ohr: »Habe ich dir in letzter Zeit eigentlich gesagt, dass ich dich liebe? Denn das tue ich. Dich lieben, meine ich.« Er sollte es ihr häufiger sagen. Das nahm er sich fest vor. Er würde sich zur Aufgabe machen, es ihr täglich zu sagen.

Quin gab Forster das Signal, und die Türen wurden geöffnet. Innerhalb von wenigen Momenten hatte sich eine Reihe vor ihnen formiert, die aus den Personen, die seit zwei Wochen in seinem Haus zu Gast gewesen waren, und Leuten, die er seit seiner Kindheit nicht mehr gesehen hatte, bestand.

Aurora sah mit einer solchen Freude im Gesicht zu ihm auf, dass er glaubte, das Eis in seinem Herzen würde zu einer Pfütze auf dem Fußboden schmelzen. »Und ich liebe dich«, flüsterte sie zurück.

Er musste sie missverstanden haben. Sie konnte das nicht gemeint haben.

Doch bevor er die Gelegenheit hatte, sie zu fragen, stand dort Norcutt mit Lady Rebecca an einem Arm und Lady Aylesbury an dem anderen. Quin musste wieder den pflichtbewussten Gastgeber spielen.

Innerhalb einer halben Stunde quoll der Ballsaal über, und immer noch kamen mehr Leute hinzu. Nicht nur die zwanzig Mitglieder der Hausparty waren anwesend, vielmehr schien Aurora alle Leute im Umkreis von zehn Meilen, die laufen konnten, eingeladen zu haben.

Quin sah an der Empfangsreihe entlang, um festzustellen, wie lange sie noch still stehen mussten. Was er sah, ließ sein neu gewonnenes Glück fast schwinden.

Griffin.

Und Phoebe, zum Teufel mit ihr.

Der Abend hatte sich gerade zum Schlechteren gewendet. Quin brauchte einen Kognak.

»Mr Poole, ich freue mich, dass Sie heute Abend gekommen sind«, sagte Quin, während er die Hand seines Gastes nahm. Etwas stimmte nicht. Aurora konnte es an seiner Stimme hören, die sich in wenigen Augenblicken von höflich zu angespannt gewandelt hatte. »Bitte entschuldigen Sie mich.« Er wandte sich zu Aurora und sagte so, dass nur sie es hören konnte: »Ich muss mich um etwas kümmern. Bitte mach hier so weiter. Was auch immer passiert, bleib drinnen.«

Er trat zurück und von ihr weg. Sie wollte ihn begleiten, herausfinden, was geschehen war. Doch ein Menschenschwarm wartete noch immer darauf, begrüßt und hineinbegleitet zu werden, also musste sie bleiben, wo sie war. Aber warum hatte es so verhängnisvoll geklungen, wie ein Omen?

Einen Moment beobachtete Aurora ihren Mann, wie er an der Empfangsreihe entlangschritt und verschwand, bevor sie sich wieder ihren Gästen zuwandte. »Mrs Poole, richtig? Wie schön, Sie kennenzulernen, gnädige Frau.«

»Oh, Mylady«, sprudelte die hübsche rothaarige Frau. »Es ist so aufmerksam von Ihnen, uns zu sich einzuladen. Wir waren noch nie hier, außer zur Besichtigung, während Seine Lordschaft auf dem Kontinent war. Aber alles hier im Kerzenschein und mit Blumen geschmückt zu sehen, mit so feinen Leuten – ich fühle mich wie im Himmel.«

»Ich hoffe, dass Sie und Ihr Mann sich heute Abend amüsieren«, erwiderte Aurora. »Bitte kommen Sie doch zu …«

Die Menschenmenge wurde vorwärtsgedrängt, stieß Mr Poole in den Rücken und unterbrach Auroras Worte. Der junge Landwirt nahm seine Frau schützend in die Arme.

»Raus!« War das Quins Stimme? »Augenblicklich, Griffin. Wo ich schon dabei bin, kannst du auch gleich dazukommen, Phoebe. Ich erinnere mich nicht, euch eingeladen zu haben.«

Lord Griffin und Lady Phoebe? Aurora hatte ihnen keine Einladung geschickt! Sie nahm an, dass Quin nicht besonders erbaut wäre, seine verflossene Verlobte im Haus zu haben. Und Aurora wollte Griffin auf keinen Fall da haben. Nicht nach allem, was er ihr angetan hatte.

Oh, du großer Gott. Steckte er womöglich hinter diesen neuen Geschichten, die kürzlich aufgetaucht waren? Natürlich! Sie hätte es von vornherein wissen müssen. Sie hatte nicht daran gedacht, weil sie so viele andere Dinge im Kopf gehabt hatte, zum Beispiel das Baby und die Hausparty.

Sie hätte es Quin schon längst sagen sollen. Sich darauf verlassen sollen, dass er das Richtige tat. Stattdessen war sie still geblieben. Wen wollte sie beschützen? Quin? Sich? Am Ende hatte sie nur einen beschützt, nämlich Lord Griffin, und der hatte es am wenigsten nötig.

Jetzt hatte er es aber vielleicht doch nötig. Die Menge schwankte mit verwirrtem Schnaufen und Rufen zurück in den großen Saal. Quin war leicht doppelt so groß wie Griffin. Wenn sie kämpften, könnte er ihn mit bloßen Händen umbringen, besonders nach all der Zeit, die er bei Gentleman Jackson's verbracht hatte.

Sie musste dem Ganzen sofort ein Ende machen.

Aurora drängte sich durch die Menge. Obwohl sie für eine Frau groß war, ragten die meisten Männer doch über sie hinaus, und sie konnte nicht sehen, wie weit sie gehen musste.

»Komm mit«, sagte Quin mühsam.

O Gott. Er klang blutrünstig. Egal, wie klein oder groß die anderen Skandale, die sie beide durchgemacht hatten, wie viel oder wie wenig Wahrheit an den Gerüchten dran gewesen war, der Schaden wäre nicht zu reparieren, wenn Quin vor einem Ballsaal voller Menschen Griffin ermordete. Noch dazu in seinem eigenen Haus.

Das konnte sie nicht zulassen. Sie musste ihn zur Vernunft bringen. Das konnte doch sicherlich alles friedlich geklärt werden.

Als sie gerade glaubte voranzukommen, wechselte die Menschenmenge die Richtung. Jetzt kam sie auf sie zu, fast so, als trüge die Flut sie ins offene Meer hinaus.

Die Eingangstüren waren offen, und die Menschenmenge strömte einer nach dem anderen in die Nachtluft hinaus. Wenn ein Mord draußen statt drinnen stattfand, wirkte das auch nicht den Gerüchten entgegen, solange die Menschenmenge dort herumlungerte.

»Ich bin ein eingeladener Gast!«, rief Griffin über das laute Gemurmel hinweg. »Und so werde ich behandelt?«

Aurora drang weiter vor, um zu sehen, was sich da abspielte. Schließlich hatte sie eine Stelle erreicht, von der aus sie Quin und Lady Phoebe und mitunter auch Lord Griffin sehen konnte, obwohl dieser sich ziemlich häufig im Kreis bewegte.

»Niemand hat euch eingeladen«, keuchte Quin. »Weder meine Frau noch ich würden euch jemals zu irgendetwas einladen. Außer dazu, direkt zum Teufel zu gehen. Nach allem, was du getan hast.«

Er hatte natürlich recht. Aurora hatte sie nicht eingeladen. Doch woher konnte Quin wissen, was Griffin getan hatte? Sie hatte nie einen Namen genannt, auch als ihr Mann sie darum angefleht hatte.

Griffin fuchtelte mit einem Stück Papier herum und hielt es Quin unter die Nase. »Sehen Sie sich das an. Sie werden sehen, dass Sie unrecht haben.«

Quin sah das Stück Papier an und runzelte die Stirn. Während er es las, verwandelte sich seine gerunzelte Stirn in den finstersten Blick, den Aurora je bei ihm gesehen hatte. Er drehte sich zur Menschenmenge um und brüllte: »Rotheby! Was hat das zu bedeuten, Sie Arsch?«

Ach du Großer, das klang nicht gut. Was konnte Rotheby damit zu tun haben? Aurora wünschte nur, dass ihr Mann nicht so viel fluchen würde. Es waren immerhin Damen anwesend, noch dazu junge.

Die Menschenmenge hinter ihr bewegte sich wieder vorwärts, und Lord Rothebys Stimme war durch das Geflüster und erstaunte Raunen zu hören. »Lassen Sie mich vorbei. Ich bin ein sehr alter Mann, und ich hätte keine Bedenken, diesen Stock als Waffe zu benutzen.« Als er an Aurora vorbeikam, drehte er sich zu ihr um und zwinkerte ihr zu, bevor er weiterging. Sie war sicher, dass sie sich das nicht eingebildet hatte.

Was hatte er vor?

»Wären Sie vielleicht so freundlich, mir zu erklären, wie Sie dazu kommen, Gäste zu mir einzuladen?«, fragte Quin mit einem eiskalten und besonnenen Ton, als sein Großvater es endlich zur Lichtung in der Menge geschafft hatte. »Gäste, von denen Sie genau wissen, dass ich sie nicht einmal in der Nähe meines Grundstücks dulden würde?« Er deutete auf Lady Phoebe.

Ein Schmerz durchzog Auroras Unterleib, stärker als je zuvor. Sie biss sich auf die Lippe, um nicht aufzuschreien. Jetzt war ganz bestimmt nicht der richtige Moment dazu.

»Wenn ich dich erinnern darf«, sagte Rotheby, »ist dies immer noch mein Haus. Und ich lade ein, wen auch immer ich einzuladen wünsche. Und ich hielt es für angebracht, dieses Stück Dreck einzuladen«, sagte er, indem er auf Griffin zeigte, »weil du seiner Heimtücke noch kein Ende gesetzt hattest. Seine Schwester habe ich für den Fall eingeladen, dass sie eine Rolle bei dem Ganzen spielt«, fügte er hinzu.

Griffins Heimtücke. Also machte Lord Rotheby Griffin für die verheerenden Schlagzeilen verantwortlich?

Eine weitere Schmerzwelle erfasste Aurora. Sie krümmte sich beinahe. Doch sie durfte sich solche Momente nicht erlauben. Sobald die beißenden Schmerzen vorüber waren, richtete sie sich auf.

»Ich hatte es noch nicht getan, weil ich genau so eine Szene wie diese vermeiden wollte. Es war mir bestimmt nicht entgangen, dass er meine Frau und ihren guten Namen durch den Schmutz gezogen hat, das kann ich Ihnen versichern.«

»Das ist Verleumdung«, behauptete Griffin. »Ich habe deiner Frau nichts getan. Nichts, was ihrem Ruf mehr schaden könnte, als du, Quinton, es schon getan hast. Ein Schuft wie du, der sie auf einem Ball ruiniert und anschließend in die Ehe gezwungen hat? Der den Klatsch über sie und ihre Schreiberei nicht angefochten und sich auf dem Land verkrochen hat? Wie hätten die Mitglieder der High Society das als etwas anderes als ein Schuldgeständnis sehen können?«

Quin trat auf Griffin zu und ergriff ihn an seinem gestärkten Kragen. »Wir wissen beide, dass die ersten Seiten von ihr stammen. Ich weiß nicht, wo du sie her hast. Das ist jetzt nebensächlich. Aber ich weiß, dass du …«

»Und ist das irgendwie schlimmer, als was du meiner Schwester angetan hast?«, unterbrach Griffin. »Du hast mit meinem Vater Verträge unterschrieben. Und dann bist du am Morgen deiner Hochzeit verschwunden, bis du die arme

Lady Quinton in deine schmutzigen Affären hineingezogen hast. Du hast nicht einmal gesehen, dass deine Verlobte oder ihre Familie wussten, dass du verschwindest. Selbst das Personal in deinem eigenen Haus wusste monatelang nicht, wo du warst.«

Quin festigte seinen Griff und knurrte: »Und du hast gedacht, dass du dich auf Kosten meiner Frau an mir rächen könntest? Weißt du überhaupt, was deine Schwester ist? Warum ich sie nicht heiraten konnte? Warum ich sie niemandem zumuten würde?«

Schon wieder ergriff der Schmerz Aurora und ließ sie heftig zusammenzucken.

»Mylady«, sagte eine vage bekannte Stimme hinter ihr mit großer Beharrlichkeit. Jemand, den sie an diesem Abend kennengelernt hatte.

Aurora drehte sich um, immer noch vom Schmerz ergriffen. O ja, die sympathische junge Frau von vorhin. Wie hieß sie noch?

»Mrs Poole?«, sagte Aurora schließlich, als ihr der Name wieder einfiel.

Quins Stimme drang durch die Schmerzen zu ihr hindurch. »Sie hat einen Stallburschen ausgepeitscht!«, brüllte er in die Menschenmenge. »Dafür, dass er denselben Sattel auf ihr Pferd geschnallt hatte wie am Tag zuvor. Sie hat ihn ausgepeitscht, bis er überall geblutet hat, bis er auf dem Stallboden ohnmächtig wurde, bis er vor Schmerz nicht mehr schreien konnte.«

O du großer Gott. Der Schmerz. Aurora konnte nicht mehr.

»Mylady, bitte«, bestand Mrs Poole, legte eine Hand auf Auroras Arm und zog sie sanft. »Das Blut. Sie müssen sofort mitkommen, gnädige Frau.«

Aurora konnte sich nicht konzentrieren. Ihr Gehirn

machte nicht mehr mit. »Das war lange her, Mrs Poole. Jetzt gibt es kein Blut mehr.«

»Der Junge hatte eine Tracht Prügel verdient«, sagte Lord Griffin. »Wenn nicht von Phoebe, dann bestimmt von jemand Stärkerem. Hast du vor einer Dame Angst? Hattest du Angst, sie würde dich verprügeln?«

»Nicht der Junge, gnädige Frau«, sagte Mrs Poole. »Ich meine Sie. Sie bluten hinten an Ihrem schönen Gewand.«

Aurora sah an ihrem Kleid herunter. Blut. Sie blutete.

Das Baby.

Ihr Kind war weg. Ihre Chance, Lord Rotheby zu beschwichtigen, war weg. Ihre Chance, Quin glücklich zu machen … für ihn das zu sein, was er brauchte …

»Kein Kind hat eine solche Behandlung verdient«, sagte Quin so leise, dass Aurora ihn fast nicht hören konnte. »Kein Junge und kein Mädchen. Kein Mann und keine Frau. Ich wollte keinen einzigen Tag mehr mit jemandem verbringen, der es für angemessen hält, jemanden so zu bestrafen. Ich habe davon genug in meinem Leben gesehen. Nie wieder.«

»Mrs Poole, ich …« Aurora wusste nicht, was sie sagen sollte. Was konnte man in einem solchen Moment auch sagen?

Aber die junge Frau sah sie so liebenswürdig an und nahm ihre Hand. »Kommen Sie mit«, sagte sie und drängte durch die schaulustige Menschenmenge auf dem Hof.

»Aber eine Dame hat es schon verdient, am Altar stehen gelassen zu werden? Ohne eine Erklärung?«, schrie Griffin. »Du hast meiner Schwester die Chance genommen, eine ordentliche Partie zu machen, also habe ich mich entschieden, deiner Frau ihren Platz in der Gesellschaft zu nehmen. Nach all den Dingen, die sie angeblich geschrieben hat, wird sie nie wieder einen Fuß in einen der großen Ballsäle Londons setzen.«

»Und du wirst nie wieder mein Grundstück betreten.« Darauf folgte ein dumpfer Aufschlag. Und die Menschenmenge schnappte nach Luft.

Dann wurde alles still.

26. Juni 1811

Jetzt ist alles vorüber.

Aus dem Tagebuch von Lady Quinton

Mrs Poole half Aurora ins Haus zurück. Zum Glück hatte sich der Ballsaal geleert. Niemand außer Mrs Poole und den Hausangestellten musste ihr Leid sehen. Tränen waren ihr auf dem ganzen Weg durch die Menschenmenge das Gesicht hinuntergelaufen. Ihre einzige Rettung war, dass Quin und der Aufstand, den er machte, die Aufmerksamkeit aller bannten.

Als sie endlich draußen war, dankte sie der jungen Frau für ihre Hilfe und suchte Mrs Marshall, damit sie ihr aufs Zimmer helfen konnte.

Rose half ihr, sich zu reinigen und umzuziehen. Sie versuchte auch, Auroras Tränen zu trocknen, obwohl das ziemlich aussichtslos war. Sie hörte einfach nicht auf zu weinen. Vielleicht würden ihre Tränen nie wieder trocknen. Aurora dankte ihrer Zofe. Sie musste allein sein. Sie brauchte Zeit zum Nachdenken. Zum Schreiben.

Zum ersten Mal in ihrem Leben verstand sie jetzt ihre Mutter. Sie hatte ihre Mutter immer geliebt. Sie hatte sie oft bemitleidet – vielleicht ein Grund dafür, dass sie Mitleid von anderen nicht ertrug. Aurora wollte nie trostlos, traurig und voller Kummer und Leid sein. Sie hatte nie eine leere, lieblose Ehe gewollt.

Sie hatte nun eine Ehe mit Liebe. Und doch saß sie nun da. Verheiratet mit einem Mann, den sie mehr als das eigene Leben liebte, und unfähig, ihm die Frau zu sein, die er brauchte. Voll von all dem Kummer des Lebens und ohne Freude.

Aurora nahm eine Kerze vom Kaminsims und setzte sich an den Schreibtisch. Eigentlich sollte sie zurück in den Ballsaal gehen. Sicherlich hatte Quin Lord Griffin und Lady Phoebe inzwischen fortgeschickt, und die Feiernden genossen wieder ihren Abend voller Heiterkeit. Man würde sie bestimmt vermissen. Es gehörte sich einfach nicht, dass eine Gastgeberin ihre Gäste auf einem Ball verließ und sich selbst überließ, während sie oben vor Kummer zerfloss.

Aber sie konnte ihnen nicht gegenübertreten. Nicht heute Abend. Nicht jetzt.

Konnte Quin nicht gegenübertreten.

Obwohl sie befürchtete, ihm nie wieder in die Augen sehen zu können, musste er es wissen. Er hatte verdient, es zu wissen.

Also nahm Aurora ihre Feder und tauchte sie ins Tintenfass.

Und sie schrieb.

Sie schrieb ihre Geschichte – ihre wahre Geschichte dieses Mal, nicht eine, die sie sich ausgemalt hatte. Sie schrieb die Geschichte ihrer Eltern. Sie schrieb, bis sie nicht mehr schreiben konnte. Tränen bespritzten die Seiten und verwischten die Tinte, aber es noch einmal zu schreiben würde nur noch mehr Tränen auslösen. Die Tränen würde bleiben.

Doch Aurora konnte es nicht.

Sie brachte ihr Tagebuch in Quins Zimmer und legte es ihm auf das Kopfkissen.

Und dann ging sie.

»Ich glaube, nicht ein einziger deiner Gäste ist gegangen«, sagte Jonas zu Quin, während sie an der Seite des Ballsaals standen.

Quin überflog den Raum und zählte die Menschen. Erstaunlicherweise schien Jonas recht zu haben. Die Szene zwischen ihm und Griffin und Phoebe war seinerseits nicht optimal gelaufen, doch die Stadtbewohner würden über den Vorfall noch jahrelang reden – und Griffin dabei mit Hohn überziehen.

Irgendwie hatte Quin triumphiert. Es würde ihm sein Leben lang ein Rätsel bleiben.

Doch als er zurückkam, wollte er Aurora. Er wollte sie halten, sie küssen, ihr noch einmal sagen, dass er sie liebte. Er wollte das pfiffige Lächeln sehen, das sie ihm immer schenkte, und den frechen Ton in ihrer Stimme hören.

Sie war nirgends zu finden.

Mrs Marshall teilte ihm mit, dass ihre Ladyschaft sich unwohl gefühlt hatte und früh ins Bett gegangen war. Sie bitte ihn um Verzeihung, dass sie ihn mit einem Ballsaal voller Gäste im Stich gelassen habe.

Es war wahrscheinlich am besten, sie ruhen zu lassen. Sie war schließlich schwanger. Mit seinem Kind. Mit ihrem Kind. Und er war nicht so blind, als dass er nicht bemerkt hätte, dass es ihr nicht besonders gut ging.

Also fuhr er ohne sie mit dem Ball fort. Er unterhielt die Gäste, tanzte mit den Mauerblümchen und entzückte alle um sich herum. Irgendwie fühlte es sich seltsam an, dass er so gar keine Lust hatte, mit der einen oder anderen jungen Dame zu flirten. Die Einzige, mit der er flirten wollte, war Aurora.

Stattdessen feierte er die ganze Nacht, als wäre alles in Ordnung. Jetzt, nach etlichen Tänzen, Gesprächen und einem Essen, das eines Königs würdig gewesen wäre, war es Zeit für die letzte Runde.

»Steht dein Name schon auf einer Tanzkarte?«, fragte Quin seinen Freund. Jonas hatte schon die Quadrille ganz zu Anfang mit Nia getanzt und auch den Tanz nach dem Essen – einen Walzer. Quin hätte sich eigentlich beschweren sollen, dass Nia einen Walzer getanzt hatte, weil sie noch nicht in die Gesellschaft eingeführt war. Sie hatte noch nicht von einer der Patronessen von Almack's die Genehmigung erhalten, Walzer zu tanzen. Doch seine Mutter hatte ihn daran erinnert, dass sie nicht in der Stadt waren. Die Anstandsregeln mussten auf dem Lande nicht so streng befolgt werden. Die übrigen Tänze hatte er unter den verschiedenen Damen der Hausparty und einigen aus der Ortschaft verteilt.

Nia war nicht ganz das Mauerblümchen gewesen, das sie eigentlich sein wollte, sondern hatte für jeden Satz einen Partner. Außer für einen Tanz, als sie es vorzog, mit ihrem Vater einen Spaziergang um den Gemüsegarten zu machen. Quin hatte gerade noch seinen Namen auf ihre Karte schreiben können, bevor sie voll war. Er wusste, dass Aurora es ihm nie verzeihen würde, wenn er nicht den großen Bruder spielte.

Jonas blickte auf eine Gruppe junger Damen und vermied es, Quin in die Augen zu sehen. »Ich habe Vorbereitungen getroffen.«

Auf dem Podium tippte der Violinspieler mit seinem Bogen auf den Boden, um das Zeichen zu geben, dass die Musiker kurz davor waren, den letzten Tanz zu beginnen. Seltsam, dass Jonas ihm keine genauere Antwort gab. »Wir sollten wohl unsere Partner suchen«, sagte Quin.

»In der Tat, das sollten wir.« Damit drehte Jonas sich um und ging davon.

Es gab keine Zeit, über Jonas' Reaktion nachzudenken. Quin musste seine Mutter holen. Er hatte sie gebeten, den Walzer mit ihm zu tanzen, etwas, was er in seinem Leben noch nicht getan hatte.

Sie nahmen ihre Position auf der Tanzfläche ein.

Quin sah sich um, um Nia zu finden, er wollte sich vergewissern, dass sie einen Partner für den letzten Tanz des Abends hatte.

»Was zum Teufel?«, sagte er, als er sie endlich fand. »Mutter, warum hast du Nia erlaubt, heute Abend einen dritten Satz mit Jonas zu tanzen? Das ist wirklich unpassend. Man wird sie für halbseiden halten.«

»Ich finde daran nichts Unpassendes oder Halbseidenes. Und was Unangemessenes angeht, sei du lieber ganz still. Du hast mich sitzen lassen, ohne dich zu melden oder mir zu schreiben, dass du überhaupt noch lebst. Monatelang verheiratet zu sein, ohne der eigenen Mutter davon Mitteilung zu geben, ist wohl auch unangemessen.« Seine Mutter warf ihm einen finsteren Blick zu, als die Musik begann und sie anfingen zu tanzen. »Ein dritter Tanz mit einem Herrn, der praktisch zur Familie gehört, noch dazu auf einem Ball auf dem Lande, ist völlig in Ordnung.«

Wie üblich duldete Mutters Ton keinen Widerspruch. Quin musste schmunzeln. Trotz seiner zweiunddreißig Jahre konnte sie ihn immer noch innerhalb kürzester Zeit in die Schranken weisen – ohne mit der Wimper zu zucken. »Du hast natürlich recht.«

»Natürlich habe ich das. Ich habe immer recht. Das solltest du inzwischen wissen.«

»Ich habe meine Lektion gelernt«, sagte Quin.

Seine Mutter zog eine Augenbraue hoch. »Dann solltest du auch wissen, dass das Gleiche für Aurora gilt. Du wirst dir jahrelangen Kummer ersparen, wenn du diese einfache Tatsache lernst.«

Das war wohl eine Lektion, die Sir Augustus vor Jahren gelernt hatte. Der Mann schien das Heft aus der Hand zu geben, viel mehr, als Quin es zu tun pflegte – er schien allerdings auch eine wesentlich konfliktfreiere Ehe zu haben.

Verdammt.

Sie tanzten zu Ende und fuhren währenddessen mit ihren Scherzen fort. Quin begleitete seine Gäste zu ihren Gefährten. Die meisten schienen geneigt, noch eine Weile im Gesellschaftsraum weiterzufeiern. Das war mehr als in Ordnung. Es war schließlich die letzte Nacht der Hausparty.

Doch seine Frau fehlte ihm.

Nachdem er nach dem leiblichen Wohl der Gäste gesehen hatte und dem Personal gesagt hatte, dass sie nicht zu lang arbeiteten sollten, empfahl Quin sich und ging aufs Zimmer. Er erwartete fast, Aurora – wie so oft – eingeschlafen auf dem Sofa in ihrem Wohnzimmer vorzufinden. Doch sie war nicht da.

Daraufhin ging er in ihr Zimmer, weil er dachte, dass sie vielleicht vor Erschöpfung in ihrem eigenen Bett eingeschlafen war. Aber dort war sie auch nicht.

Schließlich ging Quin in sein eigenes Zimmer. Statt seiner Frau fand er ihr Tagebuch vor. Es war sorgfältig auf sein Kopfkissen gelegt. Eine Seite etwas nach der Mitte war aufgeschlagen. Er setzte sich auf die Bettkante und nahm das Tagebuch behutsam in die Hände, als ob es verschwinden könnte, wie Aurora es anscheinend getan hatte. Er hielt es ins Kerzenlicht und las.

Keiner von uns wollte, was wir jetzt haben: eine Ehe, die von mehr Schweigen als Gelächter erfüllt ist, von mehr Schmerz als Glück, mehr Geheimnissen als Wahrheiten. Sogar heute Abend habe ich etwas erfahren, was mir während der letzten Monate verschwiegen worden war – den wahren Grund, weshalb du dich geweigert hast, dich an deine Vereinbarung mit Lady Phoebe zu halten.

Das wiederum hat mich zu einer anderen Wahrheit geführt: Egal, wie sehr ich wünsche, dass es nicht so wäre, egal, wie sehr ich dich liebe, egal, wie viele Jahre seither vergangen sind – du bist immer noch der Junge, der von seinem Vater geschlagen wurde, als er mit seiner eigenen Trauer nicht fertig wurde. Vielleicht wirst du immer dieses Kind bleiben – verloren, verletzt, scheinbar allein auf der Welt.

Es gibt über mich eine Wahrheit, die du wissen solltest. Sosehr du denkst, dass du wie dein Vater bist (vielleicht hast du sogar recht), so sehr bin ich wie meine Mutter. Ich hatte gehofft, dass dieses nicht der Fall sein würde – dass ihre Probleme, gesunde, lebendige Kinder zu gebären, allein die ihren wären und nicht an die nächste Generation vererbt würden. Leider Gottes ist das nicht so. Ihre Probleme sind jetzt meine Probleme.

Und das bedeutet, dass sie auch deine sind, denn du bist mein Mann.

Das Baby, welches ich erwartete, ist nicht mehr. Ich bezweifle in der Tat, dass ich jemals ein Kind werde austragen können. Aus den unzähligen Versuchen meiner Mutter war ich ihr einziger Erfolg. Und was für ein »Erfolg« ist das – eine Person, die sich die Verachtung der High Society einbringt und zudem die einzige Aufgabe, die ihr Mann ihr gestellt hat, nicht erfüllt.

Ich ertrage den Gedanken nicht, in die Fußstapfen meiner Mutter zu treten, immer wieder zu versuchen und zu versagen, bis nichts von meiner Seele übrig ist als eine hohle Schale, dass von unserer Ehe nichts übrig ist als die Erinnerung an Liebe und die Wirklichkeit von Kummer. Und wenn ich eines während unserer Ehe gelernt habe, so ist es, dass ich im Allgemeinen ein Egoist bin. Ich wünsche mir stets, was für mich am besten ist und nicht für meine Bekannten. Ich wünsche mir das, was für mich am besten ist und nicht für meine beste Freundin. Ich wünsche mir das, was für mich am besten ist, nicht am besten für dich, meinen Ehemann. Ich hatte gedacht, ich könnte mich ändern, aber jetzt bin ich mir nicht mehr sicher.

Und was im Moment am besten für mich ist, ist, allein zu sein.

Nachdem Quin zu Ende gelesen hatte, war er verwirrt. Das Baby war weg. Aurora war weg. Doch wohin konnte sie gegangen sein? Mrs Marshall hatte nichts in der Richtung gesagt, dass Aurora fortgegangen sei, also musste sie noch irgendwo in der Abbey sein.

Er musste sie finden. Er konnte sie nicht allein lassen. Nicht jetzt. Nicht nach der Fehlgeburt. Er musste sie trösten. Sie sollte wissen, dass er sie liebt, egal, ob sie ein Baby hatten oder nicht. Und dass er sich um Rothebys verdammte Bedingungen nicht scherte. Dass er sie mehr als Kognak brauchte, mehr als das Spielen und Boxen und all seine anderen Beschäftigungen, mehr sogar noch als die Luft zum Atmen.

Quin eilte aus seinem Zimmer hinunter in den Gesellschaftsraum. »Sie ist fort«, sagte er, als er durch die Tür stürmte. »Aurora ist weg. Sie hat das Baby verloren und ist weg.«

Die Gäste sprangen auf und sprachen durcheinander.

»Das Baby? Was für ein Baby?«

»Wo kann sie denn hingegangen sein?«

»Es ist mitten in der Nacht. Sie kann nicht weit gekommen sein.«

Quin schüttelte den Kopf. »Es gibt jetzt keine Zeit für Erklärungen. Wir müssen sie finden.« Er setzte sich auf den nächst gelegenen Stuhl, die Augen weit aufgerissen, Auroras Tagebuch noch in den Händen.

»Lasst uns alle zusammenarbeiten!«, rief Jonas über den Tumult hinweg. Aller Augen richteten sich auf ihn.

»Wir bilden Paare, um jeweils zu zweit die Abbey und das Grundstück zu durchsuchen. Die Diener sind noch damit beschäftigt, nach dem Ball aufzuräumen, und können uns helfen. Befragt alle, die Köchin, die Stallburschen, alle, die euch über den Weg laufen. Findet heraus, ob sie Lady Aurora heute Abend gesehen haben. Wir kommen immer nach einer halben Stunde zurück in den Gesellschaftsraum und berichten, wo wir gesucht und was wir herausgefunden haben. Lady Aylesbury und Lord Rotheby bleiben hier, um den Überblick zu behalten.«

Gott sei Dank war Jonas da! Quin konnte in diesem Moment weiß Gott nicht klar denken.

Innerhalb weniger Sekunden hatten sich Paare gebildet und waren verschwunden, um auf die Suche zu gehen.

Quin ging allein. Er konnte nicht dasitzen und darauf warten, dass jemand seine Frau fand. Er ertrug den Gedanken nicht, dass ihr etwas zustieß, wenn sie allein war, wenn er nicht da war, um sie zu beschützen.

Er musste sie finden.

Zeus hatte unablässig Auroras Gesicht abgeleckt, seit sie vor einigen Stunden in der Einsiedlerklause angekommen waren. Nur kurz gab es Ruhe, als das Hündchen vor Müdigkeit auf ihrem Schoß im Ledersessel eingeschlafen war. Doch sobald ihr Schluchzen wieder einsetzte, hielt Zeus Wache.

Sie hätte ihn nicht mitbringen sollen. Sie hätte ihn in der Abbey lassen sollen, wo ihn die jungen Damen nach dem Ball streicheln, mit ihm spielen und ihn liebkosen würden.

Aber wie üblich hatte Aurora den eigennützigen Weg gewählt.

Zeus hatte sich gerade daran gemacht, die salzigen Tränen auf ihrer anderen Gesichtshälfte zu trocknen, als die Tür der Klause aufflog und Quin auf der Schwelle stand. Er stand wie angewurzelt und rang nach Atem, mit lodernden Blicken, das Haar offen auf den Schultern.

Einige Momente lang starrten sie sich nur an. Warum war er gekommen? Es gab nichts, was er tun konnte. Er konnte nicht wiederherstellen, was sie verloren hatten.

Zeus sprang von ihrem Schoß, tapste zu Quin und begann zu bellen und an ihm hochzuspringen. Wie schön es sein musste, ein Hund zu sein. Hunde waren immer frei, ihre Liebe zu zeigen, konnten auf einen Schoß hüpfen oder ein Gesicht ablecken, wann immer es ihnen gefiel. Ein Stups oder ein Bellen war alles, was man brauchte, um Zuwendung und Liebe zu bekommen.

Wie viel komplizierter war es doch, ein Mann oder eine Frau zu sein.

Quin streckte die Hand nach Zeus aus und kraulte ihn hinter den Ohren. »Ich habe mir gedacht, dass du hierherkommen würdest«, sagte er in die Stille hinein.

Mit jedem Wort brach ihr Herz weiter entzwei.

»Alle sind auf der Suche nach dir. Du hast uns einen ziemlichen Schrecken eingejagt.«

Aurora nickte. Noch konnte sie sich nicht auf ihre Stimme verlassen, weil sie befürchtete, weinend zu seinen Füßen zusammenzubrechen. Und das durfte nicht geschehen! Sie konnte nicht wie ein kümmerlicher Narr weinend vor ihm zusammenbrechen und ihn anflehen, sie trotz ihrer Fehler zu lieben.

Als Zeus gar nicht aufhören wollte, an Quins langen Beinen hochzuspringen und seine Hand mit der Nase zu stupsen, hob Quin das Tierchen schließlich hoch und nahm ihn in die Arme. »Darf ich hereinkommen?«, fragte er. Seine Stimme war ruhig. Bedächtig.

Aurora nickte abermals.

Er trat in die Klause, sein großer Körper füllte den kleinen Raum fast vollständig, und nahm ihr gegenüber auf einem Sessel Platz.

»Ich liebe dich«, sagte er. »Ich liebe dich mehr, als ich …«

Aurora erhob eine Hand, um ihn am Weitersprechen zu hindern. Ihr kamen schon wieder Tränen. Sie konnte sich so etwas nicht anhören, sie konnte es nicht ertragen zu wissen, wie schmerzhaft es für ihn war. Ihr eigener Schmerz war schon mehr, als sie ertragen konnte. Sich die zusätzliche Last seines Schmerzes aufzubürden würde sie ersticken.

Er nahm ihre Hand in seine und legte ihr beide auf den Schoß. »Ich muss dir etwas sagen, Aurora. Und du musst mir zuhören.« Quin schloss die Augen und holte kurz Luft. »Ich liebe dich mehr, als ich ertragen kann. Ich kann ohne dich nicht leben. Weißt du überhaupt, was du für mich getan hast? Ich habe wieder einen Grund, das Leben zu genießen – einen Grund, der Mann zu sein, der mein Vater nie sein konnte.«

Doch das genügte nicht. Es würde nie genügen, solange sie ihm nicht den Erben, den sein Großvater verlangte, geben konnte. »Aber Lord Rotheby …«

»Rotheby kann schnurstracks zum Teufel gehen«, sagte Quin.

»Aber das Baby. Das Baby ist weg, Quin. Ich hatte eine Fehlgeburt. Hast du denn mein Tagebuch nicht gelesen?«

»Ich habe es gelesen und genau verstanden. Das ist alles egal. Wenn es ihm nicht reicht, dass ich dich geheiratet habe und gelernt habe, ein vernünftiges Leben zu führen, dann kann er sich die Abbey an den Hut stecken. Ich ergreife einen Beruf. Ich werde tun, was ich tun muss, um dich zu unterstützen, Aurora. Weil ich nicht ohne dich leben kann. Und es ist mir auch egal, wenn wir niemals Kinder bekommen können, wenn wir nie einen Erben haben, der nach mir ein Rotheby werden kann, solange wir nur zusammen sind.

Schließlich wird es mich keinen Deut scheren, wer den Titel trägt, wenn ich die Radieschen von unten angucke. Er kann an Norcutt oder Jonas oder sonst wen gehen, es ist mir egal.«

Er fuhr sich mit der Hand durch sein ungekämmtes Haar, erkennbar nicht zum ersten Mal an diesem Abend. »Verstehst du mich überhaupt? Es gibt nichts, überhaupt nichts, was ich nicht täte, um dich von meiner Liebe zu überzeugen. Dich davon zu überzeugen, dass du mir mehr als alles andere in der Welt bedeutest. Bitte, Liebes. Bitte, sag mir, dass du mich auch liebst. Ich muss es hören.«

»Worte können nichts wiederherstellen«, sagte sie. »Worte sind flüchtig, unbeständig – sie verschwinden in dem Moment, in dem sie ausgesprochen werden. Ich habe sie dir heute Abend gesagt. Nicht, dass es etwas ändern würde. Die Liebe kann nicht alle Probleme lösen. Sie konnte nicht die Ehe meiner Eltern schützen, als diese mit so viel Qual und Elend erfüllt war. Warum sollte es uns anders gehen?«

Quin stand auf und ging im Zimmer auf und ab. Dabei sprang Zeus von seinen Armen und zurück auf Auroras Schoß. »Wie kann es sein, dass du, die nicht einen Tag ohne ihr Tagebuch verbringen kann, deren Schreibereien so viel Skandal und Tumult verursacht haben – wie kannst ausgerechnet du an der Macht der Worte zweifeln? Erkennst du denn deine eigene Macht nicht, Aurora? Siehst du nicht ein, wie die Welt auf deine Worte reagiert?« Er stand ihr gegenüber und suchte ihren Blick.

»Hat dein Vater nicht die letzten vierzehn Tage damit verbracht, ein Lächeln von dir zu erhaschen oder ein paar Worte mit dir zu wechseln? Nia, die du nie zuvor zu Gesicht bekommen hattest, hing an deinen Lippen, sodass sie wahrhaftig einen deiner irrsinnigen Ratschläge angenommen hat. Lady Rebecca will sich lieber mit dir als mit jedem anderen Menschen unterhalten, selbst wenn sie deine Meinung hinsichtlich Lord Norcutt vielleicht nicht gerade schätzt. Und das sind noch nicht alle, Aurora. Ich könnte ewig fortfahren. Selbst der verflixte Hund auf deinem Schoß hört auf dich und ignoriert alle anderen. Warum, in Gottes Namen, ist es so schwer für dich, zu verstehen, dass ich ganz einfache Worte aus deinem Mund hören muss?«

»Einfach?«, antwortete sie. »Die Liebe ist alles andere als einfach.«

»Eben!«, sagte er. » Die Liebe ist kompliziert, und sie ist jedes Mal anders. Wer kann sagen, dass unsere Liebe so wie die deiner Eltern endet? Das ist ebenso unwahrscheinlich, wie dass ich so werde wie mein Vater. Du warst es, die mir einmal gesagt hat, dass ich nicht so bin wie er, obwohl wir uns ähnlich sind. Erinnerst du dich?«

Sie nickte. Natürlich erinnerte sie sich. Aurora konnte sich an fast jedes Gespräch erinnern, das sie miteinander hatten. Sie erinnerte sich an jede Berührung, jeden Kuss, jedes Zittern, wenn er sich näherte. Sie war von ihm erfüllt.

Quin sank vor ihr auf die Knie und nahm ihre Hände in seine. »Du bist nicht deine Mutter. Du magst ihr zwar ähnlich sein, aber du bist nicht sie.« Er senkte das Kinn auf ihre gefalteten Hände. »Ich weiß, dass du mich liebst. Wenn es nicht schon klar wäre angesichts der Tatsache, dass du hier bist, an meinem Lieblingsplatz, dann würde es dein Tagebuch verraten. Du liebst mich trotz deiner Absichten und gegen jede Wahrscheinlichkeit. Ich habe deine Liebe eigentlich nicht verdient, aber ich werde den Rest meines Lebens damit verbringen, sie mir zu verdienen.«

Zeus drehte sich auf Auroras Schoß zu Quin um, sodass die beiden sich direkt ins Gesicht sahen. Das Hündchen zwickte ihn in die Nase und brachte Quin so zum Lachen. »Auch deine Liebe, Hündchen. Doch sag es mir, Aurora. Sag mir, dass du mich liebst.«

»Ja, ich liebe dich«, sagte Aurora durch einen Tränenschleier. »Ich liebe dich so sehr, dass es mir Angst macht. Ich habe dich womöglich schon geliebt, bevor ich dich überhaupt kannte, als du nur ein Seeräuber in meinen Geschichten warst und kein lebendiger Mann, aber jetzt liebe ich dich noch mehr. So sehr, dass es wehtut.« Und genau das war das Problem zwischen ihnen. »Die Liebe sollte doch nicht wehtun – jedenfalls nicht so. Das ist doch widersprüchlich, findest du nicht?«

Er hatte den Nerv, über sie zu schmunzeln. Sie sollte ihm eigentlich eine klatschen. Er war wirklich ein Rüpel, sich über ihr Leid lustig zu machen.

Nachdem er sich wieder gefangen hatte, sagte er: »Wenn man nicht das größte Leid durchlebt hat, kann man auch nicht das höchste Glück empfinden, das ist meine Überzeugung. Man muss Schmerz und Trauer empfunden haben, um Glück wahrzunehmen. Wenn die Liebe nicht wehtäte, wie könnten wir wissen, dass wir sie wirklich erreicht haben?«

Das war ein ziemlich verschlungener Gedankengang, fand Aurora. Doch wann hatte Quin sie schon um etwas gebeten? Bis jetzt, als er sie bat, ihm zu sagen, dass sie ihn liebte. So ein widerspenstiger Flegel. Er sollte sie doch öfter um Dinge bitten.

Daran würde sie arbeiten.

»Und was wird passieren, wenn wir zurück in die Abbey gehen und Lord Rotheby mitteilen, dass ich eine Fehlgeburt hatte?«, fragte Aurora. »Meinst du, er wird uns sofort fortschicken? Wenn ja, könnten wir vielleicht wenigstens vorübergehend auf einem von Vaters Anwesen bleiben?«

Quin nahm sie an der Hand und führte sie aus der Einsiedlerklause. Zeus lief ihnen voraus und brachte sie mehrfach fast zum Stolpern. »Bis wir es ihm gesagt haben, werden wir es auch nicht wissen. Was du heute kannst besorgen, das verschiebe nicht auf morgen.«

Ach du großer Gott. Wäre es nicht besser, bis zum nächsten Morgen zu warten? Aber gemeinsam waren sie stark. Zusammen würden sie alles durchstehen. Sogar Lord Rotheby.

13. Juni 1812

Wenn dieses Kind nicht aufhört, mir in die Rippen zu treten, werde ich bestimmt nicht seine Geburt abwarten. Noch zwei Monate! Es ist einfach unvorstellbar, dass ein Baby seine Mutter so terrorisiert, obwohl es noch nicht mal auf der Welt ist. Quin wird sich das Kleine mal vorknöpfen müssen, sonst werde ich mit meinem Gatten im strafenden Muttertonfall sprechen müssen. Meine Schwiegermutter Minerva hat mich bereits gelehrt, in diesem Muttertonfall zu sprechen. Ja, Quin hat uns in dieses Chaos gestürzt, indem er mich wieder geschwängert hat, insofern hat er auch eine harte Ansprache verdient. Ich glaube, dass dieser Muttertonfall mir in Zukunft auch beim Umgang mit ihm behilflich sein wird, nicht nur mit unserem Kind. Er ist schließlich ein erwachsener Mann von dreiunddreißig Jahren. Er sollte sich inzwischen benehmen können und es vermeiden, mich zu nerven. Leider scheint das nicht der Fall zu sein. Morgen in der Frühe und am Nachmittag erwarten wir den Rest unserer Gäste. All jene, die letzten Sommer bei unserer Hausparty waren, werden wieder dabei sein, mit einigen Änderungen, nämlich dass Rebecca die neue Lady Norcutt ist und Miss Vivian Osbourne keine Miss mehr ist, sondern Lady Tucker Flynn. Wie habe ich mich bei diesen vieren nur geirrt …

Aus dem Tagebuch der hochschwangeren Lady Quinton

Quinton«, rief Lord Rotheby vom Kartentisch im Gesellschaftszimmer in Quinton Abbey. »Deine Frau braucht Hilfe. Beweg dich mal.«

»Ich komme gut allein zurecht, Großvater«, sagte Aurora. Was nicht ganz falsch war. Sie konnte sich durchaus selbst vom Sofa erheben, aber nur mit viel Keuchen und Schnaufen und unter enormer Anstrengung.

Sie bekam jedoch keine Gelegenheit, das zu beweisen. Sowohl Nia wie auch Sir Augustus waren an ihrer Seite, bevor sie etwas einwenden konnte, jeder nahm einen ihrer Arme und half ihr hoch.

»Ich weiß wirklich nicht, was ich machen soll, wenn ich noch breiter werde«, sagte Aurora zu ihnen. »Aber ich danke euch für eure Hilfe.«

In diesem Moment kam Quin ins den Raum geeilt und sah sich verwirrt um. »Was ist los?«, fragte er schließlich und starrte seinen Großvater an.

»Deine Frau benötigte Hilfe beim Aufstehen. Du solltest sie besser im Auge behalten«, brummte Rotheby. »Ich würde es dir sehr verübeln, wenn meinem ersten Urenkel etwas zustoßen sollte. Oder eventuell Urenkeln. Bist du dir sicher, Aurora, dass du da keine Zwilling drin hast?«

Es war rührend, wie er während des letzten Jahres begonnen hatte, sie zu verhätscheln. Nach ihrer ersten Hausparty im vorigen Sommer hatte er sie ziemlich oft besucht. Nicht weil er Quin nicht zutraute, seine neue Lebensführung aufrechtzuerhalten – Rotheby hatte mehrfach beteuert, dass er mit Quins neuer Lebensweise zufrieden war und dass die Abbey und ihre Gewinne ihnen gehörten, bis Quin alles erbte –, sondern weil er ein alter und einsamer Mann war und er somit tun konnte, was ihm gefiel.

Und er sagte, dass es ihm gut gefalle, Zeit mit Aurora zu verbringen. Ein Mädchen, dem es gelungen war, seinen Enkelsohn davon zu überzeugen, sein Lotterleben aufzugeben, musste ja eine unterhaltsame junge Dame sein.

Nach sechs Monaten regelmäßiger Besuche hatte Aurora

sich erlaubt, ihm mitzuteilen, dass er jederzeit willkommen sei. Schließlich war die Abbey ungeheuer groß. Quins Großvater konnte während seines Aufenthalts uneingeschränkte Freiheit genießen und hatte dennoch Gesellschaft, wann immer er wollte. Und sie und Quin konnten sich um ihn kümmern, falls er krank oder gebrechlich werden sollte. An den meisten Tagen konnte man sich den alten Brummbären zwar kaum gebrechlich vorstellen, aber die Zeit lief ihm davon.

Quin war von dieser Abmachung nicht gerade begeistert gewesen, hatte aber schließlich Auroras Wunsch nachgegeben, besonders da er ihm bewies, dass sie nicht mehr nur an sich dachte. Es schien, als ob er begann, auf die Worte seiner Mutter zu hören: Aurora hat immer recht. Außer wenn sie ungeheuer unrecht hatte, wie zum Beispiel mit ihrer Einschätzung von Lord Norcutt im vorigen Jahr.

Jetzt, wo es Aurora in der Schwangerschaft ganz gut ging, sah Lord Rotheby sich zu ihrem Beschützer auserkoren. Natürlich hielt auch Quin sich dafür. Und Zeus, ihr treuer Begleiter, dachte das Gleiche von sich.

So kam es, dass Aurora kaum niesen konnte, ohne dass einer von ihnen die anderen scharf zurechtwies, er solle etwas dagegen unternehmen.

Das alles war eigentlich sehr angenehm. Aber auch lästig.

Vielleicht konnten sich die drei ja – wenigstens vorübergehend – mit jemand anderem beschäftigen, wenn die Abbey erst einmal mit Gästen gefüllt war. Schließlich konnten sie ja nicht erwarten, dass Aurora sich um alles kümmerte …

Auf der anderen Seite hatten Rebecca und Nia beide versprochen, ihr mit der Planung und Organisation des Festes zu helfen, und Minerva hatte gebeten, die Verantwortung für drei volle Tage des Festes übernehmen zu dürfen. Aurora wäre also mit ihren Bemühungen nicht allein.

Zudem ermöglichte ihr all die versprochene Hilfe auch, ihre Heiratsvermittlungsaktivitäten wieder aufzunehmen. Aurora sah zu Nia hinüber. Diese saß mit ihrer Mutter am Kamin und stickte.

Vielleicht sollte sie das Mädchen diesen Sommer auf einen anderen Herrn aufmerksam machen – jemand anders als Sir Jonas. Dann würden die beiden vielleicht endlich merken, dass sie füreinander bestimmt waren, und aufhören, sich dagegen zu wehren. Auroras Fantasie begann zu kreisen. Doch als Quin vorbeikam, um sich zwischen seiner Arbeit an der Gruft einen flüchtigen Kuss zu stehlen, machte sie eine gespielt gelassene Miene. Kein Grund, Argwohn zu erregen. Am allerwenigsten Quins.

Aurora machte sich zu dem Schreibtisch am Fenster auf und setzte sich. Sie nahm Papier heraus, lehnte es gegen das Behältnis mit Löschblättern und tauchte ihre Feder ins Tintenfass.

Es war wieder an der Zeit zu schreiben. Ein Lächeln breitete sich auf ihrem Gesicht aus. Dieses Mal würde sie nicht über ihr eigenes Leben schreiben. Sie würde auch nicht über ein erfundenes eigenes Leben schreiben.

Sie würde nicht einmal über das echte oder erfundene Leben von irgendjemandem schreiben, den sie kannte.

Dieses Mal wollte sie eine Geschichte schreiben. Einen Roman, um genau zu sein. Es war nicht gerade schicklich für eine Dame, Schriftstellerin zu sein, aber seit wann ließ sich Aurora durch so etwas stören? Schließlich war sie doch der Skandal in Person.

Sie würde Quin erst später um Erlaubnis bitten. Bekanntlich war es einfacher, um Verzeihung zu bitten als um Erlaubnis.

Meine lieben Leser,

ich hoffe, Sie haben *In den Händen des Lords* mit dem gleichen Vergnügen gelesen, mit dem ich es geschrieben habe. Wenn ja, würden Sie bitte so freundlich sein und eine positive Rezension auf der Website schreiben, auf der Sie das E-Book erworben haben? Vielen Dank im Voraus!

Freundliche Grüße
Catherine Gayle

6889380R00224

Printed in Germany
by Amazon Distribution
GmbH, Leipzig